昼短 夜长

Such A Long Journey

[加]罗因顿·米斯特里 Rohinton Mistry ——— 著

熊裕 ——— 译

北京出版集团
北京十月文艺出版社

献给弗兰妮

他召来年迈的僧侣,向他们问起曾雄踞天下的诸王之事。"他们最初,"他问,"因何得了天下,又因何留给我辈这般艰难的世界?他们因何能在建立英雄功业的岁月里,安享无忧无虑的人生?"

——菲尔多西,《列王纪》

冒着严寒我们一路行来,
恰巧在这一年中最坏的时节
开启一段旅程,一段漫长的旅程……

——T.S.艾略特,《东方三博士之旅》

当旧的话语从舌端消逝,新的
乐章又自心中迸发,在
昔时阡陌消失之处,新的乡野景象旖旎呈现。

——拉宾德拉纳特·泰戈尔,《吉檀迦利》

目录

001　第一章
024　第二章
046　第三章
067　第四章
084　第五章
111　第六章
133　第七章
153　第八章
176　第九章
199　第十章
218　第十一章
238　第十二章
261　第十三章

280	第十四章
304	第十五章
329	第十六章
354	第十七章
375	第十八章
400	第十九章
421	第二十章
441	第二十一章
457	第二十二章

第一章

1

古斯塔德·诺布尔面朝东方向阿胡拉·马兹达①祷告时，黎明的第一缕光才勉强映亮天际。快六点了，院子里唯一的一棵树上，麻雀开始叫唤。每天清晨，古斯塔德一边听着它们的啁啾声，一边念诵他的圣带②经。这让他有一种安心的感觉。每次都是麻雀先叫，然后才传来乌鸦的呱呱声。

几户人家开外，金属锅碗瓢盆的当啷声开始小口啮食寂静的边缘。卖牛奶的老兄蹲在高高的铝罐旁，将牛奶分装到主妇们的容器里。带钩的长柄小量筒伸进奶罐里，又提出来，伸进去，提出来，动作迅速，几乎一滴不洒。为每位主顾盛好奶之后，他将量筒往奶罐上一挂，等对方给钱的时候顺便整整腰

---

① 阿胡拉·马兹达，在拜火教中，他创造了世间万物，代表着光明与善，是最高神。小说的主人公是帕西人，即从波斯移居印度的拜火教徒的后裔，所以信仰拜火教。

② 圣带，白色棉布或羊毛织成的腰带。圣带重系是拜火教的一个重要仪式，拜火教的男孩十五岁举行成人礼后，开始在腰间系圣带。此后，每次祷告、诵读经书完毕，他们都要将其重系。

布，再搓搓裸露的膝盖。干枯的死皮从他手指上片片飘落，女人们嫌恶地退缩，但清晨的氛围并没有被打破，依然是一派宁静平和。

古斯塔德·诺布尔微微调整了一下他的祈祷帽，将它从自己爬满皱纹的宽阔前额移开，让它服帖地扣在他灰白的头发上。黑天鹅绒的帽子和他灰色的鬓角形成鲜明的对比，但他精心打理的浓密髭须依然乌黑，如天鹅绒一般。古斯塔德身量高大、肩膀宽厚，每次谈及健康或疾病时，他都是亲戚朋友羡慕和嫉妒的对象。他们说，对一个历经了五十载人生浮沉的人来说，他看上去依然健硕。尤其是他几年前还刚经历了一场严重事故，但那场事故仅仅是让他稍微有点跛脚。他妻子很讨厌这样的谈话。摸木头①，迪尔娜瓦兹在心里默念，然后环顾四周寻找合适的桌子或椅子，以便悄悄地摸一下。然而，古斯塔德并不介意谈起那次事故，那一天他冒着生命危险救了他们家老大。

在牛奶罐发出的一阵热闹的哐当声中，他听到一个尖厉的声音："好你个老滑头！我们真应该把你交到警察手里！等他们打断你的手，看你还怎么加水！"是卡匹希亚小姐的声音。拂晓时的平和终于不情不愿地让位于新的狂乱的一天。

卡匹希亚小姐的威胁缺乏实际的说服力。她从未买过这位

---

① 摸木头，西方文化里一种迷信的做法。人们认为木头里有保护神，接触木头可以确保好运，甩掉厄运。在说了某些得意的话之后，摸木头可以避免与自己说的话相反的坏事发生。

仁兄的牛奶，但她坚定地认为不时的斥责可以让他守规矩，对其他人有好处。总得有人让这些奸商知道住在这里、在科达达德大楼里的人不是傻子。她是个七十岁的干瘪老妇，近来很少出门了，用她的话说，因为她的骨骼一天比一天僵硬了。

但在这座大楼里，并没有多少人听她谈论她的骨骼，或是任何别的话题，因为多年来她已经得了个刻薄、古怪、爱骂人的名声。在孩子们眼里，卡匹希亚小姐就是他们的童话故事里无处不在的巫婆。他们飞快地从她门口跑过，嘴里大喊："快跑，妖怪来了！快跑，妖怪来了！"他们一方面怕她，一方面又想故意引得她抱怨、咒骂，挥舞拳头。无论骨骼是否僵硬，当她想要行动时，她的敏捷程度令人咋舌。每当外界有风吹草动、她想一探究竟时，她会迅速从窗户旁冲到阳台上，再冲到楼梯边。

卖牛奶的老兄已经习惯听到那不露脸的声音了。但为了照顾主顾们的情绪，他还是咕哝道："好像这奶是我产的似的。奶是奶牛产的。老板说去，拿去卖，我不过是按吩咐做事。骚扰一个像我这样的可怜人有什么意思呢？"

暗昧的晨光中，女人们木然而疲惫的脸上倏忽换上了温柔持重的神色。她们想着赶紧买了这恶心的、掺了水的白色液体，回去做家务。迪尔娜瓦兹也在那里等着，一手拿着铝锅，一手攥着钱。她是个瘦小的女人，一头深棕色的短发，那是八年前为他们的女儿罗珊第一个生日聚会剪的发式，一直到现在也没变过。她不确定那发式现在是否适合她，虽然古斯塔德总说当然适合，但她从来不相信他的眼光。超短裙流行的时候，她曾经撩起裙角在房间里跳舞，逗得罗珊哈哈大笑。她是闹着玩的，但他却认为她真的可以那么穿——想象一下，一个四十四岁的女人，穿超短裙。"时尚是属于年轻人的。"她说，心里乱糟糟的。然后他就用低沉的嗓音唱起了耐特·金·科尔的那首歌：

> 你永远不会老去，
> 只要心中怀有情爱，
> 岁月会将你的深棕色秀发染白，
> 当你躺在旧摇椅里做梦……

古斯塔德很贴心地将歌词中的"金色秀发"改了，让她很喜欢，每次他唱到第三句的时候，她总是不由得莞尔一笑。

她拿着的锅里还残留着昨日牛奶的印迹。最后的些许刚才被她和古斯塔德倒进茶里了。她也没时间洗锅。本来是有的，她觉得，若她没有坐那么久，听古斯塔德给她读报纸的话。在那之前，他们还谈到了他们家老大，说他很快就能上印度理工学院了。"索拉博会有出息的，你就等着瞧吧。"古斯塔德带着一个父亲应有的骄傲说。"我们的付出都是值得的。"她也说不清，今天早上是什么影响了她，让她坐在那里聊天，任由时间流逝。然而，话说回来，这样关于他们儿子的好消息并非每日都有。

有些主妇离开了，迪尔娜瓦兹一点点向前移动，就快轮到她了。与其他人一样，诺布尔一家总也等不到政府的牛奶配给券，只能一再光顾卖牛奶的小摊。那位老兄头顶剃得溜光，只在中央留了一小绺短而细的小辫子，那小辫子总让她觉得很好笑。她知道那是印度教某个种姓的习俗，她记不太清了，只是忍不住觉得它很像小灰鼠的尾巴。清晨他给头皮抹油时，那小辫子也被蹭得油亮亮的。

她买了牛奶，想起从前配给券只是给穷人或用人的时候，也想起了从前她和古斯塔德买得起帕西奶牛场那富含脂肪的优质奶制品的时候（卡匹希亚小姐现在还买得起），可是之后它们的价格就一直涨涨涨，再没有下来过。她希望卡匹希亚小姐不要再斥责那位老兄了。那没什么好处，不过是让他更恨他们。天知道他会怎么弄那些牛奶——事实上，有时候这些住在孟买和周边的贫民窟和棚户区里的穷人看你的眼神就像恨不得将你从你家里轰出去，然后带着自己的家人住进去一样。

她知道卡匹希亚小姐是好意，尽管多年来大楼里流传着关于这位老妇的各种古怪传闻。古斯塔德不想与卡匹希亚小姐有任何瓜葛。他说她那些胡言乱语足以让一个清醒的脑子也变得混沌不清。迪尔娜瓦兹或许是卡匹希亚小姐唯一的朋友。她从小就被教导要尊敬长辈，所以能够宽容地接受卡匹希亚小姐的古怪个性。她没觉得有什么叫人讨厌或生气的——是的，有时候有趣，有时候无聊，但冒犯却从未有过。毕竟，多数时候，卡匹希亚小姐只是想帮忙，在一些自然法则无法解释的事情上出出主意。她声称了解各种诅咒（会施咒也会解咒），懂魔法（无论是黑魔法还是白魔法），会解读预兆，也会解析梦境。最重要的是，据卡匹希亚小姐自己说，她能洞察寻常事件和偶然事件背后隐藏的意义；她那丰富的想象力有时候还挺有意思的。

迪尔娜瓦兹很注意不给她过多的鼓励。但她知道，到了卡匹希亚小姐这个年纪，耐心的倾听比什么都重要。况且，难道世上真的有人从来不觉得完全不信那些超自然的东西很难吗？

苦楝树下，古斯塔德·诺布尔轻声地念诵着祷文，他一身素白的身形沐浴在晨光中，卖牛奶的老兄周围的喧当声听起来有些遥远。他念了几段合适的祷文，从腰间解开圣带。将那神圣的、手工编织的九英寸长的细带子完全解开后，他用力一挥，像甩鞭子一样：一下、两下、三下。就这样，恶神阿里曼[①]就被赶走了——这样专业娴熟的挥甩技巧，唯有那些经常重系圣带的人才能掌握。

这是整个祷告中古斯塔德最喜欢的环节，自小如此。那时候他总幻想自己是个了不起的猎人，毫不畏惧地深入无人探索的丛林、未知的土地，赤手空拳，唯一的倚仗便是那条神武的圣带。挥动那神圣的圣带，他可以砍下巨兽的脑袋、剖开剑齿虎的脏腑，让凶残的食人族军队溃不成军。某日，在他父亲

[①] 阿里曼，拜火教中的恶神，代表黑暗和邪恶，是光明与善之神阿胡拉·马兹达的主要对手。

的书店里探索时，他发现了英国那个备受喜爱的关于屠龙勇士的故事。从那时起，每次祷告，古斯塔德就成了帕西人的圣乔治①，到处寻找恶龙——饭桌下、橱柜里、床底下，甚至晾衣架下面，他用他忠诚的伙伴圣带大战恶龙，所向披靡。那些喷火怪物的脑袋被砍下，血淋淋地滚落各处。

门开了，又砰地关上，硬币叮当作响，一个声音招呼着卖牛奶的下次再来。有人和他开玩笑道："哎，老兄，干吗不将牛奶和水分开卖呢？那样对顾客也好，你也更轻松——不用将它们混在一起了。"紧接着就听到卖牛奶的老兄惯常的慷慨激昂的否认。

政府掌控的全印广播电台播报早间新闻的声音从一扇开着的窗户那里传来，温柔、持重。清晰而流畅的印地语音穿透了清晨的空气，很快便与从另一个公寓贸然插入的、充满了短波的噼啪声和咝咝声的BBC国际频道形成对唱之势。

古斯塔德的祷告没有受到那些玩笑话和广播的影响。今天的新闻不能诱惑他有不敬之举，因为他已经看过《印度时报》了。他今天睡不着，起得比往常早。打开水龙头准备漱口刷牙时，水噗噗地喷了出来，把他吓得往后一跳，手也猛然一缩。是管子里的空气跑出来了，他告诉自己，市政府昨天早上七点停止每日的配给供水后，水管里就空了。他觉得自己有点傻，

---

① 圣乔治，欧洲神话故事中的屠龙勇士，他铲除恶龙，救下了城堡堡主的女儿。

竟然会被水龙头的声音吓到。他关掉水龙头，然后慢慢地拧开一点点。水龙头依然发出噗噗的声音，像是威胁。

对迪尔娜瓦兹来说，那熟悉的咝咝声和噗噗声就是起床的召唤。她感到身边的位置是空的，不由得笑了，因为她已经预感到今天古斯塔德会先起来了。她睡眼惺忪地看着时钟，看清上面的时间后便转过身趴在床上，闭上眼睛接着睡了。

2

那日清晨，离太阳升起尚早，祷告的时间也还未到，古斯塔德便在焦急地等待着《印度时报》了。外面仍是一片黢黑，但他并未开灯，因为黑暗使一切显得更为整洁。他轻轻抚摸着他坐着的椅子的扶手，思绪飘回到几十年前。这椅子是他祖父在家具店里精心打造的。这张黑色的书桌也是。古斯塔德还记得那家店的招牌，仿佛就在眼前。清楚得就像摆在眼前的照片一样：诺布尔父子精致家具店。我还记得第一次看到这招牌时的情景——那时候太小，还认不来那些字，但围绕着那些字的图却认得。一个闪亮的、樱桃色、带玻璃门的木橱，一张有四根雕花柱的大梁床，几把靠背雕花、带精致匀称弧形腿的椅子，一张气派的黑色书桌。与我小时候家里摆的家具极为相似。

其中一些现在就在这里，在我的房子里。从破产的利爪之下侥幸留下。破产，一个如凿子一般冰冷的字眼。那音节，听起来残酷、刺耳、无情,像法警鞋底的金属鞋钉。那些鞋钉踩在石头地砖上发出恶毒的声响。该死的法警——伸出他们的脏手,将能抢走的东西都抢走了。我可怜的父亲,失去了一切。除了我悄悄救下来的几样。在马尔科姆的帮助下,藏在那辆旧面包车里。法警永远也发现不了。马尔科姆·萨尔达尼亚,真是够朋友。可惜,我和他失去联系了。真正的朋友,和比利莫里亚少校以前一样。

最后这个名字让古斯塔德摇了摇头。该死的比利莫里亚。在做出那样无耻的事情之后,现在竟然还有脸写信来请他帮忙,就像什么事也没发生过一样。想要回信,就让他等到死的那天吧。少校那封鲁莽放肆的信,对黑暗中的秩序构成了威胁。古斯塔德将它挥之脑后,童年时的家具重新围拢过来,给他安慰。这些物件像圆括号一样,包围着他全部的生活,是他心智的哨兵。

他听到信件投递口的金属盖子被掀起的声音,几乎同时,看到了滑入房间的报纸白色的轮廓。他安静地坐着,没有动:等那个人走开,没必要让他知道我在等。为什么这么做,他也说不上来。

那人踩着自行车离开了,周围又安静下来。古斯塔德打开灯,戴上眼镜。他忽略了那些关于巴基斯坦的沉重标题,对上面那位半裸的、怀里抱着死去的孩子在哭泣的母亲也只是扫了一眼。那张照片是关于士兵用孟加拉婴儿练习刺杀动作的,他之所以没有停下来看是因为在过去的几个星期里,那样的照片经常出现在报纸上。他翻到报纸内页刊登了印度理工学院入学考试结果的那一页。他将那一页摊开平放在餐桌上,从餐边柜里拿出写有索拉博准考证号的那张小纸条,查看起来,然后走过去叫醒迪尔娜瓦兹。

"快!快起来!他考上了!"他轻抚着她的肩膀,动作中有爱意也有几分热切。还有少许内疚:因为那封信。他向她隐瞒了比利莫里亚少校的信。

迪尔娜瓦兹翻了个身,脸上带着笑。"我和你说过他会考上的。就你还一直担心。"她走到浴室,尽管今天她有足够的时间先刷牙、泡茶,但她还是先接上透明的塑料软管往水桶里装水。现在才五点——还有整整两个小时才会停水。她打开铜开关,水流穿过软管喷涌而出,后面紧跟着一长串气泡,就像以前她小儿子的小鱼缸里经常冒出来的一样。达利斯那时候多喜欢那些彩色的小生物啊,它们有着好听的名字,每次炫耀它们的时候,他都会自豪地念出它们的名字:古比鱼、黑花鳉、天使鱼、红绿灯鱼、接吻鱼——有一段时间,它们就是他的宇宙的中心。

然而,现在那个鱼缸空了。鸟笼亦是。它们都被放在厕所边的过道里的黑架子上,上面布满了灰尘和蛛网,索拉博的蝴蝶展示盒也在那里。还有很早以前他在学校发奖日得到的那本好笑的书:《了解昆虫》……也可能是别的名字。他们以前还好一番争论,因为她说杀死那些五颜六色的小东西很残忍,而古斯塔德说应该鼓励索拉博——如果他一直坚持下去,上大学学这个专业，深入研究之类的，他会闻名全球。

生锈的大头针依然将几具蝴蝶的身躯固定在那里，但其他的部分已经所剩无几。各种各样的翅膀散落在盒子的底部，像奇怪的花朵掉落的花瓣。混在一起的还有一些断落的触须和小小的头——从身躯上脱落之后它们看上去已经不像是头了。迪尔娜瓦兹曾经短暂地疑惑过：那些完整的黑胡椒籽是怎么跑到盒子里去的？意识到那些圆圆的东西是什么之后，她不由得一哆嗦。

喷涌而出的水、向上翻起的气泡、似被注入活力的软管，这些总能唤醒她的感觉。她握着软管，不让它滑到桶外。待水流变得正常，要不是手掌握着的地方传来轻微的脉动，你会觉得它只是一根空管子。

古斯塔德想去叫醒索拉博，但迪尔娜瓦兹阻止了他。"让他睡吧。晚一个小时知道，录取结果也不会变。"

他欣然听从，不过还是走进了后面的房间。黑暗中，他可以看见床边用铰链装的板条门，那是他十五年前为索拉博装的。那时他睡觉不老实，仿佛白天没胡闹够，晚上还要继续似的。他们试过将餐椅搬到床边，做成夜间的床障，但没什么用，他会将椅子推开。所以他只能装个板条门。索拉博立刻给他的床取了个名字——门床，他发现，在他将枕头、毯子和靠垫统统搬过来搭床屋的时候，新加的门很有用。

门床现在是罗珊的了。她一只细瘦的胳膊从板条缝隙里伸出来，悬在床边。很快就是她九岁的生日了。长得像她妈妈，古斯塔德看着她瘦弱的身形想。他的目光转向索拉博睡的地方，他睡在一张狭窄的矮榻上，白天就推到达利斯的床底下。古斯塔德一直想再加一张正儿八经的床，但这个小房间实在没地方放了。

他看着儿子，眼里满是高兴和骄傲，也有些许安慰：这张十九岁的脸依然是无忧无虑的，还是童年时期睡在门床上时的模样。他不知道时间是否会终结这份无忧无虑。他清楚地知道，对他自己来说，那一天已经来过了，在他父亲遭到背叛、书店被抢夺和破坏的时候。那场变故带来的震撼和羞辱感让他母亲病倒了。贫困的手指动作迅速，肆意凌辱。没过多久，他母亲就离世了。睡觉于他而言不再是幸福的事，睡梦中，他的焦虑感和愤怒感更甚——那是一种莫名的、漫无目标的愤怒——还有无助感。每日醒来，他都疲惫不堪，诅咒即将到来的一天。

他就这样看着，索拉博睡得香甜，脸上带着一抹隐约的笑意；十五岁的达利斯身形健硕，像他父亲，只是年少一些、矮一些；小罗珊只占了门床很少的一部分，两条辫子落在一侧的枕头上。古斯塔德静静地看着他们，祈愿他的儿子和女儿一生中的每一个夜晚都能平和安宁。他非常非常轻地哼起了战争时期的老歌，他们小时候，他为了哄他们睡觉，将歌词改了一下：

祝福他们，祝福他们每一个，

祝福我的索拉博、达利斯，每一个
祝福我的索拉博、达利斯
还有罗珊，还有……

索拉博在睡梦中翻了个身，古斯塔德停止哼唱。房间里黑黢黢的，像这间公寓里其他所有房间一样，窗户的玻璃和通风口都用黑色遮光纸贴上了。这是古斯塔德九年前贴的，就是和邻国打仗的那年。那一年发生了多少事啊，他想。罗珊的出生，然后是我那场可怕的车祸。太幸运了。髋骨骨折，在床上躺了十二个星期，屁股摆在正骨大师马蒂瓦拉给的沙袋之间。然后是孟加拉的骚乱——宵禁、警棍、燃烧的公交车，随处可见。一九六二年真是可怕的一年。那可耻的败仗，走到哪里人们谈论的都是印度兵就像是锡做的玩具似的。直到最后一刻，双方还在宣扬和平与兄弟情谊，尤其是贾瓦哈拉尔·尼赫鲁，他最喜欢的口号是"印中是兄弟"，坚称两国是兄弟，是伟大的朋友。"印中是兄弟"，他不断重复，仿佛说得足够多就能真正让它们成为兄弟。然而，后来发生的故事是：中餐馆和中国理发店失去了顾客，印度人多了一个头号对手。

迪尔娜瓦兹经常吓唬达利斯："不吃完饭，小心有人来把你抓走。"但达利斯不在乎，他才不怕呢。对付那些人，他有自己的办法。

让达利斯大失所望的是，并没有邻国士兵靠近科达达德大楼。相反，经常在这一片出现的是募捐的政客。他们在那里发表演讲，根据他们各自所属的党派不同，或赞扬政府的英勇立场，或谴责政府的无能。将英勇的印度士兵派往喜马拉雅山，却只给他们落后过时的武器和夏日的单衣，让他们死在邻国军队手里。各个党派都派出了插满旗子的卡车，在城市各处巡游，车上的横幅堪称独具匠心的典范：巧妙地将支持他们党派和支持印度士兵糅合在一起。募捐者们自己则对着话筒扯着嘶哑的嗓子大喊，劝告人们要像士兵一样无私，他们用热血捍卫印度母亲，他们的血染红了喜马拉雅山上的雪。

人们受到感召，纷纷将毯子、毛衣和围巾从窗口扔出，扔进从楼下经过的敞篷卡车里。在一些富裕的片区，募捐活动变成了一场竞赛，邻居们相互攀比，努力让自己显得比别人更有钱、更爱国、更有同情心。女人们纷纷从身上摘下手镯、耳环和戒指，捐出去。钱——纸币和零钱——被包在手帕里塞进感激的募捐者手里。男人们扒下身上的衬衣和夹克，踢掉脚上的鞋子，解下腰上的皮带，将它们统统扔进卡车里。那是一段怎样的时期啊，那样的团结，那样的慷慨，让每个人都不由得热泪盈眶，备感自豪和欢欣。之后，据说有些捐赠物品出现在克尔集市和纳尔集市，还有各处路边小摊的摊位上，不过这恶毒的指控没有多少人去关注。国家团结的热度仍在，令人欣慰。

然而，所有人都知道，那场战争冰封了贾瓦哈拉尔·尼赫鲁的心，更将它击碎了。他始终难以释怀。这个国家最受爱戴、最有远见卓识的人变得满腔怨愤。自此以后，他再难容忍丝毫批评，也不接受任何谏言。他对哲学的热爱、追求梦想的热情都永远消逝了，他听任自己纠缠在各种政治阴谋和内讧之中，尽管在战争爆发之前，他已经显露出暴戾无常、暴躁易怒的迹象。他与女婿之间的龃龉无疑是他政治生涯中的一根刺，这是众所周知的。尼赫鲁从未原谅费罗兹·甘地揭露政府丑闻的行为；他不再需要做被压迫者和穷苦人的斗士和捍卫者了，那些角色他曾经以极大的热情成功地扮演过。他现在唯一心心念念的就是如何确保他心爱的女儿英迪拉（他声称她是唯一真正爱他的人，甚至为了父亲而抛弃了那个一无是处的丈夫）能在自己之后成为总理。这种执念日夜萦绕于他心头，那些日子，因为受到背叛而永远地笼罩着一层阴霾，变得黯淡无光。

冲突结束后，人们将门窗上的遮光纸撕掉，黑魆魆的城市恢复了光亮。但是古斯塔德没有动那些遮光纸。他说那可以让孩子们睡得更好。迪尔娜瓦兹觉得这想法很荒唐，但她没有争辩，因为他父亲最近刚在养老院过世了。她想，或许那黑暗可以让刚经历丧痛的他稍感安慰。

"这些黑纸你想揭的时候再揭吧，孩他爸。我没有一定要你揭掉的意思。"她说道。不过每过一段时间，她就会说几句言有所指的话：那些纸很会积灰，很难清洁；是蜘蛛结网的理想之地；为蟑螂产卵提供了完美庇护；让整个房子昏暗压抑。

几个星期过去，然后是几个月，纸限制了各种光的进入——尘世间的和天体发出的。"这屋子里好像从来没天亮过。"迪尔娜瓦兹持续地抱怨着。渐渐地,她摸索出各种对付灰尘、蛛网和屋里害虫的新方法。家里人也慢慢习惯了没什么光线的生活,好像遮光纸从来就是贴在窗户上似的。不过,偶尔,当迪尔娜瓦兹为日常琐事烦躁的时候,那些纸会成为她发泄怒气的对象:"这下可好。儿子收集蝴蝶和蛾子,老子收集蜘蛛和蟑螂。很快科达达德大楼就要变成昆虫博物馆了。"

但三年后,巴基斯坦前来攻打,想要得到克什米尔的一部分土地,就像刚刚分治①时那样。政府宣布再次实施灯火管制。古斯塔德扬扬得意地向她指出自己的决定有多明智。

3

他离开熟睡的孩子们,回去看剩下的报纸。还没到他祷告的时间:地平线上还没有亮光。他跟着迪尔娜瓦兹进了厨房,将新闻标题念给她听:"东巴基斯坦的恐怖统治"。

"等会儿,我在给水桶装水。"她说道,水流的声音让她听不清。今天水压很低,装满水桶花了更多时间。她不知道为什么。她将一小块细棉布洗干净,准备过滤和储存当天的饮用水。她将湿布摊开,往陶罐口上一扔,湿布落下时发出响亮的、湿漉漉的啪嗒声。她熟练地用手指将布的中央往下按,做成漏斗状。

---

① 分治,指一九四七年印巴分治。

"报上说人民联盟①已经宣告孟加拉国的成立，"水龙头关掉后古斯塔德继续念道，"我在食堂吃午饭的时候就和同事们说过这事是一定会发生的。他们还说叶海亚②总司令会让谢赫·穆吉布·拉赫曼③组建政府。我就说如果那些狂热分子、独裁者会尊重选举结果的话，我就把右手剁下来送给他。"

"接下来会怎么样呢？"他没有回答她的问题，而是继续看报，他不再读出声。报纸上说孟加拉国难民正涌向边境，他们的故事里充满了恐怖、兽行、酷刑、残害和杀戮：妇女被割掉乳房扔在水沟里，婴儿被挑在刺刀上，到处是被烧焦的尸体，整个村庄被夷为平地。

陶罐里的水漫至边缘。迪尔娜瓦兹滴入了六滴暗红色的溶液。对于不将水烧开就喝这事儿，她始终心存疑虑。然而，古斯塔德说只要过滤并加入高锰酸钾就够了。她试图拧干被打湿的褪色花睡衣的一角。这个动作让她过早变老的手更加青筋凸起了。烧水壶的盖子开始叽叽咯咯地响。

"我有点好奇比利莫里亚少校会怎么想。"她说，挖了三勺

---

① 人民联盟，领导了孟加拉国的独立运动，也是孟加拉国独立后的首任执政党。一九四七年，印巴分治时，孟加拉地区分为东、西孟加拉，西孟加拉被划归印度，东孟加拉被划归巴基斯坦，改名东巴基斯坦。一九七一年，在人民联盟的领导下，东巴基斯坦独立；一九七二年，孟加拉国成立。

② 叶海亚·汗，巴基斯坦第三任总统，一九六六年至一九七一年任巴基斯坦陆军总司令。

③ 谢赫·穆吉布·拉赫曼，东巴基斯坦政治领袖，一九七一年至一九七五年任孟加拉总统和孟加拉总理。

布鲁克邦德红茶放入壶中。壶里聒噪的汩汩声变得柔和。她讨厌直接在水壶里煮茶，但他们用了二十多年的深棕色英式茶壶有裂缝了。茶壶套也已经磨破，里面发霉的填充物暴露在外，显然也需要更换了。

"比利莫里亚少校？什么怎么想？"他不知道她是否对他隐瞒那封信的事有所察觉，试图让自己听起来漫不经心。

"巴基斯坦的事，大家都说会打仗。他在军队待过，他应该会有内部消息。"

吉米·比利莫里亚少校在科达达德大楼里居住的时间几乎和诺布尔一家一样长久。古斯塔德总是拿他作孩子们的好榜样，让他们走路的时候要挺直，挺胸收腹，像少校叔叔一样。这位退役的少校喜欢给索拉博和达利斯讲他在军队和战场上的辉煌事迹。在两个小听众这里，这些故事很快就成了传奇，他们的少校叔叔则是这传奇中的英雄人物。他给他们讲一九四八年，胆小的巴基斯坦人在克什米尔对上印度士兵后就掉头逃窜的故事；讲西北边境令人闻风丧胆的土著部落的惨败，在帝国时期，他们可是让强大的英国军队都头疼不已的。少校叔叔说，对那些野蛮凶残的土著来说，打仗和杀戮是他们最喜欢的游戏。在巴基斯坦的纵容下，他们纵酒行凶，开始洗劫他们途经的村庄，而不是直接向首都推进。他们花了大把的时间打家劫舍，挨家挨户地搜刮钱财、珠宝和女人。少校叔叔说，他们的放纵和享乐为印度援军的到来提供了宝贵的时间。克什米尔安全了，战争胜利了。然后孩子们长舒一口气，拍手叫好。他的故事讲得很精彩——巴尼哈尔山口突破战、巴拉穆拉之战、斯利那加包围战，古斯塔德和迪尔娜瓦兹有时候也听得津津有味。

去年，比利莫里亚少校从科达达德大楼消失了。没和任何人打招呼，也无人知晓他的去向。不久后，一辆卡车悄然而至，带着他公寓的钥匙，奉命搬走了他的物品。卡车的后挡板上有几个手写的花体字：信上帝——超车请鸣笛。邻居们上前询问时，司机和他的帮手不肯透露分毫：Humko kuch nahin maaloom①，我们什么也不知道。他们能得到的只有这一句话。

少校的突然离去让古斯塔德·诺布尔很受伤，不过他不愿让人察觉。只有迪尔娜瓦兹能感觉到他内心深处的伤痛。"做了这么多年的邻居，就那样走了，真是不像话。太失礼了。"对于这件事，他只说了这些。

然而，尽管古斯塔德不愿承认，吉米·比利莫里亚对他而言并不只是一个邻居而已。他至少还是个关怀备至的兄弟。几乎可以算是家庭的一员，孩子们的第二个父亲。古斯塔德甚至考虑过在遗嘱里将他列为他们的监护人，万一他和迪尔娜瓦兹遭遇不测的话。在他消失一年后，每每想起他，古斯塔德心中仍会隐隐作痛。他希望迪尔娜瓦兹没有提起这个名字。收到那封信已经够糟糕了。那样一封信——想想我就怒气翻涌。

他努力装出满不在乎的样子，言语间却讽刺过了头："我怎么知道吉米对巴基斯坦的事怎么看呢？他连新地址都不曾留

---

① Humko kuch nahin maaloom，即后面"我们什么也不知道"的意思。

下，不是吗？要不然我们大可写信问问他的专业见解。"

"你还在生气，"迪尔娜瓦兹说道，"但我还是相信，若非事出有因，他不会就那样离开。总有一天，我们会知道是为什么。他是个好人。"她若有所思地点点头，搅了搅铝壶里的茶叶。颜色看着刚好，她倒了两杯，又从冰箱里拿出了昨天剩的牛奶。卖牛奶的还没来，但这些现在也够了。古斯塔德将茶碟倒满，轻轻吹了吹。等他看完报纸，差不多也到祈祷的时间了。他拿起黑色天鹅绒祈祷帽，走出家门。院子里，那棵孤零零的树上，麻雀啾啾地叫着，听着令人安心。

他圣带重系经文念到一半的时候，广播声不知从何处传来，开始是印地语的，然后BBC国际频道也加入进来，他没有分神，因为他已经知道了所有的新闻。

4

印地语广播结束了，接着便是一连串朗朗上口的广告：阿穆尔黄油（"……丝滑味美，醇香无比……"），哈曼肥皂，樱花鞋油。另一台收音机，播放粗粝噼啪的BBC频道的，已经关了。

古斯塔德将圣带重新在腰间系好，和往常一样，两端一样长，他感到满意。他抬了抬肩，随即又垂下，让身上的圣衫[①]

[①] 圣衫，一种贴身穿的棉质白衬衫，无袖，拜火教徒的标志性穿戴，胸前有一个口袋，据说教徒白天所做的善事都会放在那里。

穿得更加舒适。这个动作让背心从圣带下面抽出了一些，使腹部那里松快一点。后背低处透进一股凉风，让他想起衣服上那道竖直裂开的口子。他的大多数圣衫都有破洞，迪尔娜瓦兹为此很是苦恼，得买一批新的了。修补已经无济于事——这里刚补好，那里很快又会出现新的破洞，因为布料已经穿旧。他让她不必操心："通通风没什么坏处。"他一如既往地对这些显示他们经济拮据的迹象一笑而过。

他抬头望向天空，双目紧闭，嘴唇轻轻嚅动，开始默诵萨罗什祈祷的祷文。大楼里的声音被一阵柴油发动机的轰鸣声淹没。是卡车吗？发动机空转了一会儿，他忍着没有转头去看。他最厌恶的事莫过于早晨祷告的时候被打断。只能说，无礼之至。人们懂得不要打断一个人与他人之间的对话，却为何要粗鲁打断他人与达达·奥尔穆兹德①的对话呢？尤其是今天。今天，他有那么多事要感恩。索拉博考上了印度理工学院，单这一件好事就足以补偿他所有的付出和艰辛。

轰隆作响的卡车终于开走了，却在大门口留下一团柴油燃烧的烟，裹挟在清晨的空气中慢慢传来。古斯塔德皱了皱鼻子，继续默念着萨罗什祈祷的祷文。

祷文念完后，他差不多忘了那辆卡车。他走到他们家窗户下面，黑色石墙对面的、长在一个小土堆上的两丛植物旁，开始每天的园艺工作。有一些小纸片落在它们的叶子上。每天早

---

① 达达·奥尔穆兹德，阿胡拉·马兹达的别名，拜火教的最高神。

晨，他都要侍弄侍弄这两丛花草，不过他当初只种了长春花，薄荷是不知何时自己长出来的。他开始以为是杂草，差点将它拔掉了。但卡匹希亚小姐在楼上阳台上看见了，当即向他阐明了这种特别的植物的药用价值。"这东西很罕见，非常罕见！"她冲着下面喊，"它的香气可以降血压！"它会开二唇形、穗状花序的小白花，结的种子在水里泡过后吞服，可以治多种肠胃不适。于是迪尔娜瓦兹坚持让他留下那种植物，纯粹就是为了让那老妇人高兴。但是，关于这种新发现的药物的消息很快传开了，经常有人过来要几片叶子或一些神奇的种子。幸亏经常有人来要，这东西迅猛的长势总算还在掌控中，它们已经威胁到长春花的生长和开花了，后者五瓣的红色花朵让古斯塔德很是欢喜。

他清理掉那些纸片、玻璃糖纸和一根雪糕棍，然后继续去照料他的一株玫瑰。他用很粗的挂画钢丝绳将花盆绑在楼道入口的一根柱子上，钢丝绕了好几圈，又打好几个结，搞得很复杂，任何动歪心思的人不花几小时是解不开的。他捡起一片开败的玫瑰的花瓣。柴油燃烧的气味再次传来，引得他走向大门。

柱子上贴了一张告示，地上有一摊闪亮的黑油，标示出刚才卡车停留的位置。市政府的官方文件上，涂了胶水和有气泡的地方鼓在那里。看完后他在心里飞快地合计了一下。那些该死的浑蛋是疯了吧。有什么必要拓宽马路？他迈开步子快速测量了一下，院子的面积会缩小到只有现在的一半，黑色石墙会像山一样挡在一楼住户前面。那样的话，这大楼与其说是大楼还不如说是监狱，所有人都像羊和鸡一样被圈起来。马路上的噪声近在咫尺。苍蝇、蚊子还有难闻的臭气。那些不要脸的人就在墙边撒尿拉屎。深夜，那里俨然就是一个超大公共厕所。

但这只是一个提议，暂时还不会有什么动作。房东肯定不会同意以"合理的市场价"让出一半的院子的。如今，还有什么比政府的合理市场价更不合理的呢？房东肯定会上诉的。

他穿过院子回家，柴油的气味挥之不去，让他想起了九年前他出事的那天，当时他髋骨骨折，躺在车来车往的路上，也是这么一股气味，浓烈、挥之不去。他皱了皱鼻子，心里希望风能换个方向吹。让他走路有点瘸的髋骨在他走进屋里的时候开始隐隐作痛。

第二章

1

迪尔娜瓦兹决定不帮古斯塔德，他要做的事情太过疯狂，完全不切实际。将一只活鸡带回家中！接下来还要做什么？他从未如此插手她的厨房事务。没错，他偶尔会进来，凑到锅边闻一闻，或者哄着她用洋葱、香菜和青辣椒拌一个沙拉，来搭配炉子上小火炖着的扁豆蔬菜炖肉，尤其是在星期日。但是，二十一年来，这是他第一次这样深度干涉厨房做饭的事情，她不知道这意味着什么，也不知道接下来还会发生什么。

"这个筐是哪里来的呢？"古斯塔德问道，用一个挂在厨房屋檐下钉子上多年的宽口柳条筐盖住那只鸡。他并非真的想知道答案，只是想没话找话缓和气氛，自从他从克劳福德集市拎回那个鼓鼓囊囊、不停乱动的购物袋之后，她就对他冷冰冰的。

"我不知道哪里来的。"她的回答简短而冰冷。

他怀疑是卡匹希亚小姐和她说过什么预兆之类的，但谨慎起见，他继续用求和的语气说道："这筐终于派上用场了。幸好我们没将它扔掉。它到底是哪里来的呢?"

"我说过了,不知道。"

"是的,是的,你说过了,亲爱的。"他顺着她说道,"喏,这两天它就是这只鸡头上的屋顶了。有筐子盖着,它们会安安静静地在里面睡觉,长肉。"

"我怎么知道呢?在我家,鸡总是杀好了才带回来的。"

"两天后拿酱汁炖,放点洋葱和土豆,你会尝出其中的区别的,相信我。哈哈哈,酱汁!你做的酱汁简直完美,亲爱的。"他咂了咂嘴。

整个计划是昨天冒出来的。前天夜里古斯塔德梦到了他小时候,醒来的时候还清楚地记得那个梦:那是欢快的一天,在庆祝什么,屋里屋外都是笑声,房间里都是鲜花——花瓶里插着的,门口一串串挂着的,还有音乐,响了一整天的音乐:《维也纳森林圆舞曲》《金银圆舞曲》《溜冰圆舞曲》《春之声圆舞曲》《蝙蝠》序曲,还有很多很多其他的曲子,从留声机里不间断地放出来,在他的梦里不停地放着,他祖母一趟又一趟地打发仆人去买各种香料和咖喱,监督着厨子们准备宴席。

他童年时那可爱的家里一派激动而欢快的气氛让他醒来后尤感悲伤。他记不起来梦里具体是为什么事情庆贺——或许是谁的生日,或许是什么周年纪念。但是宴会前他父亲从集市买了活鸡回来,养肥了两天。那是怎样的宴会啊。

古斯塔德小的时候,买活鸡是他父亲家里的标准做法。祖母不接受其他做法。她不会买那些瘦弱的、已经杀好、拔了毛、掏了内脏的鸡回来。古斯塔德记得它们被装在盖着布的筐子里，仆人将它们顶在头上跟在父亲身后走进来，有时候是两只，有时候是四只，或者八只，视受邀客人的数量而定。祖母会去检查那些禽类，听到它们咯咯地叫着躲开，就会夸赞她儿子挑得好，然后对着单子检查那一包包的香料和作料。

但香料和作料只是好吃的部分原因。"买鸡就要买活的，咯咯叫的，活蹦乱跳的，"有人夸她厨艺的时候她就会说，"要不就别买。先喂它两天，时间短了不行。一定要喂好谷子，最好的。要记住，吃进鸡肚里的东西最终都会进到你肚子里。两天后，架好锅，点着炉子，准备好咖喱。然后将鸡杀了，洗净，炖起来。动作要快，别浪费时间。"这样做肉的味道会有什么不同呢？她会说鸡肉会变得鲜美多汁，比两天前集市养的那瘦不拉叽的鸡做出来的干干的柴柴的肉好吃太多了。

一整天，古斯塔德都在回味这个关于往日快乐时光的梦。一次，就一次，他决定——至少一天，让这简陋的公寓里也充满他儿时的家里一样的欢乐和幸福。他决定，那一天就是星期六。邀请一两个银行的同事来吃饭——肯定要请我的老朋友丁肖基——小聚一下。吃鸡，不在乎多花点钱。庆祝一下罗珊的生日和索拉博考上印度理工学院。

筐子从天而降，那只鸡好奇地从柳条狭窄的缝隙间往外打探。有了穹顶的安全保护，它开始间或咯咯几声。"现在来点米。"古斯塔德说道。

"我可不会去碰它。"迪尔娜瓦兹突然说道。如果他觉得随便哄哄她就会去照顾那东西,那么他就大错特错了。

"我来负责喂养。"之前为了让她同意,他开玩笑地说过这话。但现在他的声音里带了一丝不悦。"谁要你碰它了?不过是拿个盘子装点米给我罢了。"他求和的语气已经快维持不下去了。下班后他就直接去了克劳福德集市,现在还穿着工作装:领带、白衬衣、白裤子。一身白,除了他用扎手的椰棕绳将鸡绑到桌腿上时被鸡弄脏的地方。这一天真是太长了,他累了。

更何况,在他日子最好过的时候,克劳福德集市是个他瞧不上的地方。他和他父亲不同。他父亲以前喜欢去那种地方,将那视为一种挑战。用他的话说,勇敢地冒险闯入无赖的老巢;然后同那些店主周旋,讨价还价,取笑嘲讽他们、他们的产品和他们的习惯,但永远要保持恰当的语气,掌控好开玩笑和挑衅之间的微妙尺度;最后全身而退,压制住那些无赖的气焰,高举旗帜,大胜而归。他父亲享受那种游戏,但古斯塔德不一样,克劳福德集市让他心生畏惧。

或许是因为他们的处境不同:他父亲身边怎么也会跟着一个仆人,来去都是坐出租车;而他,总是一个人,揣着瘦瘦的钱包,拎着破旧的篮子,篮子里垫着报纸,用来吸肉上的汁水,不然它们在公交车上就该开始滴水了,那样就太尴尬了,更糟糕的是,还会引起素食主义的乘客的愤怒抗议。他全程感到焦虑和愧疚——觉得他菜篮里是比炸弹还要命的东西。

对古斯塔德来说,克劳福德集市毫无吸引力。那是个肮脏、难闻、拥挤的地方,地面湿滑,到处都是动物的黏液和烂掉的蔬菜，卖肉区昏暗、可怖，像个洞穴，巨大、邪恶的肉钩从屋顶垂下（有些空着，有些挂着半边牛肉——那些空钩更有威胁的意味），屠户们用尽手段招揽顾客——要么软磨硬泡，要么一边吹嘘自己的肉有多好，一边危言耸听宣称竞争对手的肉不安全，而且嗓门总是很大。昏暗的灯光，难闻的空气，胆大妄为、肆意寻衅的苍蝇，一切都有一种危险的意味：屠户们因常年叫嚷变得粗粝的声音；顺着他们的脸和裸露的胳膊流下，一直流到他们黏腻、满是深红色污渍的背心和围裙上的汗液；触目皆是的血（有小股流淌的，也有凝结成块的）和骨头（沾满血污的或剔得白森森的）以及它们的气味；还有那不停闪现的、意味不祥的切肉刀和屠宰刀，它们总在那些小贩比手画脚讨价还价时跟着他们疯狂挥动的手一起乱舞。

古斯塔德知道他对克劳福德集市的恐惧源于他祖母关于屠夫们的警告。"永远别和屠夫起争执。"她告诫道，"他一旦生气，就会'噗'的一声，用刀捅你，想都不带想的。"随后，她换上温和一点的语气，不那么吓人但更有教导的意思，解释了那句至理名言背后的道理："记着，屠夫一生，他所接受的训练、他从事的职业，都和屠宰有关。第二本能。他嘴里说一声'真主保佑'，刀就落下来了。"

如果有人笑她，祖母就会坚称她目睹过一个屠夫"噗"的一声将刀捅进人的身体里。那时候古斯塔德很喜欢那些吓人的故事。他开始去克劳福德集市买东西的时候，她的那些话总会浮现在他的脑海中，让他觉得既紧张又好玩。在那个地方，他从未觉得自在过。

他想为罗珊的生日挑一只鸡。店主将那些禽类一只只地抓起来给他看,但是那么多羽毛,他很难判断哪一只好。"看这只,老板,这只好。看它翅膀下面。把它翅膀拉开,拉开,拉一下不会伤到它的,别担心。看,戳这里。多厚实,都是肉。"对每只鸡他都这样,拎着它们的腿,倒过来,掂两下,强调它们有多肥。

古斯塔德看着,完全不知所措,他这儿捏捏,那儿戳戳,假装很懂的样子。但每只鸡看起来都差不多。他最后选中了一只,只是因为它抗议时的叫声似乎比其他的响亮。他本来是很愿意承认自己对禽类的不了解的。过去二十年里,他给家人买鸡的次数一只手就能数得过来。鸡绝对不是他擅长的领域。

但牛肉就不一样了。牛肉他是再清楚不过的。多年前,他大学时期的朋友,马尔科姆·萨尔达尼亚教过他关于奶牛和水牛的一切。马尔科姆帮他藏匿家具,不让贪婪的破产法警抢走也差不多就是那时候。

书店没了之后,古斯塔德的父亲变得一蹶不振,对每周出征克劳福德集市也兴趣不再。心爱的书和生意没了,他的胃口也跟着消失了,消失在迷宫般的法律程序中。古斯塔德对他肉眼可见的消沉深感担忧。他拼尽全力担起养家糊口的重担,给学生做家教的收入少得可怜,但在马尔科姆的建议和指导下,那些卢比比他想象的禁花。

相比其他果阿人,马尔科姆要高一些,皮肤白皙很多。他喜欢解释说自己的肤色是因为当地人混杂了葡萄牙殖民者的血统。他有着厚厚的红唇，顺滑发光的黑发总是偏左分，往后梳。马尔科姆的样子和才华都像他父亲，他父亲教钢琴和小提琴，帮助学生准备皇家音乐学院和三一学院在孟买定期举行的考试。马尔科姆的母亲在孟买室内乐团担任第一提琴手，他哥哥吹奏双簧管。马尔科姆会在学校合唱团练习和表演时弹弹钢琴。他以后要成为职业音乐人，他说，但是他父亲坚持让他取得学士学位，来完善他的教育。

古斯塔德很羡慕马尔科姆，甚至有点嫉妒他。他希望自己也会弹奏某种乐器。以前日子好的时候，他家也总是响着音乐——他父亲有一台很大的录音机，放在擦得光亮的暗色柚木壁柜里，架子上放着一排又一排的磁带，但家里却没有一样乐器。古斯塔德能找到的和乐器关系最近的东西就是他母亲小时候抱着曼陀林拍的一张照片。那张照片让他很入迷，有时候，古斯塔德的母亲会和他说起曼陀林，她目光看向远处，告诉他她以前会弹哪些曲子，她的声音温和、柔顺，在诺布尔家，这样的声音缺乏必要的力度，影响不了任何事情。

虽然古斯塔德有点不合群，但是在马尔科姆家，他总是受欢迎的。有时候，萨尔达尼亚先生会来一段小提琴独奏，有时候马尔科姆会给他父亲伴奏，古斯塔德会暂时地忘记自己的烦恼。在那段入不敷出的日子里，每个安那、每个派士[①]都

---

① 安那、派士，两种印度的货币单位。

很重要，音乐家马尔科姆教会了他吃牛肉，以减轻开销的压力。"幸好我们是这个印度教国度里的少数群体。"马尔科姆总是说，"让他们去吃豆子、鹰嘴豆、黄豆，调上他们那臭兮兮的阿魏①——他们叫它'hing'是不是？让他们放屁去吧。现代的印度教徒吃羊肉，或者更新潮一点，吃鸡。但我们要从他们的圣牛中获取蛋白质。"有时候他会模仿他们经济学教授的口吻说，"供求法则，记住。这是关键。是它让牛肉的价格变低。它是圣牛，所以更健康。"

星期天的早晨，古斯塔德会和马尔科姆一起去克劳福德集市，但他们的第一站总是教堂，马尔科姆要到那里去做弥撒。古斯塔德会和他一起进去，照着他朋友的样子，将手指在圣水里蘸一下，在胸前画十字，入乡随俗，以免冒犯到别人。

第一次去的时候，教堂和他们的仪式都叫古斯塔德着迷，这里和火神庙里的情形是那么不同。不过，他很谨慎自守，因为从孩提时起，他就受到各种熏陶和影响，不会受其他信仰的感召。他接受的教导是，所有的宗教都是平等的，但人必须忠诚于自己的宗教，因为宗教不像衣服样式，可以随心所欲地更改，或赶潮流。他父母在这一点上很坚持，因为在这片土地上，叛教变节蔚然成风，其根系深扎于历史传统中。

因此，古斯塔德很快暗自决定，虽然这里的音乐悦耳动听，圣像光彩夺目，法衣奢侈华丽，令人印象深刻，但他还是

---

① 阿魏，一种植物树脂。

偏爱火神庙里平和、神秘、令人内心宁静的感觉。有时候，他也怀疑马尔科姆是不是有意无意地想拉他入教。

不管音乐家马尔科姆是什么打算，有好几个星期天的早上，在进入牛肉及其相关话题之前，他先提到了天主教。一千九百多年前，天主教就传入了印度，传教士托马斯随渔民一起在马拉巴尔海岸登陆，马尔科姆说。"比你们帕西人早得多，你们是七世纪时为了躲避穆斯林才从波斯逃到这里来的。"他揶揄道。

"或许吧，"古斯塔德反驳道，"但我们的先知琐罗亚斯德很早就存在了，比你们上帝之子的降生早一千五百多年，比佛陀早一千年，比摩西早二百年。你知道拜火教对犹太教、天主教和伊斯兰教产生了多大影响吗？"

"好了，好了，兄弟！"马尔科姆大笑道，"我认输。"因为克劳福德集市离教堂步行只有一小段路，他们很快就到了卖肉的大厅。在那里，古斯塔德对牛肉有了总体的了解：它的营养价值、最好的烹饪方法、最好吃的部位，还有，最重要的，克劳福德集市哪些屠户卖那些部位的牛肉。

接下来的那个星期天，马尔科姆继续说天主教的故事。印度的圣人、婆罗门、苦行僧、导师彬彬有礼地走到圣托马斯面前，他们想知道他是谁，为什么浪迹于此。他们在海边会面。圣托马斯说出了自己的名字，然后说道，劳驾，合拢你们的手掌，放到水里，掬起一捧水抛向空中。他们照做了，水向上散开，又落回海里。圣托马斯问，你们的神可以让水不回落吗？

什么话，托马斯先生，印度圣人说道，这是引力的定律，是梵天、毗湿奴、湿婆①定下的法则，它一定会落下。

然后牛肉大师马尔科姆指出了买牛肉最重要的一点：如果肥肉偏黄，那就是奶牛肉，没有水牛肉好吃，水牛肉的肥肉是白色的。他说这并不容易分辨——颜色的区别本就没有明确的界限，卖肉大厅里的灯光还会影响判断，常常让黄色看上去像是白色。尝试了几次之后，他就让古斯塔德打头阵了，给他练习的机会，他说，练习再练习，这是所有大师的秘密武器。

然后圣托马斯转向渔民，问道，如果我的神能做到——如果他能让水不落下——你们是否愿意放弃你们异教的众神、女神、偶像和神祇，转而敬奉他呢？印度的圣人们纷纷窃窃私语，我们就当逗个乐，迁就一下这位托马斯老兄，这个疯老外。他们说道，好的好的，我们会的，托马斯老兄，一定会的。

于是圣托马斯动作敏捷地往水里走了几步，用手捧起一捧海水，往空中一抛。看，那水果然停在空中，全都停在空中，大水珠、小水滴、拉长的、圆圆的，全都停在那里，折射出阳光五彩斑斓的色彩，闪耀着缔造万物的上帝的光辉。众人都聚集在海滩上——渔民、外国旅人、朝圣者、政客、委员会主席、银行家、乞丐、无赖、懒汉、流浪汉，以及印度教圣人，他们不约而同地跪在地上，请求圣托马斯和他们多讲讲上帝的事，以便他们也可以敬奉他。

---

① 梵天、毗湿奴、湿婆，印度教的三大主神。

最后一步（学会怎么区分水牛肉和奶牛肉之后）涉及辨认最好吃的部位。马尔科姆告诉他，脖颈上的肉——屠夫们称之为颈肉——最嫩，脂肪最少，烹饪起来最快，因此可以节约燃料费。颈肉也是最甜美的，马尔科姆向古斯塔德保证，一旦他尝到了味道，就算有一天他可以买得起羊肉，他也不会想吃的。

多年以后，古斯塔德自己去买的时候，也总是很乐意向朋友和邻居分享马尔科姆的智慧。他想教给他们吃牛肉的艺术，让他们也放弃吃羊肉这个费钱的习惯。不过，没有人像他当年一样乐于接受那些理念。古斯塔德最后不得不完全放弃传播牛肉福音的希望。

再后来，古斯塔德自己也不再去克劳福德集市了，而是凑合着从上门推销的屠夫们那里买点多筋的山羊肉、奶牛肉或水牛肉。那时，他和马尔科姆已经没了联系，因此也免去了一些尴尬，不必解释他不去克劳福德集市和全国上下苦行僧抗议屠宰牛的运动之间微妙而复杂的关系。默默地做一个不引人注目的吃牛肉的叛教者要容易一些。

2

罗珊从柳条筐的缝隙里看着那只鸡，却不肯喂它。她从未见过活鸡，连没有煮的死鸡都没见过。"来吧，别怕。"她父亲说，"想想生日宴上它就到你盘子里了，那样你就不怕了。"他将筐子抬起来一点,罗珊扔了一把谷子进去就赶紧缩回了手。

那只鸡现在已经适应了新环境,忙着啄食谷物,不时发出满足的咯咯声。罗珊对这只禽类和它的动作很着迷。就像她的《英语读者》里小狗的故事一样,她可以带它去院子里散步,像牵狗绳一样牵着那扎手的椰棕绳,或者让它栖在她肩膀上,像《英语读者》插画里的小男孩和绿鹦鹉一样。

她正浮想联翩的时候,达利斯和索拉博也来了。达利斯将米放在手上,那只鸡从他手上啄食。

"德行。"索拉博说道,摸了摸它的翅膀。

"啄得疼吗?"罗珊问。

"不疼,有点痒。"达利斯答道。这下罗珊也想摸摸了,她小心翼翼地伸出手,但那只鸡却突然又紧张起来了。它拍了拍翅膀,拉了一坨屎,躲开了。

"它拉屎了!"罗珊激动地喊道。

迪尔娜瓦兹备受考验的耐心终于耗尽。"瞧这一团糟!到处都乱糟糟的!厨房被你这死鸡弄得一团糟!前面的房间里都是你的书和报纸,窗户和通风口上还贴着遮光纸!到处都是灰和泥,到处都乱糟糟的!我受够了!"

"是的,是的,亲爱的,我知道,"古斯塔德说,"我和索拉博这两天就做个书架,把所有的书和报纸都收好。好不好,索拉博?"

"当然。"索拉博说。

她看着他们。"做个书架当然好。但如果你指望我去清理鸡屎，那你就想错了。"

"到星期六上午还会有更多鸡屎的，"古斯塔德说，"别担心，我会清理的。"他从容不迫地答道，但他显然错误地估计了自己。他小时候，家里自有仆人跟在家禽后面打扫。

索拉博让那只鸡安静下来，抓着它的翅膀，让他妹妹去摸。"来吧，它不会啄你。"

"瞧瞧，"古斯塔德高兴地说，"瞧那架势还以为他和鸡打了多久的交道呢。看他抓着它的样子多专业。我告诉你，我们的儿子在印度理工学院会很出色的，他会成为那个学校出来的最优秀的工程师。"

索拉博放开那只鸡。它一下就跳到了桌子底下，这动作让那条粗糙的棕绳活了似的，像一条细蛇一样扭动着。"别说了，"他咬牙切齿地对他父亲喊道，"鸡和做工程师有什么关系？"

古斯塔德吃了一惊。"你干吗这么生气，就开个玩笑啊？"

"不是一个玩笑，"索拉博说，声音更大了，"考试结果出来之后，你就不停地说印度理工学院，快把我逼疯了。"

"别那么大声和你爸说话。"迪尔娜瓦兹说道。确实，她意识到，他们不停地提到它，做各种计划和准备。譬如，他会住在博维的学生公寓里，到了周末就回家，或者他们去看他，一起去野餐。那个学校离湖很近，风景很美。从印度理工学院毕业后他可以去美国上一个工程类学校，或者麻省理工学院，或者——说到这里的时候，迪尔娜瓦兹会说别想那么远了，索拉博都还没去印度理工学院呢。

她理解他的感受。即便如此,他也不可以吼他爸。"我们只是感到高兴,还有什么呢?你以为你爸为什么买鸡?他辛苦工作了一天还跑去克劳福德集市。家里两个儿子都长大了,他还要去集市买东西,他很没面子的。他像你这么大的时候,已经自己承担大学学费了,还帮衬他父母。"

索拉博离开了厨房。古斯塔德重新用筐子罩住那只鸡。"走吧,别管它了,不能一直打扰它。"

半夜时分,迪尔娜瓦兹起来上厕所,听到那只鸡发出轻轻的咯咯声。一定是又饿了,她边想边打开灯。那微弱的、似是哀求的声音让她忘了她曾经多么坚决地反对养鸡。她走向米缸,却撞掉了铜量杯。它"哐啷"一声掉到地上,将全家都吵醒了。很快,所有人都在厨房里了。

"怎么了?"古斯塔德问。

"我想去后面的,鸡在叫。我想也许它还想吃食。"她说道,伸出握着一把米的手。

"还想吃食!你以为你很了解鸡吗,还能听懂它说话?"古斯塔德说。

咯咯咯,咯咯咯,筐子里传来轻柔的回应。"瞧,爸爸,"罗珊说,"它看到我们很高兴。"

"是吗?"孩子的话把他逗乐了,也打消了他的不快。他摸了摸她的头发,"既然鸡醒了,你就给它喂点食物,然后回去睡觉吧。"

他们互相道过晚安、愿神保佑你之类的话，然后就回床上去了。

3

第二天放学后，罗珊一直在给鸡喂食，和它玩。"爸爸，我们可以一直养它吗？我会照顾它的，我保证。"

古斯塔德被逗乐了，也有些感动。他朝达利斯和索拉博眨了眨眼。"你们觉得怎么样？我们要为了罗珊留它一命吗？"他以为他们会反对，并舔着嘴唇想着明天的宴会。

但索拉博说："我没意见，如果妈妈不反对让它待在厨房。"

"求你了，爸爸，我们可以留着它吗？索拉博都要养了。是不是，索拉博？"

"够了，今天已经闹够了。"古斯塔德说。

星期六早上，到科达达德大楼送货的屠户来敲门。古斯塔德将他引到厨房，将那个筐子指给他看。那个屠户伸出手。

古斯塔德很不高兴。"我们长年累月在你那里买东西。就请你帮个小忙，你还要钱？"

"别生气，老板。不是我要钱。要有东西放我手上，我下刀时才不会有罪孽。"

古斯塔德给了他一个二十五派士的硬币。"我忘了这回事儿。"他不想看到那只鸡最后绝望的样子,也不想听到它绝望的叫声,他走出厨房,在前门等着。

过了一会儿,那只鸡倏地一下从他脚边窜过去,跑进了院子里。那屠夫跑着追在后面。"鸡,鸡,抓住那只鸡!"

"怎么了?"古斯塔德喊着追了过去。

"哦,老板,我拽着绳子,提起筐子!"那屠夫喘着气,"就那样,我一手拿着绳子,一手拿着筐子,那鸡就从我胯下跑了!"

"不可能,我亲自绑的!"跑起来的时候,古斯塔德轻微的跛就变成难看的瘸了。他跑得越快,就瘸得越厉害,他不想被别人看见。那屠夫在他前面,离那只鸡已经越来越近了。幸运的是,鸡跑到院子里之后是向右跑的,那里离黑色石墙很近,那边是个死胡同,不是大马路。

瘸子特穆尔也在那里,一瘸一拐地追着。他朝那只鸡扑了过去,让大家惊讶的是,他抓到了,他自己也很惊讶。他拎着它的腿将它高高举起,发狂似的向古斯塔德挥动着它,弄得那只鸡拼命地尖叫着、拍打着翅膀。

瘸子特穆尔从早到晚都在院子里晃荡,无论天晴下雨。古斯塔德每次想起正骨大师马蒂瓦拉在他开裂的髋骨上产生的奇迹般的疗效,就不由得会想起特穆尔。瘸子特穆尔,大家都这么喊他,是髋骨骨裂患者中最悲惨的例子。这些患者很不幸地接受了常规治疗,现在不得不长年累月地依赖拐杖,终其一生除了苦痛已经没有什么可期待的。艰难行走时,他们的身体会夸张地从这边摆到那边，全身都在使劲，一边走一边喘。

特穆尔对院子里唯一的那棵树总是敬而远之，似乎怕它会伸出枝丫，打他一顿。他小的时候爬到树上去捡被缠住的风筝，从树上掉了下来。那棵印度楝对特穆尔不像对其他人那样友善。对科达达德大楼里的孩子们来说，它的枝叶可以舒缓各种疹子和水痘的痒。对古斯塔德来说，在他绝望卧床的十二个星期里，是这棵印度楝的叶子（迪尔娜瓦兹用研钵将它们捣成深绿色的汁）让他没有便秘。对路过的仆人、小贩、乞丐来说，楝树的嫩枝卷卷就是牙膏和牙刷。年复一年，这棵树慷慨地满足了每一个人的需要。

但对特穆尔，它却没有这么仁慈。从楝树上摔下来让他髋骨断裂，而且虽然他并不是头着地，但那次震荡却让他的脑子出了问题，或许就像地震，虽然震源很远，却照样能让房屋出现裂隙。

那次摔下来之后，特穆尔就变了。他父母依然让他去上学，希望能挽回些什么。不管那有没有用，他拄着拐杖艰难地走去学校时还是快乐的。他们如期缴纳学费，直到学校不肯再让他去。他们礼貌地建议说，如果特穆尔的求学生涯就此结束的话，对所有相关的人都好。他父母已经死了很久了，现在是他哥哥在照顾他。他哥哥是个行脚商人，通常不在家，但特穆尔并不在意。他现在已经三十好几了，但他还是更喜欢和小孩玩，而不是大人。古斯塔德·诺布尔是个例外。不知道为什么，他喜欢古斯塔德。

大家经常可以看到瘸子特穆尔在那棵魔鬼树附近指挥交通，提醒孩子们如果不想落得像他一样的下场，就离那棵树远一点。他不再用拐杖了，但为了提醒他们，他会一摇一摆、一瘸一拐地走给他们看。

而孩子们总体上对他还不错。除了偶尔拿他的缺陷捉弄一下他之外，他们很少恶意骚扰他。他对一切从空中飞过的东西都很着迷——往上飞的，俯冲而下的，振动翅膀自由飞翔的。不管是鸟还是蝴蝶，又或是抛过来的纸或飘然落下的树叶，他都会乐此不疲地去抓。知道他这个癖好后，孩子们有时候会朝他扔一个球、一根树枝或一颗鹅卵石，朝他所在的方向，却又总是偏一点点，让他够不着。他总会义无反顾地去抓，然后摔倒在地。有时候，他们会抛一个足球从他面前飞过，然后站在一边看他一瘸一拐地去追。就在他以为自己要追到的时候，他那不听使唤的腿又会将球踢得更远，他只好垂头丧气地继续追。

但总体来说，特穆尔和孩子们相处融洽。对他的一些令人厌烦的癖好不耐烦的是大人们。他喜欢跟在别人身后，从院子大门跟到大楼入口，再咧着嘴笑嘻嘻地跟上楼，直到别人当着他的面合上门。他的这种行为让有些人很是烦恼，他们不得不躲在大门外，悄悄地往院子里张望，确认是否安全，或者等他背过身去的时候悄悄溜进去。还有些人则是嚷嚷着将他赶走，他们激动地挥动胳膊，直到他明白自己不受欢迎，不过他完全不明白为什么会那样。

如果说特穆尔跟人的癖好还不至于烦扰了某些人的话，他抓痒的癖好也肯定会。他不停地抓啊挠的，动作盘桓于腹股沟和腋下，像着魔了似的。他有一套循环的动作，他的手先抠再搓，然后再挠。那些喜欢给人取外号的人觉得瘸子特穆尔还不够贴切，又给了他一个外号叫"炒鸡蛋"。女人们说他是故意的，就是为了骚扰她们。她们说只要她们在场，他的手就会往下移去，他那动作与其说是抓痒，不如说是在抚摸他自己。她们说坏坯子很清楚自己身体的那些部位是干什么用的，不管他脑子好不好使——那么大一团，也没件内裤包着，就那么晃晃荡荡地在院子里乱跑，真是有失体面。

瘸子特穆尔词汇量贫乏，最近，它们蹦出来的速度非常快，嗖嗖地从人的耳边飞过，让人根本没法听懂。好像他身体内部做了某些调整，要用舌头的速度来弥补腿部的迟缓似的。但结果却是特穆尔和听他说话的人都感到崩溃。古斯塔德是少数能破译他的话的人。

"古斯塔德古斯塔德鸡赛跑。古斯塔德古斯塔德鸡跑快快。我——抓到我抓到古斯塔德。"特穆尔骄傲地拎着鸡的腿展示着。

"很好，特穆尔，做得很好！"古斯塔德说，他训练有素的耳朵分辨着那奔涌而来的词汇。特穆尔喷泄式的表达总是完全没有逗号、感叹号、分号、问号：它们全都被冲走了，没有一丝生还的可能。这种语速只容得下句号。特穆尔用的还不是真正意义上的句号；而是当他的肺亟需重新吸入氧气时的一个小小停顿。

"古斯塔德古斯塔德赛跑。快快鸡先。"他咧着嘴笑道，拽了拽鸡的尾巴。

"不，不，特穆尔，比赛结束了。"他接过鸡，递给拿着刀等在一旁的屠户。特穆尔掐着自己的脖子，做了一个用刀划开的动作，然后发出一声惊恐的咯咯声。古斯塔德忍不住笑了。特穆尔受到鼓励，又咯咯叫了一声。

卡匹希亚小姐在楼上窗口处看到了这追鸡的一幕，探出头来，称赞道："干得漂亮，特穆尔，干得漂亮！这下我们可以交给你一个新的工作了，你可以做科达达德大楼的抓鸡人。你现在不仅仅是抓老鼠的了，你是抓老鼠和鸡的人。"说完，她脸上露出一抹隐隐的微笑，头缩回去，关上了窗。

特穆尔其实并没有抓过老鼠，他只是负责处理掉科达达德大楼里的租户们抓到的老鼠。每上交一只老鼠，市里的有害动物防治部门就会奖励二十五派士，无论老鼠的死活，以此鼓励市民全面开展清除这种啮齿类有害动物的运动。特穆尔将邻居们用木笼、铁丝笼抓住的老鼠都收集起来，交过去，靠此小赚了一笔。有些有洁癖的人将笼子一起交给特穆尔，里面的老鼠还是活的，剩下的事就是市政府的了。官方的策略是溺死。将笼子泡到水箱里，过一段时间再拎出来。老鼠的尸体堆成一堆待处理，空笼子和对应的钱数一起返还。

但是他哥哥不在家时，特穆尔不会直接将那些活老鼠送到市政府去。他会先将它们带回家，想按照市政府的做法招待它们，教它们游泳、跳水。他往水桶里装满水，将老鼠一只一只浸到里面。他在它们快死的时候把它们拉出来，看它们大口喘气和窒息的样子，他一遍遍地重复这个游戏，直到他厌倦了或者一不小心将老鼠们溺死了。

有时候他也换个花样。他会模仿那些胆大的、自己结果被抓的老鼠的邻居们的做法，烧一大壶热水，往老鼠身上浇。但和他们不同，他一次只浇一点点，然后饶有兴味地看它们的反应，看它们吱吱地叫着，痛苦地扭动，特别是它们的尾巴，他很自豪于自己赋予它们的漂亮颜色。看着它们从灰色变成粉红再变成深红，他兀自咯咯傻笑着。如果热水用完了还没弄死它们，他就会再将它们扔进水桶里。

有一天，特穆尔的秘密被发现了。没有谁为此指责他，但是邻居们一致同意再也不将活老鼠交给特穆尔。

但或许他比人们以为的更明白事。卡匹希亚小姐提到抓老鼠的人时，他的笑容消失了，面露愧色。"古斯塔德大大肥老鼠。市政府老鼠。古斯塔德古斯塔德溺死游泳老鼠跳水老鼠。鸡跑大刀。"

"是的，"古斯塔德说，"好的。"他从来没有找到和特穆尔说话的最好方式。他发现自己一不小心就会越说越快。点点头，做几个手势，少说点话是最稳妥的。

特穆尔跟着他走到了公寓门口，他咧嘴笑着，挥手道别。迪尔娜瓦兹、罗珊和两个儿子都在门口等他。"鸡脚上的绳子被解开了。"古斯塔德说，"我就奇怪了，这到底是怎么回事儿呢。"他意味深长地看着他们。那个屠户一定是回到厨房了，这次那只鸡被牢牢地攥在他手里，罗珊眼里泛起了泪花。"是的，"古斯塔德神情严肃地说道，"我想知道是怎么回事儿。我花那么多钱买来的鸡，用来庆祝生日和考上印度理工学院的，然后绳子被解开了。这算什么感谢？"

厨房里传来一声凄厉的尖叫。屠户一边用破布擦着刀一边走出来。"好鸡，老板，肉很多。"他冲古斯塔德的方向打了个招呼，离开了。

罗珊啜泣了起来，古斯塔德也不再询问了。四个人都用责备的眼神看着他，然后迪尔娜瓦兹走进了厨房。

两只乌鸦透过窗户的丝网好奇地往里面打探。水龙头边的石头矮墙上那一堆毫无生气的羽毛和肉吸引了它们的注意力。她进去的时候，它们惊恐地"呱"了一声，展开翅膀，迟疑了一下，然后飞走了。

第三章

1

晚宴前几个小时,卡匹希亚小姐临时推掉了迪尔娜瓦兹不顾古斯塔德明确反对发出的邀请。卡匹希亚小姐解释说那天早上她坐下来吃早饭的时候,餐桌正中央有一只蜥蜴,一动不动地傲慢地盯着她,冲她吐着舌头。更糟糕的是,她脱下左脚的皮拖鞋将它拍死后,它断掉的尾巴在桌面上扭跳了至少五分钟。卡匹希亚小姐说那肯定是某种预示。她在接下来二十四小时内都不会迈出家门的。

这消息惹得古斯塔德狂笑不已,直到迪尔娜瓦兹威胁要关掉炉火,放下勺子。"等你那讨厌的丁肖基来了,鸡还没做好,我倒要看看你还怎么笑得出来。"

"抱歉,抱歉,"他说道,努力忍着不笑,"我只是想到了那只蜥蜴冲着卡匹希亚吐舌头的样子。"他试图忙碌起来,帮着准备晚上的宴会,"炸面条脆饼和花生在哪里?拿它们下酒怎么样?"

"我把它们顶在头上到处走!"她搅了搅炉子上炖着的什么

东西，然后将勺子重重地一放，发出响亮的哐当声，"在罐子里啊，还能在哪里？"

"别生气嘛，亲爱的。丁肖基人很好的。他病了一场，最近刚回来上班，看上去还是很憔悴，白得像鬼一样。他需要我们的陪伴，也需要你做的美食。"迪尔娜瓦兹打开锅盖的时候，厨房里充满了印度香米做的米饭的香味，她用拇指和食指夹起一粒米饭捏了捏，然后重重地盖上了盖子，对古斯塔德这位朋友的不喜欢丝毫没有减少。

丁肖基比古斯塔德早六年进入那家银行。他经常说自己已经为这家银行连续服务三十年了，语气有时自豪，有时哀怨，视场合需要而定。他比古斯塔德年龄大，但那并不妨碍他们之间的友情与日俱增。那是在银行这种枯燥陈腐的机构中少有的、日复一日建立起来的情感联结。

古斯塔德找到了那两个罐子，将里面的小吃都倒进两个小碗里，倒进去之后他才注意到这两个碗一个缺了口，一个有裂痕，裂痕里积聚着一层浅褐色的污垢。没关系，丁肖基是老朋友了，没必要在意这些小细节。现在该准备点酒了。

深棕色瓶子里还有一点朗姆酒：赫拉克勒斯XXX。比利莫里亚少校的最后一份礼物，他消失前不久送的。古斯塔德犹豫着要不要拿出来。他将瓶子拿起来，斜过来看还剩多少。差不多两佩格[①]。对丁肖基来说够了——可以让他选，喝这个还是金

[①] 佩格，烈酒的计量单位，一佩格约等于三十毫升。

鹰啤酒。冰箱里有三大瓶呢。

迪尔娜瓦兹在厨房里也能看见餐边柜和赫拉克勒斯朗姆酒。"那才是今晚应该出现在这里的人,"她说道,"请什么丁肖基啊。"

"你是说赫拉克勒斯?"他刻意大声笑起来。该死的比利莫里亚。应该别瞒她,让她看那封信。那样她就知道他是个怎样厚颜无耻的浑蛋了。

"你总想打个哈哈就把事情混过去。你知道我的意思。"门铃响了,响亮而笃定。"就来了。"她咕哝道,冲回炉子旁。

"我们说的是七点,现在已经七点了。"他向门口走去,"快进来,丁肖基,欢迎!愿你长命百岁,我们正说到你呢。"他们握了握手,"怎么就你一个人?你老婆呢?"

"她不舒服,老弟,不舒服。"说这话的时候,丁肖基看上去似乎高兴得很。

"没什么大碍吧,但愿。"

"没什么,没什么,就是一点女人的问题。"

"我们还在想今天终于可以见到阿拉梅了呢。太可惜了。我们会想她的。"

丁肖基往前凑近,轻声说:"相信我,我不会想她。就让那秃鹫待在家里挺好的。"说完他咯咯一笑。

丁肖基提到婚姻总是一副苦大仇深的样子,古斯塔德经常好奇其中有几分是真的。他微笑着,在丁肖基凑过来轻声说话的时候谨慎地屏住了呼吸,幸好他朋友长年长满龋齿的嘴里今天只有一点点气味。这气味有着自己的循环周期，有时臭得如狂风过境，有时则如温和的微风，无甚大碍。此刻，它似乎处于平静期。当然，也不能保证它今晚不会随着他情绪的变化突然变得强烈。在银行就常常如此，早上他来时还口气清新，和某个难缠的客户争执过后就变臭了。要是银行经理马顿先生因此对他横加指责的话，那气味很快就会变得令人难以忍受。

丁肖基顽固的龋齿让众多医生都束手无策。但自从古斯塔德对正骨大师马蒂瓦拉的超凡医术深信不疑之后，他就不断劝说丁肖基也去他那儿看看。毕竟，嘴巴、牙龈、牙齿的问题也和骨头相关。丁肖基一开始拒绝了，他轻描淡写地说："算了吧，老弟，我最大的骨头问题不在嘴里，而是在下面，在我的两条腿之间。因为我家里那只秃鹫，那块骨头得不到锻炼，已经退化多年了。你的正骨师能治那个吗？"

不过他最终还是改了主意，去看了马蒂瓦拉。大师开出的处方是某种树的树脂，放在嘴里嚼，一天三次。不到一个星期，效果很明显。比如说，在银行里，客户在柜台等着取钱的时候不会再往后躲了。但是某日，丁肖基嚼树脂嚼得太起劲了，拉伤了下巴上的肌肉。因为拉伤太过严重，他不得不连续两个星期只摄入流质食物。下巴好了以后，他便再不愿嚼那树脂了。一想到那痛苦，他就怕得宁愿得龋齿。他的朋友和同事们慢慢学会了忍受他起伏不定的气味，那简直和博彩转盘一样难以预测。

丁肖基不再为自己的问题感到尴尬了，他倒是更关心他身边的人，担心他们会不会崩溃。"你老婆呢？"

"她在厨房还有一点没忙完。"

"哈，是不是我来太早了？"

"没有，没有，"古斯塔德答道，"你来得很准时。"

迪尔娜瓦兹进来后，丁肖基很绅士地鞠躬行礼。他头低下来的时候，光秃秃的脑门上细小的汗珠闪着光。他的头发将自己的生长区域限制在耳朵附近和后脑勺那一块。从他的耳朵里和他那令人印象深刻的鼻孔黑暗宽敞的深处也冒了几撮毛出来，长势旺盛，没羞没臊地想被算入头发的行列。

他伸出手。"能来赴宴是我的荣幸。"

迪尔娜瓦兹对他微微一笑，算是回应。他回过身对古斯塔德说，"我上次来这儿是七八年前了吧。那时候你刚出事，还躺在床上。"

"九年前。"

"古斯塔德和我说你之前有点不舒服。"迪尔娜瓦兹礼貌地说道，略微收起了一些傲慢，"你现在感觉怎么样了？"

"好极了，各方面都很好。看这红扑扑的脸蛋就知道了。"丁肖基捏了捏自己两边病态的脸颊，就像人们捏小婴儿的脸蛋一样。手指印在他苍白的皮肤上久久未消。

"走，我们去喝点什么。"古斯塔德说道，"你发话吧，丁肖基。"

"给我来杯凉水就够了。"

"不不，正经喝一点。别争了。有金鹰啤酒，还有朗姆酒。"

"好吧，如果你一定要我喝，那就金鹰吧。"

古斯塔德给他倒上啤酒，迪尔娜瓦兹进厨房去了。他们坐下来喝酒。"干杯！"

"哈！"丁肖基喝了一大口，吁了口气，"真好。这比当初你骨裂躺在床上、我来看你时好多了。还记得那时候我每个星期天都过来吗？给你带来我编制的银行简报，让你了解最新的消息？"

"我总说你应该去做记者，而不是银行出纳。"

"那真是段好日子，老弟。我们曾经那么快乐。"丁肖基轻轻碰了碰嘴角，擦掉啤酒泡。

"那时候帕西人是银行业的霸主，大家都那么尊敬我们。现在整个氛围都变了。自从英迪拉将银行国有化之后。"

古斯塔德碰了碰丁肖基的杯子。"世界上哪里的国有化都不容易行得通。对那些白痴你能说什么呢？"

"相信我，"丁肖基说，"她是个精明的女人，这些都是她拉选票的战术。让穷人看到她是和他们站在一边的。这女人净捣乱。还记得她爸爸当总理，让她做国大党主席的时候吗？她一上任就煽动马哈拉施特拉邦独立，导致了多少流血事件和暴乱。还有现在这可恶的湿婆军[①]，想让我们这些人都成为二等公

[①] 湿婆军，二十世纪六十年代兴起的一个极右翼政党，认为孟买等马拉地地区是属于马拉地人的，应该将抢夺他们工作机会和财富的外来移民赶走。

民。别忘了,她就是靠支持那些民族主义的家伙起家的。"

丁肖基擦了擦头,将手帕搭在一个膝盖上。古斯塔德起身去开吊扇。"那次暴动的时候我腿上还包着马蒂瓦拉的沙袋。"

"没错,你没看到弗洛拉喷泉广场那次大游行。天天都是打斗、示威之类的。"他飞快地喝了一口啤酒,"那些流氓砸破了银行的窗户,甚至连进门处的厚玻璃都砸了,我们当时都以为要完蛋了。我心想,好日子到头了。他们叫嚷着'你们这些帕西人,懦夫,让你们看看谁才是老板。'你知道分类账本部的'猫头鹰屁股'做了什么吗?"古斯塔德摇摇头。

"猫头鹰屁股"是个脾气不好、阴郁的老年雇员,名叫拉坦萨。但是有一天,一个年轻人——临时兼职的,所以也没什么可失去的——无礼地问他为什么顶着一张猫头鹰屁股一样的脸走来走去。自那以后,这个绰号就叫开了。现在,私下里,人们提到拉坦萨的时候都是说"猫头鹰屁股",或者礼貌一点,猫头鹰拉坦萨。

"猜猜,老弟。"丁肖基说道,"你觉得他会做什么?"

"猜不到。"

"开始'猫头鹰屁股'还叫大家别慌,只是几个流氓而已。但是事情越闹越凶之后,他就拿了块白手帕放在头上,开始念圣带经了。很大声,就像火神庙里的祭司一样。那以后,有些家伙就老取笑他,叫他去做全职的祭司,那样他赚得还更多。"古斯塔德大笑起来,丁肖基又擦了擦前额,拿手帕当扇子一样扇,然后又伸到衣领下擦了擦脖子,"但是说真的,老弟,我们都以为自己要完蛋了。多亏了入口处那两个守门的帕坦人①。我以前总觉得他们没什么用,就是穿着制服,戴着头巾,背着锃亮的来复枪装装门面的。"

"是靠谱的家伙,"古斯塔德说,"每次有大人物经过的时候,他们那礼行得多好啊!"

"是啊,多亏了那两个帕坦人,还有他们手里的枪,那些萨卡兰人、达塔兰人和卡拉兰人才只敢站在外面,像骂街的泼妇一样叫嚷。他们一靠近,其中一个帕坦人就一跺脚,他们立刻缩了回去。"丁肖基用他穿着从巴塔买的十二码②"淘气男孩"鞋子的脚示范了一下,茶几上的啤酒瓶都被震动了。对于一个个头并不高的男人来说,他的脚很大。"砰!仅此一下,那些马拉地人就像蟑螂一样退了。"他喝了一大口酒,放下杯子,"幸好,等那些讨厌的蟑螂胆子越来越大的时候,警察来了。真是惊险的一天,老弟。"

丁肖基又擦了擦前额,然后将手帕叠整齐,收起来,对头顶的吊扇感到满意。"我可以问个问题吗?"

"当然,问吧。"

"为什么这些黑纸还贴在窗户上?"

"你还记得之前和邻国的战争吗?"古斯塔德正说着,两个男孩和罗珊都进来了,他们对丁肖基说"先生",他正好不用

---

① 帕坦人,阿富汗南部和巴基斯坦西部的主要民族,亦称"帕坦族",部分帕坦人迁徙到了印度。

② 十二码,相当于常规的四十八码。

再解释了。

"哈喽，哈喽，哈喽！"他说道，看到他们很高兴，"我的天，他们都长这么高了。罗珊，我上次看到你的时候，你只有这么点大——就一码大。"他伸出一只手，大拇指和小指伸开，"难以置信，是不是？小寿星生日快乐！也要祝贺索拉博。印度理工学院的天才！"

索拉博没理他，瞪着他父亲。"你已经把这件事告诉全世界了吗？"

"没规矩。"古斯塔德低声说道，面朝餐边柜开着啤酒。他的声音听得很清楚，但他转过脸去了，所以别人可以假装听不见。

索拉博不依不饶。"你老在别人面前嘚瑟，好像是你自己要上印度理工学院似的。我对它没兴趣，我早就告诉过你。"

"别跟我说这些傻话。真不知道你这些天是怎么了。"

丁肖基感到有必要打个岔。"古斯塔德，达利斯是不是在骗我？他说他可以做五十个俯卧撑和五十个深蹲。"

罗珊也插话说道："爸爸，唱那首驴子的歌！今天我生日，求你了，求你了！"

索拉博打断他们道："如果没人想喝朗姆酒的话我喝了。"

古斯塔德顿了一下。"你说真的吗？你以前从来不喜欢的。"

"那又怎样？"

古斯塔德咽了一下口水，用手做了一个"打住"的动作，那动作里有默许，有无奈，也有厌弃。他转向丁肖基和达利斯。"是真的，五十个俯卧撑、五十个深蹲，每天早上。他还会往上加，直到做到一百个，像我一样。"

"一百个。"丁肖基夸张地跌坐回椅子里。

"爸爸，驴子歌。"罗珊提醒道。

"等一下，等一下。"古斯塔德说道，"是的，没错，一百个俯卧撑和一百个深蹲。每天早上都做，直到出事前，就像小时候我祖父教我的那样。"

古斯塔德的祖父是做家具的，他是个强壮的男人，有六英尺多高，胳膊和肩膀都充满了力量。这种力量部分遗传给了他的孙子。说到古斯塔德的教养和前途问题时，祖父经常对他儿子说："你用你的书和书店武装他的头脑，我不会干涉。但他的体魄我来负责。"每天早上，小古斯塔德揉着他睡意蒙眬的眼睛，不愿意锻炼时，祖父就会和他说起那些光荣的摔跤手和每天做一千个俯卧撑的壮汉的故事：拉斯特姆·帕尔万，他可以躺在地上让卡车轧过去都没事；还有乔拉夫·贾尔，他可以扛起一个大舞台，让整个交响乐团在上面奏完贝多芬的《第五交响曲》。祖父还经常带他去看摔跤比赛，让他亲眼看看那些壮汉："恐怖土耳其"达拉·辛，"金刚之子"金刚，还有"蒙面侠"马劳德。

古斯塔德的祖母也是摔跤运动的狂热爱好者，她也和他们一起去看比赛。除了擅长挑鸡，对屠户有精辟论断之外，她对这种大汗淋漓的运动也很内行。她能认出场上的各位选手，就像辨认她厨房里的调味料一样轻松;她也能毫无困难地看出选手锁住彼此身体的各种擒抱动作,和赛场上令人眼花缭乱的飞身踢、握单臂背、夹躯干、顶旋摔等。她比古斯塔德和他祖父更能预测到着地、脱手、放倒、反制,猜谁会胜出时也比他们厉害。

如果说祖父是个强壮的男人,那么祖母从某种意义上来说也是个强大的女人。她以前常常笑着和他说,如果不是她这么懂摔跤的话,那诺布尔家族也不会是今天这样的。因为祖父虽然人高马大、孔武有力,但性格上却胆小、害羞、犹豫,总是磨磨叽叽地不问那个关键问题。直到一天,他又像往常一样开始局促不安、支支吾吾的时候,她决定主动出击,一招反臂扼颈迅疾如闪电,让他双膝跪地,正好求婚。

祖父矢口否认有这事儿,但祖母总是笑着说,一开始还循规蹈矩、斯斯文文的相亲最后变成了一场刺激的摔跤比赛。

"是的,"古斯塔德说,"每天早上一百个俯卧撑和深蹲。这是最好的锻炼,我对达利斯说,六个月内你的肱二头肌没有增粗一英寸,我把右手剁下来给你。我也可以这样对你保证,丁肖基。"

"别,别,算了吧。我这把年纪,只有一个地方的肌肉需要强壮。"

达利斯会心地笑了,丁肖基说:"小鬼头!我说的是我的大脑!"他伸出手,轻轻地摸了摸达利斯的右臂。"哦,天啊,这么硬,老弟!快,让我们看看。"

达利斯谦虚地摇了摇头,拉了拉他的短袖,想遮住胳膊肘。"来吧,别害羞。"古斯塔德说道,"看,我先让你们看看我的。"他卷起袖子,摆出了那个以拳抵额的经典动作。

丁肖基拍了拍。"像个大芒果!了不起,了不起!现在轮到你了,健身先生。来吧,来吧!"

达利斯摆出一副觉得他们的大惊小怪很无聊的样子,心里却暗自窃喜。健身是他最近的爱好,也是唯一成功坚持下来的爱好。在那之前,他对活的生物很感兴趣,经常光顾克劳福德集市的宠物店。他是从鱼开始的。但一天晚上,买回来两个星期的鱼,孔雀鱼、帆鱼、接吻鱼、红绿灯鱼在玻璃缸里一阵乱跳乱撞之后都死了,就像在卡匹希亚小姐早餐桌上跳动的蜥蜴尾巴一样。

接下来的四年里,在鱼之后,他又养过燕雀、麻雀、松鼠、情侣鹦鹉、尼泊尔鹦鹉,却都病死了,有的是因为胸寒,有的是因为胃里长了神秘的东西,无法进食,饿死了。每次小动物们死去,达利斯都哭得很伤心,他将故去的朋友们埋在院子里他父亲的长春花丛旁边。那些可爱的、鲜活的小生命全都难逃一死,他长时间地思考其中蕴含的智慧。无论谁该为此毫无意义、暴殄天物的结局负责,如此处理显然有些不知感恩,也缺乏品位:那么美妙、多彩、充满活力和乐趣的小东西,埋在院中毫无生气的土里。这有什么意义呢?

外部的世界一次又一次令他失望。他得出结论,继续对这样一个世界投入时间和精力太傻了,他决定将注意力放在自己身上。健身成为他的爱好。但是，在他开始锻炼之后不久，一次重度肺炎让他卧床不起。卡匹希亚小姐告诉迪尔娜瓦兹，她一点也不觉得意外。他养过的那些无辜的鱼啊鸟啊临死前毫无疑问都诅咒了他，很显然，这就是它们的诅咒导致的。

她教迪尔娜瓦兹怎么安抚那些小东西，让它们的灵魂安息。迪尔娜瓦兹温和地听着，一只耳朵进，一只耳朵出，直到有一天，卡匹希亚小姐突然带着超度需要的各种材料登门。她将一些草药放在热炭上燃烧，让病人将那升起的烟雾吸进去。

不知道是那些小鸟小鱼决定原谅达利斯了，还是佩玛思特医生的药起效了。总之，达利斯恢复了他的锻炼计划，让他父亲高兴的是，强健肌肉的效果很明显，他自己也很欣慰，他总算做成了一件事。

"快点，快点！给他们看看！"丁肖基说道。

"大方一点。"古斯塔德说。达利斯将他的肱二头肌露了出来。

丁肖基假装被吓到了，往后一躲，双手护在胸前："哦哦！瞧这块头。离我远一点，孩子。要是你不小心打到我，我可就要被捶扁了。"

"爸爸，求你了！"罗珊说道，"驴子歌！"

这一次，丁肖基也附和起来。他很熟悉古斯塔德好听的男中音。有时候，他们会在午饭时间，和朋友们一起在银行食堂里唱一唱。"好了，古斯塔德，"他说，"《驴子小夜曲》的时间到了，让我们听听吧。"

古斯塔德清了清嗓子,深吸了口气,开始唱道:

风中飘来一首歌,
但美丽的女士似乎并不
在意风中这首歌
是以我且对着驴儿歌唱
如果你确定她不会觉得我犯傻
对一头驴唱着小夜曲……

他唱到"亲爱的朋友,她是不是发出了优雅的嘶鸣"那一段的时候,大家都跟着唱了起来。他们一直跟着唱到"噫——噫——嗬——",那里最后一个音拖太长了,他们的气全用完了,罗珊禁不住大笑了起来,古斯塔德单独唱完了:"你就是我命中注定的那个!哦嘞!"

"再来一个!再来一个!"丁肖基说道。大家都在鼓掌,包括迪尔娜瓦兹,她悄无声息地出现在餐边柜旁听着。她喜欢听古斯塔德唱歌。她冲他微微一笑,然后回厨房去了。

丁肖基转向罗珊。"该继续看肌肉了。你的肌肉怎么样啊?让我们看看吧!"她模仿父亲和达利斯的样子,抬起了胳膊,然后假装往丁肖基肩膀上打了一拳。

"悠着点,悠着点!"他哀号道,"不然我就完蛋了。"他伸出瘦骨嶙峋的手指,假装要去捏她的肌肉,实际上却开始胳肢她。"哦哦哦!这肌肉!咯吱—咯吱—咯吱!这还有块肌肉,还有这儿。咯吱—咯吱—咯吱！"罗珊笑得喘不过气来，在沙发上打滚。

迪尔娜瓦兹从厨房里出来，看上去对丁肖基的做法颇不以为然。她告诉大家晚餐已经上桌了。

2

鸡被成功地分成了九块。幸好卡匹希亚小姐和丁肖基的妻子没来，迪尔娜瓦兹心想。即便丁肖基上来就夹走两块，盘子里也不至于一下子就空了。她做了个礼貌的手势请客人开吃。

"女士优先，女士优先！"丁肖基说道，达利斯跟着附和。"小鬼头！"丁肖基假装责备他，却公然对他眨了眨眼，"啤酒慢点喝，不然很快就上头了！"这两个人很说得来，让古斯塔德很高兴。他看着索拉博——这孩子太爱闹脾气了——如果他能像达利斯一样随和就好了。

如古斯塔德预料的一样，炖鸡的酱汁非常完美。丁肖基说那香味可以让寂静塔里的尸体馋得坐起来，真的有那么美味。迪尔娜瓦兹听到后嫌恶地看了他一眼。这个人还懂些礼仪吗，在餐桌上提那些，还是生日宴？

除了鸡，她还准备了一道炖蔬菜，里面有胡萝卜、豌豆、土豆和红薯，加了很多香菜、孜然、生姜、大蒜、姜黄和整个的青椒做调料。还有米饭，上面点缀着丁香和肉桂。这香喷喷的印度大米饭是迪尔娜瓦兹为这个特别的日子从黑市一个家伙那里换来的，用配给店一个星期配给的短胖、寡淡的大米换了四杯细长、美味的大米。

他们先吃了些炖蔬菜。鸡应该留到晚点再吃，不用说大家也都明白。古斯塔德对丁肖基说："你看这鸡是不是正耐心地等着我们？今天上午它可没这么有耐心。上午好险！它从厨房跑到院子里去了，那个屠夫——"

"你是说你从集市买的活鸡？"

"当然。味道完全不一样，你知道吗，现杀现做——"

"你可以等一下再和丁肖基说吗？等我们吃完？"迪尔娜瓦兹厉声说道。两个人惊讶地抬头，扫了一眼席上的各位。另外三人没有作声，但脸上的表情和迪尔娜瓦兹一样。

"抱歉，抱歉。"古斯塔德说道。他和丁肖基继续津津有味地进攻炖蔬菜，但其他人却只是将盘子里的食物拨来拨去。罗珊的脸色已经有点发青了。古斯塔德意识到他犯了个严重的错误。必须赶紧做点什么，恢复大家的好胃口。"等等，各位，等等，"他大声说道，"我们还没有为罗珊唱生日快乐歌呢。"

"对啊，生日快乐歌可不能耽误。快，快！现在就唱！"丁肖基心领神会地拍起手来。

"但菜会冷掉的。"迪尔娜瓦兹说道。

"唱首歌要多少时间呢？"古斯塔德说道，"预备，三、二、一。"他一挥手，起了个头。他一起头，大家也就满腔热情地都唱了起来，当他们唱到"祝你生日快乐，亲爱的罗珊"的时候，罗珊听到她的名字，终于高兴地笑了。丁肖基又伸手过来胳肢她。"咯吱—咯吱—咯吱。"她全无防备,笑得差点从椅子上掉下去。

然后古斯塔德举起他的啤酒杯:"愿神保佑你,罗珊。祝愿你永远健康,直到变成一个很老的老太太——去学习,去生活,去看世界。"

"说得好,说得好!"丁肖基说道,每个人都举起杯子喝了一口。罗珊喝的是山莓汁。迪尔娜瓦兹喝的就是水,但她从达利斯的杯子里喝了一点点啤酒。"愿神保佑。"她说着闭上眼睛,啤酒在她嘴里留下苦涩的味道,然后她睁开眼睛瞄了一眼大家,略显惊讶。

"等一下,等一下。"丁肖基说。达利斯立刻说道:"一百二十磅。""小鬼头。"丁肖基呵斥了一声,然后继续道,"请大家别放下酒杯。"他清了清喉咙,将右手放在心口,忘了自己的舌头发不清"zh"这个音,对着罗珊朗诵起来:

我度你健康,度你财富,
我度你金银在侧;
我度你一生安乐,
我还能度你什么?

又是一阵掌声,大家又喝了一轮。"漂亮!"达利斯说道,"漂亮!"然后屋子里突然一片漆黑。

惊诧之下,屋里出现了片刻的安静,以及在这种情况下会有的些许惊慌。不过很快，呼吸声和其他通常会有的声音就恢复了。"大家都坐着别动，"古斯塔德说，"我先去书桌那边拿手电筒，看看是怎么回事儿。"他慢慢地摸索着走过去，"或许是保险丝什么的问题。"他拧开手电筒，但光线很微弱。他在手电筒屁股上重重地拍了几下，光线亮了一点。

"照着我去厨房。"迪尔娜瓦兹说，"我们的蜡烛和煤油灯至少可以照着我们吃完这顿饭。"

她忙活的时候，古斯塔德走到窗边。他看到院子里有个影子在动，从走路的样子看肯定错不了。"特穆尔！特穆尔！到这儿来，一楼。"

"古斯塔德古斯塔德古斯塔德都黑黑黑了。"

"是的，特穆尔。整座楼都黑了吗？"

"是的是的整座楼黑到处黑。黑路灯。黑到处黑古斯塔德。黑黑黑黑。"

丁肖基走到窗口，想听清他们在说什么。"好的，特穆尔，"古斯塔德说，"小心，别摔跤。"

迪尔娜瓦兹点亮了煤油灯，那不足以照亮整个房间，但是桌子那块看着很温馨。"到处都是黑纸，星光和月光都照不进来。"她兀自念叨着。

"那是嘴巴还是德干特快啊？"丁肖基问，"你能听懂吗？"

古斯塔德笑道："那是我们独一无二的瘸子特穆尔。多听听就能听懂了。不过，我们用不着去看保险丝了。整个街区都黑了，我们只能等。"

"别等待，"丁肖基说，"否则你就迟到了，往盘子里放满菜。"

"一首接一首啊！你今天很在状态啊，丁肖基。"古斯塔德说，"从现在起我们要叫你'桂冠诗人'了。"

"什么'桂冠诗人'，我是印度母亲之子。叫我卡维·卡玛尔，印度的丁尼生！"他从古斯塔德手里拿过手电筒，放在下巴下。光在他蜡黄的脸上照出奇怪的影子。他耸起肩一摇一摆地像怪物一样向桌边靠近，一边用吓人的声音念着：

鬼走到右边

鬼走到左边

鬼走到跟前

又饥又渴！

大家都鼓掌叫好，除了迪尔娜瓦兹，她现在很担心饭菜要凉了。丁肖基鞠了一躬，将手电筒还给古斯塔德。得意和灵感让他的脸红红的，他说道："尽管夜很黑，但不要怕，我们可以就着烛光，或煤油灯进餐。"

"没错，"古斯塔德说，"但不管有没有光，我都还有一个祝愿要说。祝索拉博，我的儿子，我们家老大。祝你好运、健康，在印度理工学院前程锦绣。让我们都为你骄傲。"

"说得好，说得好！"丁肖基喊道，"他是个好小子！真是个好小子！"大家都跟着附和，声音越来越大。他们没有听到索拉博说"够了",直到他用盖过他们的声音重复道:"够了!"

各种声音戛然而止。大家表情愕然地看着索拉博。他坐在那里,气愤地盯着自己的盘子。蜡烛的火焰被呼吸的气流带动,照出一个个紧张兮兮的影子,疯狂地颤动。

"饭菜都凉了。"迪尔娜瓦兹说,虽然此刻她并不在意这个。

"是的,我们快吃吧,"古斯塔德说道,"但是怎么突然这样?"他问索拉博。

"不是突然的,我已经受够了,整天理工学院理工学院的,我对它没兴趣,我也不是什么好小子,我不会去那里的。"

古斯塔德叹了口气。"我说过让你别喝朗姆酒的。喝得你头晕了吧。"

索拉博轻蔑地抬起头。"你愿意的话就骗你自己吧。我无论如何不会去理工学院的。"

"这么聪明的孩子说出这么没头脑的话来。这怎么可能?我问你,"他转向丁肖基说,"为什么呢,辛辛苦苦读了这么多年?"迪尔娜瓦兹移了移盘子,拿起公勺,然后又放下。但这盘碟餐具宽慰人心的叮当声已经无力力挽狂澜了。古斯塔德一挥手制止了她的动作。"说说为什么。沉默没用。"他顿了顿,此刻与其说他是愤怒,不如说是困惑,"好吧,我知道你为什么沉默。今天是生日宴,不是讨论的时候。明天我们谈谈。"

"你为什么就不能接受事实呢?我对印度理工学院没兴趣。那不是我想要的,是你制订的计划。我告诉过你我要改修艺术。我喜欢那个学校，我的朋友们都在那里。"

古斯塔德再也控制不住自己。"朋友？朋友？别和我提你的朋友！如果你有好的理由，我会听。但是别提朋友！你瞎了吗，没看到我的例子吗，没有从中得到教训吗？"他停了一下，摸了摸罗珊的头发，似乎想安慰她什么，"我那好朋友吉米·比利莫里亚怎么样了？我们的少校叔叔呢？他以前总来这里，现在在哪里？他不是总和我们一起吃吃喝喝吗？我不是待他如亲兄弟吗？走了！消失了！一个招呼也没打。这就是友情。一钱不值，毫无意义！"

丁肖基局促不安起来，古斯塔德生硬地补了一句："当然在座的这位除外。老哥，这炖菜很好吃。再吃点鸡。吃吧，丁肖基。吃吧，罗珊。"

"男士优先！这次男士优先！"丁肖基说道，竭力装出欢快的样子，"这样才公平，小姐们。"但是谁也没笑，连达利斯都没笑。沉默，大家几乎一言不发地吃完了这顿饭。

丁肖基吃到了那根如愿骨，提出愿意和某人一起掰断它，但没有人回应他。古斯塔德尴尬地握住了另一端。他们一拉，一扭，笨手笨脚地弄了好一会儿才将那根油腻腻的骨头弄断。古斯塔德手里是短一点的那段[①]。

---

① 两人同掰一块如愿骨，得到长的一段的人可以实现愿望。

第四章

1

唯一的客人离开了,古斯塔德锁上门。一共九块鸡,盘子里还剩六块。"现在你满意了?"他说,"毁了你妹妹的生日宴。大家都没胃口了。"

"是你将活鸡买回家,又杀了它,让我们吃不下去。"索拉博说,"别把你的愚蠢怪到我头上。"

"愚蠢?不要脸的!你这是在和你老爹说话!"

"生日不要吵架,"迪尔娜瓦兹说,半是劝说,半是警告,"这是我们家的规定。"

"我知道我在和我老爹说话。但我老爹听不进别人说的真话。"

"真话?先吃过你爸妈吃过的苦,再来说真话!我上大学可没人帮我付学费,我得自己去挣。晚上只能在那样的油灯下学到深夜,灯芯还不舍得挑高,要节省——"

"这事你已经和我们说过一百次了。"索拉博说。

"罗珊!"古斯塔德的手颤抖着,"拿我的皮带来!拿那条厚的棕色皮带！我今天要好好教教你这个哥哥怎么尊敬长辈！他以为他翅膀硬了！我要揭了他的皮！一寸不留！"

罗珊呆呆地站在那里，吓得瞪大了眼睛。迪尔娜瓦兹示意她待着别动。儿子们还小的时候，她就经常担心古斯塔德那一身蛮力在管教孩子的时候会把他们打出重伤。做父亲的理应管教孩子，但事后他也总是后悔自责不已。她希望索拉博能保持沉默，让这事儿就这样过去。

但他却丝毫不肯退让。"去，去拿。我不怕他，我什么都不怕。"

见罗珊没动，古斯塔德自己去了，回来时肩膀上挂着惩罚用的工具，儿子们小的时候只要提到它，他们心里就怕了。此刻，他气得喘着粗气。"说吧，有什么想说的就说吧！如果你还有胆子的话，就让我们听听你的陈词。"

"我都已经说过了。如果你没听清的话，我可以再说一遍。"

古斯塔德一抖手，皮带划破空气，发出"嗖"的一声。迪尔娜瓦兹跑过去挡在两人中间，像孩子们还小的时候一样。牛皮抽在她的小腿上，她尖叫一声，两道红印瞬间显现。

"躲开！"古斯塔德大声喊道，"我警告你！今晚我不管那么多了，我要宰了你儿子，我要——"

罗珊开始连哭带喊。"妈妈！爸爸！别这样！"古斯塔德一次又一次地试图够到他的目标，但迪尔娜瓦兹熟练地挡住了他。

罗珊的哭喊声再次响起。"求你们了！看在是我生日的分上，别这样！"

皮带仍在飞舞，不过已经没有了第一下的力道。抽错的那一鞭让古斯塔德的手臂失了之前的气势和敏捷。"你这个懦夫！别躲在你妈妈身后啊！"

索拉博和迪尔娜瓦兹还没来得及做出回应，一道尖锐的喊声响起。"够了！现在是睡觉时间，不是打架时间！要打明天早上再打！"

是卡匹希亚小姐的声音。和早上她呵斥卖牛奶的老兄时一样抑扬顿挫。古斯塔德火冒三丈。他冲到窗口。"要说什么到我门口来说！我又不是白住在这里的，我也付了房租的！"他怒气冲冲地转向迪尔娜瓦兹，"看见了吗？你的朋友就这德行。老巫婆！"

"但她说得没错。"迪尔娜瓦兹毅然地说道，"大半夜在这里又叫又嚷的。"

"很好！站在她那边，和你丈夫作对。总是和我一个人作对。"他感到痛彻心扉，无话可说。外面，一切重归寂静。但他还是固执地等在窗边，一旦卡匹希亚小姐回嘴，他好立即顶回去。

迪尔娜瓦兹趁机将索拉博、达利斯和罗珊推出了房间，让他们去睡觉。房间里只剩古斯塔德一人了，他的怒气开始消解。他看了看手里紧抓着的皮带，将它扔到了角落里，吹灭餐桌上的蜡烛。这房间对他来说还是太亮了。他调整了煤油灯的灯芯，又站回窗边。外面那道石墙也几乎看不见了，融入这墨黑的夜色中。

迪尔娜瓦兹回来了。"他们都上床了，等你去道晚安呢。"他没回答。她继续说："我去看了索拉博，瞧。"她伸出一只衣袖，上面洇湿了一大片，"他的眼泪。去看看他吧。"

古斯塔德摇了摇头。"等他学会了尊敬长辈，再来找我。否则，他就不是我儿子。我就当儿子死了。"

"别说这样的话！"

"我说的都是当说的。现在他对我来说什么也不是。"

"够了，别说了！"她轻轻摸着小腿上的红痕，他则看着她。

"跟你说过多少次了，我在管教孩子的时候别来拦。"

"十九岁了，他不是小孩子了。"

"不管十九岁还是二十九岁，他都不能那样和我说话。到底是什么缘由呢？我做什么了？我不过是为他骄傲罢了。"

他愤怒背后的困惑令人同情，她想安慰他，帮他去理解。但是她自己也不理解。她轻轻地摸了摸他的肩膀。"我们要有耐心。"

"我们这么多年还不够有耐心吗？结果就是这样吗？伤心，除了伤心什么也没有。毫无由头地把大好前程扔在一边。我还有什么没为他做？告诉我。为了他，我都往车子上撞了。我将他推到一边，救了他，然后自己一辈子都得受这苦。"他拍了拍自己的臀部，"但那是一个父亲该做的。如果他连最起码的尊敬都不懂，我可以再推他一次。将他从我的房子里，从我的生活里推出去！"

她又摸了摸他的肩膀，然后走向餐桌。"我把东西收到厨房里去。然后我们去睡觉。"她开始收桌上的脏盘子和酒杯。

2

迪尔娜瓦兹收拾好桌子，用一块湿布将食物残屑擦干净后就去睡觉了。古斯塔德久久地坐在煤油灯温柔的光线下。他很感激这盏煤油灯。他知道如果电灯亮着的话，他现在还会很生气。

他不管不顾地将各个瓶子里剩下的液体都混到一起：比利莫里亚的XXX朗姆酒、柠檬汁、金鹰啤酒、苏打水。他尝了一口，脸皱成一团。不过，他还是喝了半杯，然后走到他祖父的黑色书桌边。书桌有两个并排的抽屉，右边那个要小一点，下面是一个充当柱脚的边柜。他尽量轻手轻脚地打开柜门；那门一向有些紧。他的手有点不稳。打开的时候木头相擦发出轻柔的吱呀声。

旧书和封皮的气味，与知识、智慧一起飘了出来。柜子的上层后部是E. 科巴姆·布鲁尔的《英语成语与寓言词典》和巴瑞尔和利兰德合编的两卷本的《俚语、行话和黑话词典》，一八九七年版的。和这件家具一样，它们是古斯塔德从他父亲破产的书店救下来的。他伸手将布鲁尔的词典抽出来，随意翻开,凑到鼻子边,闭上眼睛。一股浓郁的香气从旧书页间散发出来,抚慰着他紧张、困惑的神经。他合上书,用手指背轻柔地抚摸着书脊,然后将它放了回去。

伯特兰·罗素的一些作品,像《大众数学》,和亚当·斯密的《国富论》也放在这层。那是他上大学时用过的,那时候他能留下的就这几本了。他以前总和音乐家马尔科姆开玩笑说他要靠"今年买、明年卖"教材计划上完大学。这些书摆到他和索拉博打算做的书架上该有多好啊。但是现在不可能了。那孩子和我没关系了。

占据那层隔板前部的是一本朝下平放着的简明版的《韦伯词典》和袖珍版的《罗吉特英语词库》,上面盖了一些乱七八糟的杂物:卷角的信封、装着纸夹和皮筋的塑料盒子、两卷透明胶带(各用了一半和四分之三)、一瓶骆驼牌宝蓝色墨水、一瓶没有标签的红色墨水(专门用来写贺卡和婚礼送礼用的白色礼包,称呼、祝百年好合之类,还有左下角的金额)。架子上还有一些杂物,一时想不起来是做什么用的。一些被拆开的钢笔零件、一个胶水瓶的橡胶瓶嘴、一把没打刀刃的小折刀、一个从文件夹上脱落的金属夹,和一些绳子、皮筋缠绕着躺在那里。

底下那层堆放着的都是文件夹、档案夹和旧杂志。他小心翼翼地掀起一堆发黄的、布满各种矩形印记的报纸,摸到了那封信。他用手指夹住将它抽了出来,然后让那一摞报纸落了下去。一个装着生锈的钢笔笔尖的盒子——以前还没有圆珠笔的时候用的——滑了下来，里面的笔尖相互碰撞着，金属碰金属、金属碰柜子，稀里哗啦的声音响起又平息，像沙球被晃了几下又安静下来。

他将信凑到煤油灯下。这封信自收到后他已经读过好几遍了，悄悄地。信封上的字是打印的，回信地址是新德里的一个邮箱，寄信人那里是空白的。刚收到信时他既紧张又好奇：他在新德里没有认识的人。信只有一张纸，纸的质量非常好，厚实、有纹理。他又读了一遍。

亲爱的古斯塔德，

收到此信你一定非常惊讶。过了这么久，你一定已经对我彻底失望了，特别是我就那样离开了科达达德大楼。

我知道你一定非常生我的气，但请接受我最诚挚的道歉，相信我是别无选择。如果我编造一个借口，那也是撒谎，我不想那么做。我现在也还不能告诉你详情，只能说事关国家安全。你知道我离开部队后一直在为政府做事。

我在孟买有点事情需要处理。我立刻就想到了你，因为我最信任的人只有你。和你的友谊对我来说意义重大，还有你亲爱的妻子迪尔娜瓦兹、你的两个好儿子和可爱的小罗珊。毋庸置疑，你们都曾经是、现在也是我的家人。

我的需求很简单，就是想请你代我收一个包裹。如果你不愿帮我这个忙，我也理解。但那样我就只好去找不那么可靠的人了。等你回复。望勿介意我留的是邮箱号码，按规定我的地址现在还是机密。

再次请求你的原谅。总有一天,我会将整件事情都告诉你的,等我们一家人(如果你不介意我这么说的话)再聚的时候。

你亲爱的朋友,

吉米

古斯塔德用手指摩挲着信纸,那么厚实,他想到了自己书桌里那些单薄的纸。吉米向来不缺钱,出手也阔绰。总是给孩子们买礼物。羽毛球拍、板球棒和柱门、乒乓球套装、哑铃。他从来不自己给孩子们。总是将它们交给我,说他们是我的孩子,所以我最有权利得到他们的感激,并看到他们快乐的样子。但是吉米来的时候,罗珊、达利斯和索拉博总是会立刻放下自己在做的事坐到他旁边去。他是他们的英雄,就连索拉博也是那样,他可是一直很挑剔的。瞧瞧他现在,对丁肖基鄙夷不屑。

古斯塔德调低了煤油灯的灯芯,往后靠在扶手椅上。灯光变得柔和,让房间有种梦幻的感觉。哦,奥尔穆兹德,这是什么玩笑?在我身上,您将学习、向上、成功的欲望放入年轻的我的内心。然后夺走我父亲的钱,让我在银行里蹉跎一生。而在我儿子身上呢?您让我安排一切,让一切唾手可得,却将他对印度理工学院的兴趣夺走。您是想告诉我什么?是我聋了听不到您的话了吗?

他又拿起杯子。他觉得朗姆酒啤酒味道似乎变好了一点，又喝了一些。这么多年了，我看着索拉博，等待着。现在我倒宁愿能回到最初，不知道结局会怎样。最初的时候，至少还有希望。现在什么也没有，除了伤心。

索拉博以后会过什么样的生活呢？有现在湿婆军的那些法西斯政策和马拉地人那些没道理的叫嚣，少数族裔没有未来。就像在美国的黑人一样——能力是白人的两倍，却只能得到他们一半的报酬。他该如何让索拉博明白这一点？如何让他意识到自己对父亲做了什么？他不过是将儿子人生的成功视为自己生活的意义。索拉博剥夺了这意义，如同从瘸子手里夺走拐杖一般。

朗姆酒啤酒的滋味此刻变得甘美。他一饮而尽，心中的紧张感随之缓缓消散。九年前，他踹过他，为了救他……如今，我还可以再踹他一次。让他滚出我的房子，我的生活。学会尊敬……他对我有多重要……对我……那天……

那天，雨持续下了一整个上午，不，是整整一天。雨中夹杂着柴油燃烧的烟味。他带十岁的索拉博去吃午饭，却上错了车。古斯塔德特地向银行经理马顿先生请了半天假，去庆祝索拉博第一天上圣泽维尔中学。考入那所学校可不容易。那所学校的校训是"勇往直前"，对学生的选拔尤为严格。先是高难度的入学考试，然后是面试，索拉博两次都表现出色。十岁，他英语已经说得很流利了。不像三岁时幼儿园那次面试，当时女园长问："你用什么肥皂？"索拉博回答："小麦粉的①。"直接用了古吉拉特语来回答。

古斯塔德想带他去吃顿好的。巴黎人的餐馆有最好的咖喱鱼和米饭。每桌都会送松脆的薄饼，鱼也总是新鲜的鲳鱼，而且如果提出要求，服务员会给你上鱼的任何部位。最后这一点最是关键，因为索拉博喜欢吃鲳鱼的尾部三角区。

不过，不知为何，或许是下雨，或许是人太多导致混乱，古斯塔德看错了公交车车号。待车辆开动离开站台，他们才发现，但车已经汇入车流了。售票员沿着过道趾高气扬地走过来，皮质钱袋和票箱随意地挂在肩上。

古斯塔德将零钱递过去，说："一张全票、一张半票，教堂门。"在巴黎人餐馆吃过饭之后，他还要给索拉博一个惊喜，带索拉博去K-拉斯托姆吃一块他们的招牌开心果冰淇淋，夹着冰淇淋的两片脆饼吃到最后都是脆的。吃冰淇淋是迪尔娜瓦兹的主意。冰淇淋很贵，索拉博以前只吃过一次：为了庆祝他入教，在火神庙举办了仪式之后。

售票员没理会他伸出来的手，只是冷冷地嘟囔了一句："不去教堂门。"他用力地捏着手里的检票钳：叽嘎叽嘎。刺耳的声音让他的话带了几分恶意。他越过古斯塔德的脸，盯着外面的雨和车流。

雨一大早就开始下了，瓢泼大雨从乌青的天空倾泻而下。

---

① 索拉博听错了女园长的问话，将soap（肥皂）听成了soup（汤）。

古斯塔德还记得，他和索拉博出门去新学校时，迪尔娜瓦兹说："一件新的事情开始时恰逢下雨，这是好兆头。"索拉博也很高兴：这意味着他可以穿他新的鸭背牌雨衣和胶鞋了，他希望路面有水可以蹚。

离开之前，他的前额被点上了一个朱砂点，脖子上戴了一串玫瑰和百合编织的花环。迪尔娜瓦兹撒上大米，在他面前摆上椰子、槟榔叶、干枣、槟榔和七个卢比，为他祈福。她将一块糖塞进他嘴里，然后他们拥抱他，在他耳边轻声地说祝福的话。那些话和他们在他生日时说的大同小异，只是将重点放在学校和学习上。

他们排在队伍的最前面，古斯塔德盼着雨能停一会儿。雨点砸在公交站台金属瓦楞顶棚上，发出震耳欲聋的声响。空气凝滞，令人难受。车流像酣睡的怪兽，躺在湿漉漉、亮晶晶的路面，颤动着、喷吐着臭气，间或醒来慢腾腾地移动一点点。汽油和柴油的气味浓烈而刺鼻，似是溶解在湿气中一般，而那湿气包裹着一切。

"不去教堂门。"售票员重复道，心不在焉地按动着他的检票钳：叽嘎叽嘎、叽嘎叽嘎、叽嘎叽嘎。他的左手玩弄着皮袋里大量的硬币，用手指穿过它们，或者抓起一把，让它们像金属瀑布一样倾泻回皮袋，发出叮叮当当的响声。皮革有些地方因为售票员长年累月的揉搓变得光亮平滑，散发着温暖柔和的光。售票员的这副样子是古斯塔德在瓢泼大雨中躺在路中央、在来来往往的车流中起不来时看得最真切的一幕。有哪里断裂了；第一阵剧痛像闪电一样传遍全身。

但刚开始，是和那个粗鲁的售票员发生了争执。"不去教堂门。"他说。雨和缓慢的车流让每个人都有些焦躁。"买不买票？"

"如果这车不去教堂门，那我们就下车。"

"那就下车。"叽嘎叽嘎、叽嘎叽嘎、叽嘎叽嘎。"要么买票。不能白坐。"

"总要拉——一下铃啊。"古斯塔德这话说得很没气势，因为话说到一半，公交车突然晃了一下，让他说出来的字都翻腾不已。

"到了下一站才能拉铃。你不下车的话，就买票。否则——"他指着门口。

古斯塔德看了一眼铃的拉绳。如果他自己去拉呢？售票员肯定会试图阻止他，那么身体的冲突是不可避免的了。他知道如果打起来的话，他肯定不会落下风。但是当着索拉博的面，打架不合适。售票员在打斗中落了下风，用金属票箱砸乘客的头的事也有。他继续试图讲理。"你想让我们就这样在马路中间跳下去丢掉性命吗？"

"不会要命的。"售票员讽刺地说道，"车子都完全停住了，瞧。"

公交车在中间车道停住了，各处的汽车也都停了。"下吧，爸爸。"索拉博说。这场争执让他觉得尴尬。"现在下去很容易。"其他乘客正为这堵塞的交通感到无聊，当时都饶有兴趣地看着他们的争执。看到他俩向门口挤过去,他们不免有点失望。

就在索拉博下车的那一刻,公交车突然向前动了一下。他踩到沥青路面的时候失去了平衡,摔倒了。古斯塔德大叫一声"停车!",从移动的公交车上跳了下去。

看到这一切并跳下去的瞬间,他意识到用脚着地和救儿子这两件事他只能做到一件。他将脚对准儿子,将他从一辆疾驰过来的出租车前面踢开。他的左臀承受了落地时的冲击力。他听到了那不祥的咔嚓声。昏过去的时候只觉得鼻子里一股浓浓的柴油烟味。

出租车司机在离古斯塔德几英寸的地方重重地踩住了刹车。路人从人行道上跑过来,他躺着的地方很快就围了一小群人。

"让他躺好。"有人说。

"拿水来,他昏过去了。"另一个人说。古斯塔德能听到他们的声音,感觉似乎有人按着他,不让他起来。

那个出租车司机让他车里的乘客下车。他们开始不同意,但意识到可以不用付计费表上的车费时,他们便赶紧离开了。有人在喊路对面的卖水的。耳边有嗡嗡声、沙沙声,也有人呼气吸气的声音,但特别的市声远远盖过了这些声音。"嘿——,卖水的!"卖水的人带着水桶和杯子小跑了过来。一杯水浇在古斯塔德的额头,尽管他整张脸早已被雨水淋湿,但或许他们觉得雨水不够凉,不足以让这个倒在地上的男人苏醒过来。

他睁开眼睛。第二杯水装满，送到他嘴边，但他不会喝。卖水的将它倒在路上，说了句"两杯，二十派士"。他并未具体对谁说。

"什么？"出租车司机说，"你没有羞耻心吗？你没看到这个人才刚遭遇了严重车祸，很痛苦，昏过去了吗？"

"我是个穷苦人，"卖水的说，"我还有孩子要养活。"他的一边脸上有一块很大的紫色印记，嗓音尖锐，带着令人不快的哀怨感。

围观的人意见不一。有的说应该一脚将这没心的浑蛋踢开，也有的觉得他说得有道理。那人不依不饶，不想让今天这唯一一单生意落空，就又说道："这个人是遇到了车祸。那又怎样呢？他要治伤，救护车、医生、医院的钱他都要付。为什么单单我就该被漏掉呢？我有什么罪过，不能拿那二十派士呢？"

"没错，没错！"众人都赞同道，支持他的人更多了。索拉博从他早上得到的那七个卢比中拿了一个给他。古斯塔德想叮嘱他算清楚找的零钱，却说不出话来。卖水的带着水桶和杯子嘟嘟囔囔地走了。雨中传来他尖锐、哀怨、徒劳的叫卖声。"冰水，甜水！"

众人的注意力重新回到古斯塔德身上。出租车司机提出送他去医院或者医生那里。但古斯塔德好不容易说出了"科达达德大楼"几个字，差点又昏过去。他清楚地记得那个出租车司机有多好心。他处事冷静，还不忘安慰被吓坏了、几乎就要哭出来的索拉博。"我们很快就到了,别担心,不会一直堵在这里的。"他问索拉博在哪个学校上学,学习怎么样,成绩怎么样,一路上都在和索拉博聊天,直到到达科达达德大楼。

比利莫里亚少校在家,听到消息后他立刻就来了。他向迪尔娜瓦兹推荐了正骨大师马蒂瓦拉。"送他去帕西总院那样的常规医院,他就只能得到常规化的治疗。或者常规化的误疗,全看古斯塔德的运气。"说完他咯咯地笑了。

迪尔娜瓦兹想或许少校在军队里见多了血淋淋的受伤场面,不担心也很自然。他继续说道:"医院里的医生就喜欢用凿子、锯子、锤子和钉子。等他们的木匠活儿干完之后,他们会给你一张巨额账单,毕竟他们的工具那么贵。"古斯塔德尽管痛得厉害,但听到这一番调侃还是觉得安心。他知道现在没事儿了,吉米会照料好一切的。"正骨大师马蒂瓦拉,不用动手术、打钉子、上石膏,什么都不用。甚至不用给钱,随便捐点什么就可以,多少随意。而且他们用的方法很神奇,我亲眼所见。有时候,军队的外科医生遇到棘手的情况也会喊他去帮忙。他做的事情就像魔法。"

就这么决定了。还是那辆出租车,他们往正骨大师马蒂瓦拉那天坐诊的大厅开去。那个出租车司机不肯收钱。"我可不想乘人之危。"他说。

然后吉米像抱婴儿一样将古斯塔德抱了起来,进了大厅。吉米是为数不多的力量与他不相上下的人,这是他们经过多少回掰手腕得出的结论。

正骨大师马蒂瓦拉帮他看的时候,吉米一直在旁边等着。后来,他还带来了两个又长又重的沙袋,是正骨大师坚持要给古斯塔德的,在骨裂恢复期间用来固定他的腿。

那日若非吉米在,我会怎样呢?他不由得想。然而,他的神奇之处正在于此,你需要的时候,他总是在——说是碰巧也好,是情义也罢,吉米就是那样。

3

古斯塔德揉了揉眼睛,然后睁开。他觉得嘴里发干,伸手去拿朗姆酒啤酒,才记起来酒早已被他喝完。他站起身来,将煤油灯的灯芯挑高,然后拿着灯走到书桌旁。他心里第一千次对吉米·比利莫里亚充满了感激。若非吉米带他去看正骨大师马蒂瓦拉,他今天恐怕早已是十足的瘸子。然而,现在他好好的,不用拐杖,也无须棍子,更不会像特穆尔那样走起路来摇摆得厉害。

他打开两个抽屉中宽一点的那个,翻找信纸。他的脚跛得比往常更明显一些。车祸过去了那么多年,古斯塔德却还没有完全接受这一点:在克服跛脚方面,他的意志力和正骨大师的奇迹疗法同样重要——压制它,尽可能地不去在意它。

他找到了一张没有皱的纸,在手掌上试了试圆珠笔。万一信写到一半笔没水了呢,他不喜欢一封信里墨水颜色不同。他忽然又改变了主意,打开了书桌的橱子。

经年的书香气味再次飘出，他深吸了一口。装笔尖的盒子之前滑落下来，侧躺在那里。他打开来，用左手拇指指甲刮了刮其中几个的笔端，选了一个，又找到一支笔杆，将笔尖装上，然后拧开了骆驼牌宝蓝色墨水的瓶盖。

钢质笔杆握在手里的感觉很好，比塑料圆珠笔有质感多了。我真的有太久太久没用过钢笔了。现在已经没人用它们写字了，学校也没人用了。但以前孩子们从铅笔转到墨水笔的时候都是用它们的。这就是现代教育的问题所在。他们以进步的名义舍弃了一些看似不重要的东西，殊不知他们从现代的窗户扔出去的正是传统。传统丢了，对那些尊重、喜欢传统的人的尊重跟着也就丢了。

已经临近凌晨两点，但古斯塔德一点也不困。他深情地回想着过去的日子，记忆中掺杂着忧伤。最后，他将笔尖在墨水瓶里蘸了蘸，写了起来。他写字的那只手的影子落在纸上。他将油灯移到左边，继续写地址和日期。他写下称呼的时候，电来了。灯泡将餐桌上方照得晃眼。在黑了几个小时后，刺眼的电灯光粗鲁地溢满了房间的每一个角落。他将电灯关掉，在煤油灯下继续写信。

第五章

1

供水时间到的时候,迪尔娜瓦兹自动醒来,她首先想到的就是古斯塔德和索拉博,以及他们对彼此说过的那些可怕的话。她浑身疲惫,迷迷糊糊地走进卫生间。水,水。水桶要装满。快。厨房里的水箱也要装满。还有那个大桶。还要买牛奶……

她在外面等卖牛奶的人的时候,卡匹希亚小姐在楼上招手示意她过去。"别往心里去,"迪尔娜瓦兹刚走到楼梯口便开口道,"他昨天太生气了。"她一晚上都挺烦恼的,古斯塔德太不克制了,和一个孤独的老妇那样针锋相对。

"我不是为这事儿喊你。我是担心你儿子。"

"索拉博?"

"你们家老大,"卡匹希亚小姐说,"他总让我想起我的法拉德。"她脸上闪过一丝温柔的神色,但转瞬即逝,像蜡烛被风吹灭。曾经,卡匹希亚小姐的全副心思和期盼都放在了她的侄子法拉德身上。很早以前,在一个无比快乐却又无限悲痛的日子，她弟弟的妻子在生法拉德的时候死了。那一天，卡匹希亚小姐发了个誓：终生不婚，这辈子都用来照顾这位鳏夫和他的孩子。就这样，她成了法拉德的母亲、老师、朋友、奴仆，以及各种她能想到的身份。她的付出得到了回报，那个孩子很早就领悟了一个根本无须深究便十分明朗的事实：他是她生活的理由。那是卡匹希亚小姐一生中的黄金时期。

法拉德十五岁的时候，他和他父亲去肯达拉度周末。返程的时候在高止山脉发生了事故。一辆货车失去控制，先是撞上了一辆坐满游客的巴士，然后又撞上了法拉德和他父亲坐的那辆汽车，三辆车都掉下了山间公路。那个货车司机是唯一的幸存者。在三十五年前那不幸的一天，卡匹希亚小姐给自己的心、头脑和记忆都上了锁。自那以后，所有人都只能在公寓前廊止步，任谁也不能踏入那间公寓内。

"你们家索拉博很多方面都会让我想起我的法拉德，"她说，"长相、头脑，还有走路和说话的样子。"迪尔娜瓦兹不了解法拉德，那些事情发生在她结婚并搬到科达达德大楼之前很久。她看上去有些茫然，卡匹希亚小姐接着说："很优秀的男孩。如果活着的话，本来可以接手他父亲的律师生意的。"她言止于此，悲痛于她而言已非需要纾解的负担。随着时间的流逝，独身的保护壳在孤独中日益坚固。无人知晓，在那坚硬的外壳下，残酷命运留下的伤口是依然新鲜，还是已然结痂。

"哦，很抱歉。"迪尔娜瓦兹开口道。

"不必，眼泪早就流干了。一滴也不剩了。"她将两根手指放在眼睛下方的眼袋上，往下拉了拉眼皮，"看到了吗？全干了。"迪尔娜瓦兹同情地点点头。"但我喊你是因为昨晚的事我都听到了。你知道为什么索拉博会这样吗？"

迪尔娜瓦兹昨天一个人难过了一晚上，对于这样的关心很是感激。"我想弄明白，但我的脑子就是想不透。完全没道理。"

"你是说他突然就不想去那个印度理工学院了？"迪尔娜瓦兹点点头，卡匹希亚小姐眯起了眼睛，"在这之前他都是愿意去的，没有人逼他？"

"没有。我回想了，但我想那都是他自己的想法，他还是学校里的一个小男孩的时候就那么想了。"

卡匹希亚小姐的眼睛眯成了一道细缝。"如果是那样的话，便只有一种可能了。有人给他吃了坏东西。在他的食物或者喝的东西里。肯定是咒语。"

迪尔娜瓦兹礼貌地掩饰了自己的怀疑。不过，她想，这些迷信的东西真是很有诱惑力——它们能那么快、那么简单地解释问题。

卡匹希亚小姐表情严肃。"你知道有谁会从索拉博的失败中得到好处吗？谁想将他的聪明偷走，给他们自己的儿子？"

"我想不到任何人。"迪尔娜瓦兹突然不由自主地哆嗦了一下。

"也可能是他在街上踩到了什么脏东西。做这种事方法很多。"此刻她双眼圆瞪，目光灼灼。有肉圆一般大，迪尔娜瓦兹心里暗想。"但是别担心，有很多方法可以解。你可以先试试酸橙。"她详细解释了步骤，以及准确的手法，"连着做几天。要在太阳下山前。然后再来找我。"她说着转身往里走，"瞧，我关于蜥蜴尾巴的预测多准。"

"怎么说？"

"你的晚宴。全让吵架给搅和了。还停电了。在家里杀鸡是很不吉利的。它垂死前的惨叫会变成诅咒留在你家里。"

"是古斯塔德的主意。"迪尔娜瓦兹说。往回走的时候，她只觉得脑袋昏昏沉沉的，脑子里都是些奇奇怪怪的想法：鸡啊、达利斯感染肺炎的鱼和鸟的亡魂。可怜的卡匹希亚，可悲的生活。

她急着回床上再睡会儿，没有注意到古斯塔德书桌上的信。

2

她还在睡的时候，索拉博醒了，发现了他父亲在漫长一夜的遐思迩想之后丢在那里的书写工具。清晨降临时，困意终于爬到了古斯塔德的身上，朗姆酒啤酒也开始起作用，对已经逝去的时光和即将消逝的希望的守夜结束了。

索拉博拾起笔杆，好奇他父亲怎么用起这老古董了。他，也是一夜未眠，那些伤害、困惑和伤人的话令他感到痛苦——这能全怪他吗？答案没有那么容易找到，它们躺在往日的花园里，记忆将它们挖出来，自作主张地重植了一遍。索拉博苦恼的种子很早——比昨晚要早得多的时候——就已经发芽。那时候他父母发现不管在家还是在学校，不管是干正事还是玩，各种事情对他们大儿子来说都轻而易举。似乎没有什么是索拉博做不了或者做不好的。不管是算数还是艺术手工，抑或是道德科学，每年颁奖日他都能装回来好几个奖。时不时地还有朗诵和辩论的奖。在校际戏剧比赛中，他参演的剧拿走了奖杯。他在学校科学集会上的展出拿了第一名。没多久后，古斯塔德和迪尔娜瓦兹就很确信他们的儿子与众不同了。

就这样，当索拉博对飞机模型表现出兴趣时，古斯塔德就自然而然地认为他长大必定会成为航空工程师。他按比例复制了著名建筑，古斯塔德就预言他会成为杰出的建筑师。用开罐头器这样的机械工具胡乱敲打几下：萌芽期的发明家。当然，索拉博的命运本来可能会更糟糕，因为父母对他们的老大的爱和吹捧可是很多更可怕的事情的罪魁祸首。

索拉博上学期间唯一可见的失败起自对昆虫的一时兴起。八年级的时候，他在综合水平测试中得了个奖品，一本名为《了解昆虫》的书。他读了之后，在心里琢磨了几天书里的内容，然后就开始用自制的网捕蝴蝶和蛾子。他将它们放进锡罐，里面放了浸过汽油的棉花团，可以杀死它们。它们的翅膀停止颤动后，他打开锡罐，轻柔地展开它们的翅膀。那些翅膀总是一反自然舒展的方向，紧紧地收拢在它们的腿和喙旁边，就好像在弥留之际，蝴蝶试图遮住自己的头，挡住那有毒的气味。趁它们的身体还没变僵硬,他将四片薄薄的翅膀在展翅板(也是自制的)上对称展开。几天后,那蝴蝶就变得像纸巾一样干燥轻盈,可以做成标本了。

所有人都夸他的作品漂亮,赞叹翅膀的颜色和纹路,好像那也是他设计出来的似的。那些标本的胸腔用大头针固定着,平整地钉在他用祖父的工具胶合板做的展示盒里。古斯塔德最大的快乐之源,就是看索拉博用那些工具。他经常重复那句话:这是在血脉里的,对木工活儿的喜爱。

后来飞蛾和蝴蝶都开始变得支离破碎。很快,蛆虫开始在盒子里爬来爬去,看着很是恶心。日复一日,索拉博无计可施,只能怔怔地看着。蛆虫做完它们该做的事后,又突然消失了,就像之前突然出现一样。索拉博将蝴蝶盒放在去厕所的过道的幽暗架子上。

但这次的失败并未平息关于他天赋的传言,有人不允许它成为他的失败,古斯塔德忙不迭地承担了责任。"是我的错,"他说,"我弄了汽油,没弄四氯化碳,也没弄到索拉博想要的合适的干燥剂。"

索拉博不再捕蝴蝶了。成为世界一流的昆虫学家从古斯塔德给儿子列的职业清单上删除了。自那以后,索拉博只专注于机械和需要想象力的事情。他将闹钟拆了又装,帮他妈妈修绞肉机,用在古斯塔德书桌里找到的放大镜做了一台静态投影仪。他将周日报纸里的漫画投影到前面房间的墙上:达格伍德·巴姆斯特德一家,或者一个真人大小的幽灵。每次投影，比利莫里亚少校都在那里，他经常站起来在投影旁边摆姿势——活动拳头模仿幽灵，嘴里发出"砰！哪！哇！"的声音。投影结束后就是周日的午餐——扁豆蔬菜炖肉。

古斯塔德和迪尔娜瓦兹在科达达德大楼最得意的一次是索拉博排演了一部家庭版的《李尔王》，拉了达利斯参演，还有学校和大楼里的一些朋友。演出就在院子的一端进行，观众们都各自带来了凳子。索拉博自然是李尔王、制片人、导演、服装道具设计师和舞台背景设计师。他还写了这部戏的缩略版，他很清楚，即便观众都是满心慈爱的父母，面对一部超级业余的莎士比亚戏剧超过一小时也会失去热情、表情呆滞的。直到索拉博进了学院，他才突然意识到：爸爸从来没对外宣扬过艺术家儿子，或者他也从未想过。他从未说过"我儿子会成为艺术家，他会成为演员，他会写诗"之类的话。从未，他总是说"我儿子会是个医生，他会成为工程师，他会成为研究科学家"。

此刻，他擦干净笔尖，盖上墨水瓶盖子时，突然想起来爸爸曾经给他看过这支笔杆，在他用铅笔写字的时期结束的时候。到了用墨水写字的时候，对未来的计划也随之而来了。印度理工学院的梦开始萌芽，然后占据了他们的想象。印度理工学院成了理想之地。是埃尔多拉多、香格里拉，是亚特兰蒂斯、卡米洛特，是世外桃源、奥兹国度，是圣杯之所在。只要他到过那里，得到圣杯，他就能得到一切，一切都会变得可能，一切都将唾手可得。

想要分清那宏伟蓝图中谁倾注的热情更多是徒劳的。要判断那到底是谁的想法以及该怪谁,更是像判断雨季中是哪一滴雨先碰到地面一样困难。

索拉博看到了桌子上的两封信。他飞快地读了少校写的那封,然后是他父亲郑重其事用钢笔和墨水写的回信,这时迪尔娜瓦兹又起来了。她觉得她有责任就昨晚的事说点什么。但他先开口了:"你看了少校叔叔的信吗?"

"什么信?"他举起手里的信。"是以前的吧,"她说,"你知道你爸爸喜欢收集东西的。"

"不,是四个星期前寄来的。看这邮戳。"

古斯塔德摇摇晃晃地走过,去卫生间,眼睛周围带着黑眼圈。她等门挡传来一声金属的咔嗒声才开口说:"他昨天晚上很晚睡。"她的声音温柔中带着一丝责备。

稍后,古斯塔德开始喝茶时,她说:"我们看到那封信了。"

"我不知道'我们'是谁。这里不就是你和我吗?"

她没理会他这话。"开始藏信了。我想知道你还藏什么了。"

"没什么!我只是想好好考虑他信里说的事,不想听这家里的大聪明们七嘴八舌的建议。仅此而已。"

"七嘴八舌的建议,是吗?"迪尔娜瓦兹感到被刺痛了,"二十一年来,我们什么事情都是一起商量。现在嫌我烦了?吉米甚至都没告诉你具体情况。你怎么知道你现在做的是对的呢?"

古斯塔德说具体情况不重要,帮助朋友,这是原则问题。"这段时间总是少校长少校短的。我说忘了他,他都像贼一样溜走了。但你就不。现在他写信来请我们帮忙,我说好的,你还是不乐意。"

"万一有什么危险呢?"

"胡说,"他指着索拉博,"那人为什么龇牙咧嘴,笑得像头驴?"

"别再生气了,爸爸。"他说,"我想你的选择是对的,但是——"

"哦!他觉得他老爹的选择是对的!你没告诉他他已经不是我儿子了吗?"他充满嘲讽意味地朝他点点头,挖苦道,"谢谢,谢谢你,先生!谢谢你的赞同。继续,但是怎样?"

"我只是在想吉米叔叔和你的朋友是怎么谈论政治的。他总是说:'想要清除国大党里的蛀虫,只有两个选择:共产主义或者军事独裁。民主就先忘掉几年吧,不适合一个挨饿的国家。'"

他模仿少校清楚的男中低音模仿得很像,迪尔娜瓦兹大笑起来。古斯塔德也觉得好玩,但是很小心地掩藏了他的赞赏,索拉博继续道:"想象一下,吉米叔叔是不是在策划一场政变,推翻我们这腐败的政府呢?"

古斯塔德一手端着茶碟,一手扶着前额。"又开始胡说八道了。想点有用的,想象一下自己在印度理工学院!"他揉了揉前额,"吉米以前说的也只是说说而已。要是发生干旱、洪水或者食物短缺的时候大家都那么做的话,国家可就乱套了。"

"我知道,我知道,我只是开个玩笑。但是如果是那些领导人做错事呢?好比汽车生产许可证到了英迪拉的儿子手里?他说妈咪,我想要造汽车。然后他立刻就拿到了许可证。一辆风神汽车都没造出来,他就已经从中赚到一大笔钱了。藏在瑞士的银行账户里。"迪尔娜瓦兹专注地听着索拉博讲汽车样车怎么在试驾时栽进沟里,却照样获批了,就因为有上层的订单。她是父子之间自聘的裁判员,她的面部表情记录着他们的分数。

"很高兴你儿子还知道看报纸。"古斯塔德说,喝完了茶碟里的茶,"他或许是个天才,但让我教教他。不管在报纸上看到什么,先砍掉一半——盐和胡椒。从剩下的里面再减掉百分之十,生姜和大蒜。有时候,看记者是谁,还要再减掉百分之五,辣椒粉。然后,那时候,你才能得到没有调味料和宣传的真相。"迪尔娜瓦兹对他这临时的一课很高兴。她的计分板自动更新了。古斯塔德往后一靠,将茶杯推到了茶壶旁边。

"但我是从目睹的人那里听来的。"索拉博说,"我学院里的朋友。他父亲在测试中心工作。"

"学院的朋友!给你脑子里装的都是垃圾和疯疯傻傻的话。你要感谢生活在民主国度。要是俄罗斯人在这里,就将你和你的朋友们都打包发配到西伯利亚去了。"他搓了搓前额,"他这样说话,我脑子里面的血就开始往上涌!我要是中风的话,都是你儿子的错,我告诉你!"

她忧心忡忡地看着。原本就像是一场热烈的辩论(她本来还有点喜欢的,期盼着这样能让父子俩和好如初),现在却大有让昨夜的死灰重燃之势。她示意索拉博别说话。

"听我最后一次,"古斯塔德说,"忘了你的朋友,忘了你的学院还有它毫无用处的学位。想想你的未来。现在就是卖苦力的或拿着两派士的小工也有文学学士学位。"他拿起他写给比利莫里亚少校的回信,走到书桌边去找信封。

迪尔娜瓦兹做了个手势,让索拉博跟她走。到了厨房,她从篮子里挑了一个酸橙,叫他闭上眼睛。"这是什么?"他抗议道,"你拿这个酸橙做什么?"

"不会疼,只会让你的脑子更健康。"

"胡说八道。我脑子没问题。"

她"嘘"了一声,恳求他看在她的分上照做,自尊心太强可不太好。"那么多事情科学都没法解释。一个酸橙又不会伤到你,是不是?"

"好吧,好吧!"他顺从地闭上眼睛,"先是老爸大发脾气,现在你又要施展巫术。你们两个快把我逼疯了。"

"没规矩。还有,别用这些文绉绉的词。"她右手拿着酸橙,在他头顶顺时针画了七圈,"现在睁开你的眼睛,盯着它。"她将酸橙拿远一点,往下移动,直到他的脚边,然后将它塞进了一个棕色的纸袋里。之后,它会被扔进大海。这最后一步最关键,卡匹希亚小姐叮嘱过:一定不要将酸橙和垃圾一起丢了。

突然，卡匹希亚小姐说的一切似乎都充满了深刻的智慧。

3

那场尴尬的晚宴之后，星期一古斯塔德遇到丁肖基时不免有些不自在，丁肖基却宽慰他道："别担心，男孩子长大的过程中吵吵架很正常。你以为我这一把年纪连这都没见过吗？"

午饭时间，古斯塔德没有去送饭员①放饭盒的楼梯间。他要让他的午饭原封不动地送回去，里面也不会有给迪尔娜瓦兹的纸条。二十一年来，他总会在返回的饭盒里附上一张铅笔写的字条，寥寥数语，却每日都有：亲爱的，今天很忙，见了经理。稍后告诉你。爱你的×××。或者：亲爱的，炖菜酱扁豆烩饭很好吃，香得大家都流口水了。爱你的×××。这是他们生活中不变的约定，他必定会写，她也必定会看，无论他们怎么吵架。但今天例外。

丁肖基拿着他的三明治靠近古斯塔德的办公桌。和其他人不同，他每天早上自己将午餐放在公文包里带来，通常是用两片面包夹一些前一天晚上的剩菜。他经常拿着这些"美食"出现，像花椰菜三明治、茄子三明治、四季豆三明治、南瓜三明

---

① 送饭员，印度特有的一种职业，负责将订购了服务的家庭准备好的午饭送给在上班或上学的家人，午饭后再将饭盒回收，送回各家各户。

治，他总是高高兴兴地吃得干干净净，不管是泡得软塌塌的面包还是什么。有人笑话他怎么吃得那么高兴的时候，他会说："我家里那亲爱的秃鹫给我什么，我就吃什么，不啰唆一个字。不然她会生吞了我的。"

若是前一天晚上什么也没剩，那便是丁肖基的幸运日了，就像今天。这时候，阿拉梅会在早上煎一个鸡蛋夹在面包片中间。当他撕开包装纸时，那被压抑的洋葱、生姜、大蒜的味道一下子喷涌而出。"快点，老弟，"他对古斯塔德说，"拿上你的饭盒，我们一起去食堂。"对于这每天的特色节目，他不想迟到。

每天，在食堂吃午饭的时候，他们经常凑在一起的一群人会讲讲笑话。他们讲永不过时的锡克教徒的笑话（那个锡克教跑步运动员在亚运会拿了第一名后，记者问他："你现在是开心[①]吗？"他说了什么？他说："不，不，我还是阿琼·辛格。"）；讲马德拉斯人的笑话，模仿他们南方印地语卷着舌头的口音（他们怎么说"最小值"来着？坠——小——值）；也讲古吉拉特人的笑话，特别是他们那错漏百出的英语发音，他们总发不好英语中的元音，尤其是"o"音（古吉拉特人为什么去梵蒂冈？他们想听教皇的音乐。他们为什么咬约翰·保罗的大脚

[①] 开心，原文为relaxing，尾音同下文中的"阿琼·辛格（Arjun Singh）"，他们在笑那个运动员听不懂这个词。

趾呢？他们想吃教皇的鸡眼①）；还讲帕坦尼亚人的笑话，笑他们对屁股的特殊癖好（一个帕坦尼亚人去看医生："萨哈博医生，我肚子很疼。"于是医生给他灌了个肠。他欢欢喜喜地离开了，告诉他的朋友们说："老哥，现代科学真是个令人愉悦的东西——肚子疼，但药却是从屁股后面灌进去的。"第二天，他的朋友们都跑到那个医生的诊所排队等着灌肠去了）。

食堂里的一群人也没放过他们自己，他们拿帕西人的大鼻子开玩笑（如果一个帕西人挺着勃起的家伙什儿撞到墙上会怎么样？他会撞疼了鼻子。）他们不放过任何一种方言或是任何一个种族；在开玩笑这事儿上，他们可谓绝对公平。

午餐时间是单调的工作日里最精彩的时刻。丁肖基一向是这场表演的主角，一群人津津有味地听着他的每字每句，其他人间或也会贡献几个笑话，但那些相比之下都太过平淡了。丁肖基将他听到的一切都储存下来；几个星期或几个月后，再拿出来，打磨翻新一番，就是一个新的故事了。这是剽窃的必要工序，不过倒也没人在意。

有时候，他们不讲笑话，而是唱歌。如果说丁肖基是搞笑时间的明星，那么在歌唱时段大放异彩的就是古斯塔德了。尤其受大家欢迎的是他用好听的苏格兰口音唱的哈里·劳德爵士的得意之作《黄昏漫步》和《我爱上了一个姑娘》。虽然他们

---

① 教皇的鸡眼，原文为popecorn，上文中，教皇的音乐原文为popemusic，分别应该是popcorn（爆米花）和popmusic（流行音乐）。这里是笑话古吉拉特人不会发"o"音，将pop读作了pope。

通常都是合唱，但是当他唱到下面这段时，其他人都会安静下来：

> 在这美丽的湖畔，在这美丽的山坡边，
> 太阳照在波光粼粼的洛蒙德湖面，
> 我和我的挚爱，再难相见，
> 在这美丽的、美丽的洛蒙德湖畔。

当唱到副歌部分的时候他们又总忍不住，会跟着古斯塔德一起唱，并盖过他的声音：

> 你走你的康庄路，我走我的崎岖道，
> 我会比你更早到苏格兰，
> 但我和我的挚爱，再难相见，
> 在这美丽的、美丽的洛蒙德湖畔。

不过，他们在食堂也不总是讲笑话、唱歌。有时候他们也会热烈地讨论一些公众关心的话题，比如关于寂静塔的争议。银行的职员们谈及改革派提出的火葬倡议时，火气很旺，免不了夹杂些人身攻击。但丁肖基总能轻描淡写地平息事态，他会说："还好我家里那秃鹫就能吃了我，轮不到那些长毛的畜生。有她在，有一点我可以确定：至少她不会将我的肉撒得全孟买都是。"

他咬了一口煎蛋三明治，提醒古斯塔德吃午饭。"算了，"古斯塔德说，"我今天不吃。"

虽然丁肖基很喜欢去食堂，但他还是决定陪着朋友。"吃三明治吗？给你一半？"他递出手里的三明治。

古斯塔德摆摆手表示拒绝。"打算出去走走。"

"我也去。我可以边走边吃。有助消化。"

他们出去的时候，正好经过新来的打字员劳瑞·库缇诺身边，她正优雅地将一勺勺浇了肉汁的米饭送到嘴边。劳瑞·库缇诺就像她的办公桌一样，收拾得无可挑剔，井井有条。她不喜欢去食堂，午饭的时候，她将办公用品整齐地移到一边，腾出地方来放餐巾和饭盒。他们两个经过时，她正好伸出舌头，将一粒逃逸的米饭舔回嘴里。

"太可爱了。"丁肖基压低声音说道。她双腿交叉，短裙往上滑了一点，恰到好处。"嗷！"他轻轻地呻吟了一声，"受不住了！受不住了！必须快点认识她。"他将手伸进裤兜，将靠近腹股沟的那块撑起，他就喜欢做出这副样子，情场老手，或者像大伙儿说的，弗洛拉喷泉广场[①]的卡萨诺瓦[②]，这个称呼他倒是受用得很。

他们走到外面的烈日下，为一个迟到的送饭员让开道路。他头顶着一筐午餐盒在人群中穿插小跑。一阵风吹过，将他脸

[①] 弗洛拉喷泉，一座刻有古罗马花之女神弗洛拉雕像的喷泉，是孟买的代表性建筑。

[②] 卡萨诺瓦，十八世纪意大利冒险家、作家，有名的风流才子。

上的汗珠吹向他们的方向。丁肖基本能地遮住手里的三明治。交换了一下厌恶的眼神后,他们用白手帕擦了擦脸上咸咸的喷洒物。

"这不算啥,"丁肖基说,"有一天我不得不坐了十一点钟的火车。你坐过吗?"

"你知道我从不坐火车。"

"那会儿正是运送午餐盒的时候。他们本来只能坐货车车厢的,但有几个进了旅客车厢,挤挤攘攘的,一股汗味。啪嗒,啪嗒!我开始觉得衬衫上有点湿。你猜猜是什么。一个送饭员。就站在我上方,抓着吊杆。原来是他的汗,从他裸露的腋窝掉下来,啪嗒、啪嗒、啪嗒。我好声好气地说,'请站旁边去一点。我的衬衫都湿了,劳驾。'但他毫无反应,就像我不存在似的。我一下火了,大声喊道:'你!你是人还是畜生啊,瞧瞧你干的事!'我站起来给他看弄湿的衣服。你猜他做什么了。猜猜看。"

"做什么了?"

"他一扭身子,坐在了我的位子上!真是岂有此理!你能拿这些下层人怎么办呢?他们不通礼仪,不讲道理,什么都不管。你知道谁该为他们这种态度负责吗?就是湿婆军的那个浑蛋领导人,他崇拜希特勒和墨索里尼。他和他那所谓的'马拉地人的马哈拉施特拉邦'。没有完全占有马拉地他们是不会停手的。"

丁肖基一路说,他们一路走到了弗洛拉喷泉广场,这是一个主要的交通交汇点，一个大圆环辐射出五条道路，像五条巨大的有脉动的触须。汽车从环岛开出，义无反顾地扎进车流中。贝斯特公交公司的红色双层公交车在环岛一路猛冲，险象环生地朝科拉巴区开去。英勇无畏的手推车靠着肌肉和骨骼的驱动，也大胆地投身车流之中，与钢铁、汽油、柴油和橡胶的组合体竞争。中心的喷泉没有水，使得整个环岛看上去像个停在那里的巨大车轮，但围着它飞转的是整座喧嚣繁忙的城市：嗡嗡声、喇叭声、嘎吱声、咔嗒声、乒乓声、尖叫声、隆隆声、抱怨声、叹息声，永远穿梭于这座城市的路上。

丁肖基和古斯塔德决定顺着弗拉里满街走下去。转角处，一位街头艺术家盘腿坐在他用彩色粉笔画的男女诸神画像旁。他偶尔起身，收集信徒留下的硬币。古斯塔德指着干涸的喷泉说："过去二十四年来，那儿有水的日子你一只手就能数得过来。"

"等马拉地人接管这座城市，我们就会有真正的白痴政府了。"丁肖基说，"他们只知道在希瓦吉公园集会，喊口号，威胁和改道路名字。"他说着说着突然就愤怒了，内心涌动着真切的悲伤，"为什么要改名字呢？我×他妹的！烈士广场！"他厌恶地吐出了这几个字，"弗洛拉喷泉广场怎么不好了？"

"何必生气呢？要我说，如果那让马拉地人开心，就给他们几条路重新命名好了。让他们有事可忙。一个名字，有什么呢？"

"不，古斯塔德。"丁肖基非常严肃，"你错了。名字很重要。我是在拉明顿路长大的。但它已经不见了，取而代之的是达达萨希布－巴德坎卡尔路。我的学校在卡纳克路。现在它却突然是在洛克曼亚－蒂拉克大道了。我住在斯里特路。很快它也要消失的。这辈子我都在弗洛拉喷泉广场工作。然后某一天这名字也变了。这将我以前的生活置于何地？所有这些名字都是错的，难道我以前的生活都是错的吗？街道换了新的名字，我有机会从头来过吗？告诉我，我的生活要被置于何地。就那样被抹除了？告诉我！"

古斯塔德意识到，他对这位朋友实在有失公允，这么多年，他只当他是个爱开玩笑的人。是朋友，当然，但依然是个插科打诨的朋友。"别为此事太过烦恼，老丁。"他说。他以前从来用不着面对一个讨论哲学问题的丁肖基，此时他能做的也只是用一个表示亲近的称呼了，他不知道还能说些什么。但下一刻，一个骑着兰美达摩托车、从弗拉里满街过来的男人被反方向驶来的一辆汽车撞了，地名的话题于是被抛到一边。

"哦，天啊！"丁肖基喊道，那男人从车把手上飞过，落在了人行道旁边离他们不太远的地方。一缕鲜血从他嘴角溢出。行人和店主们都冲到他旁边。丁肖基也想过去，但古斯塔德却动不了了。他感到恶心和头晕，拽住了丁肖基的胳膊。

这时，那辆汽车却径直开走了。大家都在问有没有谁看到了车牌号。环岛处的警察过来控制局面。"再近六英寸，他的头就会被轧碎，像椰子一样。"丁肖基说，"幸好他是肚子着地。你怎么了，古斯塔德？脸色怎么这么苍白？"

古斯塔德摇了摇头，用手捂着嘴巴，忍住想吐的感觉。丁肖基很快做出了判断。"瞧，不吃午饭就会有问题。"他责备道，"饿着肚子看见血自然不行。所以战士们上战场之前总要吃得饱饱的。"他陪着他进了转角处的一家餐厅。

里面要凉快一些。他们选了电风扇下方的一张桌子，古斯塔德擦了擦额头上的冷汗。"好点了吗？"丁肖基问。古斯塔德点点头。餐厅的桌子上都盖着一块玻璃，下面压着一张单页的菜单，方便顾客看。那玻璃很脏，斑斑点点的，但对下面的菜单却有放大效果。古斯塔德将裸露的小臂放在桌上，那冰凉的表面让他感到舒服。咔——咔——，悠悠转动的电扇令人放松。辛辣的气味从厨房传出。收银台后面的墙上是一个手写的标牌：禁止吐痰和玩萨塔①。旁边还有一行字，写着：信上帝——衣食保足。

"带着劳瑞·库缇诺去上面那层应该会很有趣。"丁肖基说，指了指上面有空调、带包间的夹层，"花点钱也值。"服务员一手拿着湿抹布一手拿着两个装了水的玻璃杯走过来。他捏着两个水杯的边缘，手指浸在水里。他们抬起胳膊，他飞快地擦了几下。桌面上留下一股难闻的、发酸、发霉的气味。丁肖基点单。"一盘羊肉咖喱角，要酸辣酱，两杯雀巢咖啡。"他将水杯举到唇边。杯子边缘服务员的指印让他想起了它是怎么被拿过来的，他放下水杯，没喝。"唔，古斯塔德，我认识你这

---

① 萨塔，一种赌博性质的游戏，在印度很流行。

么多年,却不知道你原来怕血啊。"

"别傻了,我不怕血。"他的声音流露出某种语气,暗示此时不适合开玩笑,"是因为太过震惊。我认识骑兰美达的那个男人。我从公交车上摔下来的那次是他帮了我。你还记得我出事的那次吗?"

"当然,但我以为是少校——"

"是的,没错,但那是之后。这个人就是那个出租车司机,是他帮了我和索拉博,将我们送回了家。他连车费都没要。"他抬头看着电风扇,"九年来,我一直想感谢他。然后我看见他被撞飞了,摔破了头。"咖啡来了,咖喱角也来了,"前天晚上我还在想他。巧合吗?又或是其他?今天轮到我帮他了,但我却没有。这就像是老天爷给我的考验,而我没通过这个考验。"

"老弟,胡说。你身体不舒服,这不能怪你。"丁肖基往自己的咖啡里加了三勺糖,咬了一口咖喱角,"来吧,吃点,你会好过一点的。"他将古斯塔德的咖啡拉过来,往里面加了两勺糖,搅了搅,又将它推回到古斯塔德面前,"少校现在怎么样了?你知道他去哪儿了吗?"咖喱角很脆,他吃得响声很大。一片油乎乎的脆皮从咖喱角的顶部裂开,掉进他的碟子里。

"不知道。"

"或许他又跑去参军了。"丁肖基开玩笑地说道,将脆脆的咖喱角送进嘴里,"你觉得我们会和巴基斯坦开战吗?"

古斯塔德耸了耸肩。

"你看到报纸上那些照片了吗?该死的屠夫,到处制造杀戮。看看这个世界,全都不在乎,都袖手旁观。他妈的美国去哪儿了?一句话都不说。俄罗斯①打个嗝儿,美国都要在联合国抗议。柯西金②放个屁,美国都会在安理会提出动议。"

古斯塔德无力地笑了笑。

"没谁在乎,就因为这些人是可怜的孟加拉人。还有那娘娘腔的尼克松,就知道舔巴基斯坦。"

"那是真的,"古斯塔德说,"因为俄罗斯的关系,巴基斯坦对美国来说很重要。"

"但是为什么呢?"

古斯塔德画了个图来解释他们的地理位置。"瞧,咖喱角这个盘子是俄罗斯,在它旁边,我的杯子这里——阿富汗。和俄罗斯关系非常好,是不是?喏,将你的杯子放到它旁边来,这就是巴基斯坦。但是巴基斯坦的南边又是什么呢?"

"没有什么。"丁肖基说,"你还需要一个杯子?"

"不,巴基斯坦以南什么也没有,只有大海。这就是美国担心的原因。如果巴基斯坦也成了俄罗斯的朋友,那么俄罗斯到印度洋就一路畅通了。"

"啊哈,"丁肖基说,"那样的话美国的两个小蛋蛋就捏在俄罗斯人手里了。"他喜欢这个明了的比喻,"为了保护他们的

---

① 俄罗斯,应是指苏联,但原文为Russia,按照原文译作俄罗斯。以下"苏联""苏联人""俄罗斯""俄罗斯人"均按照原文翻译。

② 阿列克谢·柯西金,苏联时任总理。

软蛋,他们不介意看着六百万孟加拉人被屠杀,只要巴基斯坦人高兴。"服务员将账单放在桌上,"我来请,我来请。"丁肖基坚持道,他一只手伸得远远的,不让古斯塔德够到那张小小的胡乱涂写的纸条,他们一边争一边往收银台走。

外面阳光酷烈,二人加快了脚步。他们走进银行大楼时,午餐时间已经快结束了。劳瑞·库缇诺已经准备开始工作了。"真是受不住了,老弟。"丁肖基小声说道,"多好的身材!啊——又有糖又有奶油!能给她来几下就好了。"

提到甜奶油,古斯塔德空空的肚子咕咕叫了一下,他不由得想起了小时候每天早上都会吃的茶点,脆乎乎的奶皮面包。每次牛奶煮好放凉后,妈妈总会用它掠起牛奶上面的那层奶皮。现在,卖牛奶的老兄的牛奶质量太差了,怎么煮都不会有那种奶皮。

4

古斯塔德下班回家,黑墙一路散发着浓烈的恶臭。那些白痴怎么就是不明白,这堵墙不是公共厕所呢?他心里想。他不停地挥手驱赶飞到头边的苍蝇和蚊子。还没到蚊子出来活动的季节呢。

他用钥匙打开门,迪尔娜瓦兹一脸严肃地看着他。"一个接一个,你的儿子们就会惹麻烦。"她说。

"又怎么了?"

"拉巴迪先生来告状了，说达利斯在追他的女儿，说在大楼里弄得很难看。"

"我儿子追那白痴的女儿？就那个难看的胖妞？胡说八道。"

古斯塔德和拉巴迪先生之间的仇怨是几年前结下的。拉巴迪先生曾经养过一条他自认为是大型猛兽的狗——"老虎"，德国牧羊犬和拉布拉多犬的混血。"老虎"非常温驯，也不伤人，但拉巴迪先生给它生造出一种唬人的架势。他给它戴有大头钉和尖刺的项圈，出去散步的时候拴着粗粗的链子，而不是通常的狗绳，自己手上还拎着一根粗棍子，据称是怕那畜生万一失控用来管教它的。虽然主人挥舞着吓人的器具作威作福，肥胖的"老虎"却只管缓步跟在他身边，温驯平和、与世无争。

每天一大早和深夜，拉巴迪先生都会在院子里遛"老虎"。"老虎"左刨刨，右闻闻，寻找合适的地方拉屎，通常它都会选中古斯塔德的长春花和薄荷花丛，它已经喜欢上那里了。它是一只大型犬，所以它一泡屎又大又臭，一直要到第二天早上清洁工来打扫院子才会将它弄走。古斯塔德多次要求拉巴迪先生不要让他的狗去花丛里拉屎，但后者却反驳说他没法管住像"老虎"那么有力的大型动物。拉巴迪先生问古斯塔德，如果他拉屎的时候被人从厕所里拉出来，他会是什么感觉？

争吵和报复就这样持续着。一天晚上，古斯塔德看到那两个家伙在外面花丛边，他打开窗户浇了一桶冷水下去，他们两个都被淋透了。"哦,抱歉,"他面无表情地说,"我只是在浇花。""老虎"似乎挺喜欢被淋湿的,摇着尾巴叫了几声,但拉巴迪先生却暴跳如雷,对着夜色就叫开了,然后大楼的许多窗户里传出了络绎不绝的笑声。

"老虎"长到七岁的时候,变得更胖更不爱动了。在院子里短距离地走走就足以让它精疲力尽,要费老大劲才能连催带哄地让它呼哧呼哧地爬回楼上。但是一天上午,它却突然一反常态,冲了出来。肥胖的身体绕着院子猛跑了七圈,拉巴迪先生才拦住它。这样的负荷让"老虎"心脏一下子无法适应,难以承受,当天太阳落山的时候,它就死了,拉巴迪先生立即和达斯图基·巴利亚约好,要找出爱犬"老虎"离奇死亡的原因。

巴利亚祭司整天都在火神庙做祷告,除了每天上午给像拉巴迪先生这样的人提供指引的两个小时。他年事渐高,卸下他通常的牧师职责后,他将空闲时间都用来加强与神灵的联系,他声称,那是他能洞察天机的原因。

巴利亚祭司慷慨地提供指引,没有任何情况是超出他的专业领域的。他很快就揭示了"老虎"的死因,不过,更重要的是,他对拉巴迪先生的下一条狗给出了准确的指导:必须是白色的。他说,要是母的,体重不超过三十磅,高度不超过两英尺;名字拉巴迪先生可以随便取,只是要以字母表里的第四个字母开头。他还给出了为狗祈福的健康经,只要在每个月特定的几天里念诵就可以。

有了巴利亚祭司的指点,拉巴迪先生直奔宠物店。见"老虎"的继任者是一只小小的、名叫"小酒窝"的白色博美犬，科达达德大楼里所有人都松了一大口气。古斯塔德的花丛对"小酒窝"没有特别的吸引力，因为此时达利斯那些死鱼死鸟都已经完全降解掉了。但两个男人之间的敌意并未消减。

"那养狗的白痴什么都说得出，"古斯塔德说，"达利斯这会儿在哪儿呢？"

"还在外面玩吧，我想。"迪尔娜瓦兹用报纸猛扇了几下，"烦死了，这么多苍蝇。"

"都怪那堵讨厌的墙。"古斯塔德说，"天一黑，蚊子就来了，我今天已经看到一群一群的了。"

吃晚饭的时候，达利斯回来了。古斯塔德问他具体是什么情况。"没什么！"达利斯愤愤不平地说，"她和我的朋友们在一起的时候，我偶尔和她说了几句话。我跟每个人都说话了啊。"

"听着，她爸爸是个神经病，所以离她远点。如果她和你的朋友们在一起，那你就别过去。"

"这不公平。"达利斯抗议道。事实是，茉莉才是他最近经常和朋友们一起玩的唯一原因。她那双温柔的棕色眼睛看着他的时候，他觉得心里美美的，那是他以前从未有过的感觉。

"公不公平，我不管。我不想那个养狗的白痴再来抱怨。讨论结束，吃饭吧。"

但那顿饭吃得很不安生，苍蝇嗡嗡地在食物上方飞来飞去，到处都是蚊子，像炸弹一样俯冲下来。每次有苍蝇落在罗珊的盘子上时，她都忍不住尖叫，达利斯则试图去抓飞行中的苍蝇，以测试他的灵活性。"将所有窗户都关牢。"古斯塔德说，"然后打死里面的这些。"不过，没多久，人人都热得直流汗，窗户只能再打开。

晚饭总算吃完了。"人们总是在墙边撒尿，就像那是他们老爹的厕所似的。"古斯塔德说，一巴掌拍在脖子上，打死一只蚊子。他从边柜放药的地方找到一管用了一半的奥多莫斯[①]。"明天得买管新的。这些蚊子会让奥多莫斯生产商富得流油的。"他们一起分掉了管子里剩下的药膏，勉强对付了一个晚上。

[①] 奥多莫斯，一种驱蚊产品的品牌。

第六章

1

每天下班回来,古斯塔德都满怀期待地问有没有吉米的信。但是,两个星期过去,关于请他帮忙的事,少校那边杳无音信。一天傍晚,罗珊一听到他用钥匙开门的声音,就冲到门边。"爸爸,能给我一个卢比带去学校吗?集合的时候克劳蒂安娜嬷嬷说明天是报名参加抽彩的最后一天,奖品是一个漂亮的从意大利进口的和我一样高穿着白色长款婚纱的蓝眼睛娃娃。"她停下来吸了一口气。

他将她拉到身边,抱了抱她。"我的小可爱!这么激动吗?说话这么快,小心变得像瘸子特穆尔一样。"

"但是能给我一个卢比吗?"

"这就是修道院学校的问题所在。钱钱钱,总是要钱,把他们女院长养得屁股那么肥。"

"啧——"迪尔娜瓦兹说,"别当着她的面说。"罗珊咯咯地笑了。

"告诉我,克劳蒂安娜嬷嬷有没有说抽彩的钱要拿去干什么啊?"

"说了,"罗珊说,"她说一半用来建新的教学楼,一半拿去帮助难民。"

"你知道'难民'的意思吗?"

"克劳蒂安娜嬷嬷告诉过我们。他们是从东巴基斯坦来的,因为西巴基斯坦人会杀他们,还把他们的房子都烧了,所以他们就跑到印度来了。"

"好吧,给你一卢比。"他打开钱包,"但是记着,这并不是说你一定能得到那个玩偶。这是抽彩。"

"知道,知道,爸爸,克劳蒂安娜嬷嬷说过。我们会得到一个号码,被抽中号码的女孩可以得到那个玩偶。"她将卢比叠好,从书包里拿出铅笔盒,将那一卢比塞在尺子下面,"爸爸,西巴基斯坦人为什么要杀东巴基斯坦人呢?"

古斯塔德解开领带,将打结的地方抹抹平。"因为邪恶和自私。东巴基斯坦人很穷,他们对西巴基斯坦人说,我们总是饿肚子,请将你们的东西分我们一点吧。但西巴基斯坦人不同意。然后东巴基斯坦人就说,如果那样的话我们就不和你们一起干了。于是,作为惩罚,西巴基斯坦人就在东巴基斯坦杀人放火。"

"他们太坏了。"罗珊说,"东巴基斯坦人真可怜。"

"世界上有很多坏人和可怜人。"他将领带挂起,解开袖口,然后问迪尔娜瓦兹有没有信。没有吉米的,但有一封某个教育信托基金寄来的。他将里面的申请表放到过去几个星期收集的表格上。"瞧瞧,"他用手背敲了敲那些纸,内心苦涩地说,"我为那不知好歹的孩子跑了这么多地方。"他将那些表格一张张地拿起来,"帕西潘查耶特教育基金、R.D. 塞斯纳信托基金、塔塔奖学金、瓦迪亚高等教育慈善会。这些地方我都去过,点头哈腰,先生长夫人短的,央求拜托了上百遍,只为他们能同意提供奖学金。现在你们家少爷却说他对印度理工学院没兴趣。"

迪尔娜瓦兹将所有表格都整齐地摞在一起。"别生气。会好的。老天爷是仁慈的。"

每天日落后,她都在索拉博头上方顺时针画七圈。然而,什么效果也没有。我一定是疯了,竟然对此抱有希望。不过,索拉博和古斯塔德不再像过去那样争吵了,快摸木头。会不会是因为——?

"他不去印度理工学院能干什么呢,天晓得。"

她摸了摸那些表格。"他告诉过你他想继续待在他的学院里。"

"那是正经事吗?文学学位有什么用?"

日子就这样过去,古斯塔德为儿子的背叛伤心愤怒,为吉米·比利莫里亚的信迟迟未来感到焦急,被每天日落后必然出现的一群群蚊子烦得发疯。"那些在路边撒尿的蠢猪真该被当场枪毙!"他会说。或者"用炸药将墙炸了,看他们还往哪里尿?"最后这句表明了他的愤怒程度,因为那堵墙于他而言其实很重要。

多年前，那时候比利莫里亚少校才搬进科达达德大楼，自来水供应还很慷慨，帕西奶牛场的牛奶还富含脂肪，价格亲民，那时候，这座城市到处都在搞建设。科达达德大楼附近也不例外，周围矗立起不少高楼。他们的视野里首先被抹去的是落日——大楼西边建起了一座办公楼。虽然只有六层，但也足够了，因为科达达德大楼只有三层。它是一座矮矮宽宽的建筑：一排十户，摞起三层高，一共五个门洞和楼道，供相连的两户共用。

不久后，东边也开始动工了。对全体三十户租客来说，很明显某个时代结束了。幸运的是，那个工程拖了十多年，因为各种原因，水泥短缺、劳工问题、缺少设备，还有一次是因为水泥掺假导致整个建筑的一侧坍塌，死了七个工人。科达达德大楼的小孩跑到施工现场，带着几分敬畏地盯着地上几块暗色的痕迹，猜想那或许就是七名工人血溅当场的殒命之所。这一拖再拖倒是给了科达达德大楼一个暂缓的时间，渐渐地，他们也接受了周围景致的变化。

随着人口和车流量的增加，黑墙变得比以往更重要了。有它在，他们才有自己的一点隐私，对吉米和古斯塔德来说尤其如此。他们清晨要做圣带重系，那堵墙有六英尺高，围住了整座大楼，当他们沐浴着东方晨光诵经祷告时，它可以帮他们挡住非帕西人的目光。

但是让隐私见鬼去吧，让墙见鬼去吧，让那臭味见鬼去吧，古斯塔德说。他买了好几支奥多莫斯驱蚊膏，裸露在外的部位都涂上了药膏，可蚊子依然嗡嗡地飞来飞去，照样猖狂地叮咬。不知道什么原因，那药膏对他尤其没有用。他半个晚上都在不停地挠啊拍啊，骂骂咧咧的。

为了转移他的注意力，迪尔娜瓦兹给他讲起了小时候一个对蚊子有免疫力的邻居的事。"这是一个真实的故事，"她说，"那个男人还是个小孩子的时候，吃了很多蚊子。可能是故意的，也可能是误食，不太清楚。你知道的，小孩子什么都会放进嘴里吃。"但自那以后，蚊子就不叮那个男孩了。他变成了一个防蚊的人。那些蚊子会停在他的皮肤上，在他的毛发里穿行，在他背上爬，但不会叮他。或许是他吃的那些蚊子改变了他的血液和气味，让他闻起来像是它们的同类。它们的嗡鸣和飞舞再也不让他心烦了，他说那在他听来就像动听的小夜曲。

"所以你是什么意思呢？"古斯塔德说，在脸上、肩膀上和胸口连拍了几下，"我们应该不要涂药膏，而是开始吃蚊子？"

随后奥多莫斯的价格涨了，所有日用品和奢侈品的价格都涨了，从火柴到卫生棉。"这难民救济税，"他说，"会把我们全都变成难民的。"

好像这些问题还不够闹心似的，罗珊和达利斯开始要旧报纸。是学校里要的，为了那些难民。老师们设置了募捐竞赛，每天早上都会称一下孩子们带去的报纸，集合的时候会公布排名。英语报纸会另放一堆，因为它们用的纸质量比本地报纸好，每公斤的价格能卖得高一些。

迪尔娜瓦兹试图向罗珊和达利斯解释他们家的经济状况：他们每个月订报纸的钱只能从卖旧报纸里来。但他们说如果他们空着手去学校的话老师会生气的，古斯塔德只好同意让他们每人拿五份《王者之杯》①。

达利斯说他更想要五份《印度时报》，因为他的朋友们会笑话帕西人的报纸。古斯塔德不予理会。"你应该为自己的传统感到骄傲。就拿《王者之杯》，要不就别拿了。"

于是达利斯决定去向邻居们募捐一些报纸。他父亲嘲笑道："没有人会给你的。"但达利斯坚持要试一试，古斯塔德只好提了两个条件："别找卡匹希亚小姐和那个养狗的白痴。要到了报纸得分你妹妹一半。"

2

一个星期后，古斯塔德回到家，坐着脱鞋的时候，迪尔娜瓦兹神采飞扬地拿出了一封信。在公交车上站了一路，他累坏了，但那一刻他的疲惫消失得无影无踪。终于来了！他脱了一只鞋，不等脱掉另一只，先接过了信。信封上没有字。奇怪，他心里嘀咕着打开了信。

---

① 《王者之杯》，印度最古老的报纸之一，用古吉拉特语出版，报纸的创办者是帕西人，报纸也主要服务于帕西人社区。

亲爱的诺布尔先生和太太，

我很荣幸地代表克劳蒂安娜嬷嬷通知您，您女儿赢得了我校一年一度的抽彩一等奖。

可否麻烦您安排一下，来取这份奖品呢？娃娃很大，我担心小罗珊没法自己拿上校车。如果弄坏了就很可惜了。娃娃就在我办公室（大会客室旁边），若您能尽快来拿走就太好了。

衷心地感谢您参加这次抽彩活动，让我们的募捐活动获得成功。新的教学大楼能建起来都是因为有您这样的家长的慷慨配合。

您诚挚的，
康斯坦斯修女
（抽彩委员会）

古斯塔德掩饰不住他的厌恶。"我还以为是吉米的信。给我之前你就不能说一句吗？"

"你为什么要这么不高兴？少校想写信的时候自然会写。看在罗珊的分上，别拉着一张脸了。她很激动，你知道的，她还从来没有过娃娃。"

他听从了她的话。罗珊从院子里跑进来。"爸爸，爸爸！我中了那个娃娃！"

他张开双臂抱起她。"我的娃娃赢得了一个娃娃。但我敢肯定，两个娃娃中，你是更漂亮的那个。"

"不！那个娃娃更漂亮，它有蓝色的眼睛、好看的粉色皮肤，还有好看的白色裙子！"

"蓝眼睛，粉色皮肤？切！谁想要那个！"

"爸爸！不要对我的娃娃说'切'。我们可以现在就去把它拿回来吗？康斯坦斯修女说要你去——"

"是的，我看过信了。但是现在很晚了，要不明天，明天我有半天假。"

"但是学校星期六不开门的。"

"没关系的，康斯坦斯修女会在的。"古斯塔德说，迪尔娜瓦兹也表示是那样的。不过她建议他给修女打个电话，万一她打算去集市或电影院呢。毕竟，现在已经不是以前了，以前修女们总是忙着打扫、缝补和祷告，几乎不出门的。

"带上三十派士去找卡匹希亚小姐。"她说，因为卡匹希亚小姐是大楼里唯一有电话这种奢侈品的住户。不过，有这种奢侈品经常也是烦人的，因为邻居们（包括那些觉得她又坏又疯的人）总去借用或者将她的电话号码给亲戚朋友以接收紧急消息（"求你同意吧，卡匹希亚小姐"）。

去用电话的人从来不被允许往她屋里走超过两步的距离：那台人人渴慕的黑色设备就蹲坐在前门旁边的一张小桌子上。不过，每个人都可以讲出一些奇怪的事。他们说，在外面楼梯口可以听到里面一直有人在说话，但门打开时，里面却只有卡匹希亚小姐一个人。她生活得像个守财奴，一个典型的怪人，她屋里到处是灰尘和蛛网；一摞摞的旧报纸堆在那里，一直顶到了天花板；角落里堆放着空的牛奶瓶，窗帘破破烂烂的，沙发垫里面的填充料都掉了出来，裂开的灯罩从天花板垂下，像残破的鸟和蝙蝠。她不缺钱，他们说，那是肯定的。不然她怎么可能买得起帕西奶牛场的牛奶，怎么吃得起拉坦-塔塔的定制餐？

他们说，她不许任何人——不管是女仆、清洁工还是亲戚朋友——进她家的原因是她有个可怕的秘密：她在屋里藏着两位故去的亲人的尸体。多年前，她没有将他们送去寂静塔，而是进行了防腐处理。也有人说那是胡说；没有尸体，只有干枯的骨头。卡匹希亚小姐参加了葬礼，秃鹫在塔内将骨头剔干净后，她贿赂了抬尸工，在尸骨还没有在中心井的石灰和磷粉堆里解体之前将它们带了回来。卡匹希亚小姐自然不能让世人看到那些骨头，他们说，所以她行事才会那么隐秘古怪。

"好了，"古斯塔德说，"我去。但先让罗珊去问问行不行吧。对她说，阿姨，能不能让爸爸来用一下你的电话？"

"我不敢去那里。"罗珊说。

"别傻了，"迪尔娜瓦兹说，"你想要你的奖品吗？"对娃娃的渴望轻松地击败了罗珊心里的恐惧。

古斯塔德拿了把修剪植物的剪刀，从他珍贵的植物丛里剪了一朵玫瑰。"对她说，爸爸给你这个。"

"你这又是做什么呢？"迪尔娜瓦兹说。他没理她，摆了摆手，表示自己知道该怎么处理这事儿。

罗珊回来了，说卡匹希亚小姐同意了，然后便随他一起去电话机那边。天已经黑了，但特穆尔还在院子里。他在院子另一端探头探脑地看着他们。"古斯塔德古斯塔德古斯塔德。"他胳膊下面夹着一捆纸，手里还攥着一支圆珠笔，"古斯塔德古斯塔德等等等。"他摇摇摆摆地以最快的速度走过来，一边挥动着一张纸，"重要古斯塔德非常非常重要。"

"现在不行，特穆尔。"古斯塔德说，"我很忙。"或许又有谁塞了什么垃圾给这可怜的家伙，他猜，想起那次湿婆军招揽他去散发民族主义宣传册，攻击孟买的少数族裔。他们答应，如果他干得好就给他一块克瓦里提巧克力。古斯塔德从银行回来时，看见一群在这条路上的办公楼里上班的南方人愤怒地围着他，正准备揍他。古斯塔德替他解释，却也被他们看成了仇敌，在为湿婆军的人说话。幸亏班吉正好下班从警察局回科达达德大楼。他看到古斯塔德和特穆尔被人围住，赶紧停了车，吹响了口哨。众人瞥见他的制服，不等班吉巡官下车就四散逃开了。自那以后，古斯塔德就警告特穆尔不要接陌生人的东西。

"半小时后再来，那时候我们再看你拿了什么。"他说话温柔、有耐心，以安抚焦躁不安的特穆尔。总要有人照顾被神忽略的不幸之人。

"求你古斯塔德求你。看看请愿书看看。"他跟着他们走到卡匹希亚小姐那个单元的楼梯口。他在楼下脚步停住了，可怜兮兮地看着他们。

二楼，窥视孔的盖子被推上去，一只眼睛一眨不眨地看着外面。"古斯塔德·诺布尔，来打个电话。"他对着那只眼睛大声说道。右手做了个拨电话的动作，左手做了个将听筒举到耳边的动作。那眼睛消失了，钥匙转动和抽门闩的声音在楼道里回荡，门开了。

他有点笨头笨脑地想朝门厅里面窥探，但那些房间要不锁着门，要不就是黑漆漆的一片。她厉声斥责了他。"电话就在这边。"她从挂在她脖子上的那一串钥匙里挑出一把，打开了锁住听筒的卡环。他拨了康斯坦斯修女的纸条上写的修道院的电话。电话簿上放着他的玫瑰。他做安排的时候，卡匹希亚小姐就等在一边，待他挂上电话，她说："三十派士。"

"当然，当然。"他讨好地将手伸进口袋里。

"离开的时候将玫瑰带走。"

"那是给——"

"玫瑰花这种虚伪的东西没必要。"她眯起眼睛，"记住一件事，"一根瘦弱的手指颤巍巍地指了指，这手指让他心生懊悔，"人都会有悲惨老去的一天。"她说。她的话让时间的流逝成了一种可怕的诅咒。

他面带愧色地将三十派士递出去。"谢谢你让我用电话。"他耳朵里回响着晚宴那晚他吼她的声音，让他只觉得脸上发烫。

卡匹希亚小姐再开口的时候已经没有了尖锐的口气。"等等，罗珊。"她拎起一大捆报纸，"我听说你们学校要这个。"

"谢谢。"罗珊说道，报纸的重量让她打了个趔趄。

"你的娃娃拿回来了会给我看吧?"罗珊点点头。"再见。"卡匹希亚小姐说。

"再见。"罗珊说。

下楼时,古斯塔德接过了罗珊手里的报纸。外面,特穆尔已经不见了,但院子里的安静突然被打破了。他们抬起头,看见了卡瓦斯基在二楼的窗口。"对塔塔家族,你慷慨地给了那么多!对我就什么都没有?对瓦迪亚家族,你给了又给,不停地给!你听不到我的祈祷吗?你将卡玛斯家族的口袋装得满满的!你觉得我们其他人就什么都不需要吗?"

卡瓦斯基已经八十多快九十了。他已经习惯将他历经了岁月沧桑、发丝全白的脑袋探出窗外责怪老天,表达他对老天爷管理宇宙时不公的不满。卡瓦斯基家经常向古斯塔德要药用薄荷,因为卡瓦斯基有高血压。他儿媳每天都会用绳子将一些新鲜的薄荷枝条系在他脖子上。只要那枝条还是青绿色,在保护他,他的血压就不会像他的脾气一样爆炸。

窗户被啪地关上,将卡瓦斯基对宇宙的批评上达天庭的路径截断,古斯塔德收回向上的目光。他看着卡匹希亚小姐那一捆积满灰尘的发黄的报纸最上面的那张。邻居窗口透出的光照在头条新闻标题下面的一张照片上。他看着图片里那爆炸的蘑菇云,然后是日期。天啊——一九四五。这些报纸留了这么长时间?

3

第二天,古斯塔德下车准备付钱给出租车司机的时候,特穆尔拖着步子走了过来。胳膊下面还夹着那摞纸。

古斯塔德决定这次要对他严厉点。偶尔严厉一点对特穆尔有好处。"这又是在胡闹什么?整天在院子里瞎逛?做点有用的事情。扫扫地,洗洗盘子,帮你哥哥一点忙。"

"古斯塔德古斯塔德没浪费时间。时间非常重要的请愿。你看古斯塔德求你。"

"你昨天晚上就要给我看的。怎么没给?"

"忘忘古斯塔德忘了。很很抱歉忘了。"

出租车司机不耐烦了。"先把你老婆搬下车,之后你想聊多久就聊多久。"古斯塔德钻进汽车后座,将盛装打扮的新娘娃娃抱下车,娃娃发出轻轻的"妈妈——妈妈——"的声音,蓝色的眼睛一睁一闭的。

"哦哦哦,"特穆尔喊道,"哦哦哦。古斯塔德求你了求你了求你了。我可以摸摸吗我可以摸摸吗求你了求你了求你了。"

"手拿开,"古斯塔德严肃地说,"只能看。不然你会弄脏这像牛奶一样白的裙子的。"

特穆尔将手掌在衬衣的前襟上擦了擦,然后伸出来。"看古斯塔德看干净了。干净很干净的手。求你了古斯塔德求你了求你了求你了让我摸摸。"古斯塔德检查了他的手,满足一下这可怜家伙的愿望也无妨。

"好吧，但只能摸一次。"特穆尔激动坏了。他上前一步，踮起脚。他眼神发光，盯着娃娃的脸，轻柔地摸了摸娃娃小小的手指。"够了。"

"求你了求你了古斯塔德求你再摸一次。"这次他碰了碰娃娃的脸颊，非常轻，然后拿开手，"古斯塔德古斯塔德，"他说着又碰了碰，"哦哦哦——"他眼睛里满是泪水。他的目光从娃娃沉睡的脸庞移到古斯塔德的脸，然后又回到娃娃的脸，然后哭出了声，一瘸一拐地走开了。古斯塔德难过地摇摇头，进了屋。他将娃娃放在他的扶手椅上，整理了一下她长长的婚纱，将她的王冠扶正，头纱弄平整。

"爸爸！"罗珊从后面的房间跑过来，想抱起娃娃。

"怎么，只抱娃娃，不抱我吗？"她张开胳膊匆匆抱了他一下，然后又跑回娃娃那边了。"小心，它太大了，你抱不动的。"

"这么贵的白衣服，会弄脏的。"迪尔娜瓦兹有点烦躁地说。

"太傻了，做那么大。"古斯塔德说，罗珊已经爬到她曾祖父那把又深又宽的椅子上，坐在娃娃旁边了，"哪个孩子能玩得了这么大的娃娃呢？"

"或许再大一点就可以了。"

"再大一点。她现在都已经过了玩娃娃的年龄了。再说了，它总不能就放在这儿吧。"

迪尔娜瓦兹说他们需要一个展示柜，让娃娃可以站在里面，因为这个娃娃不是玩具。"暂时将它放在我橱柜最下面那层吧。"她说道。罗珊却一点也不喜欢这个主意，尽管他们让她相信这只是暂时的。不过，这个娃娃的衣裙那么宽大繁复，特别是那条巨大的带裙环的衬裙，橱柜里可能放不下，得将衣服脱掉才行。他们正讨论的时候，门铃响了。迪尔娜瓦兹从窥视孔看了一下。"是那个傻子。将他打发走。"

古斯塔德打开门，看见特穆尔的眼睛已经干了。"古斯塔德古斯塔德求你了重要的请愿。"他看见了椅子上的娃娃，"哦哦哦——"他说，"古斯塔德求你了求你了再摸一次就一次。"

"不行！"罗珊高声道，让每个人都吃了一惊。

"罗珊，"古斯塔德出声警告，然后对特穆尔说，"你要摸多少次呢？你在院子里已经摸了很久了。而且你摸着摸着就哭了。"

"哭？为什么哭？"迪尔娜瓦兹问。

"求你古斯塔德求你不哭。保证求你可以摸吗？"

古斯塔德让步了，特穆尔立刻将手从面纱下面伸了进去。他盯着娃娃蓝色的眼睛，抚弄着娃娃的脸颊，又碰了碰那涂了红色唇膏的嘴唇，欢喜地笑出了声。

"好了，特穆尔，够了。我们来看看请愿书吧。"特穆尔最后一次摸了摸娃娃那光滑冰冷的石膏脸蛋，才不得已地跟着古斯塔德走到餐桌边。请愿书是房东给政府的回应，详述了院子缩小会给住户们造成的各种困难。在最上面的信里，房东敦促租户们在请愿书上签字,以此表明他们对这一计划的反对态度,并联合起来挫败那个用心险恶的提议。

迪尔娜瓦兹开始脱娃娃的衣服。她先取下头纱和王冠,然后是巧妙地系在娃娃手上看上去像是她拿在手里的小花束。珍珠项链、鞋子、袜子一样样脱取下来,特穆尔看得入迷了。她动手解纱裙扣子的时候,他变得有点局促不安起来。

"嘿,特穆尔,专心点,"古斯塔德说,"你知道这要怎么做吗?"但特穆尔入迷地看着娃娃脱衣服。迪尔娜瓦兹开始脱它里面的衣服时,一道口水从他嘴角流了下来。

"特穆尔!"他暗红的、带着黄色舌苔的舌头将那口水捞了回去。

"古斯塔德古斯塔德很重要请愿书易卜拉欣告诉我。"

"啊,他是来这里收租金了吗?你明白他和你说的吗?"

"很重要请愿书很重要必须签。"

古斯塔德数了一下共有多少份。三十。他让特穆尔背对着娃娃坐下。"仔细听着。"他说,却被邮差打断了。他随手将信丢在餐桌上,它们落下去的时候像扇子一样摊开了。其中一封上的回信地址是新德里的一个邮局。"仔细听着。"

"听着听着古斯塔德听着非常非常非常仔细。"

"将这些请愿书送到每一户去,好吗?"

他用力地点点头。"每一户每一户。"

"一家发一份。让他们看了之后签字。还有,慢点说,说一个字,停一下。然后再说另一个字。慢慢地,慢慢地,知道吗?"

"好的好的好的古斯塔德慢慢地慢慢地。谢谢谢谢古斯塔德。"出去的时候他有点犹豫。那个娃娃已经被脱光了,露出它用浅粉色的石膏塑造的生理结构。"哦哦哦——"他鼻翼微张,嘴巴开始像反刍动物一样动,一只手不自觉地伸出。

"特穆尔!"他继续走。在门口时,他转过身,依依不舍地回头看着,直到古斯塔德挡住了他。迪尔娜瓦兹摇摇头,开始将头巾、衣服、长裙叠起来,收拢环形衬裙。

"信来了。"古斯塔德平静地说道。

像他一样,她也克制着内心的激动。"你看过了?"

"我们先将这个收好吧。"他将橱柜顶上空的行李箱拿下来,她掸了掸灰,将那些衣服都放了进去。罗珊可怜兮兮地看着娃娃被包在一块旧床单里,关进她妈妈的橱柜最下面那层。

4

古斯塔德用祖母留下来的象牙裁纸刀拆开了信封。那裁纸刀的刀柄被雕刻成了精细的大象形状,刀头钝的那面饰有精致的花朵图案,让整把小刀成了一件精巧易损的器具。他并不经常用它:他觉得传家宝是应该珍惜、留传下去的,不能像可可粉或头油一样用掉。但这是一封特别的信:

亲爱的古斯塔德，

　　谢谢你的回信，能收到你的信真是大喜过望。失去你的友谊是我无法承受的。没能立即回信是因为我出门了，去边境地区查看了。景象不太妙。原以为我这辈子什么都见过了。特别是在克什米尔，西北前线那些部落的"杰作"我也见识过。现在我在调查分析局工作时见到的已经是无法用言语形容的了。（上一封信里我说过我在为调查分析局工作吗？）巴基斯坦屠夫比他们都有过之而无不及。我告诉你，古斯塔德，这段时间报纸上关于他们的残忍暴行的一切报道都是真的。

　　但是我还是言归正题吧。你需要做的就是在收到这封信之后的三个星期五中的任何一个星期五的下午两点到四点之间去克尔集市。找到一家路边书报摊。克尔集市有很多那样的书报摊，所以我告诉接头人要将一本《莎士比亚全集》摆在显眼的位置。为了确保万无一失，翻到《奥赛罗》那一篇的第一幕第三场的最后，伊阿古给罗德里戈提供建议的那里。"多往你钱袋里放点钱"这行字下面会被画上一条红线。

　　我的人会给你一个包裹。请将它带回家，然后按包裹里面的字条上写的做。就是这样。我相信你会认得那个人的，你和他见过面，很多年前。莎士比亚这些只是为了万一他不能在那里，得交代别人去做准备的。

　　祝你好运，古斯塔德，再次谢谢你。如果你觉得这事儿有些奇怪,请先相信我。等有一天我回到孟买,我们可以坐在一起一边喝着赫拉克勒斯XXX,一边谈论这件事。

你亲爱的朋友,
吉米

看到信的结尾时,古斯塔德脸上露出了微笑。迪尔娜瓦兹不耐烦地看着他。"他说什么了?他会回来吗?他可以在我们这里住几天,我们可以将那个茶几移开,在沙发旁边摆张床垫让他晚上睡。"

"你想太多了。没谁要来,他只是想让我去取个包裹。在克尔集市。"

"为什么是克尔集市?那可不是什么好地方。"

"别傻了。不过就是用了原来的名字,又不是说那里到处都是小偷①。现在就是外国游客都会去那里呢。"

"但是为什么不直接将包裹寄到这里来呢?"

"拿着,"他将信递给她,"你自己看。"他心里好奇那个他也应该认识的接头人是谁。

"我觉得这实在有点奇怪。去克尔集市的事,还有莎士比亚的书。还有那个,叫什么名字来着?是了——调查分析局。

---

① 克尔集市,印度最知名的几个跳蚤市场之一,克尔(Chor)一词在印地语、马拉地语中有"小偷"的意思。

我都不知道吉米还是科学家。"

他笑了。"调查分析局是印度情报机构。吉米不是科学家，他是007。"

她从窗户那儿看到索拉博走了过来，就先跑过去打开了门。今天回来得很早啊，她自言自语，然后对古斯塔德说道："所以你打算去吗？"

"是的，不能辜负朋友所托。我会去的。"

"去干什么？"索拉博走进来的时候问道。

古斯塔德没搭理他，但她却迫不及待地解释道："少校叔叔的信来了。看看，告诉我们你的看法。"

"没人需要你儿子的意见。"古斯塔德说。

索拉博飞快地扫了一眼信。"真没想到少校叔叔加入了调查分析局。"

他的话让他父亲心头再次涌起了怒火和苦涩。"大聪明说话了。"

索拉博继续说道："调查分析局已经成了我们伟大的总理的私人政治势力了，那些肮脏的勾当她都让他们去干。"

"别再说混账话了！吉米做的是关于东巴基斯坦的高度机密的事。仅此而已，你却说是肮脏的勾当！天晓得你都看了些什么报纸！"他用力地按下电灯的开关。在这贴着遮光纸的房间里黄昏总是突然降临。

"但这是真的。她派调查分析局的人去监视其他党派，制造麻烦、挑起暴动，以便让警察出面干预。这是众所周知的事实。"

"我看过报纸，我知道是怎么回事儿。全都是谣言和子虚乌有的指控，无凭无据的！"他的怒气已经像疟疾发烧时的体温一样噌噌地上来了。

"那化学选举呢？只有调查分析局的人做得了那事。她让民主成了笑话。"

古斯塔德从索拉博手里夺过信。"也是谣言！你在想什么呢，选举是小孩子变把戏吗？用化学药剂处理过的选票，画的叉叉会自动出现，自动消失，全是胡说！竟然有人相信这样的谣言，这才是民主的笑话。完全没有切实的证据。"

"大量的证据被呈递到法院。多到足以让法官们开庭审理案件。不然你以为她为什么要转移这些证据？"索拉博懊丧地向母亲求助。

听到古斯塔德说他脑袋里的血液又在翻涌时，她也无可奈何。这孩子不懂装懂，对法律、政治和调查分析局大放厥词。敌人已经逼近边境，那个巴基斯坦酒鬼叶海亚正谋划着什么，她儿子那样的傻瓜却还只知道议论首相。他伸出手指指着索拉博说道："最好叫这大聪明闭嘴，不然我就帮他闭上。爬那么高也不怕掉下来。"

索拉博憎恶地站起来要离开客厅。"等一下，"古斯塔德说，然后对迪尔娜瓦兹问道，"那些申请表在哪儿？"

她将那一摞东西递给他，心情沉重。她太傻了，竟然寄希望于几个绿酸橙。莫不是，莫不是，如卡匹希亚小姐所说，需要更强有力的方法。如果那邪恶的力量，那黑暗的力量，比她预计的强呢？

古斯塔德将表格给了索拉博，让他数数自己为了这个不知好歹不值当的孩子去了多少地方，多少次点头哈腰，先生长夫人短地求别人。"数数这些表格，"他说，"然后都扔了吧。"

"好。"索拉博接过表格，一边翻动一边沿着窄窄的过道往厨房走。

"不要脸的狗东西。"古斯塔德咬牙切齿地说，他听到纸摩擦的沙沙声和扔进那个生锈的垃圾桶时轻轻的"啪"的声音。迪尔娜瓦兹赶紧过去将那些表格从桶底黏糊糊的垃圾上抢救出来。她将它们藏进炉子底下一个拱形的地窖里，那是以前没有煤油和煤气时放煤的地方。绿色酸橙也放在那里，等着被海葬。

第七章

1

星期一，又被蚊子折磨了一个晚上之后，古斯塔德早早地上班去了。早晨是去见经理的最好时间。在职员们口中，他是个极僵硬刻板的家伙，这可不仅仅是因为无论天气多么闷热潮湿，他也总是穿着又硬又挺的衣领。然而，古斯塔德觉得，只要马顿先生处理银行事务时不偏不倚，那么他冷漠疏离一点，喜欢在僵硬的脖子上系着那傻不拉叽的领结又何妨。如果他自命不凡，不想透露自己的名字，那也是马顿先生自己的事。

二十四年前，古斯塔德刚进银行时，马顿先生还是个经理助理。传言说当时的经理很厌恶马顿先生吸鼻烟这个习惯，尽管他用的是24K金的鼻烟盒，姿势也很潇洒。他命令他戒烟，事情引起了连锁反应，没人知道具体发生了什么，但乌云密布地离开的是那个经理，而马顿先生立刻被擢升到了那个令人垂涎的位置。

一个老勤杂工说他曾经偷听到过马顿先生的名字。他如今只坐在僻静角落里一个和他本人一样快要散架的凳子上，每天无所事事，只管喝喝茶打发时间，或者帮别的人端端茶。这个名叫比姆森的勤杂工从来没有用过他的姓氏（不确定他是否有过自己的姓氏），他说有一次马顿先生和经理激烈争吵的时候，他无意地闯了进去。应该是他们两个中的一个将一摞账本摔到桌上，碰巧碰到了召唤比姆森的铃。但是那次偷听发生在太早以前了，比姆森记得这件事，却忘记了那个名字。

马顿先生对事情非常讲究，不过他心地也很好。对于办公桌上的东西的摆放，他挑剔到了好笑的程度：台历、笔座、镇纸、灯，都得放在各自的位置。老比姆森手头紧的时候，就会早早地来办公室，不刮胡子，打扫马顿先生办公室的时候故意将东西弄乱，这位经理来了之后，看到东西乱乱的，就会按铃将比姆森喊进来。一番敷衍了事的指责之后，他总会给他五十派士去楼下理发店刮个胡子，从无例外，这钱比姆森会装进口袋，然后走进洗手间，他的剃须刀早就藏在那里了。

"请半天假？"马顿先生对古斯塔德说，"这个星期五吗？"他身体前倾，透过金边眼镜看着桌上的台历，"嗯。"他抬眼从眼镜金边上方看过来，弹了弹鼻烟盒，"为什么？"不熟悉他行事风格的人可能会觉得这样简短的问话很粗鲁。

古斯塔德将心思从马顿先生散发着柔和光泽的皮椅上收回。二十四年来，他一直喜欢那椅子，嫉妒占着那位置的人，最初的几年里，他甚至雄心勃勃地想过，有朝一日要将其占为己有。不过，考虑到处处都是任人唯亲以及他自己命运的坎坷，他很快便意识到那位置上没有他的地儿。他已经准备好了给马顿先生的理由。"要去看医生。这条腿,又闹毛病了。"

昨晚躺在床上,他想了各种不同的理由。他开始打算说他的小女儿要去看医生。但他编到一半很快就放弃了这个借口。他担心惹得老天发怒或什么的,不想虚构疾病降临在他孩子们身上。很早以前,他祖母就和他说过,天上有一群天使,他们时不时地会去听凡人说的话以及他们心里的想法,帮助他们实现心中所想。当然,这种事情也不是经常发生,她说,因为他们的数量很少,考虑到多数人说话都很不小心、欠思量,这也未必不是好事。不过,管好自己心中所想还是非常有必要的,以免万一心里闪过不好的想法时,碰巧被天使听到,将它变成现实。

"你的腿怎么了?"马顿先生问。鼻烟盒已经打开了。

"老毛病,先生,还是九年前的那次。"就拿自己说事吧,不要说孩子们,"它让我——"

"我记得你出事的那次。你请了十四个星期的假。"他又看了看台历,"什么时候?"

"一点钟,"每次马顿先生身体前倾时,那衣领都会深深地勒进他脖子里。日复一日他怎么受得了呢?浆是一回事儿,胶合板可又是一回事儿啊。

"看过医生之后你还回来吧?"鼻烟盒凑近了些。他的食指和拇指捏在一起,像昆虫一样悬停在暗棕色的粉末上方。

"回的,先生,如果六点前结束了,我肯定回来,先生。"

"那行。"马顿先生不耐烦地说,"啪"的一声将台历合上。觐见结束。紧接着,不等古斯塔德看清楚,一撮鼻烟就被送到了右边的鼻孔处。

"非常感谢，先生。"他说完一瘸一拐地走向门口。他关上身后的门，管理层办公区回荡起一阵响亮的阿嚏声。他走在过道里，有意瘸得明显一点。

星期五下午之前，他都得继续表现得夸张一点，不过这总比假装喉咙痛和发烧简单。最后一种最冒险，因为众所周知，马顿先生会伸出手，装作关心地用手背摸一摸对方的前额。如果他怀疑对方撒谎，他会让那个不幸的人去他那儿，然后动作像水银一样敏捷地从办公桌抽屉里拿出一支温度计，塞到病人腋窝下。他看着他的劳力士手表数时间，然后将亮晶晶的温度计玻璃杆伸到惴惴不安的装病逃班的人面前，让他看清楚上面闪亮的读数。"恭喜，烧退了。"马顿先生会说，而那位病人只能在向那个用水银制造奇迹的人道谢之后，懊丧地回到出纳员的囚笼。

回自己办公室的路上，古斯塔德看见丁肖基在劳瑞·库缇诺的办公桌前耍宝。过去几个星期里，丁肖基已经成功地和这个新来的打字员混熟了，现在每天都要到她面前转上一圈。但是在劳瑞面前的丁肖基却不是那个在餐厅讲笑话的他。他放弃了自己天生的幽默感，努力装出一副风度翩翩、高调浮夸或英勇无畏、温文尔雅的样子。结果自然是惨不忍睹，他欢蹦乱跳的样子看上去荒唐可笑，让古斯塔德都替他的朋友感到尴尬。他不明白丁肖基是怎么了，这样不把自己的尊严当回事儿。这个时候，他就庆幸虽然他们工作时经常遇到，但丁肖基却并不属于储蓄部。否则对这种不恰当行为他势必得说几句,毕竟他的职责杂得像个油腻、溢水的洗碗槽。

劳瑞的办公桌在一块镶框的告示牌下方:严禁携带武器或其他可用作攻击性武器的物品进入银行。这让情况更糟糕了,因为丁肖基的滑稽举动在客户们面前一览无遗。他手里拿着劳瑞的订书机,在周围跳来跳去,用他的手臂做出猛扑、盘绕和扭动的动作,带着金属利爪扑向她,然后又发出嘶嘶的声音后退。古斯塔德很佩服她的耐心,欣赏她的苗条身姿。

一个职员同事指着告示牌。"嘿,老丁!你的蛇也是致命武器!不能进入银行!"

"嫉妒可没有用!"丁肖基答道,所有人都大笑起来。他注意到古斯塔德也在看。"瞧,古斯塔德,瞧!劳瑞真是个勇敢的姑娘!不怕我淘气的大蛇!"

她礼貌地笑笑。当那条蛇更加冒险、肆意地接近不该进入的区域时,丁肖基光秃秃的脑门上的汗珠清晰可见。她终于说道:"我还有很多东西要打。这地方总是很忙,对不对?"

古斯塔德趁机上前干预。"走吧,老丁,让劳瑞干活。不然她赚不到工资的。"这话带着几分诙谐,丁肖基听话地放下订书机,跟着他走了。

他注意到古斯塔德比平时更瘸。"腿怎么了?"

他很乐意被问到这个问题。"老毛病。髋骨那里又犯病了。刚才已经和马顿说了,向他请了半天假去看医生。"如果城堡是虚构的,有个坚实的地基或许会让它更真实一点。周围只剩下他们俩的时候,他说道:"小心一点,丁肖基。她可能会去告状,你不知道的。"

"胡说。她喜欢我开玩笑。你笑,全世界都会跟着你一起笑的。"

他换了个方法劝他。"这是总部,你知道的,不是哪个小分行。马顿先生或许并不喜欢大家在办公的地方大笑。"

丁肖基愤慨起来。"是要冲着我来吗?小心,古斯塔德!"一股臭气从他嘴里逸出,熟悉的警示。这一次有所不同,他不只是在扮演他以往的卡萨诺瓦角色。又或许他扮演得太好了。

"别傻了,"古斯塔德说,"你知道我不是逢迎管理层的人。我只是将我心里想的告诉你。那个蛇的玩笑对劳瑞这样害羞的姑娘来说或许不算素了。"

丁肖基嘲讽地笑起来。"老弟,古斯塔德,这些天主教的姑娘都是很热情奔放的。听着,我学校在多比塔劳区,那里多的是小狐狸精。我见过的那些事能让我眼珠子都掉出来。她们不像我们帕西姑娘,这儿不让碰,那儿不让摸的。天一黑,老弟,每条小巷里,楼梯下面,总有点这个那个的事。"

古斯塔德将信将疑地听着。"真的吗?"

"那还有假,"丁肖基说,"我可以发誓。"他用食指和拇指捏了捏喉结上的皮,突然眨了眨眼,用胳膊肘轻轻顶了顶他,"你个滑头!我知道了!你是不是自己也在打劳瑞·库缇诺的主意?淘气!"古斯塔德微微一笑,顺势和他达成和解。

2

克尔集市到处都是偏街小巷，像个迷宫，他要去那里接头拿东西。从哪里开始呢？到处都有那么多人——本地人、游客、外国人、寻宝人、收古董的、收破烂的、闲逛的。为了避开人流，他在一个卖各种旧插座和锈扳手的小摊边停下来。那里也卖其他工具：老虎钳、装着粗制木柄的锤子、螺丝刀、一个刨床、磨钝了的锉刀。"价格优惠，质量上乘。"摊主说着，拿起一把锤子，展示性地挥了几下才递给古斯塔德，古斯塔德拒绝了。那人又归拢了一把有着各种颜色的木头和塑料柄的螺丝刀，将它们像花束一样递给他。"各种类型、各种型号都有，"他说，"价格优惠，质量上乘。"

古斯塔德摇摇头。"今天怎么这么多人？有什么事吗？"

"今天赶集，"卖工具的说，"星期五总是集市最热闹的一天。人们在清真寺做完礼拜就都来了。"

这时，古斯塔德在一堆工具中看到了一样熟悉的东西。红色、矩形的金属板，边上有一排洞。还有打了孔的绿带子。"那是一套完整的建筑模型吗？"

"是的，是的。"那男人热切地回答。很快他就将那些东西从一大堆乱糟糟的工具中拿了出来，放在古斯塔德的手里。

古斯塔德手指摸着那金属材质，闻着那些生锈的小轮子、棒子和夹钳上的金属气味，时间退回到很多很多年前。他看到一个小男孩拉着父亲的手,怯生生地走在这些小巷里。他父亲热情地同他说着那些古玩,指指这里,指指那里,向他描述着、解释着。那些摊主都在喊,诺布尔先生,看看这个花瓶,你会喜欢的;诺布尔先生,很稀有的盘子,特意为你留的,很便宜。而他父亲则轻轻地在他耳边说,听听,古斯塔德,听听这些小偷在说什么。然后那个小男孩说,爸爸,看,建筑模型套盒,那么大呢。他父亲很高兴,拍拍他的头说,是的,至少十点零,你眼力很好,像我一样。然后他父亲还价,报了一个极低的数字,开始讨价还价。你疯了吗,走吧,回来,先生,回来,是的,回来,不,见鬼,收下吧,价格很公道,看在老天爷的分上,别说粗话,最后的价格了,真的很合适了,好吧,小偷——就这样,讨价还价成功。

他们带着用报纸包着的麦卡诺①回家了。回家后,古斯塔德在祖母的指导下为它做了个木盒,把螺丝和螺帽、鱼尾板和直角支架、圆垫片和轮箍、皮带轮和调速轮、连接杆和曲柄、平板和曲面板全都放到各自的格子里。自那以后,让他的父母和祖父母高兴的是,古斯塔德的房间里出现了各种各样的模型:消防车、起重机、赛车、汽船、双层公交、钟塔。他最得意的作品是一座可以升降的吊桥。每次他完成一个模型,爸爸总会说,这孩子会光宗耀祖的。

"抱歉,"摊主说,"你要买这套模型吗?"他碰了碰古斯塔

---

① 麦卡诺,英国一个儿童建筑模型玩具的品牌。

德的肩膀。

"哦，不，不，只是看看。"古斯塔德说着将模型还给摊主，然后用手梳了梳头发，望着那一条条与主路垂直的小巷，它们都乱七八糟地堆放着各种货物，就像一队队卡车将它们的货物都对称地倒到了路上似的。很多货物都是金属或玻璃的，在下午酷热的阳光下闪闪发光。毫无价值的垃圾和珍贵的物件并排放着：缺口的杯碟、麦森的陶器、谢菲尔德的餐具、花瓶、黄铜灯、利摩日的瓷器、焊接修补过的烹饪用具、大口水壶、有着闪耀的圆锥形喇叭的摇柄留声机、银盘子、拐杖、秤和卷尺、磨损程度不一的板球、翻新过的板球拍、雨伞、水晶酒杯。

他随机选了一条巷子，走了进去。一个给人采耳的在角落里忙碌着，纤细的银挖耳勺伸进去，在里面探索一番，又退出来，他的顾客偶尔退缩一下。古斯塔德经过的时候很小心。他好奇如果有人在那男人挖的时候碰到了他的胳膊会怎么样？这想法让他不由得耸了耸肩。

那套模型后来怎么样了？他们家破产时和所有其他东西一起丢了吧，毫无疑问。"破产"，这个词听起来就像一个致命的病毒，可以摧毁整个家庭。全都是因为一个骄傲的男人的固执。爸爸将他的手术推迟了几个月，最后不得不被紧急送往了医院。在进行麻醉之前，不顾所有人的反对，将生意的控制权交给了他的弟弟。爸爸总是不肯听别人的意见。

那位弟弟因为酗酒以及频繁光顾赛马场，名声一向不好。

他以惊人的速度抵押了家产,以资助他的恶习。古斯塔德的父亲出院的时候,原本是这个国家最好的书店已经难以为继,家里从此一蹶不振。家庭的窘迫让他母亲住进了医院。那时,他们已经没钱去住单人病房、请护士了,也没钱付古斯塔德大学二年级的学费。他父亲将他喊过去,解释了一切,伤心不已。他哭着说自己让古斯塔德失望了,求古斯塔德原谅自己。古斯塔德不知道该说什么。看着曾经不可战胜的父亲这样颓废潦倒,他有种非常奇怪的感觉。他开始说一些什么都不在乎的话,心里却在同时默默地发誓,他永远也不会哭——不管是在别人面前,还是自己一个人的时候,不管遭受怎样的痛苦,心里有多难过。眼泪是没有用的,是脆弱的表现,只有女人和那些允许自己被打倒的男人才会流泪。

这样的誓言对一个十七岁的人来说是严苛的,但他做到了。他说话算话,他母亲毫无怨言、茫然地躺在普通病房里的时候,他没有哭;当她在医院短暂盘桓后死去时,他也没哭。他父亲甚至问他:"不为妈妈掉一滴眼泪吗?"古斯塔德一言不发地回瞪着他,眼里都是怒火。最让他父亲感到耻辱的是自己甚至拿不出钱给她在寂静塔做四天的祷告。

那段时间唯一能让古斯塔德满意的是他那个浪荡子叔叔死了,他那泡在酒精里、伤痕累累、已经硬化的肝脏终于承受不住了。古斯塔德的父亲尽管自己已经一贫如洗,却还是倾尽全力坚持照顾那个一无是处的弟弟,这更让古斯塔德鄙夷不已。

他一路走到小巷转角处,也没有看到一个书摊。沉睡的记忆总能轻易被唤醒,他心想。"按摩,按摩!"一个声音在他身旁喊道。那人紧跟在他身侧,肩头搭着一条毛巾,手里摇晃着一个放了各种按摩油和药膏的小架子。"按摩头吗?按摩脚吗?"古斯塔德摇摇头,加快步子,甩掉那个流动按摩师。

他在人群中穿行,终于看到了两个一直摆到人行道上的书摊。书摊旁边,一个理发师正起劲地给人理发,油腻腻的黑发又快又重地落在白色围布上。古斯塔德停了下来,但那些书名都是印地语、古吉拉特语或者他也不认识的字。"没有英语书吗?"他问一个坐在箱子上的男人。

"有英语书。"男人站起来,打开那个箱子的盖子。里面有一些六十年代初期的《生活》杂志、破破烂烂的超人漫画书、《读者文摘》和《电影观众》。

古斯塔德看了看表:三点多。得快一点了。吉米写的是两点到四点之间。接下来的巷子里有几段柏油路上全摆着书。主要是一些平装书:西方的和爱情小说。其余摊位都是卖摩托车配件、玻璃罐、木凳子的,他走到巷尾就转到了另一个巷子里,在那里他看到了目前为止最像样的一个书摊。装帧精美的《柏拉图对话录》、詹姆士·黑斯廷斯编撰的《宗教伦理百科》第七卷和亨利·格雷的《人体解剖学》引起了他的注意。他一本本拿起来,翻了翻。

"很好的书,"摊主说,"很难找到。只有在克尔集市才找得到。"

古斯塔德想到了他父亲的还价策略,故作冷漠地扫了他一眼。他很想要这三本书。用它们来充实我那小小的收藏多好。放在我和索拉博……我做的书架上会很好看。"多少钱?"他随意地挥了挥手里的书。

"不同的书不同的价格。"那人道。

聪明的家伙。不容易砍了。古斯塔德随意地指了几本书迷惑他。一番操作下来,他选中的三本价格砍到了九卢比。"太贵了。"他装作不感兴趣地将它们扔回去,转身要走。

"干吗走呢?你说多少。"

"四卢比。"

那人弯腰拿起那几本书,古斯塔德以为他赢了。"听着,老板,听我说,让我赚点。七卢比。"

"四卢比。"

那人一手指着天。"我敢指着太阳的光、清真寺的阴影发誓,这真是我的底价了。低于这个价我没法卖,要不我拿什么养孩子呢?"他顿了顿,"六卢比。"

古斯塔德付了钱。"这儿还有其他卖英文书的吗?"

"有的,有个最近才来的家伙。他有好货。就在这条巷子尽头,一直走就可以。"

古斯塔德抱着那三本书,沉甸甸的感觉让他感到安心,花钱的负罪感也减轻了。与三本经典相比,六卢比算什么呢。以后要经常来克尔集市逛逛。一次买一两本,我就能摆满那个书架了。那是一个家庭真正需要的东西。有那么一小架子好书,你就为生活做好准备了。

转角处，他看到了一个茶水摊。旁边就是那个书摊了。木条箱里摆着一册册的书，书脊朝上，还有更多的书摆在人行道上的塑料布上展示着。他走近去看，斜靠在后面一个板条箱上的是一本红色封面的书，上面用烫金的文字写着《莎士比亚全集》。

3

他紧张地环顾四周，又朝空无一人的茶水摊里面张望了一下。巷子的这一角出奇的安静，不似一个多小时来他逛过的那些地方那般喧闹嘈杂。书摊旁站着一个男孩。古斯塔德弯腰去拿那本书，但是他胳膊下夹着几本书，动作不便。"哪本？"那男孩问。他顺着古斯塔德手指的方向，身手敏捷地越过前面几排书，拿到了那本书。

古斯塔德知道自己来对了地方，不过还是翻开书，翻到《奥赛罗》那篇的第一幕结尾。没错，就在那里，九个字下面画着红线："多往你钱袋里放点钱。"一如既往的缜密妥帖，正是吉米的行事风格。

他合上书，抬起头，看见一个戴着白色穆斯林头巾的男人站在茶水摊阴影处看着他。古斯塔德的脉搏漏跳了一下。那人从阴影里走出来，古斯塔德这才看清那根本不是穆斯林头巾，而是一圈厚厚的白色绷带。男人走过来，尽管头被包着，他还是认出了他。太巧了！他激动地上前一步，抬起手打招呼。

"诺布尔先生,很高兴再次见到你。"男人个头很高,和古斯塔德一样高,脸刮得很干净。

古斯塔德高兴地和他握手。"你还记得我?九年了,我一直想感谢你当年的好心。如果我早知道你和比利莫里亚少校——"真是个强壮的男人,他暗想,头上裂了道那么大的口子,还能精神头十足地到处走。他那样从兰美达摩托车把手上方飞出去,古斯塔德想想都不由得一激灵。

"你的髋骨怎么样了?"

"完全好了。多亏了少校,我们去了正骨大师马蒂瓦拉那里。一个很有本事的人,他为我创造了一个奇迹。但是,"古斯塔德很疑惑,"我出事的那天——你和比利莫里亚少校——在出租车里……你们什么也没说。你那时候还不认识他吗?"

"哦,认识。不过,有时候我们不得不假装,因为工作的原因。有时候单纯的出租车司机和乘客的关系更安全。"

古斯塔德表示理解。"但似乎你最近也出意外了?"

"是的,准确地说不是意外。来吧,我们喝点茶。"他将古斯塔德领进店里。

"抱歉,我清楚地记得你的脸,但我忘了你的名字。"

"古拉姆·穆罕默德。"

"想起来了,在出租车里你告诉过我儿子。"

"索拉博怎么样了?"

古斯塔德很惊讶。"你还记得他的名字?"

"当然,怎么会忘记?比利莫里亚少校总和我说起你们一家人。说你们就像他的家人。在你出事前,我就知道你了。比利小子的朋友就是我的朋友。"

古斯塔德咯咯地笑了。"比利小子。这名字很适合吉米。"

"在部队里,他的朋友都喊他比利小子。"古拉姆·穆罕默德停顿了片刻,目光看向远处,"那可真是一段好时光。和现在在调查分析局完全不一样。"

"你们两个一起加入了调查分析局?"

"是的,比利小子去哪儿我就去哪儿。他也总是将我带在身边。至少我还能帮他做点事。知道吗,他救过我的命,一九四八年,在克什米尔。"

"他从来没和我说过这事儿。"

"唔,比利小子就那样,从来不喜欢炫耀。是真的,撤退的命令已经下达,他却独自一人去找我。否则我早就被那些部落的人大卸八块,死在那些山里了。"茶到了,用玻璃杯装着;古拉姆端起一杯,喝了一小口:"事情就是这样,所以比利小子永远可以信赖我。他的朋友就是我的朋友。"

然后古拉姆·穆罕默德放下茶杯,身体前倾,一张脸几乎凑到他跟前。"而他的敌人,"他用几近耳语的声音说,"必须得过得了我这关。任何人敢伤害他,我都不会放过,我会让他们付出代价,不管用何种方式:刀、枪、拳头,或者牙齿。"他露出咬紧的牙齿,从牙缝里挤出了最后几个词。

古斯塔德不自在地往后缩了缩。"能有你这样的朋友是他的运气。"奇怪的家伙。上一秒还热情友好,下一秒就让你脊背发凉。他伸手去拿茶杯。透过透明的玻璃可以看到那热气腾腾的浑浊液体。几乎被磨成粉末的茶叶随着对流的水漂到最上面，又沉落到杯底。他冒险喝了一小口。很苦。"但是你这次的意外是怎么回事儿？"

"不是意外。他们是对准我的摩托车来的。"

"真的吗？"古斯塔德不由得一阵激动，"你怀疑是谁呢，巴基斯坦的间谍吗？"

他大笑起来。"没那么简单。只能说，是干这份工作的危险。"他又喝了点茶，然后指着古斯塔德的杯子说，"你不喝吗？"

"得多加点糖才行。"古拉姆招了招手。一个女人从后面走出来，听了他的话后，拿了一罐糖回来。古斯塔德往茶里加了点糖，又尝了尝，满意地点点头。"你过的可真是危险的生活。吉米怎么样，他在德里还好吗？"

"我们不必为比利小子担心。我们两个加起来都没他聪明。"

古斯塔德还想知道更多关于吉米的消息，但听古拉姆的口气，他知道他不会透露更多信息了。"你的出租车怎么了，为什么现在骑摩托车了？"

"有时候开出租车，有时候骑摩托车。在调查分析局，你得做各种工作。今天我还是卖书的。晚上，我就要离开孟买一个星期，去做别的事情。"他大笑道，喝光了杯子里的茶，"好了，我得将比利小子送来的包裹给你了。"

他走到外面的书摊那里，打开了一个板条箱。里面是一个很大的包裹，约莫有一个大旅行包那么大，用牛皮纸包着，扎着的粗绳子在顶部弄出了一个方便提的地方。"就是这个。"古拉姆·穆罕默德说。他看着古斯塔德的三本书。"但你要拿的东西太多了。"

古斯塔德也在考虑这个，这样上公交车会很难拿。"这是你的，"古斯塔德说着将《莎士比亚全集》递回给他，然后又说，"穆罕默德先生，既然你今天还是个卖书的，你可以将那本书卖给我吗？"

古拉姆大笑道："当然，当然。"

"多少钱？"

"给你，本店免费赠送。"

"不行，不行，我得付一点。"

"好吧，那就付出你的友谊吧。"

"但你已经得到它了。"

"那样的话，你就已经付过了。"他们两个都大声笑了起来，高兴地握了握手。"等等，我让人帮你将四本书都包在一起。那样好拿一点。"

等打包的时候，古拉姆·穆罕默德写了一个地址给古斯塔德，说去那里可以联系到他。

"你知道这个地方吗？"

"笼屋。"古斯塔德念道，"知道，佩玛思特医生的诊所就在那一块。我们的家庭医生。"

"那笼屋外面有个卖槟榔的。大家都叫他槟榔老头皮伯赫。任何时候你都可以留消息给他。"

古斯塔德知道槟榔老头皮伯赫是谁。自佩玛思特医生从医以来——或许更早——他就在那里卖槟榔了。小时候生病,过段时间就会去那个诊所,有时候是麻疹,有时候是水痘、腮腺炎,或是接种疫苗和加强针,所以古斯塔德看过皮伯赫做生意。后来,上学期间,古斯塔德有时候会逃课,和朋友们一起在笼屋附近瞎逛,听槟榔老头皮伯赫闲扯。皮伯赫会讲很多关于这个地方的好笑过往,以及笼屋里的小姐和她们的主顾们之间的风流事,让来买槟榔的顾客回味无穷。

"非常可靠的朋友,"古拉姆说,"他得了任何口信都会传给我的。"店里的男孩将书打包好了。古斯塔德注意到打包手法和吉米那个包裹一模一样,都在顶部做了巧妙的提手。

再次和古拉姆·穆罕默德握过手之后,他穿过巷子原路返回。街道两边的东西渐渐地都被清掉了:工具、插座、碟子、灯具、发电机、毯子、花瓶、餐具、手表、相机、电开关、集邮册、变压器、磁铁,还有数不清的叫不出名字的铺在柏油路上的东西。给人采耳的那个人还在忙活,清理着最后一位顾客的耳孔。古斯塔德从他们旁边经过的时候,那人正将细细长长的银挖耳勺抽出来,送到顾客面前给他看。一粒豌豆大小、泛着光的棕色小球立在那小勺上。

"干得好!"那顾客说道,对耳朵的表现颇为自豪。他像乐队指挥一样,转过另一只耳朵对准那工具,迫切地想展示那只耳朵可以掏出什么来。古斯塔德有点想站在那里看看，但或许有点不礼貌。而且吉米的包裹实在有点重，那些提手深深地勒进了他的手里。

公交车来了，车上很挤，一路上都很辛苦。他拎着那么多东西，一不小心就戳到了站在他前面的一位女士。她转过头生气地说了一大通话。"他在干什么，上来之前也不看看。带着这么大的包裹上公交，到处顶到别人，也太无礼了。这么多东西，应该坐出租车啊，是不是？为什么要到公交车上来妨碍大家呢？这样推来顶去的，好像我们都没买票就他买了票……"

古斯塔德见了古拉姆·穆罕默德后心情好得很，所以听了这些话并没有生气。他朝那位女士深鞠了一躬，非常绅士地说道："抱歉，夫人，给您造成不便了。请接受我的道歉。"他朝那张皱着眉头的脸露出迷人的微笑。

那位女士或许从未被称为"夫人"，也从未有过谁这样绅士地冲她鞠躬，有点受宠若惊，不快立刻烟消云散了。"没关系。"她头往一边一昂说道，"不必再提了。"接下来的一路，他们每次目光交汇，都会相互微微一笑。"再见。"她到站的时候对他说道。她在他前一站下的车。

特穆尔正在院子里焦急地等着。"古斯塔德古斯塔德让我来。古斯塔德古斯塔德我帮你让我来提。"

他高兴地将那包书递给他。特穆尔得到这差事很是自豪。"谢谢。"走到门口时，古斯塔德说道，将书接过来，然后开门。

特穆尔将一根手指放到嘴唇上:"古斯塔德安静非常安静。"

"什么?"

"安静安静古斯塔德。不舒服不舒服在睡觉不舒服。"

"谁不舒服?"

"罗珊罗珊罗珊在睡觉罗珊。不要吵安静不舒服。"

古斯塔德皱了皱眉,挥挥手让他走开,然后拿钥匙开门。

第八章

1

"你是等太阳下山后才做的吗,按照我和你说的?"

"一直都是。"迪尔娜瓦兹说。

卡匹希亚小姐靠着墙,将重心放在一条腿上。"哦!这只脚风湿又犯了。"她托着下巴思索着,"那就只有一个原因了。那诅咒已经深入索拉博体内,太顽固了,酸橙没法将它驱除。"

"你确定?"

"我当然确定。"她有点愠怒地回答,"听着,如果一个诅咒附得太深了,那就需要另一个人将它拉出来。"

"怎么做呢?"

"有一个办法。首先,还是一样的,用酸橙在他头顶画七圈。但是不要将酸橙扔到海里,而是要将它切开,挤出里面的汁,让某个人——任何人——喝掉。那个人会将诅咒从索拉博身体里拉出来。"

很简单,迪尔娜瓦兹心想。"那之后那个诅咒去哪里了呢?"

"进到喝橙汁的人体内去了。"

"那就是说那个人要遭罪了?"

"是的,我也不喜欢那样。"卡匹希亚小姐耸了耸肩,继续说道,"但这是唯一的办法。"

"我不能让无辜的人遭罪。"当然,如果这法子有用的话。"再说,我能将这果汁给谁喝呢?"

"科达达德大楼里就有现成的人选。"那个老女人神秘地笑了笑。

"谁?"

"当然是瘸子特穆尔。"

"不,不行!"迪尔娜瓦兹不喜欢这个主意,在她看来太冷酷了,"或许我可以自己喝掉。毕竟,索拉博是我儿子。"

"你说什么胡话呢?"迪尔娜瓦兹没有说话,她觉得左右为难。卡匹希亚小姐继续说道:"听着,我不是邪恶的人。你以为我想伤害无辜的人吗?但是看看特穆尔。他有多少脑子呢?"迪尔娜瓦兹默默地听着。"所以它能对他产生什么影响呢?特穆尔自己什么都不会知道。我的意思是,我们应该高兴他终于可以为别人做点好事了。"

"你真的这么觉得?"

"难道不是吗?"

不,如果卡匹希亚小姐不是这么认为的话,她不会这么说的。但是我该信谁呢?"好的,谢谢。我会那么做的。还要谢谢你给罗珊报纸。她们班现在已经是为难民募捐最多的了。"

"很好。"卡匹希亚小姐说着,打开门让她离开。

回到厨房,迪尔娜瓦兹将一个酸橙从藏的地方拿出来,切开,将果汁挤到一个玻璃杯里。然后加了满满一勺糖,又抓了点盐。"加一勺糖,药就下去得快了,咕嘟一口就喝下去了……"她往杯子里加了水,搅了搅,一边透过前窗看特穆尔有没有出来。希望他在古斯塔德回来之前出来。

院子里空荡荡的。"加一勺糖,药就下去得快了……"外面传来校车的汽笛声,罗珊出现在院子里。"高高兴兴地……"看着不是很好。脸颊发白,眉头挂着汗珠。"怎么了?你觉得不舒服吗?"

罗珊点点头。"我一直拉肚子。"

"拉了几次?"

她想了想。"四次。不,五次。"

"换了衣服去躺一会儿吧。我给你拿药。"这反反复复的腹泻何时才能放过我可怜的孩子啊?她走进厨房去拿药。罗珊跟在后面,看到了那杯酸橙汁。

"这是什么,妈妈?"她凑近去闻。

"别动!"迪尔娜瓦兹跳过去将它拿开。

"那是什么?"

"没什么,"她尽量用平静的声音答道,"做饭用的。你若喝了肚子会更疼的。"她脊背一阵阵地发凉。达达·奥尔穆兹德!万一我的孩子喝了那沾染了诅咒的酸橙汁可怎么办?想想都可怕。

罗珊看到药片后做了个鬼脸。"又是棕色的?它们让我喉咙里发苦。"她熟练地将它们吞下去，上床睡觉去了。

迪尔娜瓦兹没等多久，特穆尔很快就一瘸一拐地走到苦楝树下，抬头看着它的树枝。她从开着的门那里喊他。"进来。"他有点害羞地走过来。一只手伸向腹股沟处开始抓挠。"别那样，特穆尔。"他听话地将手拿开，塞到胳肢窝下面。"看我给你准备了什么。"

他闻了闻杯子里的酸橙汁，饶有兴趣地看着漂在上面的果核。"喝吧，喝吧。"她说，"很好喝的。"

他尝了一小口，眼睛一亮，舔了舔嘴唇。"好好好喝。"

"全喝了，"她催促道，"都是给你的。"

特穆尔一仰杯子，一口气全喝了，然后咂着嘴，打着嗝说："很好喝要更多要要。"

"没有了。"轻而易举。"还有的话我会再叫你的，好吗？"

他连忙点点头。"叫请叫。更多很好喝。"

"去吧。"他靠那条好腿转过身，另一条腿晃了一圈，踢到了门。"嘘，"迪尔娜瓦兹说，"安静点。罗珊在睡觉，她不舒服。"

特穆尔将手指放在嘴唇上。"安静安静安静。安静罗珊在睡觉安静。"他小心翼翼地一瘸一拐从门口走出去，回到院子里。

2

听到门开锁的声音，迪尔娜瓦兹从厨房出来。"这堆垃圾是什么？吉米送了多少来？"她问，古斯塔德放在书桌上的两大包东西让她心生不快。

"垃圾？你看都没看怎么知道里面是什么？这是少校的包裹。而这些是四本美妙的书。是艺术、智慧和享受。"

她一手扶额。"书！又是书！你疯了吗？你要放在哪里？别再说你和索拉博哪天会做一个书架之类的废话了。"

"消消气，交给我吧。但是先听我说说我在克尔集市遇到了谁。"

她满腹狐疑地看着他。"你不会要说比利莫里亚少校吧？"

他大声笑起来。"不是，但是是某个认识他的人。也认识我。"他将他和古拉姆在茶水摊的谈话告诉了她。

"我和你说了一百次了，不要吃或者喝路边的东西。你有时候简直就像个孩子。"

"我就喝了几小口茶，出于礼貌。"

"喝一口也足以致病啊。"

这话提醒了他。"罗珊怎么了？"

"闹肚子了，"她答道，"但是谁告诉你的？"

"瘸子特穆尔。他怎么知道的呢？"

哦，不，她心中暗叹。那傻子还说了什么别的呢？让她松了口气的是，古斯塔德并没有等她回答。特穆尔有时候比身体和脑子都正常的人更能探听到消息，这是他早就见识过的。他去看罗珊，不一会儿又回来了。"睡着了。给她吃过药了？"

"两片氯碘羟喹。"

"很好，"古斯塔德说，"很快就会好的。如果明天还没好，就吃磺胺胍。"他总在家里备着这些药片。罗珊之前，是达利斯，十三岁前他也总是腹泻。开始，迪尔娜瓦兹总是反对古斯塔德自作主张吃药，坚持认为应该先咨询一下医生。她很相信佩玛思特医生，尽管他的诊所很简陋，门口的牌子上写的是：R.C. 罗德医生、医学学士、外科医学学士、医学博士，始于一八九二年。罗德医生其实是之前在此行医的医生，差不多五十年前，佩玛思特医生将他关了门的诊所买了下来。但刚开始营业的时候，因为资金短缺，后者就懒得换门口的牌子。有时候那些胆小的新病人喊他罗德医生，他也不是很在意。

没过多久，消息就传开了，说这个年轻的医生聪明和善、幽默细心，很多病人被逗笑后病就好了一半。很快他就存下了一点点钱来拾掇一下这个诊所。他买了一张体面的沙发和几把椅子，放在候诊区，订阅了他一直想要的国外的医学期刊，以获取新药和医学研究的信息。他甚至能付钱做一块新的、写着他自己名字的牌子。

但最后这笔钱花得却是大错特错了。

第二天，诊所就乱套了。病人们进进出出地想知道这个佩玛思特医生是谁。那个风趣友好的罗德医生去哪儿了？他什么时候回来？他们拒绝听解释，也不愿让那个年轻的新手给他们做检查。少数冒险接受治疗的人也一致认定：这些药没有以前的疗效好；这消息很快就传开了。

佩玛思特医生无可奈何地跑到做牌子的人那里去寻回那块旧牌子。幸好，那个做牌子的人还留着它，放在一堆不要了的木瓦和铭牌下面，准备留着当柴烧。它被挂回了门口，所有的疑虑一夜之间烟消云散。

一夜之间，佩玛思特医生伤心地意识到一个医学院从未教给他们的道理：和任何消费品一样，医生的名字比他的技术重要得多。不过，他慢慢地接受了这个现实，也不再怨怪他的病人，不再厌恶他前任的牌子。而且，他觉得，牌子上一八九二这个年份有一种庄重感，暗示着久远的历史和岁月的洗礼，这在医生这个行当尤为重要。因此，只有很少的病人——比如诺布尔一家——知道他的真名，能叫对他的名字。

随着时间的流逝，当年的佩玛思特医生已经变成了老爷爷，头秃了，脸圆了，带着伤心小丑的表情。他在诊所里依然以他一贯的戏谑方式行医问诊：拿注射器或灌肠剂开玩笑，凑近闻装着难闻的化学混合物的罐子，然后做个鬼脸，或者喋喋不休地说一些搞笑的胡话——这些在健康的人看来很傻，可是对于生病的、绝望的、身陷恐惧的人来说却并非如此，对这一切，他们都心存感激。

然而，佩玛思特医生的插科打诨却并不是不分场合胡来的，他对自己的行为举止控制得很好，在诊所之外，在集市或者火神庙这些寻常的场合遇到时，他都是很严肃的，甚至有点冷漠。有一次，古斯塔德开玩笑地问他，他的真名会不会是哲基尔医生[①]。佩玛思特医生一脸不快地说只有生病和烦忧的人需

[①] 哲基尔医生，十九世纪小说《化身博士》的主角。他喝了一种药剂，在晚上化身成邪恶的海德先生四处作恶。

要被逗乐。鉴于他能提供的快乐并不是无穷尽的，省着点用才是明智的做法。

诺布尔一家从未放弃过佩玛思特医生，也没有对他失去信任。但是这么多年过去，他们开始接受他的局限性。他们先是不指望他能创造奇迹，然后是不指望他能一劳永逸地治好病，最后也不再指望他能推荐在国外知名研究机构的医学期刊上看到的更新更好的治疗方法。

况且，佩玛思特医生已经很久不订阅国外期刊了。像政府的其他事一样，外汇管理涉及错综复杂的条例和繁复的程序，所以佩玛思特医生决定省了那种麻烦。尼赫鲁死后，拉尔·巴哈杜尔·夏斯特里总理继任，有一段时间，政府这一潭污浊的死水似乎终于焕发活力了，尽管还有人持怀疑态度，说这样矮的一个人恐怕不能在国际舞台上获得尊重。后来就发生了和巴基斯坦的二十一天战争，让那些不相信他的人都闭了嘴。"我们的拉尔·巴哈杜尔虽然身高不够，但脑子绝对够。"佩玛思特医生告诉他的每一位病人，还弯着膝盖，模仿小矮人走路，手里拿一个灌肠剂注射器，举到胸前，一副冲锋的架势，"给巴基斯坦人灌个肠。"

在民众的一片欢呼声中，夏斯特里登上了一架飞往塔什干的飞机，柯西金提议在那里进行印度和巴基斯坦之间的和谈。在他们签订《塔什干宣言》的当晚，夏斯特里死在了苏联的土地上，距离他任总理以来还不到十八个月。有人说是巴基斯坦人杀了他，有人怀疑是苏联人干的。甚至有人说是新总理的支持者给夏斯特里下了毒,那样她父亲的王朝民主梦才能最终实现。

不管真相如何,政府再次陷入了混乱。简化外汇管理在这个国家的待办事务清单上排到了很后的位置,而佩玛思特医生也没再续订期刊。因此,面对腹泻,反复在他的处方单上出现的还是那两个名字:氯碘羟喹和磺胺胍。

翻来覆去总是这两种药,迪尔娜瓦兹终于同意古斯塔德说的,没必要浪费时间和金钱去诊所了。现在那些药名从她嘴里说出来像他说出来一样顺溜了。边柜左手边的区域放着各种最常用的药片和糖浆。有治嗓子疼的吗啉吗啡,治咳嗽的麻黄碱和苯海拉明,治感冒发烧的阿司匹林和可待因,治扁桃体发炎和喉咙红肿的厄耳科辛和红霉素,治消化不良的洋车前粉,治恶心反胃的可拉明,治低血压的甲羟苯丙胺,治瘀青的碘酒,治疗小的割伤烫伤的消毒药膏,治鼻塞的鼻眼净,外用的尤纳尼百宝水(看起来就像是水,但是可以消除各种疼痛),当然还有治疗腹泻的氯碘羟喹和磺胺胍。所有这些都放在第一层。第二层放的东西就更不拘一格了。

随着迪尔娜瓦兹自信心的增强,她开始给家庭以外的人提供用药建议。科达达德大楼里,有些家庭人口众多,一旦感染痢疾,情况便相当严重。比如帕斯塔基亚一家,他们有五个孩子,从四岁到九岁,但公寓里只有一个厕所。一旦染上痢疾,他们就不得不借用好心的邻居家的厕所,他们得跑上跑下去看邻近的人家谁家的厕所空着。这么大的运动量,又总是憋得那么急,就难免会出一些状况;然后大楼里的气味就会发生变化,迪尔娜瓦兹的鼻子告诉她,她的用药建议即将派上用场。

她为帕斯塔基亚太太感到难过——要照顾五个孩子,还有一个患高血压的公公,时不时地就要指天骂地一通。如果没有在楼道或门廊见到孩子们,她就会向帕斯塔基亚太太仔细询问他们的症状,然后用无比自信、像医生一样的口气给她建议:"两片氯碘羟喹,一天三次。"或者"一片磺胺胍,碾成粉混在一勺糖水里。"因为那药片很大一片,而且非常苦。从给索拉博、达利斯和罗珊喂药的经验里,她学会了不同的药要用不同的服用方法。

古斯塔德不赞同这种邻里间开处方的做法。他说,这些免费的建议迟早会变成多管闲事,使大家都陷入贫困的境地。然而,迪尔娜瓦兹说,既然可以帮别人省了看医生的费用,何乐不为呢。

她不耐烦地等着古斯塔德拆开书的包裹。他将拆开的绳子整整齐齐地绕在他书桌里的一个小球上,然后将那球在左手右手间抛来抛去。"你不想先看看吉米送了什么来吗?"她问。

他神气地笑道:"不着急。"他拿起柏拉图那本书:"多好的书啊。"说着将书递给她,其他几本书也是这般。她敷衍地看了看,将它们放到书桌上。少校的包裹也被同样一丝不苟地拆开了。牛皮纸下面还包了一层褐色的塑料纸,用胶带封得结结实实的。他想扯掉胶带,却低估了它的牢固度,只好去书桌里找了把小刀。这时,他发现特穆尔就在窗外,疯狂地挥着手。

"什么事?"

"古斯塔德请愿书请愿书。签字签字请愿书。"

他记起来了,他将它丢在边柜上一个星期了。"但你找过其他邻居吗?"

"古斯塔德古斯塔德你先签。古斯塔德先签,然后其他人签。看看看我可以说。看看看古斯塔德·诺布尔签了。"特穆尔是对的,他知道,大家总是害怕成为第一个出头的。

特穆尔接过签了字的请愿书,就好像那是什么了不起的奖品似的,满是信赖的脸上神采飞扬。"古斯塔德古斯塔德,谢谢你古斯塔德。"他忽然又将手指放在嘴唇上,"安静安静安静。别吵闹别吵闹。"

古斯塔德也将手指放在嘴唇上,像他一样"嘘"了一下。特穆尔对他们达成的沉默同盟感到满心欢喜。他发出一声咯咯的笑声,离开了。

"很安静很好喝很好喝的果汁。"

古斯塔德面带笑意地回来继续弄胶带。"可怜的家伙,真不知道他哥哥要是出什么事他会怎么样。他为什么说很好喝的果汁?"

迪尔娜瓦兹耸了耸肩。"你们这些人总说他可怜,却又总是纵容他疯疯傻傻的行为。都没有谁帮他找点简单的事做。"那些乱糟糟的包装纸又勾起了她早先的烦躁。"房子里这么多垃圾,你还买书回来。"

他用小刀割开最后一条胶带,打开裹了四层的黑色塑料膜。她开始收拾。"这么多没用的东西,我都没法打扫卫生,还有窗户和排风扇上的那些纸。天晓得……"

塑料膜滑落,让她话说到一半说不出来了。一堆捆扎得整整齐齐的一百卢比的钞票展露在他们眼前。一沓沓崭新的钞票,用牛皮纸条扎着,上面的订书钉闪闪发亮。

她先找回自己的声音:"这是什么?我是说,这是什么意思?会不会弄错了?"

他目瞪口呆地看着那堆钱。慢慢地,他才看清周围的东西,窗户、院子。外面,在黄昏的光线里是一张和他一样张大的嘴,那嘴的周围显现出特穆尔的脸,正朝屋里看着小山一样的钱堆。

古斯塔德猛地回过神来,大吼一声,啪地关上窗户,阻断特穆尔的视线。特穆尔眼前的一幕让他眼睛放光,就像那天他看到被脱光的娃娃时一样。

3

古斯塔德意识到仅仅关上窗户是不够的。他冲到门口。特穆尔还目瞪口呆地站在原地没动。"过来!"这会儿生气可没用。他又喊了一遍,用温和的哄人的语气:"过来,特穆尔,过来,我们谈谈。"但特穆尔很害怕,开始后退。"好了,好了,"古斯塔德边说边收起小刀,确保特穆尔看着它滑进自己裤子的口袋里,"看到没?没有小刀。现在你可以过来了吗?"

"好的，好的古斯塔德。来了来了来了。"他摇摇摆摆地走过来，"古斯塔德古斯塔德鸡脖子。"他伸出一根手指从这只耳朵到那只耳朵沿着喉咙画了一条线，然后浑身哆嗦了一下，"求你了古斯塔德求你不要——我的脖子。"

"别傻了，特穆尔。小刀是用来拆包裹的。"他微笑着，特穆尔也对他一笑，"你还记得刚才在窗口看到了什么吗？"

特穆尔的手在空中胡乱地比画着山的形状。"钱钱钱钱。很多很多很多钱。"

"嘘！"他后悔问了这个问题，看了看周围有没有人走近。他的脸逼近特穆尔的脸，居高临下地说："小点声音。"

特穆尔退缩了一下，记起他们之间的沉默同盟，咧嘴一笑。他将手指放到嘴唇上。"安静安静古斯塔德。罗珊在睡觉别吵闹。"

"是的，很好，听着，"古斯塔德用力地点点头，"你刚才看到的是我们之间的秘密。你和我的秘密。好吗？"

"秘密秘密古斯塔德秘密。"

"是的，秘密是不能告诉任何人的。不要将你看到的告诉任何人。"

"不告诉任何人不告诉任何人古斯塔德不告诉。秘密秘密秘密。"

"是的，"他又查看了一下——院子里没人，"你保守这个秘密，我就给你一卢比。"

特穆尔眼前一亮。"好的好的古斯塔德———卢比秘密。"

他伸出手,古斯塔德打开钱包。

"记住,别告诉任何人。"他将钱递过去。

特穆尔看着那一卢比,将它反过来,对着光看了看,又闻了闻。他咧嘴一笑,开始挠痒。"古斯塔德古斯塔德两两两卢比。秘密求你了两卢比秘密。求你求你求你。"

古斯塔德又掏出钱包。"好的,两卢比。"然后他将一只手搭在特穆尔肩膀上,带着几分威胁地轻声说道,"两个卢比,什么也不要讲。但你知道如果你忘了会怎么样吗?如果你告诉了别人?"

特穆尔脸上的笑容消失了。他扭动了一下身体想走,但那恶人像钢爪一样扣着他的肩膀,让他无法动弹。他用上全部的力气将头从这边摇到那边,好像他越用力,就越能让古斯塔德高兴似的。

"如果你忘了,我就会像这样抓着你。"古斯塔德将手从特穆尔的肩膀移到他的后颈。"然后我会拿出我的小刀。"他用空着的那只手伸进裤袋里摸出小刀,特穆尔在他的钳制下瑟瑟发抖。"我会将它打开。"他用牙齿咬着将刀刃拉出来。"像这样。"白花花的牙齿咬着亮晃晃的刀刃,显得阴森可怖。"打开之后,我就用它割断你的喉咙,就像屠夫割断鸡的喉咙一样。就像这样。"他拿小刀沿着特穆尔的喉咙从这边耳朵到那边耳朵比画了一下,用食指挡住刀刃。特穆尔开始呜咽,眼睛里都是泪水。

"你会忘了吗?"特穆尔摇摇头。"你会告诉别人吗?"又摇摇头。古斯塔德"啪"的一声合上小刀。"很好,现在将钱放进你的口袋。"他放开了他的脖子。

特穆尔将那两张纸币叠成一个小方块,然后脱掉鞋子,将那个小方块塞进了袜子里脚后跟的下面。"古斯塔德古斯塔德谢谢你。两个卢比古斯塔德。两个卢比秘密。"他开始慢慢地后退着离开。

古斯塔德看着他走远,他很抱歉不得不这样吓唬这个可怜的家伙。但他只能这么做,不吓唬他他是记不住的。他有那么片刻忘记了真正的问题还在里面,在他黑色书桌上的那张黑色塑料膜里。

4

塑料膜打开的时候,有几扎钱滑了下来,迪尔娜瓦兹正在将它们重新摞好。"天晓得吉米这是要给我们惹什么麻烦啊?送这么一大包钱来,就像送的是土豆洋葱似的。"她开始将塑料膜包起来。

他拦住了她。"你干什么?"

"包起来。趁麻烦还没找上门来将它送回去。"

"你在说什么?什么麻烦?你都不知道这是谁的钱,是干什么用的。"

"麻烦要来的时候可不会敲锣打鼓,还告诉你原因。它说来就来。特穆尔那傻子看到了,有他那大嘴巴,它会来得更快。他爸,将这钱送回克尔集市,还给你的出租车司机。"

他将那堆钞票打开。"特穆尔一个字也不会说。我和他说过了。"他查看了几扎钞票的第一张和最后一张:没错,每扎都是一百张。他数了数一共多少扎:也是一百。而且,面额都是一百卢比的。"我的天,"他轻声叫道,"一百万卢比。"

这么大的数字被说出来,恐惧再次涌上她的心头。"送回去,求你了!"她的手伸向塑料膜的一角,但他一把夺了过去。

"你现在满脑子都是送回去。别的事你都忘了吗?"他开始翻看那一扎扎的钱,"吉米说这里会有一封信的。"

她也一起找起那封信来;越快找到就能越快地将麻烦送回去。"真好闻。"她说,鼻子凑近一扎钱,闻着新钱上好闻的味道。

"是好闻。二十四年里,我工作的时候鼻子底下都是这种味道。从来没有闻腻过。"他停下来想了想,"美妙的是,五卢比和十卢比的钱扎有着不同的气味,每种面额的钞票都有自己的气味。我最喜欢一百卢比的味道。"他翻动着钞票,一张折得小小的纸掉了出来,"在这儿!"

信很短,他们一起看了:

亲爱的古斯塔德,

　　谢谢你去了克尔集市。现在剩下的事就是将这些钱存入银行了。

　　你是储蓄部主管,绕开关于大额存款的各种规章应该不难。别担心,这不是黑市的钱。是我负责的一笔政府资金。

至于账户名,就用密拉·奥比利这个名字,如果需要地址,写你的或者我在德里的邮箱地址。没关系,我完全相信你。要这样保密的唯一原因是我们政府内部有很多人想看到我的游击战计划失败。还需要做什么的话我会再给你消息的。

爱你的朋友,
吉米

又:忘了伊阿古的建议。一百万卢比你的钱袋装不下。祝你好运!

古斯塔德笑了。"我还在想吉米为什么选了那句话呢。"

"别想了,帮我包起来。"

"你还不明白是怎么回事儿吗?他想救那些正在被巴基斯坦人屠杀的可怜的孟加拉人。"

她很恼火;有时候他就像个小孩子,不肯面对现实。"你现在肯定已经意识到这事儿不能做了。除非你想冒险做违法的事,并因此丢掉你的工作!"

"那吉米怎么办?你知道他在调查分析局做的事有多危险吗?"不过即便他努力将吉米的行为想象得英勇,他也深知她是对的。

"对他来说,那是他的工作,他加入了情报机关。他想做那些机密的事情他自己去做，不要连累我们饿死。如果你丢了工作，等待我们的就是那种下场，记着！"然后，有点后悔说了这样的话，她压低声音说，"呸呸呸，百无禁忌！"然后做了个老天保佑的动作，打了三个响指，又将手从古斯塔德面前往外一扫，像是要将那些坏的气运都赶走。

他不情不愿地开始和她将那包裹包起来。她帮他将钞票一扎扎摞好。"我答应了他的。我在信里说他可以指望我。"

"那是在他告诉你要你做什么之前。请人帮忙却不说要帮什么忙，这可不地道。"她心情好了一点，"我知道了。换个方式拒绝他，这样不会太难看。写信告诉他你丢了在银行的工作。"她猛然意识到自己又说错了，但话已经说了，只好又将"百无禁忌"那一套做了一遍，"不不，别那么说。就说你调到别的部门了，做别的事去了，所以没法去存了。"

他想了一下，觉得她这个计划不错。"你说得对。那样他也不会觉得我让他失望了。"他将没理完的包裹推到一边，开始写信。

有人敲门。迪尔娜瓦兹跑到卧室拿了一块布出来盖在那堆钱上，然后才去开门。是索拉博。"谢天谢地。"她说着拿开了那块布。

"我的天！"索拉博说。看到那么多钱，他忍不住大笑起来。"爸爸抢银行了吗？"

古斯塔德看向迪尔娜瓦兹，脸色铁青。"立刻告诉你儿子，我可没心情和他开无聊的玩笑。"

他仿佛嗓子眼被堵了一样压着嗓子说话，她知道这最后通牒不是说说而已。她给了索拉博一个警示的眼神。"钱是少校叔叔那儿来的，但我们打算送回去。"她将那封信和古斯塔德的答复都递给他，"这对你爸爸来说太冒险了。"

他看了信，说："真是幼稚，易位构词。"

她没听过这个词。"易位构词？"

"拿个名字出来，将字母顺序打乱，构成一个新的名字。密拉·奥比利①就是比利莫里亚的易位构词。"古斯塔德假装没有在听，不过确实在心里将这两个名字对比了一下。索拉博摸了摸那一扎扎的钞票，玩弄着。"吉米叔叔说这是政府的钱，是吗？那不如我们就将它们用在政府应该做的事情上，不是很好吗？比如改造这一片区的排水沟，给家家户户安装水箱，修理——"

古斯塔德毫无预警地从椅子上跳了起来，对着他的脸一巴掌扇了过去。"不要脸！"索拉博一侧身躲开了。"像条疯狗一样乱叫！这就是我儿子！"

索拉博又震惊又困惑地看向他母亲。"他这段时间是怎么了？我不过是开玩笑！"

"你知道是怎么回事儿。"她小声地说，见他还想说什么，赶紧拦住了他。索拉博情绪激动，颤抖着离开了客厅。

古斯塔德装作若无其事地继续收那个包裹。但他装不了多

---

① 密拉·奥比利的英文为Mira Obili，正是比利莫里亚（Bilimoria）打乱字母顺序后构成的名字。

久。"完全变了,变得认不出来了。"奇怪的包裹令他不安,吉米提出的无理要求让他失望,儿子的不孝顺和忘恩负义让他深感悲伤,各种情绪混杂在一起,让他觉得嘴里发苦,"谁能想到他会变成这样呢?"他拉紧绳子,但它却断了。她耐心地在断掉的地方打了个结。

"每年考试的时候,一大早就给他吃七颗杏仁。"想到过去,他越发觉得心酸,"我穿着有破洞的鞋去上班,就为了将钱省下来买杏仁给他补脑。两百卢比一公斤呢!全白费了。都到狗肚子里去了。"他打结的时候,她用手指帮他按住绳子,免得它松掉,"记着,"他抬高嗓门,让里屋的索拉博也能听见,"我为了救他踢过他一次,我也可以再踢他一次。这次要让他滚出我家!滚出我的生活!"

绳结不断收紧,她适时地抽出了手指。哦,老天爷,不,不要!不要让他说这样的话!酸橙汁会有用的,我知道。一定会的,不然该怎么办?

"今天去克尔集市太晚了。"她说,"下星期去怎么样?"

他也顺势转变了话题:"不,不用去克尔集市。"他解释了新的安排。但古拉姆·穆罕默德说他要离开孟买一个星期。他们同意这期间将钱藏在厨房里,就放在炉子下面堆煤的地方。

5

临近晚饭时间,达利斯打板球回来,随之而来的还有蚊子。古斯塔德让他别磨磨蹭蹭，赶紧关门，要不满屋子都是那讨厌的东西。达利斯将一捆报纸丢在地上，又从院子里的某人手里接过一捆，说道："再见。"

"那是谁？你这些报纸哪儿弄来的？"古斯塔德问道，一边左右开弓地拍蚊子。

"茉莉。她给我的报纸。"他嘟囔着回答。

"谁？大声说，我听不到！"

他怯生生地重复了一遍那个名字，古斯塔德立刻就火了。"我警告过你，不要和那养狗的白痴的女儿说话。那个胖妞把她家的报纸给你想干什么？如果她老子再来这里告状，看我不狠狠揍你一顿，到时候你妈也救不了你。"然后古斯塔德就全神贯注地对付蚊子去了。他建议迪尔娜瓦兹可以考虑缝几个蚊帐挂床上。他可以做个架子将它们挂起来，像帐篷一样，很简单。"在马瑟兰，"他说，"我很小的时候，父亲带全家去那里度假，那个宾馆里每张床都有蚊帐。真的很好，一整晚都不会被叮一下。我这辈子都没有睡得那么香过。吃晚饭的时候也没有蚊子骚扰。那个经理总会将一个盘子——"

他突然停住，像被记忆电了一下似的。"是的，对了！快拿个盘子来。拿最大的。"

她跑进厨房，又跑了回来。"这个德国银盘怎么样？这是最大的了。"

"很好。"古斯塔德边说边将餐桌上的东西都拿走。他将那个浅浅的圆盘放到灯下，往里面加了些水。等水面平静下来后，灯泡的影子清楚地映在水里，明亮、诱惑。然后蚊子就开始往里冲。一只接一只，放弃了真正的灯，坚定、不要命地往水里那虚幻的光源俯冲过去。不知为何，它竟然比挂在天花板下的灯泡更有吸引力。

古斯塔德满意地搓了搓手。"瞧见没？马瑟兰的酒店经理就是这么弄的！"连迪尔娜瓦兹都高兴地看着那讨厌的小虫子被一举歼灭。

"现在我们可以安安生生地吃饭了。"古斯塔德说，"让它们来。想来多少来多少。我们水多得是。"水面浮了一层挣扎着的棕色小点。他将银盘里的水倒进水槽，用水缸里的水重新将它装满，准备吃晚饭。

但是索拉博不肯离开后面的房间，来桌边吃饭。迪尔娜瓦兹恳求他不要激化事态。她告诉古斯塔德，他说："关我什么事？"

他们没等索拉博，自己吃了，蚊子继续俯冲而下，有些力道如此之大，甚至溅起了细微的水花。几个星期以来第一次，晚饭吃完，没有一只蚊子落进任何人的盘子。

两天后，古斯塔德还在上班的时候，索拉博打包了几样东西，离开了。他告诉母亲他已经安排好了，和学院的朋友一起住一段时间。

迪尔娜瓦兹不肯，说不行，不可能，这才是他的家。她哭了起来。"你父亲也是为了你好，他最近只是很心烦。你不能因为这个就走。"

"我已经受够了他的恐吓之类的。我不是随他打随他罚的小孩子了。"他答应一个星期回来看她一次。眼看没法拦住他，她只好问他要在外面待多久。"那得看爸爸的。"他回答。

傍晚，她将这件事告诉古斯塔德。他掩藏起自己的惊讶和伤心，平静地重复了两天前那个晚上说过的那句狠心的话："关我什么事？"

第九章

1

接下来的一个星期里,古斯塔德清晨祷告的时候,两件事情一直在他脑子里打转,就像院子里被风裹挟的树叶一样:罗珊久治不愈的腹泻和黑黢黢的炉灶底下那令人生畏的包裹。还有一件事,然而,对于那件事,他只当它不存在。

这次药片一点效果也没有,氯碘羟喹和药效更强的磺胺胍都没用。为什么呢?可怜的孩子,一天天的没法上学。而吉米,在那么多人里单选中我去做犯法的事。风很大,古斯塔德推了推他的黑色祷告帽,重新戴好。昨晚短暂地下了一阵雨——这是愉快的雨季即将到来的信号,长春花的叶子又绿又鲜亮。他一直惊讶于长春花的顽强,在小小的土堆上存活了一年又一年,不管汽车的挡泥板怎么撕扯它的茎干,也不管孩子们怎么肆意地揪它的花朵。

他蹲下去清理缠在枝条间的贾尔塔大米包装袋时,听到了汽车开过来的声音。不用抬头也知道是那辆兰德马斯特。班吉巡官因为工作原因时时都有可能要出去。有时候,古斯塔德晚上看书晚了,听到车子的声音,他会不由得莞尔一笑,想象着索利·班吉带着放大镜跑来跑去寻找线索的样子。很多年前大家就给了他夏洛克·班吉这个名字。曾经发生过一件特别恐怖的谋杀案,大家闲聊的时候问班吉巡官是怎么破案的。他不假思索地回答:"很简单,我的朋友。①"

接下来的事就是必然的了。大家都知道索利并不是私人侦探,他也不用烟斗吸烟。而且正主的语言和措辞总是正确而优雅的,班吉却喜欢说带颜色、下流的话。但班吉又高又瘦,瘦削的脸,高高的额头,这副形象,再加上那些不恰当的言辞,足以让这个名字和他永远黏在一起了。

班吉摁了摁喇叭,停了下来。"哈喽,老板!祈祷的时候带上我了吗?"

"当然。"古斯塔德说,"今天这么早出来,是有案子要办吗?"

"哦,没什么。但是说真的,老哥,如果×他妈的市政厅将我们的院子减小一半的话,问题可就大了。我的车要怎么进去?"活该,古斯塔德心想,说到蹂躏摧残长春花,班吉就是罪魁祸首之一。"你认为房东的请愿书能改变市政厅的决定吗?"

"谁知道呢?我的感觉是,政府想要什么的时候,它总是能拿到手,不管用什么方法。"

班吉巡官调整了一下后视镜。"如果那些浑蛋将这堵墙拆

---

① 这是夏洛克·福尔摩斯常说的一句话。

了,我们的隐私就全没了。老板,你最好每天早上都为我们的墙祈祷。"

这话提醒了古斯塔德。"你注意到它有多臭了吗,还有很多蚊子?"

"当然,那么多尿呢,流得到处都是。那些狗娘养的尿脬满了就站到墙边,掏出家伙就尿。"

"你可以出面制止吗?"

班吉巡官大笑起来。"如果警察将每一个随处撒尿的人都抓起来的话,我们的警力得是现在的两三倍才行。"他给兰德马斯特挂挡,挥挥手和他道别,随即又踩了一脚刹车,"差点忘了,特穆尔给我送请愿书来的时候,说了些胡话。说在你公寓里看到了一堆钱。"

古斯塔德假装大笑起来。"我倒希望。"

"我和他说,炒鸡蛋,别胡说八道。然后结结实实地给了他一耳光。"

"可怜的家伙。"

"如果他的胡言乱语被有心人听到了,会招来麻烦的。总怕惹得歹人觊觎。你也不想小偷来找那子虚乌有的钱吧。"说完他开车走了。

这个特穆尔。怎么才能封住他那胡言乱语的嘴巴呢?幸而索利并不信他,其他人也会认为特穆尔不过是胡说八道,像往常一样。今天晚上,等他在院子里闲荡的时候,我得再警告他一遍。

然而,古斯塔德晚上下班回来时,院子里空无一人。晚饭前他出来了三次,都没看到特穆尔,只能悻悻而归。换了睡衣后,他又出来看了看,已经快十点了,还在刮风。很多报纸和雪糕包装纸都被吹到了花丛里。我要去他公寓找他吗?但他哥哥或许在家。

一道窗户打开的声音传来,古斯塔德抬头看过去。是卡瓦斯基,白色的头发泛着光泽。他扫视着天空,歪着的脑袋从这边偏到那边,像一只羽毛奇特的鸟。"雨季要来了,你要小心了!年复一年,你的洪水总是冲走可怜人的窝棚!够了!你的公正呢?你没脑子吗?今年去冲冲塔塔家族!冲冲比尔拉家族,冲冲马法特拉尔家族!"

卡瓦斯基年轻的时候经常被叫作卡瓦斯西瓜,因为他圆滚滚的身形宛如一个西瓜。然而,随着年岁的增长,他的体重却急剧下降,这让他看上去似乎变高了。周复一周、月复一月,他变得很高,瘦削得像古代的先知,神情严峻得像个占卜师,他的头发也愈发像一个隐隐发光的白色光环。而那个绰号,则彻底被甩掉了,像干缩的痂一样被遗忘了。

他的儿媳跑下楼来找古斯塔德。"抱歉晚上来打扰你。"帕斯塔基亚太太说,"但我公公花环上的薄荷已经全干了。我可以再要一点吗?"

古斯塔德拿出他的园艺剪。他很不喜欢帕斯塔基亚太太,但是看在帕斯塔基亚先生和他老父亲的面子上忍了。她爱打探别人的事,脾气差,还有很强的控制欲,而她丈夫却品德高尚、正直，有耐心。很奇怪这两个人怎么能在一起这么多年，还生了五个孩子。当然，帕斯塔基亚太太将自己所有的缺点，包括偶尔虐待老卡瓦斯基，都归咎于自己的偏头痛。这看不见的攻击者总是说来就来，让她只能在床上躺上一整天，默默地承受着痛苦，补看《夏娃周刊》《女性》或《大众电影》的过刊，而帕斯塔基亚先生下班后还得做家务。他一定有着圣人的灵魂，才能忍受她这么多年，古斯塔德想。

"恭喜你呢。"帕斯塔基亚太太说。

"什么？"

"我听说你中了大奖。太好了！"

古斯塔德将薄荷递给她，告诉她完全搞错了，然后和她说了晚安。他剪了几枝带花的薄荷拿进屋里。迪尔娜瓦兹默默地看着他将花种子弄出来泡在水里。她知道他一直对薄荷很有偏见，因为是卡匹希亚小姐认出这种植物并将它的隐藏功效广而告之的。现在他肯拿它泡水给罗珊喝，她很是欣慰。

第二天风更大了。古斯塔德下班回家时，院子里那棵孤独的树正在随风狂舞。"罗珊好些了，快摸木头，"迪尔娜瓦兹说，"薄荷水是个好主意。"

他高兴地点点头。古拉姆·穆罕默德这个星期也要回来了，到时候我可以给他捎个信，问问他那个包裹送回哪里，什么时候送过去。

他将字条写好，装进信封里。明天他就将它送到槟榔老头皮伯赫那里去。

2

七天后,他又去了笼屋,看有没有回音。皮伯赫盘腿坐在他的黄铜大盘子前面的木箱上,他说古拉姆已经收到他的字条了,仅此而已。

三个星期过去了。古拉姆·穆罕默德还是没有任何消息传来,但雨季却来了。一个星期五的晚上,在一场雷电交加的暴风雨后,雨季火力全开地来了。古斯塔德走到外面去看天。他往西边看了看,云团集结在阿拉伯海上空。他又闻了闻空气:是的,越来越近了。其他人都睡了之后他又坐了一会儿,看看报纸。难民还在不断涌入。官方数据说是四百五十万,但从难民营回来的记者说已经快到七百万了。预计下个月能到一千万。不管是四百五十万、七百万还是一千万,有什么区别呢?古斯塔德心想。对一个连自己的国民都喂不饱的国家而言,这个数字太大了,它没有那么多粮食给他们。或许游击队很快就能赢了。如果我能帮吉米的话。

他查看了一下板球比赛的得分,随后将报纸放下。他走到书桌边,拿起柏拉图的那本书。这些新书从四个星期前买来后就一直放在书桌的一角。而我做书架的计划——也已化为云烟了。其他种种亦是如此。

临近午夜,雨开始下。他听见雨滴敲打在窗格上的声音。等他走到窗边时,雨已成滂沱之势。风将雨卷进屋内。他深吸了一口气，尽情享受那清新湿润的泥土的芬芳，很是满足，仿佛雨季的到来也有他一份功劳似的。这对我的长春花好。而且我也记得将玫瑰花移到了台阶边上——它也能得到一点被风刮进来的雨。

他关上窗，坐下来继续看报纸，却没法集中精神。雨季的到来令人激动——第一场大暴雨总是这样的，他最早的记忆中的也是。那时候，瓢泼大雨和新学年、新教室、新书、新朋友交叠在一起。穿着宽大的雨衣、雨鞋走在漫水的街道上，水面漂浮着塑料瓶盖、空的香烟盒、雪糕棍、穿坏的鞋子和凉拖。看着往日狂暴的车流终于瘫痪，淹没在水里，有一种善恶终有报的畅快之感。心中暗暗期许雨再大一点，可以不用去学校。不知为何，童年中下第一场雨时那种心花怒放的感觉从未消减。

雷声已经逐渐停歇，但雨下如注，响声很大。在这巨大的响声中，他能听出其中的区别：落在院子中央那条沥青路上的是单调的噼啪声；打在电镀钢遮阳篷上的声响大且带回音，像打在一面巨大的锡鼓上；落在窗户上的是轻柔的啪啪声，像一位羞怯的访客；最大的声音来自屋顶五个落水管，它们汇集的雨水像瀑布一样重重地砸向地面。所有这些像一支交响乐队，他可以分辨出其中的小提琴、中提琴、双簧管、单簧管、定音鼓和低音鼓。

他感到左边髋骨处一阵刺痛。是的，雨季到来的确定征兆。疼痛，它又来了。痛到足以让我想起当初卧床时痛苦的几个星期。吉米——愿老天保佑他——帮了我的大忙。

吉米双手将我抱进大厅,像抱孩子一样。正骨大师看诊的地方那么多人——主动去帮忙照顾病人的志愿者,他们或用担架将病患抬进来,或用轮椅将他们推进来。还有些人在准备绷带。两个男人在将不同的草药、树皮分拣到小袋子里。他们用来贴标签的胶是自制的——用面粉和一些难闻的东西混合调制的,不过草药和树皮的气味盖过了那个气味。

大厅的中央站着了不起的正骨大师本人,身边围着他忠诚的助手。他的外貌平平无奇,无人想得到他身负那般卓绝的力量。他穿着一件白色长袍,戴着一顶祈祷帽,很像帕西人婚礼上负责张罗晚宴的主厨:他总揽一切,从宴席宣布开始到宴席结束,指挥着餐馆杂工给酒足饭饱的宾客送上洗手盆、肥皂和热水壶。

但马蒂瓦拉的医术出神入化,众人将他当作圣人一样崇敬。他治好过粉碎的四肢骨、断裂的脊椎骨、出现裂缝的头骨——对于这些病例,那些在有着先进设备的医院工作的专家和到国外进修过的(有英国和美国名牌大学学位的)医生看了也觉得没有救治价值,绝望得直摇头。正骨大师马蒂瓦拉将他们都治好了,所有那些救治无望的病人,靠的不过是他的两只手,他那些药草和树皮,还有他的右脚——遇到椎间盘突出症时,他就朝腰那一块踢上一脚,他的力道控制得恰到好处,那变形的椎间盘立刻就恢复原状了。

没人知道他是怎么做到的——他脚上的功夫很神奇,手上的功夫也很神奇：这儿摸摸，那儿揉揉，弯一弯、扭一扭、转一转，好了。又快又没声息，还不痛。有人说他先对病人进行催眠了，让他们感觉不到疼痛。但那些亲眼见过他治疗的人知道这不可能，因为他甚至都不去看病人的眼睛，很多时候他们的眼睛一开始都是闭着的。正骨大师的眼睛是跟着他的手走的：它们能看得很深，穿透皮肤、脂肪、肌肉，一直看到骨头，看到受伤的地方。怪不得X光室的人对他的到来懊恼不已。

将古斯塔德断裂的髋骨接上对正骨大师来说只是小儿科，旁观的人都这么说。（正骨大师治疗的时候总是有人在旁边看着：祝福者、仰慕者、病患的亲属、纯粹好奇的人，全都可以在旁边看着——他的手法和医术都经得起众目睽睽的监督。）但那场面丑陋、凄惨，肯定不适合心脏脆弱的人看。到处都是破碎的躯体——躺在担架上的、裹着放在地上的、瘫在椅子里的、缩在角落里的，呻吟声和尖叫声不绝于耳。断裂的腓骨和胫骨戳破了皮肤；裂开的肱骨将手肘扭成了古怪的样子；大腿骨粉碎性骨折的骇人后果——所有这些都在等着接骨师，等着他的救治。

看着那见所未见的可怕景象，听着那闻所未闻的凄惨叫声，古斯塔德很快忘记了自己的身体正在经受的痛苦。他不知道那些人遭遇了什么，竟会被伤得那么重。在他祖父的家具厂，他偶尔会看见切到手指、砸到拇指的情况，但都不会像这样伤重。他觉得，在某个地方，某座工厂，有人在故意生产这些破损的肢体。

但是在那痛苦的尖叫和呻吟声中，他也能听出一丝希望，那是最雄辩的词语也无法表述出来的希望，是最纯粹、最原始的希望，它们未经思考、未加修饰地从病人嘴里跳出来，告诉古斯塔德解救很快就来。

后来，他试图回忆马蒂瓦拉是怎么给他接上开裂的髋骨的，但他只能想起他的脚被抓着，腿被用某种特别的手法晃了一下。那一刻，疼痛就减轻了。正骨完成，然后用某种树皮做的药膏反复往上面涂几次，骨头就会长好了。正骨大师写了一个数字给吉米。用难闻的胶水往药袋上贴标签的那两个人按照数字，将正骨大师开的药给了他。马蒂瓦拉的治疗从来不收一分钱，也不会公开他所用的药草的名字，以免无耻之徒拿他的知识去获利，盘剥生病的穷人。有钱人可以捐赠。他保密的做法得到了所有人的称赞，但也引发另一种担忧：马蒂瓦拉已经上年纪了，万一他不在了怎么办呢，他的医术会不会就此消失呢？不过，大家都相信他在秘密培养接班人，需要的时候，他就会露面替大家治疗的。

迪尔娜瓦兹根据正骨大师的医嘱制作药膏：将树皮泡在水里，然后用磨咖喱酱的粗石板将其磨碎。要制作足以涂抹整个髋部的药膏绝非易事。她这次的药膏才弄完，感觉就又到下次换药的时间了。看到她流着汗、喘着粗气在石板上忙活，全然不顾自己亟需休息的背和肩膀，古斯塔德满心愧疚。她还有小罗珊要照顾，那时候她才三个月大。但是十二个星期里，她咬紧牙关，坚持了下来。她谢绝了外人的帮助，坚信靠自己的努力就可以让丈夫重新站起来。

雨中传来车门被关上的声音。是兰德马斯特。班吉真是倒霉，要在这样的夜晚出勤。但那车似乎在外面空转。一声响雷，然后是水被溅起的声音。他的发动机出问题了吗？古斯塔德走到窗边。

然而，不待他拉开窗闩，那车子却又开走了。闹钟显示快一点了。他打开闹钟的玻璃罩，伸出一根手指止住了钟摆，摸到了发条钥匙。那发亮的不锈钢在掌心感觉凉凉的。他给闹钟上好发条，便上床睡了。

他睡得并不安稳，梦到自己从弗洛拉喷泉广场的公交车站向银行走去。有什么东西从背后击中了他。他转过身，看见脚下有一扎百元卢比的钞票。他弯腰去捡时，又有好几扎砸中了他，砸得他生疼。他问对方为什么。他们却不回答，只是继续用钱砸他。他的眼镜都被砸掉了。"停！"他大声喝道，"我要报警！我不要你们的垃圾！"他将那些钱扔回去，但他才扔出去，它们就又被扔了回来。一辆警车开了过来，班吉巡官从车里走了出来。古斯塔德喜出望外，暗自庆幸自己的好运气。但是班吉却似乎根本不认识他，他走向扔钱的那群人。"索利，听我说，我来告诉你是怎么回事儿！"古斯塔德恳求道。令古斯塔德惊讶的是，班吉巡官却用马拉地语让他闭嘴，说："此事超出了我的权限。""他是银行的工作人员，却不肯收我们的钱。"那些人抱怨道，古斯塔德困惑地看着，"如果银行不肯收，我们要去哪里呢？""不行！"古斯塔德大声叫道，"我不能收,我没地方放!如果——"马顿先生突然不知道从哪里冒了出来。一只手拿着鼻烟盒,另一只手拿着他的劳力士表。"怎么回事儿,诺布尔?在人行道上开了一家分行吗,嗯?"他一脚踩碎了古斯塔德掉在地上的眼镜,不待他解释,就说已经过了十点了。"我限你三十秒内回到你的办公桌边。"他举起怀表,说道,"各就各位,预备,跑。"古斯塔德跑了起来,在人群中挤来挤去,那些人全都是和他反方向的。怎么会这样,他纳闷,又不是傍晚。当他一瘸一拐地跑到银行门口时,马顿先生已经站在那里,脸上带着讽刺的微笑,将怀表伸到他眼前:"三十四秒。很抱歉。"然后递给他一封辞退信。"求你了,马顿先生,求你了。再给我一个机会,求你了,这不是我的错。我……"

迪尔娜瓦兹摇着他的肩膀将他叫醒:"古斯塔德,醒醒,古斯塔德。"他咕哝了一声,翻了个身,之后整个晚上都睡得很香。

3

阴郁的黎明,灰蒙蒙的细雨密密匝匝地下着。古斯塔德没法去外面祈祷。他将窗户打开少许,被雨水浸涨的窗户有点难打开,发出不祥的嘎吱声。一群湿漉漉的乌鸦受到惊吓,扑棱着翅膀逃到安全的地方,有些飞到了那棵苦楝树的枝丫上。他看了看天空,判断那云层里至少还有一天的雨量。

那些浑身湿透的乌鸦凶狠地看着，随后开始跳跃着返回窗边。待古斯塔德喝完两杯茶，天色更亮了些，乌鸦的叫声也更大了。它们聒噪的尖叫声终于吵醒了迪尔娜瓦兹："院子里是怎么了？"古斯塔德扣上睡衣纽扣，穿上橡胶拖鞋，拿了把伞走了出去。

附近几英里的乌鸦都聚过来了。除了院子里聚集的一大群之外，门口台阶上也挤了很多，正抖动着羽毛甩掉雨水。沿着雨棚也黑压压地站了一排。"嘘嘘！"古斯塔德喝道，挥动着手臂，又跺了跺脚。他绕开门口的一个大水坑，一边发出嘘嘘声，一边挥动撑开的、像一只巨大的乌鸦一样的黑伞。然后他看见了长春花丛，一阵反胃，苦涩的茶味上涌到嘴里。乌鸦们还不肯离开，不确定是否真的会失去它们的盛宴。"迪尔娜瓦兹！"他朝开着的窗口那里大吼了一声，"快来！"

她很快就出来了，匆忙之中脚上套了双达利斯的雨鞋。"哦，天啊！"她失声叫道，捂上了眼睛，"为什么喊我来看？一大早就让我恶心有什么好处？"

在长春花底下，一只无头的袋狸躺在一个暗棕红色的水坑里。那被整齐切断的头就在袋狸的躯体旁边。尽管有些被乌鸦的喙啄过的痕迹，但很明显是人类设计的锋利工具斩落的。

"简直太过分了！"古斯塔德说。两个人都不约而同地想起了特穆尔以及他对老鼠的痴迷。但是古斯塔德说："不，我看不是他。就算是他干的，他也绝不会扔到长春花下面的。他会送到市政府去换二十五个派士。"

相比找出罪犯，迪尔娜瓦兹更急于清理掉那被吃了一半的尸体。"我这就叫清洁工将它弄走。"

"谁会那么恨我的长春花呢？"古斯塔德很纳闷，"那混账的廓尔喀人去哪了，他算什么看门人？"这时，达利斯也被吵醒了，他走到窗口，被叫去办公楼将那个廓尔喀人喊来。

"但我还穿着睡衣。"达利斯说。

"那我穿的是什么呢，结婚礼服吗？赶快去！"达利斯嘟嘟囔囔，皱着眉头急忙穿过院子。他紧贴着墙根走，以免大楼里的人看见他，尤其不能让茉莉·拉巴迪那双温柔的棕色眼睛看见。如果那十四岁少女柔情似水的眼睛看见了他穿着这傻乎乎的睡衣的样子，他就永远没有机会了，这一点他很确定。

"你知道那个廓尔喀人白天睡在哪里吗？"古斯塔德在后面喊他，"在那个小房间里，就在电梯旁边。"

"是的，是的，我知道。"他说，气冲冲地皱着眉摇着头。很快他就带着廓尔喀人回来了，然后小心翼翼却又庄严地回去了。

那个廓尔喀人是个罗圈腿的矮个子男人，有着紧实粗壮的小腿和同样紧实粗壮的小臂。他晚上给旁边的办公楼巡夜的时候，会顺便将科达德大楼的院子也纳入他的巡夜路线中。为了他的这份辛苦，每个租户每月都给他两个卢比。他还没换掉制服：卡其色的衬衣和卡其色的短裤，还有一顶卡其色的帽子。腰间的皮带上别着廓尔喀人特有的廓尔喀弯刀：一种宽刃的短刀，在刀柄旁边，还有两把有各自刀鞘的小匕首。

他行了个漂亮的礼,尼泊尔人特有的杏眼闪闪发光。"敬礼,先生!"他喊道,然后对着迪尔娜瓦兹,"敬礼,夫人。孩子怎么样了?"他很喜欢罗珊,有时候,她被校车放在路边时,如果他醒着,他会跑过来,陪她一起走进院子,确保她的安全。罗珊将他那一排刀和匕首叫作"刀妈妈"和双胞胎"刀儿子"。

"孩子很好。"迪尔娜瓦兹说。

"这是什么?"古斯塔德指着那已经被乌鸦撕烂的袋狸问。

"哎呀!这么大一只老鼠!"

"这我知道,谢谢你。"古斯塔德说,"但是是谁将它的头割断,扔进我的花里的呢?这是我想知道的,也是你应该知道的,因为你是这院子巡夜的。"他顿了顿,"还是说你从我们这里拿了钱就是整晚睡觉的?"

"哎呀,不是的,先生。不是那样的,绝对不是,我每天晚上都到这边来的,拿我的棍子敲这黑墙。一点钟、两点钟、三点钟。整晚。但我没听到什么动静,也没看到什么。"

古斯塔德不相信地看着他。为了不让廓尔喀人听懂,迪尔娜瓦兹不动嘴皮子,用古吉拉特编码法说:"Masmaybisme hismewasmassleasmepisming beasmecausmause ismit wasmas raismainisming."①

---

① 这句话在字母间插入了 -asm-、-ism-、-smai- 等片段来加密,去掉这些片段后,这句话便是 "Maybe he was sleeping because it was raining.",意思是"或许因为在下雨,所以他在睡觉。"

古斯塔德换了个思路盘问："下雨的时候你怎么巡夜呢？"

那个廓尔喀人笑了笑，露出苦楝树枝刷出来的完美白牙。"办公楼的人给了我一件很好的长雨衣。下雨的时候我就穿着那个。还有塑料帽子，有耳搭子，可以遮着耳朵，像这样遮着脸，下巴那块还有扣子——"

"好了，好了。所以昨天晚上你穿着长雨衣，戴着帽子出来了。但我没听到敲棍子的声音。"

"哦，先生，那么大的雨声和雷声，你怎么听得到我的棍子声呢？"

古斯塔德没法反驳。"但是从现在开始，不管下不下雨，我都要听到棍子的声音。敲大点声音，就在我窗户下面敲，大声敲，我告诉你。我每天晚上都要听到。"廓尔喀人感觉这事差不多可以过去了，就用力地点点头，平息了事。"出去的时候，叫清洁工赶紧来清理掉这个。"

古斯塔德和迪尔娜瓦兹转身进去之后，乌鸦又开始聚过来。他决定就守在外面。"你上班要迟到了，"迪尔娜瓦兹说，"我来等清洁工。"

"没关系，时间还够。"他现在后悔起不该让她看到肠子都被啄破的袋狸。

4

星期六，雨下了一天，但夜里停了。古斯塔德躺着没睡着，等着听廓尔喀人巡夜的棍子声。令人安心的棍子敲击石头的声音逐渐传来，有规律的敲击声计量着黑暗中的时间。看到责备颇有成效，他感到满意，转个身，沉入了梦乡。

星期天拂晓时天晴了。通风口玻璃上贴着的黑纸翘起了一角，从那里投进的一缕光线将古斯塔德唤醒。不下雨了，他心想。要去院子里祷告吗？地上肯定还是软塌塌的，踩着会咕叽咕叽响。还是就在里面好。昨天清理拖鞋上的泥巴花太多时间了。

他坐起来，伸了个懒腰，揉了揉眼睛。呱呱声又开始了。开始只有一只乌鸦，好像是在喊他这位忠实的信徒去做祷告，但很快来了更多，新来的乌鸦迫不及待地扯开喉咙叫着。它们的叫声逐渐狂乱，全体乌鸦都扯着嗓子加入了狂欢的合唱团。古斯塔德一下子从床上跳了下来。

床垫猛地一反弹，将迪尔娜瓦兹也弄醒了。"发生了什么事？"

他指着窗户。"你没听见？"那呱呱的叫声让她也坐了起来，伸手去拿她的防尘外套。

那天早晨没有风，雨水形成的水坑像玻璃一样，映出澄净无云的天空。但就在几步开外，那丛长春花旁边却是另一番景象。竞争激烈，乌鸦们急切之中扑扇着翅膀，啄食着，偶尔也攻击一下同类。不时有几只退出来休整一下，然后再次投入抢食大战。因为太多灰黑色的羽毛和翅膀都扎堆挤在那里，所以很难看清花丛里面有什么。

"嚯——嚯——!"古斯塔德喝道,疯狂地挥动着胳膊。"咔——咔——"那些乌鸦砰地飞起,像一块黑幕升起,又落在一段距离开外。他看见一只死猫:棕色皮毛夹杂着几块白色,眼皮没有合上,眼睛还没被啄掉。嘴巴微张,露出一点粉色的舌头。湿漉漉的胡须露出水面。如果不是因为那只猫的头,像前一天早上那只老鼠一样,被割了下来的话,人们会以为那只动物渴了,正在从水坑里喝水。古斯塔德冷静地意识到他小时候天马行空的想象中将龙的头割下就和这差不多:完整,看上去似乎分开了还可以继续存活。

"别看。"他对迪尔娜瓦兹说。但是太迟了,她干呕了两下,然后才忍住了。"怎么回事儿,我想知道。"他平静地说道,"达利斯!"

达利斯睡意蒙眬地揉着眼睛走了过来。"怎么啦?"

"快,去喊廓尔喀人。"

"我才不要又穿着睡衣出去。昨天你已经差遣过我了。"他抗议道,"这不公平。"况且,夜里少年的欲望画出的"地图"还硬邦邦地印在一条裤腿的布料上。

"少啰唆,现在就去!"

"我不去!"达利斯大喊道,准备回床上去。

古斯塔德对着他离开的身影说道:"你如果敢学你那不要脸的哥哥,一走了之,还冲着你老爹嚷嚷的话,你这辈子都别想好过!记住这一点!"

"算了,"迪尔娜瓦兹说,"我去。"

"真是没良心。学坏就这么快。但是,等等。特穆尔!我的朋友!特穆尔!"这是去克尔集市的那个星期五之后古斯塔德第一次看到他。他招招手,笑着哄他走近点,他没有做任何突然的动作,以免他跑掉。

特穆尔有点迟疑地走过来,谨慎地挠着痒,笑着看着迪尔娜瓦兹。"古斯塔德古斯塔德。"

"你好,特穆尔,你喜欢下雨吗?"特穆尔看到了那被砍头的猫,大声笑了起来。他一点点地靠近,弯下腰去捡那颗头。

"不,不,特穆尔,别碰。那不好,会咬人的。"特穆尔缩了回来,咧嘴笑着。"你可以帮我做件事吗?你知道坐在隔壁大楼里的那个廓尔喀人吗?去喊他来,说诺布尔先生要见他。"

特穆尔一瘸一拐的步伐驱散了那些乌鸦。等他和廓尔喀人一起回来的时候,他模仿着那个敬礼,巴掌"啪"的一声拍在脑门上。古斯塔德面无表情,一言不发地指着花丛。

"哦,天主。"廓尔喀人说,"发生了什么事?"

"问他干什么?你应该知道啊。你什么时候睡着的?两点?三点?"

"哎呀,诺布尔先生,我一晚上都在巡夜。"

"撒谎!"古斯塔德指着证据,大声叫道,"这可不行!我们受够了!"窗户纷纷打开,好奇的面孔朝外张望着,"昨天是被割了头的老鼠。今天是猫!有人在恶作剧,你干什么去了?不尽职尽责!明天还会有什么?狗?牛?大象?"

"老——鼠老鼠猫——猫。"特穆尔说,"老——鼠老鼠猫——猫。"

"我警告你,我不会再给你钱了。所有的邻居也都不会了,我会告诉他们你是个没用的巡夜人,让他们都别付。"

廓尔喀人慌了。"哦,先生,我求求你,别那么做。不然我拿什么养活孩子呢。我会好好巡夜的,好好的。再给我一次机会吧。"

"老——鼠老鼠猫——狗——狗。"

班吉巡官的兰德马斯特开进院子里,停在这四人旁边。"怎么了,老板?"

看见一张有威信的脸,古斯塔德很高兴,赶紧向他说了原委。"索利,说说你怎么想的。总有人往我的花丛里扔死动物。这个门卫却对这事一无所知。"

班吉巡官从车里出来,盯着那只猫看的时候,廓尔喀人立正地站着。特穆尔模仿巡逻官的样子将手背在身后。"老——鼠老鼠猫——猫。"他说。

班吉巡官脸上挂着微微的笑容。这是职业性的微笑。"某人的刀很锋利啊。手法很利索。你和谁结仇了吗?谁想报复你?"

古斯塔德摇摇头,看着迪尔娜瓦兹。她也摇了摇头,说:"有些人会杀死一些动物来下咒,用它们的血来祭拜之类的。"

"没错。"班吉巡官说,"什么样的疯子都有。我想,不管这是谁做的,也不管是出于什么原因,扔在这里是因为这一块安静,行事方便——这里有花丛,还有黑墙。如果我们的巡夜人加强看守的话，就不会再有这种事了。"

"再给一次机会，先生。"廓尔喀人说，"就一次。"

班吉巡官冲古斯塔德眨眨眼，点点头。"好吧，"他说，"再给你一次机会。但不可以再睡觉了。"

"当值的时候绝对不会的，先生。"他说，"我以天主的名义发誓。"

"没用的。"班吉说着回到车里，他的意思是那家伙绝不会承认的。廓尔喀人朝他的方向敬了个礼，然后又朝迪尔娜瓦兹和古斯塔德各行了一个。特穆尔朝廓尔喀人敬了个礼。"猫——猫老——鼠——老鼠。"他说，开始跟着他走向大门口。半道上，他转身去追一只黄蝴蝶，蝴蝶优雅地在他前面飞着，他跌跌撞撞地在后面追着。有时蝴蝶会在一片草叶上短暂停留，等着特穆尔去捕捉。

古斯塔德难过地看着他，想起了索拉博。还有他用坏掉的羽毛球拍做的捕蝴蝶的网。以前星期天的早上我经常带他去空中花园①。

迪尔娜瓦兹知道他在想什么。"他会回来的。"她说，"要我告诉他你希望他回来吗？"

他假装听不懂。"你在说谁？"

"索拉博。要我告诉他你希望他回来吗？"

"你想说什么就说什么。我无所谓。"她没说话。要等回到

---

① 空中花园，建在孟买附近马拉巴山山顶上的一个花园，通过精心设计和布局，看上去像悬浮在空中。

屋里再说，因为院子那边拉巴迪先生和太太牵着"小酒窝"走过来了。

那两人正在嘀嘀咕咕，却故意说得很大声。"有人以为我们傻。骗我们家小姑娘，说什么为难民募捐。天晓得那钱去哪了。"

古斯塔德对迪尔娜瓦兹说话，也故意让拉巴迪夫妇能听见。"我可不是路边随便哪个乱叫的疯子都会理会的。"等他们走了，他接着说道，"如果猫和老鼠的事被证实是那个傻瓜做的，我丝毫也不会感到意外。"

"不会的。"她说，坚持着通常的理智，"他是不喜欢我们，确实，但我不觉得他会做这种事。"

她是对的。第二天早上，古斯塔德发现的东西让大楼里的所有人都洗清了嫌疑。

他一大早起来，天气很好，他决定到院子里去祷告。这样开始一个星期挺好的。廓尔喀人站在长春花丛旁边。"敬礼，先生。花丛里没有死动物，甚至连昆虫都没有。"他松了一大口气。

古斯塔德亲自过去审视。他转了一圈，看到一张纸片挂在一个奇怪的地方。是折着的，隐秘地插在两条相连的枝丫之间，似乎那是纸片夹似的。不像是风吹的。他将它抽了出来。上面用铅笔写着两行无伤大雅的字，像儿歌，让他的脸一下子失去了血色：

Bilimoria chaaval chorya
Daando lai nay marva dorya.

廓尔喀人越过古斯塔德的肩头看过来。"那是什么语言，先生？"他已经得到了原谅，所以他觉得套一下近乎也没什么。

"古吉拉特语。"古斯塔德简短地回答，希望他离开。

"你还能看懂古吉拉特语。"

"是的，那是我的母语。"

"它说什么了，这些形状奇特的文字？"

"它说：'偷了比利莫里亚的米，我们会拿起棍子打你。'"

"什么意思？"

"是孩子们玩的时候唱的。一个孩子跑，其他孩子都在后面追他。"

"哦，"廓尔喀人说，"很好，敬礼，先生，该睡觉了。"

古斯塔德拿着那两句押韵的话走进屋内。没有疑问了。关于那两只被斩首的兽体的用意已经完全没有疑问了。意思非常清楚。

第十章

1

古斯塔德坐在那里,那张纸片放在他面前,但他看不到那些字句和笔迹,他看见的只有无法理解的背叛,感觉他心里很重要的一部分碎了,化为乌有了。多年的友谊在他眼前浮现,占据了那张纸片的每一个角落;它奚落他,嘲笑他,变成了一张满是谎言和欺骗的巨幅画布。这是什么世道,这是什么人,谁能干出这样的事?

他知道他应该起身,即刻去放煤的壁凹那里。但吉米·比利莫里亚给他设了套,剥夺了他的意志。多希望可以不理会这烂透了的世界,就在这椅子上坐一辈子。祖父的椅子,以前在家具店总是和黑色书桌摆在一起的。那个世界多好啊,钉锤和木锯的声音交错往复,空气中锯屑、汗水和上光剂的气味层层叠叠。父亲的书店里也有其特别的声音和气味。书页翻动的声音令人神往,优质纸张的芳香经久不衰,六个大屋子摆满了书,年代久远的皮书脊图书让空气都有了一种特别的味道,就像寺庙和陵墓里的味道。那时候,时间和生活都从容悠长,直到不幸的日子降临，一切瞬间崩塌。父亲那个浪荡的弟弟毁了一切，使他们陷入破产的境地，一无所有。那时，父亲也曾坐在这把椅子上，他当时一定也是这种感觉。他一定也不想从椅子上起来，不想再理会那个崩塌的世界。

"你祷告完了？"迪尔娜瓦兹从厨房里出来，应该已经装好水了。和往常一样，她睡衣前面和袖子都被水弄湿了。"长春花丛今天没什么情况吧？"

"没有。"他答道。但是二十一年来什么都和她说的习惯太强大了。他没能管住自己的声音，也没能控制住脸上伤心的表情。

"出什么事了？"他将那张纸片递给她。"哦，我的天，"她无力地说道，"吉米……？"古斯塔德点点头。

"但是对我们……？"他又点点头。

"或许是那个出租车司机……？"

"那也没区别。"

她拼命地拧着被弄湿的睡衣，好像将那水分拧干就能消解他们遭遇背叛的痛苦似的。"我觉得我们应该拿上钱去警察局，将整件事情的经过都告诉他们。"她说，"你怎么拿到它的，他们要你干什么，老鼠、猫，所有的事情。"这大义凛然的提议让她找回了些许力量，但她不过是用站不住脚的观点去填补内心的空洞，"比利莫里亚少校的地址也给他们——那个邮箱号。他可以下炼狱受火刑了！他和他的国家情报局都是！"她声音中不自觉流露出的冷酷让她自己都吃了一惊，"或者告诉班吉巡官。然后他会处理一切的。"

古斯塔德摇了摇头。他忍住了和她一起填补内心空洞的冲动。"你不明白。班吉巡官、警察，都管不了调查分析局。"他又摇了摇头，"我们面对的是一群心狠手辣的人——毒蛇。那原本可能是罗珊和达利斯，而不是袋狸和猫。"他猛地将纸片揉成一团，恨恨地扔远，"我想这一点我们或许还得感谢吉米。"

"去他的。"她说着狂躁地往门外弹了弹手指，冲着远离她的家和家人的方向。

"只有一个选择。"他取下祷告帽。她跟着他进了厨房，他在炉灶边跪下来，将那个包裹拉了出来。他打开包裹的一角，伸了一只手进去，抽出了一扎钞票。她紧张地看着，心里希望他不要发现那些酸橙和索拉博的申请表。"别担心。"他说，"我会小心的。二十四年了，我很清楚那地方和那里的规矩。一天存一扎。一万卢比。超过这个数会引起怀疑的。"

"但那就是说存完这一整包得要……"

"一百天。我会写信告诉他我最多也只能做到这样了。"他将钱放进公文包，"我真的看不懂这个世界了。先是你儿子毁了我们的希望。现在又是这个无赖。我拿他当兄弟。这是什么世道啊！"

2

古斯塔德在弗洛拉喷泉广场车站下车的时候，空袭警报开始了它凄厉的长鸣。像一只巨鸟在城市上空哀号、盘旋、俯冲、徘徊，淹没了来往车流的喧嚣，已经十点了，他心想。我这会儿本来应该已经到办公桌边了。

几个星期以来，这挽歌般的警报声每天上午十点准时响起，整整三分钟的警示，然后一个单调的声音宣布警报解除。因为没有官方的公告，所以民众都认为政府是准备和巴基斯坦开战了，在检查空袭警报是不是能正常使用。还有些人认为是要让人们熟悉那像哀乐一样的声音——如果他们白天熟悉了这种声音，那么半夜空袭警报拉响的时候，他们也不至于惊慌。愤世嫉俗的人则说这更像是一场阴谋，因为如果巴基斯坦人想要成功空袭的话，他们只要确保在十点钟准时抵达城市上空就可以了。但或许最牵强的解释就是拉响警报是为了让人们对表，将所有的表都对准、同步，这也是战前准备的一部分，以提高政府部门的准时性和工作效率。

公文包里装着一万卢比，古斯塔德穿过人流从车站走到办公大楼时有些紧张。转角处突然传来脚步声，他下意识地抓紧了手里的公文包。那个转角处有个街头艺术家用粉笔在画画。古斯塔德以前经常停下来看他画的神和圣人。

这个街头艺术家没有将自己局限于某种宗教——今天画的是象头的甘尼什[①]，智慧和成功之神；明天可能是十字架上的耶稣。上班的人群会高高兴兴地往那些画像上扔硬币。这个艺术

[①] 甘尼什，又称象神，拥有大象的头和人类的身体，是印度教中的智慧和成功之神。

家地点选得很好。他盘腿坐着,收拢从高处降落的财富。行人经过这一块人行道时都很小心,被画上神祇之后,它就成了一块神圣的地面。行人川流不息,如蚁群一般,在画像附近自动分开又自动汇合。

有时候也会发生意外,就像今天上午这样。有个人打了个趔趄,左脚踩在了画像上,立刻有人出来伸张正义。众人拦住了那个倒霉的家伙,不让他离开,直到他慷慨奉上一份给神的礼物作为补偿,方才罢休。之后,艺术家拿起他的彩色粉笔,开始补救那张被踩了个鞋印的神祇的脸。看着这个艺术家,古斯塔德突然有了个主意,一个能够双赢的关于神像画的提议。但他上班要迟到了,哪天傍晚人不多的时候再和他说吧。

他走上台阶,要进银行的时候,宣布警报解除的声音消失了。经过丁肖基的办公桌的时候,他小声地说:"午饭休息的时候在外面见。有急事。"丁肖基点点头,很高兴。他喜欢秘密约定、限定消息、私密谈话,不过这些情况发生的次数远比他希望的少。

丁肖基生病过后回来上班已经三个月了,但他看上去还是和罗珊生日那晚一样苍白、没有神采,这让古斯塔德有点担心。但他总是乐呵呵的,唱歌、开玩笑、哈哈大笑,好像从无忧虑一样。谁能想到他才出院没多久呢?古斯塔德不知道他有没有得到妥当的治疗。无论如何,感谢老丁,感谢他总这样高高兴兴的,从不抱怨。

一点钟,他们如约会面。丁肖基带了花椰菜三明治,看到古斯塔德的公文包,他问:"你今天也带了干粮吗?"

"不,不是,是一些比食物更重要的东西。我不吃午饭了。"听他这么说,丁肖基坚持让他也吃一点花椰菜三明治。他同意了。

"所以是什么紧急的事情呢?"

古斯塔德将一切都告诉了他,从比利莫里亚少校关于游击战计划的信到从古拉姆·穆罕默德那里拿来的那一大包钱。但是他没提袋狸、猫和那两句押韵的话。何必要吓唬丁肖基呢?相反,他强调他们的努力将帮助自由战士①的解放斗争,这让丁肖基非常激动。他越热情高涨,古斯塔德就越愧疚,为自己这样愚弄生病的朋友,让他甘愿违反银行的规定,做可能危及他工作和养老金的事情,他都快要退休了。

最后,丁肖基听得情绪激昂,叫他冲锋陷阵和巴基斯坦战士干一仗都会答应。"当然,老弟。我们百分百要帮少校。总得有人来做点什么,去对抗那些浑蛋,那些屠夫。"

"我也是这么觉得。"古斯塔德说。

"你看到今天的报纸上说美国在做什么吗?"古斯塔德坦承他最近三天都没看报纸。"老哥。美国中情局那帮浑蛋又在用他们惯用的下流招数,挑起更多的杀戮和暴行。"

"为什么?"

"很明显啊,老哥。有更多的恐怖行径,就会有更多的难

---

① 自由战士,孟加拉国解放战争期间由军队、民兵和平民组成的游击队。

民涌入印度，是不是？对我们来说，这是更大的问题——为他们提供衣食。这就意味着我们将不得不和巴基斯坦一战，以解决难民问题。"

"对。"

"然后，中情局的计划是让美国支持巴基斯坦。那样印度就会战败，英迪拉会输掉下一次大选，因为所有人都会将战败怪在她头上。这正是美国想看到的。他们不喜欢她和俄罗斯交好。那让尼克松头疼、失眠，整日忧心。他的房子是白色的，但他的睡衣每天晚上都会变成棕色的。"

古斯塔德笑了，打开公文包。"是时候回去了。"他说着将一个装着钱的空白信封递给他。

丁肖基用他的空午餐袋子将其包了起来。"是的，如今必须准时了。还记得以前吗？他们考勤就是数数挂在椅子上的夹克。没有讨厌的打卡册。老弟，以前他们信你会做好自己的工作。体面的制度。外套在椅子上，你可以出去一两个小时，小睡一会儿。没人会在意。体面信任的时候已经永远过去了。"

古斯塔德去查看午餐盒是不是还在。"你先进去。"他说，"我一会儿就来。"他写了张字条给迪尔娜瓦兹："亲爱的，密拉·奥比利的事没问题了。但没时间吃饭。爱你的×××。"午餐盒里的香味飘进他的鼻子，他打开饭盒，是南瓜香饭，不禁有些馋。算了，晚上还可以吃。剩下的达利斯也可以吃——他晚上除了主菜和面包，一直都喜欢再吃点米饭。他也需要吃点，正在长身体呢。

还差三分钟就两点了。丁肖基见缝插针地在劳瑞·库缇诺的工位边晃荡。这几个星期以来，在其他男人的煽动下，他越发大胆了。此刻他正坚持要她和他一起跳舞。他唱着《昼夜摇滚》，围着她的座椅跳来跳去，她端坐着，等着午餐时间结束。不一会儿，他光秃秃的脑袋上就出现了汗珠。他扭动着身体，抖动着肩膀，又或是挥舞手臂，头往后一扬，偶尔还加一个送胯的动作。

古斯塔德看着，担心他一心沉醉在滑稽可悲的表演中，会忘了放在劳瑞桌上的那个重要信封。日子一天天过去，他越来越担心丁肖基了，他看上去病快快的，脸干瘪得像羊皮纸，眼底隐藏着痛苦的神色。但他也对他完全不顾自尊的尴尬行为感到绝望。他现在这样放纵自己，就像中世纪染上瘟疫的人一般，自知最后的希望也没有了，还紧抓着尊严这些东西不放手是没什么用的，那是健康的人才负担得起的奢侈品。

他停止唱歌，喘息着说："劳瑞，劳瑞，哪天我得介绍你认识认识我的'小洛瑞'。"她微笑着，不知道那是帕西人的粗话，指男人的家伙。"哦，是的，"他继续说，"你会喜欢和我可爱的'洛瑞'玩的。我们一起玩肯定很有意思。"

她愉快地点点头，他们旁边，男人们哄笑起来，相互戳着对方的肋骨。古斯塔德脸都歪了。丁肖基太过分了。但劳瑞有点困惑地又笑了笑，打开了她的打字机。

分针往上移动，大家不情愿地回到自己的工位。古斯塔德跟在丁肖基身后，分手的时候提醒他说："别忘了。将存款凭条拿来给我签字。"

计划进展顺利。"一切顺利。"第二天午饭时丁肖基说。古斯塔德给了他第二扎,建议他在帮少校的这段时间里在劳瑞那边收敛一点,以免惹人注意。

"正好相反,老弟,正好相反,"丁肖基说,"这样就是最安全的。只要我还在胡闹,我就是正常的丁肖基。如果我突然严肃起来,大家才会开始注意并好奇到底怎么了。"

古斯塔德原本打算告诉他他就像个老傻瓜似的。但是丁肖基说完这番话之后,古斯塔德也不忍心责备他了。一点没错,他想。他越是病得厉害,他就越想努力做一个正常的丁肖基。

于是古斯塔德就随他去了,暗自祈祷存钱的事别出什么纰漏。放煤的壁凹里的包裹慢慢地空了下去。有时候他会好奇钱都存好了之后比利莫里亚少校会有什么要求呢。但他不愿去想这件事;相反,他希望哪天那个黑色的塑料包会自己炸个稀巴烂。

3

八月初,古斯塔德带着第二十七扎钱去上班了,几个小时后,门铃突然响了。迪尔娜瓦兹很吃惊,这会儿应该没人会来啊。她刚刚才做好今天的午饭,那个送饭员冒着瓢泼大雨跑来取走了古斯塔德的饭盒。但愿送到办公室的时候饭不会凉掉。

早上流水一般的小贩也已经来过了,最后一个是推着手推车来兜售灰和锯末的，她每样都买了一包；她的清洁用品快用完了。她不愿意用最近很流行的洗涤剂和尼龙刷。不是她排斥现代科技——买纺织品的时候她总要看有没有预缩处理标签，不会每码缩掉三四英寸真是太好了。还有那些新出来的涤纶和涤棉的衬衫，那是真好啊，从来不用熨烫。但那些好看的肥皂和刷子她是从来不买的。不仅是因为它们贵，也是因为它们真的没有灰和锯末再加上一团椰棕好用。说到刷洗沾满植物油和酥油的油腻的炖锅和炒锅，没有比这种传承了几百年的方法更好用的了。有些人说那不卫生，因为你永远无法判断那些人卖的是什么灰——说不定是火葬场来的，谁知道呢？但是迪尔娜瓦兹相信她那个商贩，相信他的灰和锯屑的质量。

她将袋子里的东西都倒进厕所外面的过道的角落之后，瘸子特穆尔尽职尽责地来喝他的酸橙汁了。他一口气喝完那混合饮料，打了个饱嗝，咧着嘴笑了。她焦虑地看着他有没有表现得比平时更痴傻。她既害怕又希望特穆尔状态恶化，不那样就不可能解救索拉博。特穆尔将杯子还给她："谢谢谢谢非常好喝。"然后他一只手挠着腹股沟，另一只手挥了挥，走了。

就在她洗杯子的时候门铃响了，吓了她一跳。她从窥视孔看到了罗珊和学校的一位修女。迪尔娜瓦兹慌忙打开了门闩，手不由得发抖。

"您好，诺布尔太太。"修女说，甩掉伞上的雨水。然后她一惊，伞掉到了地上，因为特穆尔突然出现在她身后。他从头到脚细细地打量着她，从她头巾的褶皱到她被雨水和泥点玷污的白色长袍的边缘，长时间定定地看着她平坦的胸前闪耀的十字架。他挠了挠头，围着她转圈，他的生活一直局限在科达达德大楼及其周边，从未见过衣着如此奇特的人。

"您好，嬷嬷。"迪尔娜瓦兹说，拉起罗珊的手，"怎么了?"但这个问题没必要问，孩子苍白的面容和湿冷的手就说明了一切。

"罗珊今天感觉不舒服，所以我们决定送她回家。"那个修女被特穆尔看得有些局促不安，疑惑地看着他，"她今天已经去了几次卫生间了，还将早餐吐了。"

"谢谢您送她回来，嬷嬷。罗珊，说谢谢。"

"谢谢您，嬷嬷。"

"不用谢，孩子。快点好起来，我们等你回来上课。"她摸了摸罗珊的头，静默地做了个简短的祷告，随后便离开了。

迪尔娜瓦兹脱下罗珊的雨衣，帮她擦干手和脚。"睡一会儿吧。我会打电话和你爸爸说的。"

"让爸爸今天早点回来。求你了。"她苍白的脸上那哀求的神情让迪尔娜瓦兹想紧紧地抱住她，但她没有表露出来。

"你知道爸爸在办公室有事要做的。"她轻快地答道，给她盖上一块被单，"他不能直接扔下工作就来的。"

"就这一次。"罗珊央求道。

"好的，我和他说。现在先睡觉。"她关上门，去打电话。

卡匹希亚小姐花了一点时间才来开门。迪尔娜瓦兹能听到里面有说话声。卡匹希亚小姐有客人? 不可能。她将耳朵贴近门。"我今天做了油炸甜面饼,可以给你做茶点。只要你快点做完所有功课,我就带你去乔帕蒂海滩,你可以带上铲子去挖沙子。快点,快点,做个好孩子,别浪费时间。"随后,里面传来关门的声音。脚步声靠近,迪尔娜瓦兹退后了一点。

卡匹希亚小姐打开窥视孔,冷冷地问:"谁?"

"迪尔娜瓦兹。"

窥视孔的盖子落回原位,她打开门闩。"抱歉,这眼神是一天不如一天了。"

"没关系,有时候我也会看不清。有什么办法呢?时间一年年地过去,我们都老了。"

"胡说!"卡匹希亚小姐颇有兴致地说,"你还要过很多年才会有我这样的问题呢。那时候你三个孩子就都成了亲,让你当上祖母了。"

"听天由命吧。但是我可以用一下电话吗?"

"当然。"她将听筒的锁打开,走到一边。等银行前台的人去找古斯塔德的时候,迪尔娜瓦兹扫了扫四周。没有来客人的迹象。除非他们藏在那两扇紧锁的门后。她打完电话,付了三十个派士。

"你是为罗珊生病的事打电话的,这钱我不能收。"卡匹希亚小姐说。坚持是没有用的,她们之间毕竟差了那么大年纪,她是拗不过的。"放回你口袋里。放回去,不然我要生气了。"她一边找钥匙一边说,"可怜的罗珊。她可是个可爱又乖巧的孩子。"听筒上的锁"咔"的一声锁上了,"我可以和你说个事吗？你愿意听听老太婆的建议吗？"

"你说。"迪尔娜瓦兹说。

"听我说，我听到你们讨论医生的事了。我要说的是：去看，去拿药。但是别忘了有些疾病产生的原因是医生也束手无策的。"

"我不明白。"

卡匹希亚小姐抬起一只手，伸出食指来。"当一个像罗珊这样爱玩爱笑的孩子突然生病时，可能有些别的原因。比如邪祟。医生的药没法预防，也没法治好。要用特殊的方法。"

迪尔娜瓦兹点点头。

"唔，你知道是什么方法？"她摇摇头，卡匹希亚小姐有点生气，"那你为什么点头？听着。拿出你的针线，选一根很牢固的线，一头打个大大的结。选一个黄色的酸橙，还有七个辣椒。辣椒要绿色的，没有红的。一点红都没有的。用针将它们都串起来，酸橙放在最下面。然后将它们挂在你门上，里面。"

"它有什么用？"

"它就像一道符，护身符。罗珊每从它下面经过一次，那邪祟的力量就会削弱一点。实际上，一旦你将它挂起来，对你家里每个人都有好处。"

迪尔娜瓦兹同意立刻就去准备这个护身符。"但你知道吧，索拉博还是不肯回家。"

"当然。你想它创造奇迹还是什么吗？你以为像说声'变'或是'瞬间消失'那么简单吗？那你得去找魔术师。"不过她的不悦很快就烟消云散了，她再次向迪尔娜瓦兹保证，"耐心一点。这些事情是需要时间的。特穆尔来喝橙汁了吗？"她想了想，"还有一个法子可以试试，如果你愿意的话，那样可以快点看到效果。你需要拿到特穆尔的指甲。"她说明了全过程，"这法子太可怕了，我本来不打算和你说的。就按我说的做吧。"

"谢谢你，我占用你太多时间了。"

"我又有什么事可做呢？不过是坐等上面那位的召唤罢了。"

"别这么说，你还可以陪我们很多年的。"

"这是要诅咒我吗？我要活那么多年干什么？我倒宁愿将那些年送给你和你的孩子们。"想在"死"这个话题上争过卡匹希亚小姐是很难的，在任何话题上都是如此。回家之前，迪尔娜瓦兹再次试图将三十派士塞给她，却还是没成功。

得知爸爸会早点回家，带她去看佩玛思特医生时，罗珊苍白的脸上短暂地出现了一丝笑容。"早点吗？那我现在就睡。"她说着闭上眼睛。迪尔娜瓦兹摸了摸她的头发，想起了儿子们小的时候总是焦急地等着爸爸从办公室回来。索拉博和达利斯总是比赛看谁先冲到门边为他开门。现在他们长大了，情形大不相同了。

4

提早回来的古斯塔德正巧碰到"小酒窝"出来散步，迎面遇上了拉巴迪先生。那只博美犬狂吠着冲向他的脚踝,幸亏被狗绳及时拉住。古斯塔德大吼道:"如果你非要养个动物,至少管教好这讨厌的小畜生!"

这给了拉巴迪先生等待已久的由头。最近,巴利亚祭司教了他两套祷告词:一套保佑"小酒窝"的健康;另一套在他的爱女茉莉周围形成一层保护性的屏障,让她不受诺布尔家的儿子那样的野小子野蛮欲望的侵害。"你在说管教动物吗?先管教管教你自己的儿子吧,教教他什么是礼貌和规矩!偷别人的报纸!"

"去,去!问问你自己的女儿去!趁我还没发火,赶紧带着你的小畜生离开!"古斯塔德走进屋里,留下他在草丛边嘟嘟嚷嚷。

"罗珊准备好了吗?"古斯塔德问,愤怒让他难以将声音压低。

"差不多了。"迪尔娜瓦兹不知道发生了什么事。

"好。我两分钟之内回来。"他走到厕所边的过道里,拿起两捆《印度时报》和《王者之杯》报纸,一只胳膊下一捆。他喊迪尔娜瓦兹帮他开门。"那养狗的白痴在说我儿子偷他的报纸,所以我把这个还给他!"

她挡在他前面。"冷静一点。那人有毛病,你何必和他一样?"

"我告诉你,开门,让开!"

"但没有这些,我们下个月订报纸的账单怎么付?"

"没关系,我们可以不订!反正每天早上也净是些坏消息。"

她不再坚持,让他过去了。他咬紧牙关。胳膊下的东西挺重的,让他比平时跛得更厉害了。特穆尔冲过来帮忙。"古斯塔德古斯塔德。请请请。我来拿谢谢让我来真的。"

"闭嘴,滚开!"他说道,看都没看他。

特穆尔愣住了。直到古斯塔德从大楼的另一端进了楼道,他才敢动。他哭哭啼啼、抽抽搭搭地站在离苦楝树有一段安全距离的地方。

古斯塔德爬了两层楼到拉巴迪先生家,将报纸一股脑儿扔在门外。屋里"小酒窝"叫了几声,但没人来开门。

5

针很难穿过酸橙,迪尔娜瓦兹用力顶了顶,它就断成了两截。她从放针头线脑的陶瓷母鸡里挑了一根长一点粗一点的针。它顺利戳了进去。酸橙顺着线条一路滑下去,在打结的地方停住。穿辣椒要容易得多,针没有遇到任何阻碍。

她拿了把椅子垫脚,去看前门上方的通风口。黑色遮光纸的一角翘了起来,她将它掀开,将线绑在纸后面的一根横条上。纸放下去就盖住了它。

不用着急,古斯塔德和罗珊要去一个小时甚至更久。现在该做酸橙汁了。索拉博上次来的时候,她一次拿了好几个酸橙在他头顶上画圈,备着后面用。但现在只剩三个了。老天保佑，让索拉博快点回来。他回家的次数越来越少了。他以前答应过我一个星期回来一次的，他说了的。酸橙的事他竟然肯由着我做真是个奇迹，其他不管什么事他可都是说"不"的。

她走到窗边去找特穆尔。他还站在那棵树附近。"过来，"她说，"橙汁弄好了。"厨房里，他伸手去接杯子。"指甲这么长。你不是每个星期都剪吗？"他窘迫地摇摇头。

"来，我来帮你剪。"她拿起指甲剪，"快来，快来。"她哄着他，"指甲这么长可不好。里面会藏很多脏东西。"他不肯动。"那今天就没有橙汁了。想喝橙汁，先剪指甲。"

他眼巴巴地看着玻璃杯，伸出了手指。她趁他没改变主意之前，抓住他的手。指甲边缘凹凸不齐，被他咬出了很多缺口，指甲缝里都是黑绿色的东西。她强忍着嫌恶开始剪，将剪下来的指甲收集到一个塑料小碟里。

又一次，她扫了一眼他的脸，见他在微笑。不是往常那种咧嘴笑，而是更天真的、孩子般的微笑。他在想什么呢？或许那指甲剪让他记起了他死了很久的母亲？在他受损的大脑里，还留有一些摔跤前孩童时快乐的记忆？

她喉咙里有些堵，眼睛湿润了。她突然很憎恶自己。不，她不要再继续这么做了。不管卡匹希亚小姐说了什么。

剪完另一只手之后，她又抬头看了一下。特穆尔正在挖鼻孔，并将挖出来的东西送进嘴里。不，我一定是想多了。那脑壳里还能有什么——一定早就空空如也了。他伸出手去拿酸橙汁。

"还不行。脚指甲也要剪。"他不解鞋带就将鞋子脱了,又拉下袜子。两张叠得很小的一卢比的纸币从右脚的袜子里掉了出来。他小心地将钱插了回去,又急切地搓了搓脚趾,将污垢、死皮和脚汗一起搓成了黑色的小条,纷纷掉落在地上。一股呕吐物的气味充满了整个厨房。

她差点就吐出来了,却还是强忍着,去对付那些脆脆的、黄绿色的指甲。但是她干净的手指轻轻的、挠痒似的触碰让他忍不住扭动和咯咯地笑。她没办法,只能抓住那熏人的脚,屏住呼吸,完成这件事。

他迫不及待地干了杯中的果汁。往常那龇牙咧嘴的微笑又回来了。"谢谢谢谢非常好喝。"她关上门的时候他还在一再道谢。她觉得她听到他说"谢谢谢谢妈咪"。不,或许是别的。他在我面前时我都听不太清他说了什么,何况还隔着一道门呢。

认真地洗干净手之后,她在炉子上放了一个小烤架,然后将几块木炭放在上面,就像古斯塔德晚上做完祷告后点香炉焚烧乳香一样,卡匹希亚小姐特别强调了这一点,一定要是炭火——用煤油炉或蜡烛的火焰都不行。木炭点燃后,她关掉了炉火,将木炭堆放到一起,然后将塑料碟子里的东西都倒在上面。那些指甲屑发出噼啪和咝咝的声音,向内卷缩,很快就变成了黑乎乎、亮晶晶、冒着泡的一团。

一股可怕的臭味钻进她的鼻孔,辛辣、有毒,令她退缩。这气味,像从地狱深渊传出的魔鬼本人的气味,她想。她捏着鼻子，走到调料架边，拿起姜黄和辣椒。它们会打开特穆尔的通道，卡匹希亚小姐解释说，他的精神会从那个通道出来，将索拉博头脑里的魔鬼拽出来。迪尔娜瓦兹将一小撮黄色和红色的粉末撒在那团黑色的熔化物上。

味道更难闻了。那可怕的臭味中又增加了一股强烈的辛辣味。她被呛得直咳嗽，赶紧打开窗户，站在窗口，眼泪顺着她的脸颊流下，直到特穆尔的指甲完全变成气体，融入苍茫的天空。

第十一章

1

佩玛思特医生的诊所所在的那个片区以前是个尘土飞扬、很不起眼的贫困区,最近几年变成了一个商业中心,热闹、拥挤,但依然尘土飞扬。残破、漏雨的货仓和楼梯摇摇晃晃、阳台颤颤巍巍的公寓被翻新升级,从肮脏、不能住人变得肮脏、暂时能住人。排水系统没有改,依然破败不堪、污水四溢。自来水供应依旧是个问题。老鼠、垃圾和路灯亦如是。

然而,这个片区决定尽其所能。肮脏的旧店铺不时挂出闪亮的新招牌,上面写着"精密螺丝店""卓越音乐屋""潮流美发店"等名字。新店的主人出售收音机、烤箱、轮胎、汽车零部件、塑料器皿——所有这些都是魔法不可或缺的构成元素。这魔法吞噬了百年历史,将一个被困在十九世纪的国家直接推入了辉煌的二十世纪。有时候,一口吞下一百年会引起严重的消化不良。但深受困扰的民众从他们敬仰的领导人那里得到了保证:困难会过去的;过渡时期,他们免费提供了不能纾解任何人痛苦的口头止痛剂。

很快，片区内出现了一些个体商户，提供汽车养护修理、轮胎翻新、冰箱修理等服务，让工厂产出的各种废品有了各自的去处。现在，打赤脚的行人得连蹦带跳地走路，避开那一摊摊油渍、一个个油坑、一堆堆坏冷却管上锋利如刀刃的冷却片，还有翻新轮胎的人扔掉的像扭动的蛇一样的长橡胶条。八月里，那些黑橡胶条尤其吓人。随着蛇节①的临近，每个街角都有耍蛇的人，收集信徒们的布施，信徒们则急于给眼镜蛇喂牛奶，祈求得到这种爬行动物的赐福。黑暗中，那些六英寸长的黑橡胶条确实容易被错认为耍蛇人篮子里的逃兵。

这些肮脏的街巷是古斯塔德不愿意去找佩玛思特医生的一个原因。但是薄荷、氯碘羟喹和磺胺胍都未见效果，他别无选择。

这些年来，这一片发生了各种奇怪的变化，只有四个机构一直没变，存在至今。它们生意的本质满足了人们最深层次的需求，建筑商、投机者和政府规划者都奈何不得。

前面两个是电影院，坐落在离海滩不远的十字路口。尽管两家离得很近，但它们的经营者却能和平相处，因为供应量永远满足不了贪婪的需求。有新片上映的时候，片区里总是很轰动，吵醒一个从来不会睡得太沉的产业。黑市商人和黄牛开始活跃在电影院附近，无休无止地嗡嗡，像极了科达达德大楼

---

① 蛇节，印度教节日。印度教视蛇为神的化身，也是智慧的象征。一年一度的蛇节期间，人们会准备牛奶、鲜花和鸡蛋献祭给蛇，祈求庇佑。

被尿浸泡的那堵墙附近密集的蚊子大军发出的悦耳的嗡嗡声："十对五，十对五，十对五……"根据演员的知名度和伴奏曲目的数量，价格比会一路飙升。在第一波的狂欢之后，黑市活动通常会渐渐平息，蛰伏，像幼虫等待孵化一样等待下一部影片出来。

后来，其中一家影院决定重新装修，以跟上这个片区和整个国家的雄心壮志，另一家影院别无选择，只能跟进。工程完成后，两家影院在同一天，在报纸上做了整版广告，宣称自己是全国第一家采用七十毫米胶片、陶德宽银幕和六声道的电影院。很快，人们就坐在了更柔软豪华的座椅里，被宽银幕的视觉体验弄得激动不已。银幕上，男女主角像巨人一样，他们围着唱歌跳舞的巨树显得更大了，黑心歹徒的匕首也更大更锋利了，闪着难以想象的寒光。观众都深受震撼，愈发坚信，没有什么能阻挡这个国家的进步和现代化脚步。

影院翻新后放映的第一部影片是一部关于国王和武士的史诗电影，古斯塔德带全家去看了。那时候罗珊还没出生，达利斯才三岁，索拉博七岁。在将近四个小时的时间里，国王和武士声若雷鸣，而他们英勇的坐骑和闪亮的盔甲撞击发出震耳欲聋的哐当声。棍棒翻飞，长剑狂啸，铙钹长鸣。布满狰狞尖刺的狼牙棒落下来，盾牌应声而碎。在适当的间隙，一大群女人来到战场，武士和国王暂时停下战事。他们穿着沾满血污、磨损的盔甲，和女眷们一起载歌载舞。但这些歌舞场面也和战争场面一样吓人，很快索拉博就吓得尖叫，达利斯已经吓哭了，不过两人还是不肯转开目光。迪尔娜瓦兹只好强令他们将脸埋在她腿上，他们就那样睡着了。

岁月在影片胶卷雷鸣般的转动中悠悠流走，影院附近还有第三个机构的生意一直没有变过。那是当地最老的一幢房子。白天只有少数员工在，提供全天候的服务，但六点以后，那些笼屋里就挤满了涂脂抹粉的女人，纱丽低低地裹在肚子上，上衣比胸衣还小，或者就干脆穿着小姑娘的纱裙。指间夹着放荡女人的香烟。发间垂着几串芬芳的茉莉花，手腕上戴着手镯，脚上戴着脚铃，她们一动就能听到叮叮当当的声音。从宾迪集市买来的香油和香水——各种香精和精油萦绕在她们周围——弥漫在夜晚的空气中，让行人都不觉发腻。

笼屋提供各种各样的服务，从最贫苦的短工也能承担得起的简单快速的手淫到《爱经》和《芬芳花园》里最复杂的姿势，根据客人那家伙的大小和钱包的鼓胀程度而定。当地人总会遐想香喷喷的柔软床单、有空调的房间、冷的热的饮料、跳舞的姑娘、各种国外来的美酒、妓院精致的厨房里做出来的可以端给国王吃的美食，还有"摇断床"包叶槟榔之类的臭名昭著的催情药。这些奢侈的享受笼屋里都有供应，除了最后一样。槟榔只能从外面的小摊上买。

外面的小摊是槟榔老头皮伯赫的地盘。那个头发灰白的老人嘴唇永远是红红的，毫无疑问是向别人展示自己售卖的货品的效果。不管天晴下雨，他都只围一块腰布。皱巴巴的乳房像老妇人的一样，挂在松松垮垮的肚皮上，肚皮那里是了不起的、看不出岁月痕迹的肚脐——它不知疲倦地看着这条街道，是不会眨却能洞察一切的第三只眼。他盘腿坐在木箱上，看上去不像是卖槟榔的，倒更像是位先知或灵性导师，他高高的额头布满皱纹，每一道皱纹似乎都透着远古的智慧，当他用或直白或隐晦的语言传授智慧时，他那威严的大鼻子散发着婆罗门神职人员的光辉。

像古时的匠人一样，皮伯赫对自己的产品非常自豪。除了众所周知的"摇断床"包叶槟榔，他还卖很多其他东西：防瞌睡的、促进睡眠的、开胃的、控制欲望的、帮助消化的、促进肠道蠕动的、净化肾脏的、消除胃胀气的、治口臭的、香口的、治视力衰退的、治耳聋的、醒脑的、让人口齿伶俐的、缓解关节僵硬的、延年益寿的、促人短命的、减轻生产痛苦的、减少临死痛苦的——总之一句话，应有尽有。但对那些因为是第一次所以紧张的新手或者第一次来妓院的人来说，他们最需要的还是"摇断床"。

他会拿一个大铜盘当锣敲上一阵，将他们都吸引过来，用一些引起性欲的传闻缓解他们的焦虑。"摇断床"包叶槟榔，他一边说一边挑了一片槟榔叶，掐掉秆子，将剁碎的槟榔、桐油灰和烟草混到一起，"摇断床"啊，他说，可是有悠久且辉煌的历史的，以前在印度王侯和莫卧儿帝王中间也是很受欢迎的。古时候，那些王侯每年都要光着身子、挺着竖起的阳物在百姓面前游行，那时候他们靠的就是"摇断床"。这个秘密只有少数几个侍从知道，为了守住这个秘密，每年的仪式之后他们都会被处决。

皮伯赫说莫卧儿的帝王也用"摇断床",不过没那么无聊,他们是用来服务后宫的。即便如此,这其中还有政治的考量,因为帝王的性能力始终关系到他的江山社稷。对他的敌人来说,这是他是否深得民心、根基稳固的可靠指标。如果后宫传出帝王不够坚挺的流言,那么政变和宫廷阴谋几乎是无可避免的。

所有这些,无论真假,槟榔老头皮伯赫说(他一边从没有标签的罐子里抓出一些草药,一边加上一些装在凹陷的金属罐里的神秘粉末)——都是很早以前的事情了,现在都成历史和传说了。

但在不那么久远的时候,一个自称什里·洛克胡迪·伦德,人称铁公鸡先生的人来了。他大肆炫耀自己的钱财,要了一份最昂贵的且未经稀释的春药,打定主意要利用笼屋的规则——确保每位顾客心满意足——占便宜。他付了钱(在过去,都是先付钱的),然后挑选了一名女子。

整整一个小时,那名被选中的女子不辞辛劳,无情地骑在他身上,直到筋疲力尽、羞愧难当,才下马离开。而他呢?他傲慢地躺在那里,挺直如刚上马时一般。经理办公室进行了一番简短的商议之后,请洛克胡迪·伦德再选一名女子,算笼屋赠送的。

第二名女子更年轻,她那丰满的大腿和圆润的臀部,似乎预示着她可以将同事的汗水和辛劳转化为成果。她跨坐在客人身上，连续驰骋了两个小时，未曾停歇片刻，而他则躺在那里嘲笑她的努力。两个小时后，她终告力竭。众人都不由纳闷，这到底是什么怪物，竟能被人无休止地骑乘却毫不屈服？

现在，笼屋的名誉岌岌可危。第三名女子接过任务，她面容冷峻、身姿健硕，宛如久经沙场的詹西女王，在驰入战场之前她快速祈祷了一番。她用上了最狡猾的手段骑在那攻城槌、石柱上，但她最狡猾的手段也注定失败。就这样，一夜过去了，笼屋里的所有女人一个接一个地试图征服那根不屈的长枪，却都徒劳无功。凌晨四点，经理开始为洛克胡迪·伦德准备退款凭证。

然而，且慢，第一名女子说道，她已经休憩完毕，体力恢复如初，并向妓女的保护神耶拉玛女神祈求过庇护。她让同事们让开，褪去衣衫。正是她，第一个信任地让这个怪物进入了她黟黟的避风港、她隐秘的角落、她友好欢愉的裂隙，她再次回到了本该属于她的位置。谁说妓院里没有诗意和正义？就在第一声鸡鸣在贫民窟的棚屋里响起时，她结束了这场由她开始也由她结束的战斗。洛克胡迪·伦德尖叫了一声，然后躺在那里呻吟，终于萎靡不振。

那天，为了从这场发生在院墙之内的浩劫中恢复元气，笼屋关门歇业，但它的荣誉完好无损，它履行了自己的承诺。槟榔老头皮伯赫一边总结着，一边递上了绿色的三角槟榔，同时收起了钱。那些紧张的新客知道他们嚼的不是最正宗的"摇断床"，但他们也无意追求像洛克胡迪·伦德那样打破纪录。

而且，皮伯赫的故事有着神奇的效果，也正是这些故事让古斯塔德和他的同学们经常逃学，来偷看笼屋里的女人。

古斯塔德对这个地方最早的记忆是和佩玛思特医生的诊所连在一起的，他每隔一段时间就要和他父亲一起来接种疫苗，预防天花的、预防霍乱的、预防白喉的、预防伤寒的和预防破伤风的。他父亲对最后这个尤为在意，因为古斯塔德很多时间都在家具店那边和祖父玩：一颗生锈的钉子，爸爸总是说，就会引起破伤风，给家庭带来痛苦。去诊所必须经过妓院，古斯塔德对那些懒洋洋倚门而立的女人很好奇。有一次，他问爸爸为什么她们只穿了一半的衣服。爸爸说这些人不是女人，而是男人在耍戏，就像他们星期五在街上看到的那些一样，是拍掌跳舞、乞讨的。但古斯塔德知道这些人不是笼屋里的人妖，他知道爸爸在骗他。

过往的岁月如潮水般涌来，将古斯塔德带到了少时的海岸边。那时候，任何事物都比课堂更有趣。他和朋友们会站在女校外面，看空地上的板球训练或者长时间漫无目标地闲逛。他们最喜欢的消遣是在笼屋附近晃荡，听皮伯赫讲"摇断床"的威力和荣耀事迹。有一天，他们决定也排队试试这个东西。他们像将临大考的学生一样紧张地等待着，十五岁的脑袋被各种不受控制的情感弄得晕乎乎的，但他们努力装出镇定和老练的样子。轮到他们的时候，皮伯赫听了他们的要求后大笑不止，给他们准备了一些可以让少年的脑袋排除杂念、专心学业的槟榔。

现在看来，少年的时光是那么遥远，古斯塔德已经不记得皮伯赫的那些精彩故事了。但是每次见佩玛思特医生他都得来这个片区，久而久之，疾病和那种被禁止的快乐在他脑海中就缠绕在一起了。他拉着生病的孩子的手走向诊所，思绪不自主地从一件事情飘到另一件事情上，这让他从心底里感到恶心。

诊所自然是这个片区从未改变功能的第四个机构。除了很失策地用新招牌短暂地换掉过R.C.罗德医生的老招牌之外，佩玛思特医生拒绝做任何改变。由于诊所的位置特殊，他的病人和他们所患的疾病可以分为截然不同的四类。第一类是做工时受伤的。经常会有工人带着用报纸包着的断指来找他，他们强忍着疼痛等着他治疗，就像在邮局等着寄包裹一样。修收音机的被电打到受伤严重时也会被送来。还有一群汽车喷漆工定期来检查和清理肺里的油漆和松节油。

翻新轮胎的也是这里常见的患者。他很不幸地就在笼屋正对面工作。他要用两个膝盖夹住轮胎，然后用锋利的工具切割轮胎的边缘。有时候他的眼睛会偷瞄一两眼路对面叉开腿懒洋洋地倚门而立的女人们；有时候他看得入神了，工具就划到自己了。

佩玛思特医生的第二类病人是电影产业的副产品。电影票紧俏的时候，大家的火气也上来得快。每隔一段时间，就会有人一怒之下将引导员或售票员打了，后者随后就会被送到医生那里抢救。偶尔有些黄牛因一时的贪婪迷失本性，也会落个被送到诊所的下场。但通常都是来买票的人在大太阳下排队太久，因为中暑或脱水而昏倒，需要救治。

笼屋提供的客户是诊所的第三类病患。女人们按照市政府发证机构的要求定期来做检查，面对她们，佩玛思特医生永远做不到自在。她们穿着揽客的服装过来，开玩笑地对他说："医生，得检查一下所有的零部件是不是还好使。"或者"我们照顾你生意，你怎么不来照顾我们生意呢？"这些话总是让他非常窘迫。

佩玛思特医生最希望接待的病人是第四类，主要是一些像诺布尔一家这样的家庭。他渴望治疗儿童疾病、中产阶级疾病，随着这个片区的改变，这些年来这一类病患正在逐渐减少。麻疹、水痘、支气管炎、流感、肺炎、胃肠炎、痢疾——这些是他想治的病。他想给吃了太多芒果的孩子无痛去除皮下脓肿，然后看到他们感激的笑容。他想为被风筝线割破手指的小男孩包扎伤口，那些风筝线用胶水黏了玻璃粉，像刀片一样锋利，孩子们云端斗风筝的时候喜欢这种线。他想去安慰那些被狗抓伤、被他们父母说要在肚子上扎十四针吓坏的少年，如果那是一只家养的、接种过疫苗的宠物狗的话，通常打一针盘尼西林就够了。

他知道他渴望治的这些病患就在这座城市里，有很多。然而，他们就是不到他的诊所来。偶尔来一两个，就算是一个医生的祈祷应验了。

2

一道带门的屏障将狭小拥挤的候诊室与佩玛思特医生看诊的内室隔开。屏障上一格格的大磨砂玻璃影影绰绰地透出里面的动静。

门打开召唤下一位患者的时候,佩玛思特医生瞥见了古斯塔德和罗珊。他真希望可以先喊他们进来。今天又是枯燥乏味的一天:这里敲敲,那里拍拍,听一听,再瞧一瞧,然后签字同意,那些涂脂抹粉的女士就可以继续做生意了。有时,他觉得自己像个建筑检测员——缺少的不过是个橡皮章罢了:安全,适宜居住。赫玛从后面出来时他递给她一张健康证明。她个子高挑,曲线凹凸得惊人,附近的工人都称她"液压机赫玛",因为她擅长一种独特的、极具流动性的动作。

医生用手按了一下银色的桌铃,朝诺布尔父女挥了挥手。接下来的半小时里,他看了半打等待的病患,然后起身和古斯塔德握手,轻轻捏了捏罗珊的脸蛋。"好久不见了,从医生的角度来说,这是好事;不过从社交的角度来说就不那么好了。喝点什么,冷的还是热的?"他走向开尔文小冰箱,冰箱不大的内腔里放着一小瓶一小瓶的血清和一些不稳定的混合药剂,还有一些为特别的患者准备的金斑点①和覆盆子饮料,"要不我

---

① 金斑点,一种饮料品牌。

叫杯茶来?"

"不用,不用,谢谢。"古斯塔德说,"我刚刚喝过茶了。我想罗珊也不能喝什么。"

"为什么?怎么了?吃茄子了?"佩玛思特医生习惯性地将生病和医疗相关的事情都说得很委婉。

"是肚子。拉了好几天了。"

"几天?"古斯塔德知道他要说的话可能会令对方不快。他清了清嗓子,还是和盘托出了。医生努力掩饰自己的恼怒,却还是不免流露出一些不快的神色:"啧啧啧,拖这么久才来吗?"

古斯塔德一脸窘迫的样子。"氯碘羟喹和磺胺胍通常都很有用的。"薄荷水最好还是别提了。

"那都是药——不要当糖豆随便吃。来,罗珊,躺好。我要在你肚子上挠几下痒痒了。"他一边用听诊器听,一边问起了学校的事。

她提到了那次抽彩。"我中了一个大娃娃,但它现在光溜溜地躺在橱柜里睡觉。"

"为什么是光溜溜的呢?"她解释说婚服太大了,还有很多各种各样的配饰。"你知道我是怎么想的吗?"医生问,"你的娃娃已经可以做新娘了,所以我们得给它找一个新郎。一个年轻的帕西小伙儿。像我一样英俊潇洒的。"罗珊大笑的时候他假装很受伤的样子,"什么?我不是又年轻又英俊吗?"他捋了捋头上所剩不多的几缕白发,"看我乌黑浓密的卷发。还有我的脸。这么好看。比你爸爸还英俊呢。"

罗珊又哈哈大笑起来，又一番劝说之后，他们达成一致意见，医生是最适合她娃娃的小伙儿。佩玛思特医生让她转过身，面朝屏障，准备给她打针。他朝古斯塔德眨了眨眼睛，示意他别作声。"现在我们得准备婚礼了。我喜欢手风琴音乐。娃娃喜欢吗？"

"喜欢。"罗珊咯咯地笑着。

"很好，那我们就请谷迪·希尔瓦伊的乐队来。但如果它已经被预订了，我们就请奈里的管弦乐队。"他从无菌盘里选了一个针头，向开尔文冰箱走去，"接下来是承办酒席的人。我一向喜欢乔克希的食物。"请乔克希承办酒席的事也被一致同意了。他开始逐一列举希望出现在菜单上的美食，首先就提到了盐渍胡萝卜和芒果、煎饼、南瓜酥，还有乔克希的招牌婚礼炖菜。他一边说一边往要打针的地方喷了点凉凉的酒精。此外，还要包叶酸辣酱蒸鱼、鲜嫩多汁的莫格莱风味烤鸡腿，还有羊肉烩饭。

"噢！"罗珊叫道。等他说到甜点要开心果冰激凌时，针头已经悄然拔出。他用棉签擦了擦打针的地方。

"好了。"他说，"完事了，现在你可以坐到外面的沙发上去了，我和你爸爸说几句话。"

门关上后，古斯塔德问："是痢疾吗？严重吗？"

"不是痢疾，但也不用担心。"他开始开处方，"当然，有时候痢疾也是要注意的。看看东巴基斯坦——不过是个简单的毛病，却这么难治。病人处于危急状态，需要进重症监护室。

但全世界却没有一个人管它。"佩玛思特医生相信，无论是政治、经济、宗教问题还是国内冲突，都可以用医学的思路来解决：观察症状，做出判断，开具处方，并妥善处理预后。但他也相信，正如人体中的某些疾病无法治愈一样，有些国家、家庭、宗教的疾病也会带来毁灭性的后果。

"东巴基斯坦感染了严重的痢疾，"他继续道，"死亡在那里肆虐，病人就快要脱水了。"他手中自来水笔的流畅书写突然顿住了，他透过墨囊外透明的塑料看了看，"又没水了。"他拧下笔帽，将笔头插入一瓶派克墨水中，捏了捏墨囊，"东巴基斯坦遭到了西巴基斯坦的强大病毒的攻击，东巴基斯坦自己的免疫系统无法应对，而世界上顶尖的医生却袖手旁观。更糟糕的是，美国医生还在帮助病毒。所以开什么方子呢？自由战士游击队吗？"他摇摇头，"这药效不够强。只有静脉注射一整支印度军队，才能打败那病毒。"

他写好了处方，递给后面小隔间里的配药师。根据以往的经验，古斯塔德知道佩玛思特医生一拿医学术语打起比方来就灵感丰沛，没完没了。他打断他的话。"她还好吗？"

"当然。我还坐着呢，不好的话我还能坐着吗？我想是肠炎。让她在家休息几天。只吃煮过的米饭、汤、面包，可以吃一点煮羊肉。下星期带她来复查。"

配药师配齐了处方单上的药，将一个暗绿色的瓶子和账单一起递给他。古斯塔德看了一眼金额，不禁挑了挑眉。"难民税。"配药师带着一丝歉意解释道。

3

医生的冷静和安慰打消了古斯塔德对病毒的担忧。他带着罗珊往公交车站走去,沿途经过一排排的商店:零碎布料行、美味拌饭排档、百货店、淘气男孩男装店。槟榔老头皮伯赫在笼屋外忙碌着。笼屋的女人们或站在门口,或倚靠在窗前,卖力地搔首弄姿。里面传出鼓噪的音乐,是当下流行的电影主题曲:哦,我梦中的女王,你什么时候到来……一路都能听到这首歌,直到公交站台。

随着他们逐渐接近科达达德大楼的大门,佩玛思特医生的安慰效果开始慢慢减弱。黑色石墙边,恶臭越来越浓烈。天色渐暗,墙角的一摊摊的尿液越来越多。臭气传来,将医生的安慰无情淹没。鼻孔里充斥的恶臭,让乐观的情绪无处藏身。

他开始为罗珊的病自责不已,真希望他从未听说过氯碘羟喹和磺胺胍这两种药。他一直以来对跛脚的掌控在慢慢溜走,等他们走到门口时,他的步子已经变得蹒跚不稳了。

"医生怎么说?"迪尔娜瓦兹问。

古斯塔德意味深长地闭上又睁开眼睛,她立刻就懂了。"没什么事,佩玛思特医生要和罗珊的娃娃结婚了。"

"是的,"罗珊说,"乔克希会承办婚礼的宴席。"他让她服了一些药,让她去睡觉。然后他小声地将医生的话告诉了迪尔娜瓦兹。

她默不作声地坐了片刻，脸上逐渐堆叠起暴风雨来临前的阴云。"现在你满意了？现在承认了？我说了多少遍，说得我都累了，嘴都说破了。但你就是把我的话当耳旁风。"

"你发什么疯，胡说什么？"

"我没发疯，也没胡说！我在说水，不然还有什么呢？我说了一次又一次。我们应该将水烧开，烧开，烧开。但你就是听不进去！"她说，激动地用手指点着自己的脑袋。

"是的，怪我！怪我就完事了，多简单！"

"不怪你怪谁？你死去的叔叔吗？不用，不用，你说的，高锰酸钾就够了，没必要烧开。你们诺布尔一家总觉得自己无所不知。"

"没错！也不光怪我！还要怪我父亲、我祖父，还有我曾祖父。不知好歹的女人！你以为我为什么说不用烧？还不是为了你！你早上总是那么忙，从洗手间忙到厨房，都没有时间坐下来喝杯茶！"

他们的嗓门都慢慢抬高了，不过两人似乎并未察觉。她说："我早上没时间的问题是有办法解决的。但是我累死累活拿水管、提水桶的时候，你却只肯坐在一旁看报纸啊。还有你那两个人高马大的儿子，从来也不来帮我一下。"

"对了，你有两个儿子。我只有一个。你嘴巴是干什么用的？为什么事事都要我来说呢，我——？"

"事事？你都告诉他们什么了？总是我在叫在喊，他们的好爸爸总是安静地在旁边看着。去吃完饭，去做作业，收拾盘子。做父亲的没立好规矩，除了不听话，你还能指望他们有什么表现呢？"

"是的！这事儿也怪我。索拉博不肯去印度理工学院是我的错！达利斯在那养狗的白痴家的胖妞身上浪费时间也是我的错！罗珊生病也是我的错！什么都是我的错！"

"不用否认！从一开始就是你宠坏了儿子们！没有一件事情你说过不行！买菜、买学校制服的钱都不够，爸爸却买来了飞机模型、鱼缸和鸟笼！"

他们都没注意到罗珊站在门口，直到她哭起来。"怎么了，亲爱的？"古斯塔德说，将她拉到身边坐下。

"我不喜欢你们吵架。"她泪眼蒙眬地说道。

"没有谁在吵架。我们只是在讨论。"迪尔娜瓦兹说，"有时候大人要讨论这些事情。"

"但你们很大声，很生气。"罗珊抽噎着。

"好了，我的小乖乖，"他一手揽住她，"你是对的，我们声音太大了。但我们没有生气。瞧，"他摆出一张笑脸，"这是生气的脸吗？"

罗珊不信，因为她妈妈还严肃地坐在餐桌边，胳膊紧紧地抱在胸前。"去亲亲妈咪。"

他看着迪尔娜瓦兹那尚未消退的怒容。"等会儿。不过，现在我要先亲亲你，你离得更近。"他亲了亲她的脸蛋。

她不肯罢休。"不不不，你们不亲我睡不着。妈咪过来。"见迪尔娜瓦兹没有动，她就走过去，拽着她的胳膊，整个瘦弱的身体都在用力。迪尔娜瓦兹让步了。她冷冷地看着古斯塔德，敷衍地在他脸上碰了一下。

"不是那样的！"罗珊很不满意地拍打着椅子扶手，"那不是真正的妈咪爹地的亲亲。要像爹地早上去上班的时候那样亲。"迪尔娜瓦兹将她的唇压在古斯塔德的唇上。"闭着眼睛，闭着眼睛！"罗珊嚷道，"要真正的亲！"

他们无奈地服从，然后各自分开。古斯塔德被逗乐了。"我的小小亲吻裁判官。"他打趣道。

然而，罗珊感觉得到，仅仅是嘴唇的接触和闭上眼睛还不足以消除他们心里的怒气和不满。但她也不知道还能怎么做，只好先去睡觉了。

4

拉巴迪先生将他大门外的报纸收拢。他一个人拿不动那么一大堆，便坚持要拉巴迪太太帮他。她倒是很愿意将它们卖给废品收购站，可他不听。"我要让那卑鄙小人瞧瞧！你按我说的做就可以！"

"汪汪——汪汪汪！""小酒窝"激动地围着报纸跑来跑去，将拉巴迪先生撂好的报纸又弄倒了。他将它拖入屋内，叫出拉巴迪太太，然后关上了门。"拿着。"他指着一堆报纸吩咐道，自己拿起了另一堆。

他们在院子里遇到了班吉巡官。"你好，你好！"他说，"卖旧报纸吗？但是废品收购站现在已经关门了吧。"他看了看表确认时间。

"我要让他瞧瞧！"拉巴迪先生抱怨道，"我带'小酒窝'出来散步，结果被这些报纸绊到！差点从楼梯上摔下来，摔断脖子！他就那样将它们扔在我门口！"

"谁？"班吉问。

"还有谁？就是那个卑鄙小人！"他气急败坏地说，"叫诺布尔的那个！"

"古斯塔德？"

"想害死我，在我门外设下陷阱！他以为他是谁啊？"他将报纸放在花丛旁边。拉巴迪太太疑惑地看着他，紧抓着自己手里的报纸，他抓住她的手，将它们掰开，然后从口袋里掏出一盒火柴。

"你确定吗？"班吉巡官问。

拉巴迪先生划着一根火柴，丢了下去。"先是他儿子来偷我的报纸！"报纸被点着了。"如果他以为将这些扔在我家门口，我就会既往不咎，那他就错了！"几秒钟之内，那两捆报纸上的火就烧大了，拉巴迪先生的怒火跟着往上蹿。他的脸被火光映照得橙黄发亮。"我在意的不是报纸！它关系到礼貌、道歉和尊重！这是原则问题！我要让他彻底明白他惹到谁了！"

班吉巡官无话可说。特穆尔出来看火焰。"热热热热。"他一点点靠近，班吉巡官将他拉了回来。"小心，你这'炒鸡蛋'。脸会被煎熟的。"

突然，传来"火！火！"的叫嚷声。"着火了！着火了！救火啊！快叫消防队来！"发出这通警报的是卡瓦斯基，他从楼上窗口探出头来，脖子上还挂着薄荷花环。拉巴迪夫妇回自己公寓去了。卡瓦斯基的注意力转而投向了天空。"你又这样！只知道让穷苦人受罪！臭气、吵闹、洪水——现在又是火！你烧过那些有钱人的房子吗？烧过吗，告诉我！"

古斯塔德听到这番吵闹，同时看到窗外有橙色的光。但是，当他走到外面时，只有特穆尔在那里。"古斯塔德古斯塔德。热热热热。"

火已经快熄了。花丛边只剩下一堆烧得焦黑的报纸残骸。一阵微风吹过，烧焦的纸片吹得满院都是，特穆尔追在它们后面跑。古斯塔德回到屋内，那养狗的白痴竟然被气成这样，真是好笑。

但被激怒的不仅仅是他，古斯塔德很快便意识到。蚊子被烟熏得发狂，乱飞起来。它们成群地落下来，带着盲目的愤怒，一心想要复仇——撞到墙壁上晕过去，冲到灯泡滚烫的玻璃上被弹回来，落在他的头发上，叮在他脸上。

他跑过去将屋里的灯都打开，大声叫迪尔娜瓦兹将能找到的大盘子都拿出来。但是当他走到水桶边，打开水龙头时——没水。他站在凳子上，往桶里看了看。桶已经空空如也了。水管和桶壁的焊接处裂了一道缝。只剩一个水罐里的一点水了，勉强可以维持到明天早晨。今天晚上没法诱捕蚊子了。

又得靠拍拍拍了，又得靠驱蚊膏了。

第十二章

1

古斯塔德拿着新开的药走到门床边。过去两个星期以来，佩玛思特医生给罗珊开的处方已经变了四次了，还给她验了血，查了大便，拍了 X 光片。上星期，古斯塔德为了付账单，已经不得不将相机变卖了。

罗珊坐起来吃药，他想将她抱在怀里，护她一生平安。不过，他只是摸了摸她的前额，又轻轻地抚了抚她的后背。但她已经知道，她身强体壮、肩膀宽厚的（他的肱二头肌能像活的小动物一样跳动）爹地面对她的病也感到害怕和无助。有时候，他早上来看她的时候，她觉得他快哭了，这让她自己的眼泪也差点涌出来了。她强迫自己去想高兴的事，比如星期天的时候，少校叔叔过来一起吃妈咪做的美味的扁豆蔬菜炖肉。那时爹地和他会将胳膊放在餐桌上掰手腕，索拉博和达利斯在旁边为他们加油。他们的肌肉鼓得那么大，看上去仿佛随时要爆炸。看着他们满头大汗、相互较劲又同声大笑的模样，真的很好玩。少校叔叔也是个强壮的男人，甚至比爹地还高，但赢的通常都是爹地。他很厉害。

"打针的地方怎么样,我的小乖乖?"古斯塔德问,"还疼吗?"

"一点点。"

他走到边柜那里,拿来一支喜疗妥软膏。"这个可以消肿。"他将药膏涂在打针的地方,"现在,你还想要什么?想把你的意大利大娃娃从柜子里拿出来吗?"

"嗯嗯,好的。"她眼前一亮。

"今天晚上我回来的时候,我们就将她的衣服都拿出来,给她穿上。然后她就可以和你一起坐在沙发上了。或者让她睡在你旁边。好吗?"

"好,但是不要回来太晚,爹地。"

"不会的,我保证。现在睡觉吧。要多休息,听话,把眼睛闭上。或者我给你唱歌,像小时候一样?"他打趣道,就着《嗒啦啦嘣》①的调子,唱起了她婴儿时期经常听的歌:

　　罗珊是个好姑娘,

　　真是、实在是个好姑娘,

　　看她睡得多酣畅——

---

① 《嗒啦啦嘣》,一首非常受欢迎的传统歌曲,歌名没有特定的意义,只是一组欢快的旋律和节奏。此曲常用于轻歌舞剧中,以制造欢乐愉悦的气氛。

"不要，不要，不要这首歌！"罗珊抗议道，"唱我最喜欢的那首。"于是他唱了一段《驴子小夜曲》，然后亲了亲她的脸，和她道别。

"晚安——愿神保佑你。"她说。

"但现在不是晚上。"

"我一直在睡觉。对我来说就一直是晚上。"她说，然后他们两个都笑了起来。

他从厨房拿出第三十九扎钞票。就快到一半了，他想。他在公交车上的时候，天空乌云密布，到弗洛拉喷泉广场时，雨下来了。雨季即将结束，这是最后的余威了，它最狂暴的时期已经过去了。他心里纠结着：要不要戴裤腿夹呢？空袭的警报还没结束——时间还够。讨厌坐着的时候一整天都是湿湿的裤子贴在小腿肚上。他到公文包里去摸夹子，然后抬起一只脚放在公交站台最下面一级台阶上。裤管紧紧地裹在胫骨周围，夹上夹子：先夹一条腿，再夹另一条腿。

从公交站台这里可以看见银行大楼的圆顶，在灰蒙蒙的天空的映衬下，显得洁白发光。连日的雨水将它冲洗得干干净净。他走到银行廊柱下时，取下裤腿夹。伞靠在柱子上，雨水顺着伞尖流下来。他捏了捏裤腿膝盖和小腿的位置，整理好裤子中间那道折痕，然后甩了甩伞上的水。有人从后面碰了碰他的胳膊肘。

"早上好，诺布尔先生。"劳瑞·库缇诺说，声音抑扬顿挫，有点像唱歌。修道院学校的女生站起来和老师打招呼时都那样。罗珊说话时也那样。

"早上好,库缇诺小姐。"

"诺布尔先生,我今天可以找个时间和你聊聊吗?"

他注意到她用了"可以"而不是"能",对此他颇为赞许。但这个要求让他很吃惊。"当然,十一点钟,等我看完分类账簿好吗?"

她摇了摇头。"我想私下聊聊。"

他更惊讶了。他看了看表。"还有十分钟到十点。我们可以现在聊。或者午饭时间。"

"午饭时间吧。"

"好的,我在食堂等你。一点钟。"

"请不要在食堂。可不可以到外面某个地方?"

她头凑过来,轻轻地说道。一股好闻的香水味。她想干什么?"那一点钟在这里等我。"

"非常感谢,诺布尔先生。"她小声地说,进了大楼。他用欣赏的目光看着她离去的身影,有些疑惑,也有点高兴,跟着走了进去。

还没到十点,出纳的工位上还没什么人。有些来得早的客户已经在等了,他们的目光快速地从时钟转到柜台又转到那些悠闲的银行职员身上,仿佛只要他们的目光多做几次这样的循环,就能让他们都快一点似的。柜台后面,几个职员正在看报,他们并非没有看见那些焦急的客户,只不过是很清楚现在的时间仍然是他们自己的而已;还有一些职员将脚架在办公桌或文件柜上懒洋洋地躺着。丁肖基正眉飞色舞地和一群入迷的听众说着什么。

古斯塔德能听到他的声音:"……然后第二个家伙说,'换挡?那不算什么,老兄。'"看到古斯塔德的时候,他停了下来,"快来!这个很有意思。"

古斯塔德以前听过这个故事,但是丁肖基重新开始讲的时候,他还是耐着性子听着。"第一个人说:'老兄,自从我老婆开始学开车,她睡觉的时候就有了一些新花样。抓着我的小宝贝说,一挡、二挡、倒挡——她就这样那样地扭动它。'然后第二个家伙说:'换挡?那不算什么。我老婆,半夜的时候抓起我的小宝贝,放进去,然后说,请加二十公升油。'"

柜台后面一片哄笑声。那些男的拍着丁肖基的后背。"再来一个,再来一个。"有人说,但时钟缓慢庄严的当当声将他们都遣散了。

古斯塔德打开公文包,随意地将那扎钱递了过去。"老丁,中午不能和你一起了。出去有点事。"他慢慢地闭上又睁开眼睛。丁肖基心领神会:其他人在,不便多说。他认定那必定和这项秘密任务有关,他喜欢这么叫。

十一点,古斯塔德离开办公桌去倒茶,然后改变方向,绕了一下路,从劳瑞·库缇诺办公桌前经过。他不清楚自己为什么要这么做,但是今天早晨的事之后,他想再看她一眼。他经过的时候他们的目光交汇,她微微一笑。他的心跳变快了,让他觉得自己有点傻乎乎的,像个学校的小男生。

2

他在廊柱下等她。没有被看见的风险,大家都忙着吃饭呢。她来了。"谢谢您能来,诺布尔先生。"

"我的荣幸,库缇诺小姐。你想去哪里?"

"请叫我劳瑞。"她微笑着点点头,"随便哪里,诺布尔先生,只要私密一点就行。我不想让别人看见我们在一起产生误会。"

"没错。街角有一家餐厅不错。"

"我从外面看到过。"劳瑞说。

"他们有包间,或许我们可以在那里聊。"

他们朝街角走去,小心地看着脚下。雨后地上有一些新鲜的深水坑。"诺布尔先生,您参过军吗?"

"没有,为什么这么问?"

"我看您有点跛脚。我不知道是怎么弄的。但是您走路的样子,您的肩膀、胡须,让您看上去像一名军人。"

他心中颇为高兴,将这视为一种恭维,像军人一样谦逊地哈哈一笑。"不。这个伤不是为国家效力时留下的,而是为家庭效力时弄的。"

被他这话挑起了兴趣,她追问是怎么弄的。"为了救我的大儿子,"他说,"九年前我从行驶中的公交车上跳下来,一辆小汽车迎面驶来。"他将那个下雨的上午、公交车售票员、索拉博摔倒和去看马蒂瓦拉正骨大师的事都告诉了她。

"那个正骨大师还在行医吗?"她问。

"哦,在的,不过他现在上了年纪,他的诊所不再像以前那样经常开了。"

"我得记住他的名字,万一哪天我的骨头断了呢。"

"那你可得小心保护它们。"他大胆地加了一句,"它们这么完美,可不能断。"

她脸红了,微微一笑。"谢谢你,诺布尔先生。"她声音里修道院学校女生的腔调又出来了。他们默默地走过大交通环岛。他想到了上次去那家餐厅的情形。就在三个月前。和丁肖基一起。但感觉却像是多年前的事情。时间真是令人捉摸不透。还有古拉姆·穆罕默德的意外。真希望那浑蛋已经死了。那些被整齐割下来的头……像屠夫的手法——噗!特穆尔还想去捡那猫。还有吉米那封可恶的信。

餐厅楼下很拥挤,服务员跑前跑后的,散播着惯常的气味和声音。油炸三角、煮过头的茶、辛辣的香辣馅饼。盘子的哗啦声和玻璃杯重重地放在顾客面前的脆响。这边对着厨房大声喊出客人点的菜,厨房那边喊着回应。"三杯茶、浓茶、一份奶酪豌豆、蒸米糕卷饼、咖喱炖蔬菜、酸奶!"在收银台的上方,在"衣食保足"的标识下又多了两条手写的禁令。一条上面写着"不得在餐厅梳头"。另一条则更为严肃、笼统:"不得谈论神与政治。"

楼上的包间都空着。一段楼梯像梯子一样陡,通向上面的夹层。他跟在劳瑞后面，她的屁股就在他眼前晃来晃去，和他的视线一起登上楼梯。真应该让丁肖基来看。送到嘴边的屁股。荷包蛋三明治，劳瑞的屁股可以当甜点。

楼梯尽头是一条很狭窄的走廊，连着六扇门。他打开了最近的一扇。里面也有一个标牌：找服务员请按桌下铃铛。"为什么他们要让服务员待在桌子下面呢？①"古斯塔德说。

"您和您的朋友丁肖基先生一样幽默。"她表示欣赏地笑了。这是他第一次听到她笑。先是"哼"的一声，然后变成驴叫一样的呲呲声。这么漂亮的女孩子，但这笑声是我听过的最难听的。

包间里摆着四把曲木椅子和一张覆盖着玻璃的木桌，和楼下的布置一样。菜单压在脏兮兮的玻璃下面。五个卢比的最低消费多出来的是空调、私密性和一张破旧的沙发，沙发罩上污迹斑斑。这包间有什么龌龊的用途不言而喻。他看见她的眼睛扫过那张已然用旧的沙发。"很抱歉选了这个地方。我以前没来过。我是说楼上。不知道这里是这样的。"

"没关系。至少我们可以私密地谈一谈。"

"是的，"他说，"我们还是点些东西吧。然后你再告诉我是什么问题。"

"其实也不是什么……是的，是个问题。"

---

① 前面标牌上的文字原文是"Please Ring Bell for Waiter Under Table"，古斯塔德故意曲解了这句话的意思。

他们头凑在一起看菜单。他假装在看菜单,却用眼角余光打量着她。老丁是对的,很有魅力的姑娘。她的上唇有着精致的曲线,微微噘起的样子显得分外性感。

"好了吗?"他问。她点点头。"那么召唤服务员的铃铛在哪里呢?"他伸手在桌子下面摸索。她也到处摸着,他们的手碰到了一起。他立刻像触电一样缩回了手。"抱歉。"他尴尬地说。

"没关系。"她笑着说。按铃在远端的桌子腿上,她按了一下。过了一会儿,服务员小心翼翼地敲了敲门,他可不想拿他的小费冒险。根据以往的经验,他知道在按铃和他过来的这段时间里,这些包间里什么都可能发生。

"进来,进来。"古斯塔德有点恼怒地说,希望让劳瑞明白,服务员的猜疑让他感觉受到了冒犯。他们都端正地坐着,抱着胳膊,很庄重的样子。

服务员点好了菜,担心事情不够热烈。他没看出饭前的蠢蠢欲动。男人们不高兴的话小费就会少。或许他们要更放心才行。"先生,五分钟后我会将食物送来。我会敲门,然后你们就绝对不会受到打扰了。"

门关上的时候古斯塔德摇了摇头。"思想狭隘。"

"不怪他,"劳瑞说,"这房间的用意本来就狭隘。"

这话说得真大胆,他心想。"现在告诉我你为什么想见我吧。"

"好的,"她用手拢了拢头发,拉了拉衣领,"很难开口,但我想最好还是和你说,而不是去找经理。"

"马顿先生？怎么了？"

她深吸了口气。"是您的朋友，丁肖基先生。"

哦，不要，古斯塔德心中暗道。

她继续道："您知道他总是那样，装疯卖傻。"

"是的，丁肖基和谁都那样。"

"我知道。所以我并没有介意。开玩笑、跳舞、唱歌，那些都可以。"她盯着自己的指甲，"我不知道您是否听说了，但是有一天他对我说他想让我认识一下他的'洛瑞'。"她咬了咬下唇，犹豫着，"'你可以和我的"洛瑞"一起玩，'他说，'你们两个在一起一定会很有意思的。'"她看着他的眼睛，"您知道的，我开始以为他说的是他的女儿或侄女什么的，我还笑着说：'好的，我很乐意。'"

古斯塔德脸红了。他很难再继续看着她的眼睛。但他没说什么，让她继续说。

"然后最近我才知道那是什么意思。您能明白我的感受吗？"

古斯塔德拼命地想找点话说。面对劳瑞他感到尴尬，对丁肖基感到愤怒，对马顿有些惧怕，但他只能说："很抱歉。我试着阻止过他的。"

"每次他那么说的时候，那些男的就在那边大笑。您知道我想到这些时是什么感觉吗？我都不想来上班，我想辞职，想告诉马顿先生其中缘由。"她的声音，先前还很平静很克制，现在却越来越激动了，"现在只要有人喊我的名字，不管是谁，我都会很难过。它让我想起了那个下流的意思。丁肖基先生毁了我的名字对我的意义。"她用手帕轻轻地碰了碰眼角。

她真的很苦恼，丁肖基干的好事。这次真是太过分了。如果传到马顿先生的耳朵里……弗洛拉喷泉广场的卡萨诺瓦就完蛋了。他身子前倾，诚恳地劝慰道："别那么说。劳瑞是个很好的名字。这一点绝不会因为某些傻气的粗话而改变。"

"您知道的，我并不介意他的玩笑或者其他行为。我以前还觉得那挺不错的。一个可爱的老头，想给我留下深刻的印象。他说的那些话。他告诉我他在为情报机构工作，说他掌管着一百万卢比，是用来资助自由战士的游击队的。您能想象吗？丁肖基先生为情报机构工作？"她笑了一下。

"哈哈哈！情报机构？这也太荒谬了！"古斯塔德说，极力克制着想要一拳砸在桌子上的冲动，他想大喊或者做点什么让丁肖基痛得大喊。蠢货！完全没脑子……！我一再叮嘱他此事不可声张！真是个完完全全、彻头彻尾的——！

"是不是很可笑？"劳瑞说。

"哈哈哈！我想就算是给情报机构扫厕所，他们也不会要他。"

"不过，"她说，"那个黄段子让我很不安，我想过去告诉马顿先生。"她看了看手表，"然后我又想到那样丁肖基先生会有大麻烦，而我不想那样。他不是快退休了吗？"

"很快了。"古斯塔德说，"只剩两年了。而且他病得很重，不过他总是乐呵呵的，你或许想不到他其实生病了。"

"我不知道。"她顿了顿,摸着左手上被纸划伤的一道小口子,"我决定将这些告诉您是因为您是他最好的朋友。但是如果您已经试过阻止他的话——"

"我会说服他的。交给我。"但是现在,我得先说服她,否则我和他都完了,"今天晚上下班后。我保证他不会再骚扰你了。"

"谢谢,诺布尔先生。我就知道和您说有用。"

等我见到他再说。那个傻瓜。就知道胡闹。白痴。

3

送饭员已经拿了午餐盒离开了。为了让迪尔娜瓦兹知道他会晚归,古斯塔德打了卡匹希亚小姐的电话。信号很不好。"喂,喂!卡匹希亚小姐,我是古斯塔德·诺布尔!"电话那端没有任何回应。电话线路就像赌博转盘一样,接通后信号不好的概率和根本没法接通的概率一样高。他挂断电话,想起他答应了罗珊要一起给娃娃穿衣服。现在我要晚回去了,她会以为是我忘记了。我确实忘记了。他的头开始疼,疼得厉害,就像有什么东西要将他的脑壳撬开一样。他终于体会到帕斯塔基亚太太描述的偏头痛是什么感觉了:就像有人在里面用编织针肆意戳刺。

他回到办公桌旁,揉捏着前额。事情太多,令他不堪重负:罗珊的病、迪尔娜瓦兹为高锰酸钾的事怪他、吉米的背叛、丁肖基的愚蠢、劳瑞的抱怨、索拉博的忤逆。生活中除了担忧就是伤心和失望，它们包围着他，让他濒于崩溃。他将按摩的手从前额移到颈背，双目紧闭。

当他再次睁开眼睛，像个疲惫而困倦的孩子一样揉着眼睛时，丁肖基斜靠在他办公桌边。他想搉在餐厅桌子上的那一拳，毫无顾忌地落在了办公桌上。砰！一拳砸下来，丁肖基吓得往后跳了一大步，脸上满是惊愕。"放松，孩子，放松！"动作太猛，痛！他掐住两边的腰，面部肌肉扭曲。

古斯塔德双肘撑在办公桌上，双手托着脸。至少血管爆裂的危险已经解除，他想。他说话声音很轻，丁肖基不得不凑近了才能听清。"你气得我血直往头上涌，你个蠢货。"

丁肖基很受伤。"你在说什么啊，老弟？怎么了？至少告诉我我犯了什么罪吧。"

"我会的。我保证。六点在廊柱边等我。"他将椅子转开，又开始揉捏额头。丁肖基站了一会儿，悻悻地离开了。

那天接下来的时间里，古斯塔德都没法做事。他细数着自己忧心的事、失望的事、遭遇的背叛，内心倍感痛苦煎熬。想到罗珊的时候，他的心如坠冰窟。有那么一瞬间，他甚至想到了最坏的结果，然后赶紧在心里做了一遍迪尔娜瓦兹经常被他嘲笑的百无禁忌的动作。她怎么能怪我呢？这么多年来，高锰酸钾一直很管用。吉米说他们在军队里都是这么用的。该死的吉米，浑蛋。以前像兄弟一样……现在呢？那些《圣经》故事，马尔科姆以前常和我说的。去克劳福德市场的路上。有一个关于该隐和亚伯①的……我以前觉得那只是神话故事。但是过了这么多年，多么真实。我自己父亲的例子。他那嗜酒好赌的弟弟毁了他，和直接敲碎他的脑壳又有何异。而吉米，则是另一种意义上的该隐。他扼杀了信任、爱与尊重，一切。还有一个故事，关于押沙龙②的，大卫王的儿子。索拉博现在本该念完了印度理工学院的第一个学期，如果……

还剩下些什么呢，他问自己。他辛苦努力、奋斗了那么多年，等待了那么多年——那个目标，就那样被自己的儿子无情摧毁，破碎成无数碎片，被踢到一旁，被哗啦啦扫进垃圾桶，像那些申请表一样。我想要的，不过就是他能有机会找到一份好工作。那是我自己失去的机会。现在，还剩下什么呢？生活中还剩下什么呢？告诉我，达达·奥尔穆兹德，还有什么？

就这样整个下午过去了：他从索拉博想到罗珊，又回头想到吉米、迪尔娜瓦兹、劳瑞、丁肖基。他挨个轮着想，跳着想，翻来覆去地想，想得脑袋昏昏沉沉，焦虑到筋疲力尽，又被绝望弄得几近崩溃。

到了六点钟，愤怒拯救了他。他看见丁肖基站在廊柱旁，愤怒就又回来了。丁肖基嘴里的气味令人难以忍受。很好，他感到烦躁、痛苦了，是他活该，他该清醒清醒了。

丁肖基怯怯地笑着。"等你听了我要说的话，你就笑不出

---

① 该隐和亚伯，亚当和夏娃的儿子，两人向耶和华献祭，耶和华看中了亚伯和他的祭品。该隐心生嫉妒，杀了亚伯。
② 押沙龙，以色列国王大卫的第三子，《圣经》中著名的逆子形象。

来了。"古斯塔德说。

"你一直这样对我大叫大嚷。"他抱怨道,"整个下午都气呼呼的。但为什么不说到底是什么扎了你的心呢?"

"我想让你至少还有心情先喝杯茶。或许那会是你能享受的最后一件事了。"

丁肖基笑了,那笑声是他平时无可救药的笑声的拙劣复刻。"你在制造什么悬念吗,老弟?在学阿尔弗雷德·希区柯克?"

他们走过大环岛,穿行于车水马龙之间。那汹涌的人潮和车流,像一条大河,掉转方向,疾速奔腾向北——向北。疲惫的人们汇聚成河,从银行、保险公司、鞋店、纺织品店、会计师事务所、生产商办公室、眼镜店、广告公司涌出——浩荡向北,这条疲惫的河流,挤着公交车,挤着火车,踩着咯嗒咯嗒响的自行车,迈着酸痛的步子——一路向北,回到郊区或者贫民区,回到洋房、小屋、公寓、租赁的房子、单间的公寓、瓦楞金属盖的窝棚、街角、人行道、纸盒子搭的棚子——继续向北,直到水流逐渐减弱。它们安静下来,却并不平静,它们躺在黑暗中,暗自积蓄力量,准备第二天早上再次向南流淌。如此循环往复,无休无止。

他们等着茶水上来。"你知道为什么我中午没在食堂吃饭吗?"古斯塔德问。

"你告诉我我就知道了。"

"因为劳瑞·库缇诺想和我私下聊聊。所以我们来了这里。在楼上,私人包间。"

"我去！真的吗？"丁肖基咧嘴笑道,"你真是个幸运的家伙。"

"不,你才是那个幸运的家伙。因为她一直在说你。"

"开玩笑！"

古斯塔德直截了当地全说了,他恨不得那些词能像屠夫的刀子一样,噗噗噗,刀刀致命。丁肖基苍白的脸上失去了最后一丝血色;他嘴巴张开,恶臭从桌子那边翻涌而来。"还有。"古斯塔德毫不留情,继续说着。丁肖基木然地看着放在大腿上的自己的手,羞愧得抬不起头,惶惑到说不出话。"还好劳瑞并不相信你说的情报机构、百万卢比和游击队那些。她一边告诉我一边笑。但如果传到马顿的耳朵里呢？如果他怀疑到我们的存款呢？到那时我们怎么办,你个白痴？"

"我能说什么呢,古斯塔德？"丁肖基无力地说,"你说得完全对,我就是个白痴。"他用食指抚弄着茶杯的杯柄,"我们现在怎么办？"

"全看你怎么做。如果你不再骚扰她,她就不会去找马顿。她和我说了。"

"当然,我不会再那样了。你说怎样就怎样。"他端起茶杯喝了一口,"只是……"

"只是什么？"

丁肖基又喝了一小口,呛到了,咳嗽起来。"如果我突然不去找她了,大家会起疑的。你不觉得吗？"他又咳嗽了几下,"那样他们就会开始打探,看发生了什么事。如果他们注意到你每天都会给我一个小包裹,那就不好了。"

"这个我想过了,我有个计划。你要做的是不再和任何人讲笑话,开玩笑。同时,我会慢慢告诉大家可怜的丁肖基身体又不好了,他感觉身体抱恙。"

"我更希望是抱劳瑞。"他这玩笑开得有点心虚,但习惯一时很难改掉。

"不要开玩笑,你答应了的。"古斯塔德严肃地说。

"抱歉,抱歉,老弟。就私下里和你说说。"

"好吧。那我明天就将这消息放出去。大家都会同情你,事情也就过去了。你能做到吗?"

"当然。我告诉你吧,做一个总是快乐的人比做一个安静的病人更难。"丁肖基的话所道出的真相清晰而残酷。他们默默地喝完茶离开了。

第二天早晨,丁肖基完全换了个人。大家都很同情他,他突然变得虚弱、疲累,表情凝重,遇到他们也只是安静地打个招呼。那天晚一点时候,古斯塔德遇到他,很惊讶丁肖基怎么能将这个新形象扮演得如此逼真。后来他才意识到之所以那么逼真,是因为丁肖基根本不是在演。现实,终于抓住了他。古斯塔德很自责,是他收走了他的面具。

4

水龙头重新焊好了。古斯塔德将它从荷拉吉修理店扛回家。迪尔娜瓦兹正焦急地等着他,她告诉他有人来找他,说晚上九点会再来。"他问你在不在,"她说,"什么都不肯和我说。一个奇怪的家伙。光着脚,手上沾满了颜料,像在撒彩粉过胡里节①一样。但胡里节还有几个月才到呢。但愿不是那不要脸的比利莫里亚派来找麻烦的。"

古斯塔德能猜到是谁。后来,那人如约再来的时候,他总算能消除迪尔娜瓦兹的疑虑了:"别担心,是我叫他来的。来解决臭墙的事。"

他和那个街头艺术家一起走到院子里。"所以你终于下定决心离开弗洛拉喷泉广场了?"

"有什么办法呢?"街头艺术家说,"那天的那件事情后,警察就经常来干涉。害得我只能从这里搬到那里,从这个角落换到那个角落。所以我决定来看看您说的这个地方。"

"很好,"古斯塔德说,"你会喜欢这里的。"他们走到大门外,那个艺术家看了看墙。他抬起手,用指尖轻触墙面。"很光滑的黑石头,"古斯塔德鼓动道,"非常适合作画。墙有三百多英尺长,每天都有很多人从这里经过。"他指着科达达德大楼旁边的两座高楼,"去那些写字楼上班的。再往前还有一个集市。有高档珠宝店。很多有钱人会经过这里的。那边,走路大概二十分钟的地方,有两家电影院。星期一就可以开始,我

---

① 胡里节,印度教节日,这一天人们会互相撒五彩的粉末、泼颜料来庆祝。

担保没问题。"

街头艺术家从背包里拿出一支彩色粉笔,在墙上画了几下,完成了他的检视工作。"很好,"他皱了皱鼻子,"就是太臭了。"

"是的。"古斯塔德说。他一直在想这个艺术家要多久才会提到这个问题呢。"那些不要脸的人将这堵墙当作路边茅厕了。瞧,那边现在就有一个!"

远处墙边,一个人影一动不动地站在暗处,悄无声息,除了细微的咝咝声。从他身体的中央位置流出一道液体的弧线,在街灯的映照下闪着光。"嘿!"古斯塔德叫道,"不要脸的浑蛋!我要打断你那玩意儿,流氓!"那道弧线突然就断了。男人的手抖了两下,熟练地在裤子里整理一番,随后迅速溜走了。

"看见了?"古斯塔德说,"真不要脸。这就是臭的原因。但是一旦你画上神像,就没人敢了。"他从另一张脸上看出了犹豫,赶紧加了句,"我们会先将整堵墙洗干净的。"

街头艺术家想了想,同意了。"我明天就可以开始。"

"很好,但是有一个问题,你能画这么多吗?有三百英尺呢。我是说,有那么多不同的神来画满整堵墙吗?"

艺术家笑了。"没有问题。需要的话我可以画三百英里。可以画不同的宗教,他们的神、圣人和先知:印度教、锡克教、犹太教、基督教、伊斯兰教、拜火教、佛教、耆那教。实际上,单印度教就够了。但我喜欢将它们混在一起,让我的画更多元化，让我为促进世间的理解与包容尽一份力。"

古斯塔德很是惊讶。"你怎么了解这么多宗教？"

艺术家又笑了。"我有世界宗教的学士学位。我的专业是比较研究。当然，那都是我转到艺术学院之前的事了。"

"啊！"古斯塔德发出惊叹。他们说好第二天一大早清洁工来的时候再见。那天晚上，他后来对迪尔娜瓦兹说："告诉你那个没出息的、将印度理工学院踢到一边的儿子。等他下次来看你的时候告诉他——那个可怜的流浪街头的艺术家有两个学士学位。"

拂晓时分，清洁工扫干净夜里的垃圾后，古斯塔德用五个卢比说服他将墙洗一遍。他给他找了一把硬毛刷子，将墙仔细刷洗了一遍。那个艺术家背着背包，带着一盏加压石蜡灯和一小卷铺盖来了。"太阳就快出来了，"古斯塔德说，"墙很快就会干的。"

三个小时后，他出发去银行的时候，那个艺术家已经着手画第一幅画像了。他看了一会儿，努力辨认他画的是谁，但最后还是开口问道："抱歉，如果你不介意的话，我想问问你画的是谁？"

"三相神①。梵天、毗湿奴和湿婆，创造之神、守护之神和破坏之神。画这个可以吗，先生？我也可以画别的。"

"哦，不必，这样就很好。"古斯塔德说。他本来希望墙上

---

① 三相神，印度教三大主神。

的第一幅画像是琐罗亚斯德，但他也知道三相神在驱赶撒尿的人方面更有效果。他傍晚回来的时候，艺术家已经点亮了石蜡灯。三相神像已经完成，还有一幅触目惊心、血淋淋的耶稣受难图。正在画的是贾玛清真寺——因为伊斯兰教禁止偶像崇拜，他就只画了这座著名的清真寺。

"希望不要下雨。"古斯塔德说。他试探地深吸了口气。"目前为止，没有臭味。"艺术家点点头，眼睛没有离开他的作品。"但你今天晚上得注意一点。这是第一个晚上，人们可能还不知道这里有神的画像。"

"没问题，我会警告他们的。"艺术家说，"我会通宵作画。"他放下一支绿色的粉笔，它顺着人行道滚走了。古斯塔德截住了它，将它放回盒子里。"对不起，先生，我有一个请求。我可以每天早上从您的楝树上折一根树枝吗？用来刷牙。"

"当然，"古斯塔德说，"大家都这么干。"

那天晚上，艺术家又画完了两幅：摩西带着十诫下山[①]，还有甘尼什大人[②]。太阳升起，他向后者肉色的象鼻上最后加上几笔，然后拿起白色粉笔，在摩西的石板上写十诫。

几天过去，墙壁上已经画满了神祇、先知和圣人。每天早晨和傍晚，古斯塔德都会检查一下空气，他发现已经没有气味

---

① 指摩西带十诫下西奈山的故事。摩西是《圣经》中的重要人物，犹太教的创始人。他在西奈山上接受了上帝的启示，并带回了十条戒律，即十诫。这些戒律后来成了犹太教、基督教和伊斯兰教等许多宗教的基础道德准则。

② 甘尼什大人，对象神甘尼什的一种亲切的称呼。

了。蚊子和苍蝇也不再像以前那么多了；它们的繁殖之地干了，它们的数量也就急剧下降了。科达达德大楼里，驱蚊膏已经成了过去。迪尔娜瓦兹和古斯塔德将灯泡下的扁盘子都收起来了，这些诱捕蚊子的陷阱也用不着了。

墙壁上那些神圣的面孔——有的疾言厉色，有的和颜悦色，有的悲天悯人，有的令人心生畏惧，还有的和蔼慈祥——它们日夜审视着街道、来往车辆和行人。舞王[1]在跳舞，亚伯拉罕向以撒高高举起斧头[2]，圣母马利亚抱着圣婴耶稣，拉克希米[3]降下财富，萨拉斯瓦蒂[4]播撒智慧和学识。

那堵墙一天天在改变，但那个艺术家却开始有了担忧。这是一项比他以往的街头创作都大的工程，它让他内心感到不安。这么多年以来，他都是到一个地方，创作，作品被抹去，这种循环往复已经融入了他的生活节奏。就像睡觉、醒来、伸懒腰，或者吃饭、消化、排泄一样，这种循环已经和他血管里的血液、肺中的空气达到了和谐。他学会了鄙视过久的逗留和迟滞的离去，因为它们是自满的前奏，是需要不惜一切代价回

---

[1] 舞王，印度教三大主神之一湿婆神的舞蹈形象。据说，当他翩翩起舞时，三只眼睛分别洞察过去、现在和将来。
[2] 亚伯拉罕，古希伯来人和阿拉伯人传说中共同的祖先，以撒是他唯一的儿子。神为了测试亚伯拉罕的忠诚，要他献祭以撒，亚伯拉罕果然将以撒绑到山上，最后一刻被神阻止，以羊代之。
[3] 拉克希米，吉祥天女，印度教的财富与幸福女神，三位主要女神之一，毗湿奴的妻子。
[4] 萨拉斯瓦蒂，妙音天女，印度教的学问和艺术女神，三位主要女神之一，梵天的妻子。

避的。旅途——随机的、没有计划的、孤独的——才是真正值得享受的。

可是现在他原来的生活方式受到了威胁。令人愉悦的环境和长长的黑墙的稳固性唤醒了他内心人类悲伤的来源：渴望长久，渴望扎根，渴望拥有真正属于自己的东西、永恒的东西。他继续创作，为去留的问题苦恼，不自在、困惑、不满。达扬安达大师[①]、维韦卡南达大师[②]、法蒂玛圣母[③]、琐罗亚斯德，还有无数其他神祇、圣贤都在墙壁上找到了自己的位置，街头艺术家为他们安排好的位置；他们一起等待着不确定的未来。

---

① 达扬安达大师，印度教学者、宗教改革家和社会改革家。
② 维韦卡南达大师，印度著名的宗教领袖和哲学家。
③ 法蒂玛圣母，天主教中的一个圣称。一九一七年，圣母马利亚在葡萄牙法蒂玛显现。

第十三章

1

空袭警报声从打开的窗户涌进银行。在古斯塔德听来,那高低起伏的哀号,驱散了一直步步紧逼的灾难那令人毛骨悚然的啼泣,预示着好日子即将开始。拂晓时,他虔诚地感谢了神灵。钱已经存了一半,今天将存入第五十一扎。达达·奥尔穆兹德,感谢您的庇护,让麻烦远离。还有罗珊,她好多了,脸上总算又有了一点血色。

上午很快就过去了。他遇到了丁肖基,将钱递给他。"有什么消息吗,老丁?巴基斯坦怎么样了?"

丁肖基两手一摊:"谁知道呢?我还没看报纸。"他站在那里,古斯塔德扫了一眼他的肚子。是的,过去几天他都注意到了:鼓鼓的,好像里面有什么东西在长大。他不等对方察觉就转开了目光。

丁肖基痛苦地拖着脚步去了洗手间。虽然他已经不再插科打诨了,但是人们早上和他打招呼,问他怎么样的时候,还是会期待他冒出一两个笑话来。他们做好了随时欢笑的准备,然而如今所有人都只得到一成不变的回答："咕噜咕噜，这车就凑合着推。"起初几次，大家都觉得既然是从丁肖基嘴里说出来的，必定是有趣的，或许包含了某种微妙的幽默。关于这个欢脱的男人和他的快言妙语的形象在他们的脑海里难以抹去。因此，他们仍旧会轻笑几声或咧嘴一笑，然后拍拍他的肩膀。

然而，他日复一日重复着这个回答："咕噜咕噜，这车就凑合着推。"他们终于不得不面对现实。现在他们都想抓着他的手，安慰他。但是他们一天天说的也就是"你怎么样啊，丁肖基？"他的回答也总是让大家分担他的痛苦。

罗珊生日之后，古斯塔德就在怀疑丁肖基的病的实情。但是此事逐渐为银行众人所知，他的病情似乎越发严重。恰如那条悖逆常理、尚未被揭示的物理学定律所言：负荷的重量会随着承载负荷的人数的增加而成比例增长。他每天早上都为丁肖基祈祷。是他强迫他放弃了往日嘻嘻哈哈的行为方式，这件事一直让他良心不安。毕竟，如果娃娃能让罗珊感觉好一些，或许丁肖基也是因为不得不放弃他那些游戏而病情恶化的。但是除了内疚，还有羞愧——他的祈祷还有一个自私的动机：一旦丁肖基不来上班，那么存款势必会中断，壁凹里那个包裹的事也将被耽搁。

傍晚，那个街头艺术家欢快地吹着口哨，吹的是《你是我的阳光》，他的不自在和不安都消失了。他和古斯塔德打招呼，说今天萨拉斯瓦蒂画像前放了一小束花。"一定是某个要考试的人放的。"

"这说明大家对这堵墙的敬意增加了,都是因为你这些美丽的画。"古斯塔德说。艺术家谦逊地笑了笑,低着头,说最近几天,路过的人留下的钱够他买一套新衣服和一双鞋了。他计划尽快去一趟市集。古斯塔德看了看他新画的几位神祇,进了大门,哼着刚才艺术家哼的曲子。他看见迪尔娜瓦兹站在门外的台阶上,正在呵斥一群孩子,让他们去院子那头玩,别弄出那么大的声音。口哨声戛然而止,他嘴里发干,加快了脚步。

"又开始了。"她说,"很稀很稀,似乎比之前更严重了。"

他将公文包放在书桌上。他小心呵护了一整天的希望,像刚学会飞的小鸟一样振翅飞走了。就像院子里那棵孤独的树上叽叽喳喳的麻雀,兰德马斯特一回火,它们就都飞了。古斯塔德的希望在他头顶盘旋了一圈后,飞走了。如果可以的话,他真想跳起来抓住它。"她睡了吗?"

"没有,那些讨厌的孩子在外面,吵得不得了。"

他走到罗珊的床边,越过板条门,俯身亲吻她的前额。娃娃躺在一旁,一身新娘装扮此刻看上去那么像丧服,令他背脊处不禁一激灵。他抬起娃娃的脑袋,让它睁着眼睛,斜靠在床头板上。"好了,"他说,"现在你睡觉的时候娃娃可以照看你了。如果她一天到晚睡觉,她会变得又懒又胖的,就像那个养狗的白痴的女儿一样。"

他捏了捏她的手,然后回到餐厅。"我去找一下医生,罗珊不必来。他最好能给我们推荐一个专科医生。"迪尔娜瓦兹让他喝杯茶再走,他解开鞋带,脚架在茶几上。"至少说明不是水的原因,"他说,"你每天都烧开再喝的。"

"谁知道呢?一旦感染,那些病毒进了体内——"

"你还想怪我?很好!"他重新系上鞋带,气冲冲地将茶倒进下水道。

她后悔说了那些话。他就要走了,说了要喝茶又什么也没喝到,这是很不吉利的。"好啊,"她说,"你恨我,也恨我煮的茶。但是走之前至少喝点水吧。"

"你自己喝吧。"他知道她的迷信,但就是想让她难受。

2

迪尔娜瓦兹心里犹豫着要不要趁他不在去找卡匹希亚小姐问问。这样好转到一半又突然恶化,实在奇怪。

但这时门铃却响了。她好一会儿才认出是丁肖基。她很惊讶,他和罗珊生日那会儿比变了那么多。不过,她依旧不准备容忍他的任何笑话或者废话,于是语气僵硬地招呼道:"先生。"但她的担心是多余的。那天晚上嘻嘻哈哈唱歌、喝啤酒、背诗、做了各种让她生气的小事情的男人,和眼前这个站在她面前,胳膊下夹着一份报纸,手里拿着一个鼓鼓囊囊的信封的男人不是同一个人。

"抱歉,打扰了。"丁肖基轻声说道。那声音轻柔到让她想起了古斯塔德买回来的那只鸡在寂静的深夜里的咯咯声。"我能和古斯塔德说几句话吗？很要紧的话。"他的声音有些颤抖，他心神不宁地将报纸从这边胳肢窝换到那边胳肢窝，潮湿的眼睛紧张地从这里看到那里。

"他刚出去两分钟。"她想冷言冷语将他打发走的决心不知怎的有点动摇。

"出去了？"他看上去似乎要哭出来了，"哦，那怎么办？"他开始扭扯自己衬衣上的一颗纽扣，"是很要紧的事，很要紧。"

迪尔娜瓦兹仅剩的决心也被瓦解了。"进来。"她说，"如果他还在公交站台，我去叫他回来。"

"不不不，那太麻烦了。"

"没关系。公交站台就在院子外面。你先进来坐坐。"

他似乎有点被她语气里的不耐烦吓到，赶紧向沙发走去。"谢谢，谢谢。很抱歉给你造成麻烦了，非常抱歉。"他跟跟跄跄走过去的时候，在茶几上撞到了膝盖，疼得脸都歪了。他撸起裤腿看撞到的地方时，迪尔娜瓦兹正在喊特穆尔过来。

"你好吗我很好你好吗谢谢请非常非常好喝的橙汁。"

"快，去公交站台。如果古斯塔德还在那里，就叫他回来。告诉他有要紧事。快去。"她开着门，回屋里去陪丁肖基坐一坐。

但丁肖基已经不是一个人了。他怯生生的轻声低语传到了后面的房间，吵醒了罗珊，她听见有客人来了，而且还是那个曾经逗得她大笑，在大家大喊大叫、争吵、不欢而散之前为她的生日宴会增加了一些欢乐气氛的客人。此时,她带着她的娃娃,坐在丁肖基旁边的沙发上,等着他,希望他能快点开始逗乐她。

"你要喝点什么吗?"迪尔娜瓦兹问他。

"不用,不用。已经给你带来很多麻烦了。"她将几分钟前古斯塔德拒绝喝的那杯水端来。

特穆尔出现在门口。"走了走了古斯塔德走了。公交车走了古斯塔德走了。"

"走了?"丁肖基绝望地重复道。

"走了走了走了走了。"

"是有很要紧很要紧的事要和他说。"他一边说一边绝望地卷着报纸,越卷越紧。他的痛苦非常明显;迪尔娜瓦兹不忍心让他这样离开。

"他是为罗珊的事去找医生了。不会要多久的。"

"真的给你添麻烦了。"他怯怯地说道,不过也为可以留下来等松了口气。

特穆尔拖着那条坏腿慢慢地走了进来。他紧盯着那个娃娃,两眼放光。"求你了求你了。让我摸一摸。求你了就一次求你了。"

"不行!"罗珊紧紧搂着娃娃的腰。

丁肖基笑道:"这么小的姑娘,这么大的嗓门。"

"特穆尔,"迪尔娜瓦兹严肃地说,"去院子里玩。"

特穆尔停步不前,下巴微动,似是想说点什么反驳。但终究没找到话,也没有人会听他抱怨。他离开了,一片树叶从楝树上落下,在微风中轻轻飘落。他追在叶子后面。叶子一会儿往左,一会儿往右,一会儿又在风中打旋。特穆尔摇摇晃晃、磕磕绊绊、跌跌撞撞地追着。迪尔娜瓦兹叹了口气,关上门。

"你听起来可不像生病了,"丁肖基对罗珊说,"刚才那声音中气十足啊,是不是?"

"快摸木头。"迪尔娜瓦兹轻轻说着,伸出一只手摸了摸茶几,另一只手拉着罗珊的手。丁肖基也照她们的样子摸了摸。

"来吧,罗珊。"他说,"让我们再听听你的声音。"她羞赧地笑了笑,抚弄着娃娃的头纱。"唱首歌怎么样?学校里肯定教了你很多歌吧。来吧,不,请吧。"他哄着她。

让迪尔娜瓦兹惊讶的是,她犹豫了一下,然后说:"我们唱每天早上集合时唱的《两只小眼睛》吧。"

"太好了,"他说,"我很想听。就像在学校里一样唱吧。"

"好的。"她轻轻地唱起来:

> 两只小眼睛仰望着上帝,
> 两只小耳朵倾听他话语,
> 两只小手手每日好辛勤,
> 两只小脚脚朝朝追随他。

每唱一句都按老师教的做着动作——指指眼睛,指指耳朵,伸出双手,再踢踢小脚。

丁肖基拍手叫好。"好极了,好极了。集合的时候还唱什么歌啊?"

她站起来,双手抱拳,一边唱一边朝各个方向鞠躬:

早上好!早上好!
不管天气如何,我们一起度过!
学习、玩乐,美好的一天!

"很棒,很棒!"丁肖基说,拉着玩偶的手,凑到一起做着拍手的动作。

"够了,不唱了,"迪尔娜瓦兹说,"要不你会累的。"她走进厨房去看土豆有没有做好。等她回来的时候,他们正将手平摊在茶几上玩游戏。丁肖基正在一个一个地数着手指头,数到最后的时候,罗珊也跟着一起数起来。"砰嗒哪砰!"听到这个暗号,他们都将手抬起来,然后又重重地拍下,假装摔倒在他们坐的地方。

"罗珊,你已经大了,别再玩这个游戏了。"迪尔娜瓦兹说,"这都是你四五岁的时候玩的。"她觉察出自己心里有一丝嫉妒。

"她是为了我才玩的。"丁肖基说,"我还小,还可以玩。现在我们来玩拳头拳头游戏吧。"他们在茶几上将拳头摞在一起,丁肖基的在最下面,然后是罗珊的,然后又是他的,最上面还是罗珊的。他们一起说着问题和答案。"拳头拳头,扔把椅子你怕不怕?""不怕不怕。一点也不怕。"他们轮流说出一些可怕的东西,强迫对方抽回拳头藏到胳肢窝里。想象中,椅子、橱柜、床、车子、卡车一一扔向了对方,直到想象中的疼痛太重,让对方服输。游戏最后,丁肖基最后一个拳头已经经受住了各种威胁,包括小神的愤怒之火,直到罗珊最后祭出大神吞噬一切的火。丁肖基嗷嗷叫痛,移开了拳头。"哦,好痛!烧着了!摩塔达达吉①之火在燃烧!"

连迪尔娜瓦兹都被他的滑稽表演逗笑了。然后她坚持让罗珊回去躺一会儿。"再玩一个游戏,妈咪,然后我就去。"她拿出牌和丁肖基玩了起来,她将丁肖基打得落花流水,直到觉得困了才停手。她微笑着上了床,娃娃都忘在沙发上了。

她一离开,丁肖基便又恢复了焦虑不安的样子。他又开始玩弄着手里的报纸,将其卷起又展开。报纸的边缘已经有些磨损了,他黏腻的手掌也沾上了很多墨迹。

3

古斯塔德坚决要求配药师立刻向佩玛思特医生递话:事态紧急。他在小储物间里的小隔间旁边等着,周围都是绿色的玻璃药瓶、难闻的药粉,还有装着医疗器具的盒子。所有物品上都落了一层灰。天晓得放在那里多久没用了。他为什么要储存

---

① 摩塔达达吉,印度的一位灵性领袖。

这么多药呢？反正他处方单上总是开那四五种药。还自称是医生。天晓得我们为什么总要来找他。

里面的病人出来了，透过磨砂玻璃可以看到医生的身影在往小隔间方向走来。应付了一天傻瓜和被误导的激进分子，佩玛思特医生此时心情很糟糕。整个上午，他都在费力说服邻居们，要让市政府修缮什么需要通过民主的程序：请愿、投票或司法途径。不能因为排水沟发臭就自降身份，采用和执政党一样的排水沟水准的粗暴方式，甚至进行大型游行示威活动去威胁市政府。最后，他们总算同意试试他的方法。然而，他们离开之后，他又不得不与煤气公司争论了整整一个小时，就为了换一个液化气瓶。他向那些白痴解释，如果他无法点着炉子给设备消毒，诊所就只能关门了。但那些白痴就是不明白。他心中暗想，以这样的效率，这个国家还怎么应对战争呢？

听古斯塔德说话的时候，他心里正不痛快。"但愿你是按我的医嘱来的。或者你自己改了处方？又吃了氯碘羟喹？磺胺胍？我知道你有多喜欢它们。"他这一通抱怨让配药师都大吃一惊，"但你知道最大的问题是什么吗？人人都想充医生。更糟糕的是，人人都以为自己是医生。"

没过多久，古斯塔德拿着一张新的药品清单离开。他怎么敢说那样的话！不过是仗着与我相识多年。他以为自己是谁啊？先是病毒，现在又是肠炎。不停地抛出新名词，多容易。医生们都当别人是傻子。

走到笼屋附近时，他开始左摇右摆得厉害，费力地不让自己在佩玛思特医生造成的暴风雨中沉没。笼屋那边暂时安静，像所有生意一样，这里的生意也是一阵一阵的。槟榔老头皮伯赫懒懒地等着下一拨顾客，翻来覆去地摆弄着自己的盘子和瓶瓶罐罐。古斯塔德拖着一条看着有点瘸的腿匆匆走过的时候，他忍不住叫了出来："先生，嘿，你好啊！"

古斯塔德以为是哪个潜藏在门廊里的皮条客在招呼他。那些皮条客蓄着细如铅笔的八字须，头发梳得油亮，脖子上围一条花哨的领巾，脸上带着讨好的微笑，一有机会就悄悄凑过来。皮伯赫刚才用的就是他们最喜欢的打招呼的方式，大概是潜移默化中学来的。古斯塔德转过身，看到他在招手，就知道自己猜错了。

"你好，先生！你不是来找穆罕默德先生吗？"

"不，没事了。那个问题解决了。"他还能怎么说呢，那个流氓？还有该死的比利莫里亚。

"就在今天早上，古拉姆来过这里。"皮伯赫说，"他看上去很担忧，很不安。我问他出什么事了，但他不肯说。你知道怎么回事儿吗？"古斯塔德摇摇头，准备离开。

"等一下，等一下。"皮伯赫说，"我给你的腿做一个包叶槟榔。强筋健骨的。吃了就不瘸了。"

"不必了，我还好。"

"不，先生，不行，"他坚持道，"刚才你摇晃得厉害呢，一颠一颠，左摇右晃的。像雨季阿波罗码头的游艇一样。"

古斯塔德重整风帆，调正船舵，走了几步证明给他看。

"看到了吗？好好的。"

"啊，是的，我看到现在是好的。也就是说问题在脑子里。对于那个，我也有槟榔。"不等他同意，他手上已经忙活开了，打开罐子，准备好槟榔叶。压碎一个槟榔。

试试又何妨？古斯塔德心想。"好吧，但不要太贵。"

"我的槟榔价格都很公道。除了一种。那种你只有要去笼屋才会需要。"

"你还在做春药？"

"只要有男人，就会有春药。"

他有多老了，古斯塔德心想。他那一双大手丝毫没有丧失它们的灵活性，但手指关节已经突起，指甲如旧报纸般泛黄。"我记得我还是小孩子的时候你就在这里卖槟榔了。"

"哦，是的，很久了。"

"可以问问你的年纪多大了吗？"

皮伯赫笑了。"如果你能算出我哪一年死，拿那个减掉我还能活多久，你就知道我现在的年纪了。"他将槟榔叶卷起来，将一角塞进去，"试试，然后告诉我怎么样。"

古斯塔德张开嘴，将槟榔塞进嘴里。他的嘴巴勉强能含住整个槟榔。"蛮好的。"他含混不清地说道，"多少钱？"

"只要一个卢比。"

上公交车之前，古斯塔德吐掉了一半。那味道酸酸甜甜的。有点辛辣。也有一点苦。嘴巴有种奇怪的感觉。

走到科达达德大楼外时，他将剩下的一半也吐掉了。现在，那种麻麻的感觉已经蔓延到他头上了，倒也没什么不舒服的，就是让他没法再去想佩玛思特医生的建议了。他用钥匙开了门。"丁肖基？你怎么在这儿？"

"抱歉，打扰了。"他嗫嚅着，"有重要的事。"

迪尔娜瓦兹看见了古斯塔德嘴唇上的红色，闻到了一股甜中带苦的气味。她很是嫌弃。"难闻死了！像个混混！"

"抱歉，亲爱的。"他心虚地说道，去洗手间漱了漱口，又用牙膏刷了刷。气味和颜色都去掉了一些。但等他回到前面客厅的时候，那种麻麻的感觉还在。

"医生怎么说？"她问，"还有，你怎么会吃槟榔？"

"槟榔老头皮伯赫说对我的腿有好处。"他揉了揉前额，"给我倒杯茶好吗？"

"你们男人，真像个孩子。净做傻事。"她还记着此前他将茶倒进下水道的事，"你确定现在想喝了？"但他心思不在这上面，没有听出她话里的讽刺意味，只是温顺地点点头。

"医生怎么说？"

"说了些没用的废话。说我们没有按时休息、吃饭。怪到我们头上！想让罗珊去住院。谁都知道医院是怎么个情况。各种纰漏、各种差错，打错针、弄混药。"

丁肖基点点头表示赞同。"我总说，想死才去医院呢。"

"非常对。"古斯塔德说，"那些医生，不知道该怎么办的时候就那样——将病人往医院一推。这世上还有谁比我更能照顾好我的罗珊，我倒想知道。他气得我血直往头上涌！"

"几个月前,"丁肖基说,"我的医生想让我进帕西总院。我对他说,总院不去,陆军医院也不去。但是我的阿拉梅和他站在一边,有什么办法呢?我只能去。"

"如果在家休养的话,肯定比现在好几百倍。"

迪尔娜瓦兹拿出三个茶杯。丁肖基等在一边,手里的报纸卷起来又展开。报纸已经开始开裂卷边了。

茶刚倒出来,古斯塔德就端起来喝了一大口。"慢点,慢点。"迪尔娜瓦兹提醒道,"会上火的。"她对丁肖基说,"我总说喝太烫、太黑的东西不好,他就是不听我的。问题还不仅仅是上火。它还会导致胃癌。"她这么说的时候,丁肖基耸了耸肩。他慢慢地喝了一小口茶,茶杯在他唇边微微颤抖。

"我嫂子的爹也有这样的习惯。"她继续说道,"茶刚烧开,倒出来就喝。等他五十岁的时候,整个胃都没了。他们只能通过他胳膊下的一根管子给他喂食物。幸好那个可怜的人没遭太久的罪。"

古斯塔德又要了一杯。她说:"丁肖基在这儿等你,他有很要紧的事要和你说。"

"说吧,丁肖基。我听着呢。"

丁肖基展开报纸,他的手有些抖。他将报纸折好,和那个白色大信封一起递给古斯塔德。古斯塔德认出那个信封,一下就火了。"你疯了吗?没有存吗?"

"请先看看报纸。"他恳求道,眼泪快出来了,"你会明白的。"那篇文章很短,标题是《贪腐真相浮出水面》,古斯塔德哼了一声：

> 据不知名人士提供的消息，中央调查局和市警察局昨日联合行动，在首都逮捕了调查分析局的一名官员，吉米·比利莫里亚，罪名是欺诈勒索。

他怀疑地看向丁肖基，槟榔带来的那种脑袋麻麻的感觉又回来了。"不可能！这是什么垃圾？"

"请继续看。"他又恳求道，但古斯塔德已经低头继续看了：

> 警察局的通报称，据被告招认，事情是这样的。数月前，比利莫里亚先生在新德里模仿总理的声音，致电印度国家银行，声称自己是英迪拉·甘地。他指示银行总出纳从银行储备金中提取六百万卢比，给一名自称为孟加拉·巴布的男子。次日，比利莫里亚先生，这次自称是孟加拉·巴布，和银行总出纳见面并取走了那六百万卢比。
>
> 警察局通报还称，比利莫里亚先生承认他犯下此欺诈之罪是为了加速对东巴基斯坦游击队的援助。"自由战士们那么英勇无畏，"据说这名调查分析局的官员在认罪书中写道，"我不想坐视那些官僚老爷拖他们的后腿。"他说这些都完全是他自己的主意，要怪就怪他想帮助自由战士们的满腔热情吧。

题外话：虽然此案所控事实着实耸人听闻，但是更令记者惊讶的是这桩离奇罪案发生的外部环境。试问，即便比利莫里亚先生在声音模仿上天赋异禀，仅凭总理一通电话就交出巨额钱财是我们国家银行的常规操作吗？政府或国大党多高职位的官员可以拨打此类电话？那位银行总出纳对甘地夫人的声音已经熟悉到了无须任何确认便听命行事的程度吗？如果是的话，那是否意味着甘地夫人经常如此行事呢？这些问题都尚无答案，在找到清楚准确的答案之前，公众对领导人业已削弱的信心恐难恢复。

古斯塔德看完之后，迪尔娜瓦兹将第二杯茶递给他。茶杯从他指间滑落，掉在地板上碎了，滚烫的液体溅到他的右脚和脚踝上。

"怎么了？你没事儿吧？"她担忧地摸了摸他的前额，以为是槟榔的原因。

"我能有什么事儿？"他生气地说，"是你弄掉茶杯的。"他没去理会茶杯的碎片，也没去擦脚上的茶水，"吉米被捕了。"

"什么？"她拿过报纸，在丁肖基旁边坐下。丁肖基现在倒是平静多了。古斯塔德不知道他在想什么。"相信我，老丁，我不知道，否则我绝不会这么做的。我绝不会让你——"

"这是哪里的话？"丁肖基温和地说，"我从没这样想过你。"

"他骗了我。比利莫里亚少校从一开始就在骗我。整件事情！骗我！"

"是啊,但我在想现在要怎么办呢。"丁肖基说。

"我们冒了这么大的险。为了他偷来的一百万卢比。为了一个可恶的骗子,我们还以为他在做什么好事!"

"是的,是的,古斯塔德。"丁肖基平静地说,"但现在说这些都无济于事了。既成事实,已经发生了的事情就让它发生吧。现在我们得想想这笔钱怎么办。"

"丁肖基说得对。"迪尔娜瓦兹说,听到他说出这么理智的话,她感到很惊讶。

"我想将它们一把火烧了。就像那个养狗的白痴烧报纸一样。"古斯塔德愤怒地说。

"首先,我想我们应该不要继续往里存了。"丁肖基坚持道,依然很理智。

"但是已经存进去的那些怎么办呢?"

"就放在那里吧。或许古拉姆·穆罕默德会联系你。或者你也可以联系他。"

"但他可能也在监狱里了。"迪尔娜瓦兹说,"我们不知道他涉案有多深。或者我们应该去警察局,将一切都讲清楚。"

古斯塔德想起来了:"古拉姆·穆罕默德没有被抓。我明天就去找他。槟榔老头皮伯赫告诉我他今天还看见他了,说他看上去很焦虑不安。怪不得。没错,他一定也牵涉其中了。我们去找警察太冒险了。你知道他是多危险的家伙吗?"

"危险吗?"丁肖基问。

"当然。"古斯塔德说,然后又及时地想起来丁肖基不知道猫和袋狸的事,"我猜应该是的。"

"我还是没法相信我们的吉米会做这样的事。"丁肖基说。

"人是会变的。"古斯塔德说,"他的认罪书里说这笔钱是给游击队的。那他为什么要将一百万卢比送到我这里来呢?这里面没有猫腻的话我将右手剁下来给你。这是什么游击队供应路线啊,从德里到克尔集市再到科达达德大楼?"

"没错。"丁肖基说,"但我们并不了解事情全貌。我觉得记者那几个问题问得很好。大家都说英迪拉和她儿子——造汽车的那个——涉及各种贪腐案,说他们有瑞士银行的账户之类的。"

"对的。"迪尔娜瓦兹说,"还有更可怕的传言呢。夏斯特里死的时候。"

"我记得那个,"丁肖基说,"那是我做胆囊手术的时候,差不多六年前了。当时我正躺在床上,收音机里播报了这个消息。"

"是的,"迪尔娜瓦兹说,"还有在那之前的,她父亲还活着的时候,有个可怜的费罗兹·甘地。尼赫鲁从一开始就不喜欢他。"

"真是可怜。"丁肖基说,"直到今天,人们还说费罗兹的心脏病不是真的。"

古斯塔德很生气。"这些小道消息和谣言和少校有什么关系?他才是坑了我的那个人!就算政客都是恶棍小人,也改变不了吉米行径卑鄙无耻的事实啊。"

丁肖基看时间差不多该走了,他和两人分别握了握手。"抱歉带来了这样坏的消息。"他沉重而缓慢地向门口走去。

"哪里哪里,谢谢你来。要不是你送报纸来,我们永远也不会知道这事儿。"古斯塔德说。丁肖基走了以后,他在沙发上坐了一会儿,拨弄着娃娃的纱巾。"我的乖乖今晚不带娃娃一起睡吗?"随后他走到窗边,站在那里,"有时候我会想,我们这是中了什么邪啊?这厄运还要持续多久呢?"

特穆尔看见了灯光下他的身影。"古斯塔德。求古斯塔德求你。他们不让我碰一次都不让碰。求你了求你了求你了。就一次。"

古斯塔德抬起胳膊,无力地挥了挥。他拉上窗帘,今晚实在没有时间,也没有心情。外面传来抽鼻子的声音,还有一声啜泣;然后是脚步声;先是很轻的一步,然后是重重的拖着走的脚步声,两种脚步声交替响起,直到逐渐消失。

第十四章

1

在十字路口附近,古斯塔德看见电影院广告牌的灯照亮了暮色降临的天空。同步频闪的灯泡围着男女主角——这座城市的夜间守护者——的巨型剪影一闪一闪;他们身后是一个蓄着小胡子、阴险地勾着嘴角笑的反派。

在亚雷殖民地牛奶棚外面,三个穿着破烂背心的男孩和一个穿着从垃圾堆捡来的长至脚踝的罩衫的小女孩凑在铁丝架旁边,检查那些喝过的牛奶瓶。看摊的人大喝一声,让他们别动那些瓶子。他说,那些讨厌的孩子眼睛瞪得大大的,像这辈子都没见过牛奶似的看着,会影响他做生意。

几个孩子等到他在忙别的事情了,又悄悄凑了上去。看摊的人听到瓶子叮叮响,悄悄地打开棚子的后门,突然跳了出来。这时古斯塔德刚好走到街角。

三个男孩逃脱了,但那小女孩罩衫裙的袖子却被揪住了。"没教养的东西!"那男人说着,狠狠朝她的头部打过去,"好好和你们说就是不听!"又是一记重击。那孩子一边尖叫一边挣扎。几个男孩子只能无助地看着。那个男人抬起手想打第三下，但他的手却没落下去。

古斯塔德从后面揪住了他的衣领，震惊之下他松开了手。男孩们拍手叫好，那个女孩赶紧跑到了安全的地方。古斯塔德将那个男人转过来。"你不知道羞吗，一个大老爷们打一个小姑娘？"

"他们整天都在这里捣乱，"他抱怨道，"骚扰我的顾客，不等顾客将瓶子放下就来抢。"古斯塔德松开了男人的衣领。那个小姑娘躲在安全的地方，感激地看着他。她用袖子擦了擦淌着鼻涕的鼻子。她是那么单薄。比罗珊还瘦弱。"有乞丐在，大家就不想来。"看摊的人继续说，"我不能卖掉规定的量，这个摊点就会被撤掉。那时我怎么办？"

"给我一瓶。"古斯塔德打断他的话，掏出钱包。

"什么口味的？巧克力、芒果、开心果还是原味？"

古斯塔德朝那个小女孩招招手。"过来，孩子。你想要哪种牛奶？"她用头和肩膀做了个腼腆的动作。他坚持让她选。

"原味，白色的。"她怯生生地说。看摊的人不情愿地拿了一瓶放在她面前，往里面插了一根吸管。她吸了几小口之后就将男孩们喊了过来，将瓶子递到他们面前。

"等等，等等，这是怎么回事儿？"古斯塔德说，"牛奶是给你的。"

"我的哥哥们。他们也喜欢牛奶。"她害羞地说，低着头，用脚指头在土里画着。

"哦，"古斯塔德考虑了一下，"他们喜欢什么口味的？"

"巧克力！"

"巧克力！"

"巧克力！"孩子们七嘴八舌地回答，然后又齐声说道，"但随便哪种都可以。"

"三瓶巧克力味的。"他对看摊人说。他们喝的时候他就等在一边，不放心让那家伙单独和他们在一起。听到吸管发出空瓶的咕咕声后，他才离开。他们不知道怎么表达自己的感激，就跟在他身后走了一小段路，一路蹦蹦跳跳的，互相推搡着，不时哼一两段电影里的插曲。许久，他们才消失在前来看电影的人流中。

过了电影院那段路之后，人流逐渐稀少。轮胎店正在将摆在人行道上的展示品收起来。汽车修理店（统统都修——国产和进口的）收起马路牙子上的工具和零部件，锁进汽车里。笼屋附近照常有些人闲逛，盯着那些色彩斑斓、羽毛稀少的异域鸟儿。真正的顾客都是径直进去，半点也不磨蹭的。

"你好，先生！"皮伯赫说，"今天腿还好吗？"

"好，好，很好。"他答道，先发制人，以免他再推销槟榔，"古拉姆·穆罕默德今天来了吗？"

"已经在里面了。"

"我能进去吗？她们会介意吗？"

"那些女人吗？先生，她们喜欢男人进去。古拉姆在最上面一层，就在楼梯对面那间。"

不知何处的收音机还是录音机正播放着一首老电影里的歌:"以心相赠,以心相赠,以心相赠,看看吧……"试着给出你的真心,给出你的真心看看,歌手劝说着。古斯塔德犹犹豫豫地进了那个地方。过道里充盈着廉价香水、混杂着体味的精油的气味,令人恶心。女人们正在等待客人。一个个胸脯高挺。其中一个手向下摸到裙边,将裙子撩起,露出大腿。古斯塔德飞快地扫了一眼:腿毛浓密。他上了楼梯,在下一个楼梯口,看到的是同一幅景象。门口望去都是乳沟和肚脐。一个穿着短裤(热裤,后面的标签上写着)的女人侧过身,露出挤出来的半月形丰乳。他看了一眼,不过没有盯着看,他希望自己脸上是漠然的表情。要多饥渴难耐才会……那腿毛真得好好刮一刮。一对拉长的芒果。一对轮胎。这地方外面看着比里面好。不过他们说在科拉巴[①],都是高级妓女。科拉巴的应召女郎从中东游客那里赚了大把的钱,那些人性取向不确定,男女通吃……

他能瞥见的房间里面都脏兮兮的。床,薄薄的凹凸不平的床垫,没有床单。吊扇、椅子、桌子,角落里放着一个盆和一面小镜子。香喷喷的丝绸床单、开着空调的房间、各式饮料和点心都去哪了?传闻中提到过的那些奢侈品呢?跳舞的姑娘们在哪里?还有那些经验丰富、据说有密招可以让男人欲仙欲死的女人呢?眼前这些女人卖弄风姿的样子,她们让人极致快活

[①] 科拉巴,孟买的商业区和旅游区。

的概率，和心脏外科医生用克劳福德集市的宰牛刀做手术的成功概率差不多。克劳福德集市的屠夫。他爬到三楼也就是顶楼。景象也是一样的。很多东西总是从远处看着好，真在眼前了，只有失望。

音乐停止，片刻之后同一首歌重新响起。"以心相赠，以心相赠，以心相赠，看看吧……"一定是某个人特别喜欢的。他敲了敲楼梯对面的门。门开了一道缝。他没认出那个探出头来、满脸大胡子的男人。但那个男人却打开门说："诺布尔先生，请进。"那个声音很熟悉。离上次在克尔集市见面已经几个月了，古拉姆·穆罕默德拆掉了绷带，长出了一脸络腮胡。

古斯塔德小心翼翼地往里走。这个房间和他瞥见过的那些一样，连洗手池都一样，只是床换成了桌子。书桌后面的墙上挂着镶框的圣雄甘地和贾瓦哈拉尔·尼赫鲁的画像。

"请坐。我正在等你呢。谢谢你来得这么快。"和以往一样客气有礼，古斯塔德想。就像什么事都没发生过似的。"你看到报纸了吗？"

"昨天看的。"古斯塔德说。

"你一定在想究竟发生了什么事。"他在椅子里稍作扭动，然后稳稳地坐定，"没错。我们那位亲爱的朋友确实在监狱里。但其他的都是谎言。卑劣的谎言。你知道的，报纸上的东西没有真的。"

盐和胡椒，生姜和大蒜，古斯塔德不由得想到了他以前对索拉博说过的关于宣传和作假的话。"我知道怎么读报。"他说，

"但你要告诉我真相。为什么吉米要将一百万卢比送到这里,让我存入银行。你说,真相是怎样的。"虽然他知道这个男人要小心应付,他还是忍不住生气,"还有扔在我花丛里的猫和大老鼠是怎么回事儿。它们的头被割掉了。"

他紧紧地盯着古拉姆,但对方脸上毫无波澜。"我不知道你在说什么,诺布尔先生。在调查分析局,我们没有时间玩猫啊老鼠的。但我可以告诉你,比利小子有敌人。整件事情都被上层的人扭曲了,他们是为了掩盖他们做的坏事。"他凑近他,"我很高兴你问到了钱的事。很遗憾,我没办法回答你的问题。比利小子会告诉你的,等时机到了。你要相信他。"

"我想我就是太相信他了。"

"现在,诺布尔先生。生朋友的气无济于事,现在是他最需要你的时候。"

"你什么意思?"

"他有生命危险。"古拉姆·穆罕默德说,"他——"

喧闹尖叫声盖过了"以心相赠"的旋律。古拉姆从椅子上跳起来,从窗口看了看后面的走廊,随后又打开门去听。那些女人在辱骂某个人——某个男人,因为她们在嘲笑他的阳物太粗太快。两人走到楼梯口。妓院浓郁的精油气味中,女人们各式各样的粗话不绝于耳。

这时,一片喧哗吵闹中清晰地传来一道语速极快的声音:"求你求你就一次。一次就一次。快快摸摸求你就一次。求你给你钱求你求你。让我摸摸让我按按就一次。"

"真不敢相信!"古斯塔德说。

"什么?"

"那个声音!是特穆尔,和我住在一个楼里的。一个脑子不好的可怜的瘸子。"

"你确定吗?"

他看上去像松了口气,古斯塔德觉得。"非常确定。但是他来这里干什么?"

"和其他男人一样吧,我想。"

"不可能,他还像个孩子。听起来他遇到麻烦了。"

这场喧闹发生在一楼。"液压机赫玛"正野蛮地揪着特穆尔的耳朵摇晃着他。她嘴唇红得像血,眼睛黑得像煤炭,是工人们最喜欢的姑娘。其他女人则围着他,轮流拍他的头,掐他,拽他的头发。她们很喜欢这场游戏,躲避着他的摸索,而他则拼命地伸出手去抓她们的乳房,或者探到她们的裙子下面。"请让我摸一下。求你求你就一下让我摸一下求你。给你钱。"他伸出一个装香烟的圆形锡桶,桶里有叮叮当当的响声,但没人去接。

"特穆尔!"古斯塔德大声叫道,"停下!"

特穆尔垂下他饥渴的手。他环顾四周,寻找他敬爱的古斯塔德,发现他在楼梯中间了。"古斯塔德古斯塔德古斯塔德。"他挥动着香烟桶,那位血色红唇的亚马逊女子①依然扯着他的

---

① 亚马逊女子,希腊神话中,亚马逊部落的女子力气和勇猛超过男子。

耳朵。某人一掌准确地将锡桶拍落。它掉到地上，盖子弹开，硬币滚了一地。大多数都是二十五派士的。那些女人都陷入了沉默。

"这么吵吵闹闹的是为什么，像疯人院一样？"古拉姆·穆罕默德问道，"这是个体面的地方，不是什么三流的窑子。"

那些女人立刻七嘴八舌地争辩起来："不怪我们，这个家伙——！"

"他总要摸和——？"

"法律也没规定只要有人给钱我们就得撩起裙子啊！"

"他们说疯子的那东西特别大，像马的一样！我们不想被弄伤！"

姐妹们纷纷抱怨的时候，"液压机赫玛"还抓着特穆尔的一只耳朵。"够了！"古拉姆·穆罕默德说，"我听够了！放开他的耳朵！"

"先生，他又会乱抓的，他完全不可救药！"她说道，声音粗粝得像砂纸。

"不，他不会的。"古拉姆·穆罕默德看着古斯塔德。特穆尔被放开后，那些女人都后退了一些。他站在那里一动不动，像在悔罪似的。

"这是怎么回事儿，特穆尔？"古斯塔德问，语气略带责备，"你在这里干什么？"

"古斯塔德古斯塔德很抱歉古斯塔德求你古斯塔德。"他弯下腰捡起空空的香烟桶，"这么多钱全掉了掉了。摸摸的钱快快快快。很好很好的感觉都没了。"他凄凄然地往锡桶里看了看。

"这些钱从哪里来的,特穆尔?"

"老鼠老鼠老鼠死老鼠市政府老鼠。"

当然是那个钱。"他没事了,"他对古拉姆说,"我要带他回家。"特穆尔开始捡地上的硬币。

"好了,大家都回自己的房间吧。"古拉姆命令道,"闹剧结束了。"女人们纷纷散去,只留下一两个帮特穆尔捡拾地上的硬币。特穆尔将手伸进古斯塔德的手里,他们一起走到外面槟榔老头皮伯赫那里。皮伯赫已经知道里面那场骚乱是怎么回事儿了。他同意照看特穆尔,等古斯塔德谈完事。

"我刚才告诉你了,比利小子有生命危险。"

"你先是说他在监狱里,现在又说他有生命危险。"他把我当什么了。

"我知道你很生气,诺布尔先生。"古拉姆耐心地说,"但请试着去理解。高层的人卷进来了。对比利小子他们可以为所欲为。在这个国家,法律对高层的人是不起作用的,你知道的。"

"那我能怎么办?"

"首先,钱必须还回去。"

"当然,但我已经存了一半了。剩下的那五十扎你随时可以拿回去。"

"要全部的,诺布尔先生。如果你已经存进去了,那就取出来。"他的声音已经凶狠起来了。

"你不知道存取这么大的金额有多难,有多危险吗?这都是违法的。"

"总比骨头被打断好,诺布尔先生。"他说谁的骨头?这个浑蛋的声音不带一丝感情,"你知道比利小子现在有多危险吗?他们在用惯用的手段逼他说出这笔钱在哪里。他还没有招供的唯一原因就是他不想他的朋友有麻烦。"

这些话有多少可信呢?怎么能相信他或是吉米呢?"现在比利小子和他们达成了约定。"古拉姆继续道,"如果三十天内钱能还回去的话,他们就不再追问了。"

这个浑蛋也可能会拿了钱跑掉,谁知道呢?但如果吉米真的正在被拷问呢?"三十天不可能。我一天只能取一扎。"

"一天取两扎,诺布尔先生。"他脸上突然露出微笑,"否则我会去抢你们的银行的。"笑容倏然消失。他的声音又恶毒了起来。"只要能帮到比利小子,我什么都会做。你有三十天的时间归还全部的钱。"

古斯塔德还想争辩,但那个男人态度强硬,毫不退让。"如果钱不能按时还回来,我们谁都没有好日子过,诺布尔先生。"卑鄙的浑蛋。我一只手就可以揍扁他。他知道我不敢。

他们约定了交还的日期。"如果你提前准备好了,"古拉姆说,"就到这里来。我每天晚上都在这里。"他将他送到门口,"所以你是说有人扔了死猫和死老鼠在你的花丛里?"

"是的。"只要一只手。就一拳。

"希望你能抓到他，不管他是谁。"

他下楼的时候，大多数房间的门都关上了。生意忙起来了。录音机里换了一首歌，唱颂着永不消逝的爱情，一百年不变的爱情……"百年之前，我曾深爱过你；如今依旧情深如昔；未来也会永葆这份爱意……"歌曲温馨、甜蜜、怀旧。我却别无他法。只能取出来。还将可怜的丁肖基也牵扯进来了。

外面，皮伯赫告诉他特穆尔已经走了。"别担心，他没事的。可怜的家伙想解释刚才发生了什么事。但他说话太快了。我给了他一颗槟榔，让他冷静冷静。"

2

卡匹希亚小姐没有亲眼看到酸橙和辣椒，没法解释罗珊的病情为什么会反复。于是迪尔娜瓦兹回去拿抵挡恶魔之眼的那些东西。

"没错，"卡匹希亚小姐说，"没错，和我猜想的一样。看这个，你知道黄色的酸橙通常会怎么样吗？"

"会变成棕色，变软，然后发出酸味。"

"那你看看这个，"她得意地说，"像石头一样硬，像魔鬼一样黑。而且一点气味也没有。"

迪尔娜瓦兹忽然觉得过道里一股寒风袭来。卡匹希亚小姐继续指出那些辣椒也不同寻常，它们没有变红，而是依然绿得像撒旦的翡翠一样。她像转动念珠一样在指间一颗颗转动着那些辣椒。"看见恶魔之眼有多厉害了吗？可怜的孩子承受了一切。"她闻了闻那些辣椒，"好在它不难驱除。有这七个就够了。"

"但是为什么罗珊开始好转了，现在又恶化了呢？"

"着什么急啊？我就要说到那个了。听着。在孩子的体内，有两股势力在攻击她：一股是无意的恶魔之眼；另一股则是有人故意施加的黑暗势力。现在，恶魔之眼已经被压制了，所以孩子就好了。但那股黑暗的势力又开始蠢蠢欲动，所以孩子就又病了。"她拿起那个酸橙，"这个，"她说，"这个黑石头就显示了那股黑暗的势力。"

迪尔娜瓦兹双手不自觉地绞在一起。"所以药物没有作用？"

"会有一些作用。可以让她的情况不再继续恶化。但没法治好她。我们要找到那股黑暗势力背后主使的人。"

"哦，天啊，那怎么可能？"

"不用明矾是不可能。"卡匹希亚小姐嘴角溢出一丝微笑，很有把握的样子，"等着。"她走进厨房，回来的时候手里拿着两块鸽子蛋大小的东西，"拿去，按我说的做，记得罗珊要在旁边，不然没用的。"她详细说明了操作方法，然后将辣椒和酸橙还给她，"从现在开始，学着小心点。叫你的孩子们也小心一点，尤其是满月的夜晚。小灯节就快到了，让他们天黑后别出门。告诉他们留意路上那些看起来奇怪的东西，避免踩到或跨过它们。要小心所有看上去像一小束花的东西，或是破鸡蛋、碎椰子。那些东西都是被施过法用来害人的，相信我。"

迪尔娜瓦兹点点头，努力记住她的话。"但是索拉博呢？他什么时候会回到我身边？"

"耐心点。"

"我没有别的可做的吗？"

她的追问让卡匹希亚小姐有点烦。她实在没办法，只好说："再弄一次特穆尔的指甲。这次加上他的一缕头发。在新月出来后的第二天。他的通道那天会开到最大。"她摇了摇食指，又责怪她道："但你得有耐心。"

迪尔娜瓦兹小心翼翼地试探道："你说过如果各种方法都没奏效，还有最后一个方法——"

卡匹希亚小姐果断地打断了她的话。"别想那个。将它忘了。立刻。"

"好的，你说什么就是什么。你懂得多，所以我才来找你的。"她谦卑地谢过她，然后离开了。

3

丁肖基给古斯塔德的建议是按古拉姆·穆罕默德说的做。"别去激他。安静地做，然后我们就可以忘掉那个浑蛋了。"

"但我们得每天取两扎。只有那样我们才能在三十天内取完。"

"别担心,交给我。"丁肖基悄悄地、自信地推进着这项任务。每天傍晚他都交给古斯塔德两扎钱,他将它们带回家,塞回壁凹下面那个讨厌的黑色塑料包里。

银行里,新德里那桩骇人听闻的案件引发了热议。帕西人并不经常成为报纸上犯罪新闻的主角。上一次这么轰动的事件,还是十多年前,一名海军军官射杀了他妻子的情人。在食堂里,同事们纷纷谈论着比利莫里亚少校疑点重重的招供,以及那调查中尚待揭晓的大量惊天事实。他们中大多数人,对于他能模仿总理的声音表示怀疑。他们断言,整件事情还有猫腻。

丁肖基和古斯塔德也参与到这些讨论中,他们表现出适度的兴趣,不显突兀。丁肖基分寸拿捏非常到位,古斯塔德对他的冷静、理智和勇气都无比钦佩。他不再是那个小丑,滑稽的角色,而是一个忠实、可靠的朋友。我真的完全错判了他。他这样帮忙,我要怎么才能报答他呢?

没多久,三十天的期限就过了一半。清晨,古斯塔德出去做祷告,发现玫瑰花、长春花和薄荷丛都被砍断了。每根秆子、每条枝丫都被猛烈抽打过,枝叶碎了一地。

他知道没必要去喊廓尔喀人。何必大惊小怪呢?但吉米以前也是喜欢这些长春花的,他有时候早上还会来给这些花浇水。

他在那里站了一两分钟,随后拿来垃圾桶,默默地将古拉姆·穆罕默德无情的提醒扫进垃圾桶。

丁肖基加快了取钱的节奏，每天取三扎，古斯塔德希望自己没有和他提古拉姆对他的威胁。但现在他最不该欠丁肖基的就是完全的坦诚。"这样会不会太冒险了，老丁？三万的数字在总账上会很惹眼的。别着急。"丁肖基说没必要担心，他知道自己在干什么。终于，账户比截止日期提早五天清空了。

那天傍晚，古斯塔德激动地握着他的手。"谢谢你，老丁，谢谢你。真不知道要怎么谢谢你，你真是帮了我的大忙了。"

"没什么，老弟。"他微笑着，"这没什么。"

直到丁肖基抹去了那个虚假账户的所有痕迹后的第二天，古斯塔德才知道事情的真相。就在午饭前，丁肖基昏倒了，被送到了帕西总院。马顿先生派人给丁肖基的妻子送了个信，允准了古斯塔德随救护车同去的请求。

救护车一路呼啸着疾驰在大街上时，丁肖基恢复了意识。"不要紧的，老丁，会好的。"古斯塔德说，"已经告诉你老婆了，她很快就会来医院。"

"我家那只秃鹫，"丁肖基说，无力地笑了笑，"老天保佑她，她会飞过来的。"救护车在车流中穿梭，不时来个急刹车，让古斯塔德急得骂人。他看着丁肖基的脸，注意到他睡着的时候下巴下面的垂肉已经瘦到只剩下一层皮，层层叠叠地摞在喉咙处。

丁肖基再次睁开眼睛。"古斯塔德，现在你知道为什么这么急了吧。我能感觉到我剩下的日子不多了。所以我就开始取三扎，要弄完。不然就来不及了。"古斯塔德双手握着他的手。喉咙里被堵得说不出话来。那只手那么冷，那么光滑。

救护车到帕西总院的时候丁肖基的妻子还没到。"路上太堵了。"古斯塔德安慰他说，"阿拉梅一定是被堵在路上了。"他一直陪着他，在男病房找到了一张床，办好了各种手续。是丁肖基六个月前住过的同一间病房。

丁肖基催他回银行去。"不然马顿会走来走去，问为什么诺布尔先生去了这么久还没回来的。"

"别担心马顿。我等医生来看过你再走。"

"没必要，老弟。这个地方对我来说就像度假村。"他眼睛闪烁着和劳瑞·库缇诺告状前一样的光芒，"这里有我能想象到的各种好处和方便。"然后他轻轻地、不成调地唱道：

> 哦，赐我一个所在，那里有护士们，
> 任意游走的手，和美丽丰满的胸；
> 尽管那里少有温暖的言辞，
> 拿病患也完全不当回事儿。

古斯塔德笑了。"嘘！让她们听到了，可没有你的好果子吃。这些人可不懂欣赏'桂冠诗人'。你知道她们最喜欢怎么对付病人吗？"

"怎么？"

"当你要便盆的时候，她们会让你一直等一直等，直到你感觉自己就要憋不住了。"

丁肖基哈哈大笑起来，用手捂着腹部疼的地方。"老弟，让她们尽管试试。我会直接拉的，噗噗，噗噗。就拉在床中间。让整个医院都臭烘烘的。那样她们更有的忙。"他们又大笑起来。然后古斯塔德握了握他的手，离开了。在前台，他让工作人员在阿拉梅的电话旁边记下了卡匹希亚小姐的电话，以防万一。

他没有立刻回银行。医院外的空地上，阳光洒落在草坪上。他在花坛间的小路旁找到了一条长凳。一只蝴蝶在花丛中轻盈地飞舞。在它飞走之前，他看见了它翅膀上有闪亮的橘色和黑色花纹。索拉博以前的收藏中就有一只这样的。帝王蝶，他说那是它的名字。我记得很清楚。雨后，在空中花园。各种草木都开花了。索拉博前一天晚上就异常兴奋，制订了各种扑蝶计划。他的网是用网球拍做的，到了花园后有点不好意思。但那天他抓到了五只蝴蝶。第一只就是帝王蝶。他用小镊子将它从闷杀筒里夹出来，它的触须断了一点，胸腔有点变形。看到变形的蝴蝶时，索拉博脸上掠过一层阴云，那时候古斯塔德就知道，儿子对蝴蝶标本的热衷不会持续太久。

他不知道这些事索拉博还记得多少。我想应该不多吧。现在。但总有一天，他会清楚地想起点点滴滴。像我记得父亲的事情一样。总是在完全遗忘之后，才会一点一滴地重新记起。

那只蝴蝶又飞回来了，在轻柔的微风中翩翩飞舞。他看着它，直到它变成一个微小的点，消失在视线之外。

4

明矾块落在热炭上,熔化成了黏稠的一团,趴在煤炭上,冒着泡,发出嗞嗞和咕嘟咕嘟的声音。罗珊饶有兴趣地看着,直到煤炭不再发红发热,那种沸腾的状态结束。

"现在回床上去。"迪尔娜瓦兹说,"这样祷告之后你会好起来的。"她仔细打量着明矾熔结成的那个白色光滑的东西,既好奇又害怕。它那样不怀好意地趴在炭上。这个邪恶的东西。很容易就将它从炭烬上剥落下来了,轻轻的、脆脆的。像刚烤好的卡里饼干,她一边想,一边将它藏进一个纸袋里——揪出危害她孩子的黑暗势力的线索。

卡匹希亚小姐对这个结果很满意。"很好,非常好。"她说,"形状很清楚很完整。它是很容易碎裂的,那样的话就很难看出来了。但你做得很好。"她将那块不明形状的物体放在电话机桌上,"来,你也来看看。"她说,"但不要用肉眼看,用你做梦时的眼睛看。那样你就可以看出不同的意思来。"

迪尔娜瓦兹不明白她的意思,但还是尽力去做了。"它让我想起了罗珊生病那天送她回来的修女。"

"什么?"卡匹希亚小姐不相信地说。

"看,看上去像修女们穿的白色长袍。"

"但她们会伤害罗珊吗?她们是好人,是虔诚的人。"她又解释道,"听着,如果你只用肉眼看的话,你只能看见这个世界的东西。但我们现在要对付的是另一个世界的东西。"她们又默默地将那块明矾翻过来转过去地仔细研究。

"等一下，等一下，"卡匹希亚小姐说，"是的，肯定是。站到这边来。"她说着将迪尔娜瓦兹拉到了另一边，"现在你看到了什么？"

"帽子？不，房子？一座没有窗户的房子？"

卡匹希亚小姐对迪尔娜瓦兹匮乏的想象力深感失望，断然否定了她给出的答案，并表示了相应的鄙视。然后，她以自己专业的视角引导她重新审视。"看，这是什么？一条尾巴。还有这儿，这儿，这儿和那儿？四条腿。还有那儿呢？"

"两只竖起来的耳朵！"迪尔娜瓦兹激动地说，她终于看出了一点名堂，她的导师松了口气，"还有那里，那是口和鼻子！"

"对！"卡匹希亚小姐说，"这些加在一起是什么呢？"

"一只四条腿的动物？"

"当然。我想是一条狗。"

"一条狗？指使黑暗和邪恶的势力？"

"你又忘了我之前和你说的。"卡匹希亚小姐不耐烦了，"我说过，明矾的形状会给我们提供线索。并不是说它会直接显示出元凶。我们要找的可能是某个有一条狗的人。"

迪尔娜瓦兹双手捂住脸。"哦，我的天啊！"

"怎么了？"

"拉巴迪先生！他有一条白色的博美犬！是他——！"

"镇定。首先,他有动机吗?"

"有,有的!他和古斯塔德一直有些矛盾,从那条大狗的事情之后。'老虎',它以前总在古斯塔德的花丛里大便。现在那条小狗也总冲他狂吠。还有最近报纸的事,他觉得我的达利斯喜欢他女儿。拉巴迪确实恨我们!"

卡匹希亚小姐拿起那块重要的明矾。"你知道接下来要怎么做了?"

5

院墙附近的空气中有一股香气。"哪里来的香气?"古斯塔德问。艺术家正在修补他的画。有些人敬神的时候习惯伸手去摸,很讨厌。这些事以前不会烦扰到他:在他一边流浪一边画画的那些年里,他知道他的作品很重要很确定的一个特征就是留不久。无论何时变化无常的街头流浪生活随意地夺走他的粉笔画,迫使他修补画作或者换个地方,他都欣然接受。就算那些穿着短裤、膝关节突出的警察没有在他的画作上踩上黑色凉拖鞋的印子,它们最终也会被风雨吹掉或者冲掉。对他来说,都一样。

但是最近,情况发生了变化,他对自己的作品生出了强烈的保护欲。"您好,先生。好几天没看到您了。"他放下手里的粉笔说道,"又完成了很多新的画像。"

"很美。"古斯塔德又吸了吸鼻子,"味道真好闻。"

"是拉克希米那边传来的。"艺术家说,古斯塔德走向财富女神的画像。有人在画像附近的人行道的缝隙里插了一支香。那支香已经快燃尽了,最后的一点点闪耀着橙色的亮光。一缕灰白色的细烟袅袅升腾,飘到拉克希米的脸前,然后消散在傍晚的空气中。古斯塔德深吸了一口这好闻的香味。一小截燃过的香烬晃了一两下之后,掉落在未燃尽的香旁边。

"这堵墙越来越受欢迎了,"古斯塔德说,"但是钱呢,你赚到足够的钱了吗?"

"哦,赚到了,"艺术家说,"这个地方很好。"他给他看了看他的新衣服,"涤纶裤——最新的款式,喇叭裤,有七个腰带环。还是涤纶加棉的衬衣,免烫的。"他拽起领子,给他看里面的标签。但他还是赤着脚。"我去过卡罗纳、巴塔和雷加尔鞋店。试了各种各样的款式。普通的鞋、拖鞋、皮凉鞋,但全都将我的脚挤得生疼。光脚是最舒服的。"然后他带古斯塔德去看他最新的作品——坐在菩提树下、莲花座上的佛陀乔达摩;和门徒们一起吃最后的晚餐的耶稣;战神迦希吉夜[1]、美丽的海上清真寺哈吉·阿里清真寺[2]、圣母山圣殿[3]、但以理在狮子坑[4],

---

[1] 迦希吉夜,印度神话中湿婆与雪山女神的儿子,战神和天军的首领。
[2] 哈吉·阿里清真寺,又称海上清真寺,印度孟买最著名的清真寺。
[3] 圣母山圣殿,印度孟买附近的圣母山上的天主教堂。
[4] 但以理,《圣经》中的人物,犹太先知,对上帝虔诚。他深得国王信任,却遭到了其他人的嫉妒,被陷害扔进狮子坑,上帝派天使保护他,使狮子不伤害他。

赛巴巴[1]；蛇女神曼萨[2]、圣方济各与鸟对话[3]、手持长笛的克利须那[4]和手持鲜花的拉达[5]、耶稣升天；最后还有库卡达如大祭司和摩诃吉·拉娜大祭司。

艺术家已经完全不是以往那个沉默寡言的他了。他表示打算存一些钱，买一套新的绘画用品："从现在开始，不再用粉笔了。所有的画都只用油墨和珐琅漆来画。可以永远留存。什么也弄不坏它们。"然后他向古斯塔德简单讲述了几位圣徒的事迹，比如哈吉·阿里，他死在前往麦加朝圣的路上。装着他尸体的棺材奇迹般地浮在水面上，漂过阿拉伯海，一路回到孟买，停在离岸不远的岩石海床上。信徒们就在那里为他修建了陵墓、一座清真寺，还有一条连通大陆的堤道，在退潮之际可供人行走。

还有圣母山，另一个圣迹显现的地方。一群渔夫遭遇了一场强烈的暴风雨，惊恐地以为自己必死无疑。然而，圣母马利亚突然现身，安抚他们说他们会平安无事，因为她会看顾他们。作为报答，他们要在班德拉的一座小山上修建一座教堂，在里面供奉一座被冲到山脚下的雕像。渔夫们安然着陆，身上

---

[1] 赛巴巴，印度著名的灵性导师和圣人。
[2] 蛇女神曼萨，印度教中的一位女神，通常被称为"蛇女神"。
[3] 圣方济各，十三世纪初意大利的一位天主教圣徒，方济各会的创始人，动物及自然环境的守护圣人。圣方济各与鸟对话是艺术作品中的一个常见场景，代表人与自然的和谐。
[4] 克利须那，又称黑天，毗湿奴的第八个化身，通常手持长笛，以牧羊人的形象示人。他的这种形象经常出现在绘画、雕塑、舞蹈等艺术形式中。
[5] 拉达，克利须那最亲密的伴侣之一。拉达手持鲜花的场景强调了她对克利须那的深情爱意。

一滴水也没有。第二天早上，大海恢复平静，一座怀抱圣婴耶稣的圣母马利亚的雕像正好漂到了那片海滩上。

艺术家讲了一个又一个故事，古斯塔德听得津津有味。知识真是丰富啊，他心中赞叹。除了将墙变成了一个干净的地方，这些圣像还有这么多美好的意义呢。

天色渐暗，看不清画了，古斯塔德走进院子。班吉巡官的兰德马斯特也开了过来。"你好，老板！你真是做了件了不起的事。一下就将他妈的那些小便的人赶跑了。再也不臭了。简直是个奇迹，老板。"

"墙上那么多圣人和先知，创造奇迹很容易。"

"太好了，老板，太好了！"班吉说，"你让别人再也不敢在那里尿了。但你知道吗，我真不能理解我们有些邻居是怎么想的。你能相信吗？他们有的人（我就不说是谁了）还抱怨呢——说为什么要在帕西拜火教教徒的墙上画那么多其他宗教的神。我告诉你，他们的脑子里都是糨糊。"

"我想我猜得到他们是谁。"

"哦，别往心里去，老板。不值得去想。臭味没有了，麻烦没有了，蚊子也没有了，那些浑蛋不知道高兴，还非要找点事情来抱怨。"

"不管怎么说，"古斯塔德说，"那个艺术家也画了琐罗亚斯德啊。还有库卡达如大祭司和摩诃吉·拉娜大祭司。"

"是啊，老板。越多越好。像这样混在一起才能给我们这个现实世界树一个好榜样啊。就应该这样。就算上帝亲临，那些白痴也还是会抱怨的。他们总会找到他的不足之处。说他样貌不够俊美啦，行事不够公平啦，或者形象不够高大啦。"班吉巡官挥了挥手，开着车走了。古斯塔德心里暗笑，用钥匙打开家门，走了进去。罗珊正坐在沙发上哭。

"她哭得停不下来。"迪尔娜瓦兹抱怨道，"傻乎乎的。"

"是哪里疼吗？怎么啦？"他冲到沙发边，抱住她。

"没有哪里疼。她的娃娃丢了。就这点事儿。"

"你什么意思，丢了？那么大的娃娃？又不是一根针或者一粒纽扣。"

"我们在屋子里找遍了，都找不到它。"

"那应该说被偷了。丢了！"他擦了擦罗珊的眼睛，"你把它放在哪里了呢？"

"就在这个沙发上，放了好几天。"

"一定是没有关门。我已经提醒过你很多次了。那些卖水果的、卖饼干的或者是其他人，他们拿起一样东西就跑要多久呢？"

"我从来没有不关门。"迪尔娜瓦兹断然说道，同时又想起她有时候会着急忙慌地去找卡匹希亚小姐。

"别担心，"他安慰罗珊说，"我们会找到的。"去哪儿找呢，他无助地想。需要奇迹才行吧，就像那堵墙一样的奇迹。为什么奇迹和不幸总是携手而来呢？

第十五章

1

"钱都在这里。你最好数数。"

古拉姆看起来很受伤的样子。"别这么说,诺布尔先生。我完全相信你。你是比利小子的朋友,也是我的朋友。"

浑蛋、伪君子,古斯塔德在心里骂道。上次,那样恶狠狠地威胁——像吐着芯子的眼镜蛇。现在又这样甜言蜜语、感激不尽的样子。可恶,真会演戏。"希望从此可以不必再做你和少校的朋友。"

古拉姆叹了口气,打开一份报纸。"你看了今天关于德里的这篇报道吗?关于比利小子的。"古斯塔德的好奇心终究盖过了心中的怨恨。

"看到了吗?"古拉姆说,"他们都出手对付他了。三天里三个不同的法官,就为了处理比利小子的案子。"他气愤地敲打着报纸,"高层的人被牵扯进来了,相信我。"

这浑蛋是对的。事情确实有些蹊跷。"比利莫里亚少校从一开始就在骗我。我还有什么信或不信的呢?我能信谁呢?你吗？报纸吗？"

古拉姆又是一副受伤的样子。"求你了，诺布尔先生，事情不是表面看起来的样子。他中了高层那些人的圈套。"古斯塔德脸上露出嘲讽的表情。"最让他痛心的不是监狱里敌人的殴打，而是朋友认为他背叛了友情。所以他想见见你，向你解释清楚。"

"什么？但是你说他在监狱里。"

"可以安排。如果你肯去德里。"

"不可能。我没有假，我孩子还病着呢，而且——"

古拉姆将手伸进夹克里。"他给你写了信。请读一读。"古斯塔德打开信封：

亲爱的古斯塔德，

从哪儿说起呢？事情出了岔子。出了大岔子。我差点就让你也陷入了麻烦之中。你能原谅我吗？

我现在只有一个请求。我现在已经没脸再提"请求"这个词了，但是我想让你来德里一趟，当面告诉你是怎么回事儿。这件事说来话长，错综复杂，你不会相信纸上的字的，因为我之前在纸上写过一些话，却又眼睁睁地看着它们变成了谎言。请来看看我。我想让你知道真相，理解我，想听你亲口说原谅我。古拉姆·穆罕默德会安排好一切的。请一定来。

你亲爱的朋友，
吉米

古斯塔德将信折好，放进口袋里。

"你会去吗?"古拉姆问。

"我被他骗过一次。"

"你错了，他真的是你的朋友。但是一旦他的敌人对他动手了，你就没这个朋友了。"

"得了吧。"可恶的骗子。为了说服我什么都会说。

"不，是真的。毫不夸张。如果你和那些人打过交道，你就会知道。去一趟吧。"

"好了，让我想想。"古斯塔德说，他之所以让步，纯粹是为了摆脱他再三的恳求。

夜晚的空气沉闷凝重。像那无赖的存在一样令人窒息。像艺术家没来之前的黑石墙一样难闻。那些排水沟又满了，一刻不停地散发出阵阵恶臭。古斯塔德好奇佩玛思特医生、鞋店店主、妓女和工人对市政府的投诉有没有得到答复。他加快脚步，屏住呼吸，实在憋不住的时候，就尽可能浅浅地吸一口气。

他回来的时候，特穆尔正在院子里等他。"古斯塔德古斯塔德非常非常重要的信。"是房东的信，对住户们在反对拓宽马路的请愿书上签名表示感谢。他承诺会及时告诉他们案件的进展情况。三十封信中，古斯塔德留下了一封，并让特穆尔将其余的给出去。按照法院的办事效率，等这事尘埃落定的时候，我们都该老了或者死了。感谢老天爷。

2

十月剩余的日子里,丁肖基的情况没有改善。躺在医院病床上的他似乎缩水了。他的胳膊、腿、脖子、脸——全都在萎缩,除了腹部那个肿块,它像个阴险的小土堆,潜伏在被单下面。他十二码的大脚,犹如两个孪生的哨兵,矗立在床尾。

古斯塔德尽量抽空去探望他,每星期至少两次,他心中有些不解,为什么从来没在医院的探视时间遇到过丁肖基的老婆。他给丁肖基带去银行最新的消息和趣事。为了逗他开心,他和他讲马顿和一位雇员的争吵,描述劳瑞·库缇诺上班时的装扮。"她今天的上衣领口开得这么低。"他边说边解开衬衣最上面的三颗纽扣,将衣襟往两侧一塞,做出了一个深V的样子。

"去去去!不可能。"丁肖基咯咯地笑着。

"我发誓。"他说着捏了捏喉结下面的皮肤,加重这誓言的分量,"一直到这么低。毫不夸张。我告诉你,她走路的时候,两个奶子抖得像两大坨雷克斯果冻。"

"老弟,别折磨我了。老弟,求你了,我谢谢你了!"

"一整天,那些家伙找各种借口往她桌子跟前凑。那些色坯。就连那个'猫头鹰屁股'拉坦萨也是。你都不敢相信,最后连老比姆森也颤颤巍巍爬过去了。他说,小姐,要喝咖啡、茶吗?或者奶油饼干?真是太过分了。"

丁肖基笑得前俯后仰。"马顿呢？"

"自然也少不了他。他躲在管理层办公区，说自己的秘书太忙了，所以有些指示要口授给库缇诺小姐。"

"当然，"丁肖基说，"看了她的雷克斯果冻之后，他必定是只记得用手传授了。"

这个话题讲完了，古斯塔德又告诉他钱已经还给古拉姆·穆罕默德了，还给他看了少校的信。"所以你怎么想的？"

"很难说。"丁肖基说，"但如果我是你，我会去的。"

"如果那又是个圈套呢？"

晚饭送到了，床上餐桌也摆在丁肖基面前了。病房的护工麻利地将一碗汤、一个盖着的餐盘放在桌上，然后就推着餐车去了下一张床。丁肖基被卡在支架下面，看上去非常无助。

"要我将床头摇起来一些吗？"古斯塔德问。他摇了摇手柄，但床脚却升了起来。他将摇柄插进旁边那个孔里，又试了试。床头慢慢地抬了起来。"合适吗？"

他感激地点点头，古斯塔德将操控杆翻过去，固定好。丁肖基将汤匙放进碗里，然后送到嘴边。但他的手抖得厉害，那些汤顺着他的下巴流了下来。他羞愧地笑了笑，试图用手背去擦。古斯塔德有点犹豫地打开一张餐巾纸，帮他擦干净。丁肖基没有反对，任由他擦，他又拿起汤匙，开始喂他。"要吃点面包吗？"

"好的。"古斯塔德撕了一片放进汤里。他将漂在面上的那些按下去，然后又一块块地捞出来。

盖着的盘子里是一块羊排和一小份水煮蔬菜。"啊，我吃饱了。"丁肖基说。

"不，不，你得吃一点。"古斯塔德将羊排分成一口能吃下的小块，用叉子插了一块，送到他嘴边，"来吧，来吧，张口。很好吃的。"

"老弟，不要了，那些汤已经撑满了我的胃，撑到胸口了。"

"听话，老丁。"

"好吧，有个条件——我们一人一半。"古斯塔德同意了。吃到一半的时候，他想悄悄地多给他一块。"作弊，作弊。"丁肖基说，"轮到你了。"他们用这样的方式清空了盘子之后，丁肖基又拿喂食杯喝了一点水。他看着古斯塔德将托盘收到一边等护工男孩来拿走，又轻轻地将床摇下来。"很抱歉要你做这些，古斯塔德。"

"瞎说。我很喜欢吃你的羊排，很好吃。"古斯塔德说。他知道如果丁肖基不能保留一点点面子的话，他会很沮丧很难过的，那对他一点好处也没有。

后来，他离开的时候，丁肖基又向他道谢。听声音他快哭了。"真不知道如果你不来看我我该怎么办。"

"别在意，老弟，这没什么。事实上，正好帮我打发一点时间。"他拍了拍枕头，"好了，晚安。还有，别和夜班护士胡来。"

"你见过她吗？真的火辣。我的提灯女神。如果她的灯灭了,我随时可以将我的蜡烛借给她。"

古斯塔德走在冰冷、喧闹的走廊里,心想他没来的时候丁肖基怎么办呢。护工男孩或是护士会喂他吗,还是任由他泼洒得到处都是?他家里的秃鹫在哪里?他想问来着,但又怕让丁肖基难堪。

就这样,十月剩下的日子和十一月的上半个月,他都定期来看他。每逢星期天,他便陪伴丁肖基度过整个下午和傍晚。到十一月中旬的时候,丁肖基的情况更糟糕了,只能通过静脉注射给养。现在,古斯塔德只能无助地坐在一旁,看着那些挂在架子上的冰冷的、毫无生气的瓶子不断地将冰冷的液体注入他朋友的体内。他突然意识到,他是多么希望自己能喂丁肖基吃东西。现在这些透明的管子和亮闪闪的针头取代了他。

然后,古斯塔德并没有减少探望的次数,特别是星期天下午的探望,出于某些原因,星期天的探望对丁肖基来说比平时有着更为特殊的意义。对古斯塔德来说,星期天变得非常忙碌。佩玛思特医生给罗珊开了新的严格的饮食医嘱,让他不得不重新恢复了星期天早上去克劳福德集市的日常。她得吃各种各样水煮的食物,不能放任何调味料。此外,每天早上要喝椰子水,中午和晚上则要喝鸡汤,下午要用三个甜柠檬榨汁喝,中间想喝的话还可以喝一杯牛肉汁。

古斯塔德卖相机的钱已经被医疗账单消耗殆尽。这特制的饮食也很费钱,特别是牛肉汁,只有黑市上才买得到。他考虑接下来是不是该把手表或者结婚时的金袖扣卖掉。然而,某天他还在上班的时候，迪尔娜瓦兹拜托帕斯塔基亚太太照看罗珊，自己则去了贾韦里集市。她问了三家不同的店，将结婚时的两个金镯子卖给了出价最高的那家店。

她将钱交给古斯塔德，他即便反对也为时已晚。她则说："看在老天爷的分上，别再带活鸡回来了。"

要不是为了孩子，古斯塔德是断然不会再踏足克劳福德集市的，那里的景象、气味，没有任何事物能诱惑他去；他对那里一如既往地厌恶。每个星期六的夜晚，他上床睡觉的时候都感到一丝恶心，这种感觉随着黎明的临近而越发强烈。然而，一天早上，他走进熙熙攘攘的大厅，朝后面卖鸡的区域走去的时候，他忽然有些惊喜。先是粮食和香料铺那刺鼻的、无处可躲的气味，然后是水果摊，那里有一大堆被丢弃的菠萝和橘子，濒临腐烂的边缘，散发出一股难闻的甜香。在卖鸡蛋的店面前面，卖活禽的摊位旁边，一个高高瘦瘦的男人走了过来。他看上去很眼熟，古斯塔德不由得盯着他看，想认出他是谁。他们的目光对上的时候，那个高个男子脸上也是一副似曾相识的神情。

"哦，我的天！"高个男子叫道，"是古斯塔德·诺布尔，是吗？"

"马尔科姆！这么多年了！"

"真不敢相信！"

"你在哪——！"

他们放下购物篮，四只手握在一起，笑着拥抱，又拍了拍对方的后背。然后马尔科姆左手放在古斯塔德肩上，捏了捏——这习惯还是没改——然后又是握手。意外重逢的喜悦让他们激动得一时间语无伦次，好一会儿之后，他们才能交换彼此的近况，简单了解一下阔别几十年各自的境遇。马尔科姆还是单身，他已经实现了最初的抱负，靠音乐生活。"但如今谁还有钱买得起钢琴，上得起钢琴课呢？又是难民税又是别的。记着，供求关系——钢琴老师太多了。"现在，他只有几个学生，勉强维持着生活，支付定期上门的调音师的费用。"唱片也越来越难买了。可恶的走私佬收费越来越高了。就算在史丹利父子唱片店，可供选择的余地也非常小，价格还高。"最后，他只能在市政府谋了一份差事，他坦言道。

"太遗憾了，"古斯塔德说，"你那么有天赋。"

"能靠音乐赚到钱的只有那些为唱片公司弹琴的骗子。广告里的短歌、印度电影的配乐，都是垃圾。我不能那样出卖我的灵魂。多年古典音乐的训练，难道就是为了一天到晚在钢琴上敲些叮叮当当的声音吗？算了吧。"

最后，话题回到当下。"很好，"马尔科姆说，"你还来这里买牛肉。"

"不，其实不是。我们通常都从屠户那里买。更方便，他每天都会去大楼。"他没有说他放弃克劳福德集市的主要原因：害怕骚乱和流血事件，听起来有点傻气。

然而，不管是不是陈词滥调，他想，遇上那种狂热分子，还是小心为上。像所有的骚乱一样，它最初也只是和平的集会。一群僧侣挥舞着权杖、三叉戟和各种各样有神圣宗教含义的器具，在议会门前示威，反对屠宰牛。他们深谙现代政治运动趋势和公关策略，弄了一群牛到现场。口号高呼起来了，横幅拉开了，咒骂像雨一样落在政府工作人员头上；鼓、铃、喇叭、钹都用上了，一片喧嚣。那些温驯的动物夹杂在他们中间，开始紧张地哞哞叫唤。他们祈求众神的愤怒降临在那些屠杀神牛的凶手身上，然后突然之间，说不清究竟是怎么回事儿（有人说是上帝之手），集会突然演变成了暴力冲突。警察开枪了。牛群和僧侣们四散逃窜。权杖和三叉戟，牛蹄和牛角，子弹和警棍，全都造成了伤亡。还有一起是政治性死亡：内政部长因为同情僧侣、鼓励他们提出自己的诉求，被迫提交了辞呈。随后，僧侣协会公开支持全国范围内的暴动。很长一段时间，宰牛的和食用牛肉的人连大气都不敢出。古斯塔德也远离克劳福德集市，再也不去那里买牛肉了。

"从屠户那里买？"马尔科姆说，"啧啧，老兄，那可不是一样的东西。上门兜售的人可从来不会给你牛颈肉。不过你今天怎么又来这里了呢？"

古斯塔德将罗珊生病的事告诉了他。尽管三十年未见，他在马尔科姆面前还是和大学时期一样自在。他也向他说了索拉博的事，倾诉了他的失望、伤心和对未来的迷茫。然后又说起了丁肖基的事："看到那么好的一个人那样无助地躺在那里，真是让人伤心难过。你我失去联系后，他便是我唯一的挚友。"古斯塔德说这话的时候，他也想到了吉米·比利莫里亚，但关于他的事,他没有提——少校已经不会再出现在他的生活中了。

马尔科姆对他朋友的境况也颇为唏嘘。"有个办法可以帮助你的孩子,"他说,"以及你生病的朋友。你听说过圣母山吗?"

古斯塔德心中暗惊。多巧!"是的,听说过。"

"我说的不是我们大学开玩笑时说的那个,"马尔科姆笑着说,"你知道的,问姑娘们怎么攀上马利亚山。我说的是有教堂的圣母山。"

"哦,所以那个笑话是这个意思。不过,我也知道那个教堂。最近一个街头艺术家给我讲过圣母山的圣迹。"

古斯塔德同马尔科姆提起了那位杰出艺术家,讲了他如何让黑石墙彻底改观,这让马尔科姆大为钦佩。"和我一起去圣母山吧,"他说,"去求圣母马利亚保佑。她会让罗珊和你的朋友痊愈的。奇迹每天都在发生,我自己就亲眼见过不少。"他提出先帮他选一只鸡,他们一起朝卖鸡的区域走去。古斯塔德又知道了更多关于那座教堂的事,知道了它有一个传统,就是接纳各个宗教和种姓的人,帕西人、穆斯林、印度教教徒都可以。圣母马利亚对所有人一视同仁,不带任何宗教偏见。他们穿行在鸡笼之间,古斯塔德觉得似乎又回到了大学时期的那些星期天,那些久违的,去教堂、谈论牛肉和基督教的早晨。他一边听朋友说话,一边仔细看着店主拎起来的那些家禽。

"等等,等等,"马尔科姆突然打断他的话,"看见了吗?"

他指着一只变形的鸡脚,"一定是打过架。绝对不要买打过架的鸡。"他让男人将那只鸡放回去,斥责他说,"你觉得我们瞎还是怎么的吗?"他主动担起挑选的责任,古斯塔德乐得有人代劳。马尔科姆让他想起了家境富裕时的爸爸——在克劳福德集市如鱼得水。

"好鸡。"马尔科姆说,终于找到了一只让他满意的鸡,"老兄,摸摸这里,羽毛下面。"古斯塔德敷衍地用一根手指戳了戳,表示认同。那个店主拿着刀,去了后面。马尔科姆跟了过去,叫古斯塔德也跟上。"和这些家伙打交道得精明一点,不然他们会换掉的。"那人问他们鸡头要不要。古斯塔德拒绝了,于是鸡头被扔进了排水沟,成了等在一旁的乌鸦的美食。

"和我一起吧,"回公交站台的时候,马尔科姆说,"我们今天下午就可以去圣母山。"

若是以前,古斯塔德定会断然拒绝这样的邀请。涉足其他宗教令人不齿,也不恭敬,对自己的宗教和对方的宗教来说都是冒犯。但是圣母山不一样——一种宿命般的感觉萦绕在他心头。先是街头艺术家和他讲述了那个圣迹。然后今天突然遇到了马尔科姆,又听到了同样的事。像是天意。*或许达达·奥尔穆兹德是想告诉我什么。*

"好的,我们去吧。"

"很好。"马尔科姆高兴地说,"瞧,我从海岸线站搭两点钟的市内公交。你在格兰特路的站台等着,看着点我。"

"好的,"古斯塔德说,"现在几点?"十点三十。克劳福德集市外墙上的钟显示是十点三十，那座钟有一百年的历史了，一直兢兢业业地为屠夫和宠物店老板、商人和黑市小贩、顾客和乞丐显示着时间（停电的时候除外），所有这些人都在同一个巨大的屋顶下。

古斯塔德目送着马尔科姆往家走，这条路通往多比塔劳区，索拉博以前的学校就在那里。从公交车站这里，他可以看见圣泽维尔中学附近警察局的围墙和围栏。警局的人过去常常在那个后院训练警犬。有一次，他和索拉博透过栅栏门朝里面看，看见那些杜宾犬凶猛地扑向假人，撕咬训练人员包着厚厚护臂的手臂。

公交车来了，古斯塔德不无忧虑地看了一眼自己的篮子。他怕篮子会滴血，那种感觉一直萦绕着他。虽然过去的几个星期里，他已经对篮子进行了改进：底部和侧边都铺了好几层报纸，里面还有一个聚乙烯的袋子——就算聚乙烯袋子边缘漏了，那些报纸也可以将漏出的东西吸收掉。篮子收拾得完美无瑕，但似乎是为了证明他的担心并不多余，他前面的女人转过头来，嫌弃地看着他。她提起纱丽的一角，掩住口鼻，目光在篮子和他的脸之间游移。

她知道篮子里装了什么。也嗅到了我的担忧，像狗一样。她有杜宾犬一样锐利的眼睛。讨厌的素食主义者。对肉有着近乎第六感的警觉。在公交车上总没好事……那次从克尔集市回来也是。戳到了那个大屁股的女士。那么生气。但是我很快就平息了她的怒气。

想到那些,他笑了,那个素食主义的女人却从中看到了傲慢。她眼睛里快要喷射出毒液了。

3

"我去看丁肖基了。"吃完午饭,古斯塔德对迪尔娜瓦兹说。他希望能早点回来,顺便去一下医院,让他的谎言多少带点真实的成分。他有点内疚,要占用下午去看丁肖基的时间。

两点钟,一辆去维拉尔的快车开进格兰特路站。有人上车,有人下车,一番推挤之后,列车再次启动:人满为患的三等座车厢;有软垫的一等座车厢;女性专用车厢的车窗上装有特制的金属网,密实的网格让任何挑逗或骚扰的手指都无法穿过。站台上,指示牌上的文字变换,显示出下一趟进站的列车。古斯塔德盯着那指示牌,琢磨着它的复杂构造。这时,那趟车进站了,马尔科姆大喊着,引起了他的注意。几分钟后,在孟买中心站,他们坐到了两个靠窗的座位。"慢车。"马尔科姆说,"还是供求关系。"

站台上蓝色、白色、红色的指示牌不时从窗前掠过,古斯塔德一个个念着上面的站名。玛哈拉克希米。洛尔帕雷尔。埃尔芬斯通路。达德尔。"达德尔。"古斯塔德说,"索拉博七年级的时候,我和他来过这里。去珀韦兹大厅帮他拿课本。"

"什么课本?"

"他们做社工,帮助学生。"他回忆着,脸上露出笑容,

"索拉博喜欢那里所有的书。他什么都想看,八年级、九年级、十年级、SSC①考试的书,所有的。有个老太太和他说,孩子,慢慢来,一次一个年级,一下吃太多会消化不了的。"他模仿着老太太的腔调,引得马尔科姆哈哈大笑,古斯塔德接着说,"我以前也是那样,第一次到我父亲的书店时。每本书都恨不得立刻看一遍。就像它们会消失似的。"对自己的一时失言,他脸上闪过一丝阴霾,"但它们确实消失了。和那些法警一起。"马通加站到了。

"你还记得我们用我叔叔的面包车藏家具的事吗?那天晚上?"

"记得,就在可恶的法警的卡车来的前一天。"

"那些家具还在吗?"

"当然。那是什么质量!我祖父做的,你知道的。现在状态还很好。"他骄傲地说道。列车驶过了马欣河站,未经处理的污水的臭气和咸咸的海水味道混杂在一起,让他们不由得皱了皱鼻子。

"还要多久?"古斯塔德问。

"下一站就是班德拉站了。"

站台上,一个老妇人步履蹒跚地向他们走来。她肩头压着一个沉甸甸的卡其布袋子,里面装满了蜡烛。眼角的分泌物粘

---

① SSC,印度学生在完成高中学业后,通过考试获得的中学毕业证书。

在那里，像固执不肯落下的眼泪。磨损的袋口处，白色的烛芯滑稽地露了出来，像一簇小舌头，无声地替老妇恳求着。她干瘪的脸和灰白的头发让古斯塔德想起了《欢乐满人间》里那个站在圣保罗大教堂的台阶上卖鸟食的妇人。可怜的人，这么老,这么疲惫……"喂鸟了，两便士一袋，两便士，两便士，两便士一袋……"那是电影首映。圣泽维尔中学的联欢晚会，为新体育馆募捐办的。还有另外一首歌。那么长的单词，等我们回家后就只有索拉博还记得。"超级……超级酷毙……超级酷毙宇宙……"

"什么?"马尔科姆问。

"哦，没什么。"多好的记性，多聪明的孩子！真是可惜了。

"要买蜡烛吗?"老妇人从卡其布袋里掏出一小把蜡烛，低声询问道。

古斯塔德有些迟疑。"继续走，老哥。"马尔科姆说，"不能相信这些人。他们会掺杂质，让蜡烛不好烧。教堂附近就有质量更好的。"

老妇人无力地咳了一下，一口将责备吐了出去，在他们身后喊道："大家都只买教堂旁边的蜡烛，我怎么办，啊? 我吃什么?"她还说了更多，但那些话淹没在持续的咳嗽中。

车站外面，马尔科姆和一辆不打表的出租车谈好了价钱。车子开动后，司机将手伸到车座下面，拿出一小捆中等大小的蜡烛。"要买一点吗?"他满怀期待地问。

"不用。"马尔科姆回答。

那个司机还不放弃。"你想要更大的？我座位下面有各种尺寸的。"

"不，老兄，我们不需要你的蜡烛。"他给了古斯塔德一个"让我来"的眼神，后者正专心地注视着摇到一半的车窗，它嘎嘎吱吱的，晃动得厉害。车窗的手柄已经没了，所以既没法摇上去，也没法摇下来。

"我车座下面有圣母山上要用到的各种东西。"那个司机说，"全套的。手和脚、小腿和大腿、完整的头，分开的手指和脚趾。"这一长串关于身体部位的叙述将古斯塔德的注意力从嘎嘎响的车窗上吸引了过来，"膝盖和鼻子，别忘了还有眼睛和耳朵。所有你——"

"我要说多少次'不要'你才明白？"马尔科姆打断他的话。气闷的司机在快到山脚的时候报复似的猛然换挡。车子开始爬坡。渐渐地，透过树木和建筑的缝隙，他们可以瞥见一小片一小片的海，像镜子的碎片一样闪闪发光。"我们可以去那里转转，"马尔科姆提议，"去了教堂之后。坐在那些岩石上，看着潮水涌过来，微风轻轻吹过来，很舒服，让人心境宁静。"

出租车在教堂门口停下，一群孩子抓着蜡烛跑过来。司机将他们赶开。古斯塔德提出要分担一部分车费，但是马尔科姆不让："今天你是我的客人。"他们的目光看向门口的两个小摊，那个出租车司机兼被拒绝的蜡烛贩子见此，一甩手，猛地掉转车头，开走了，扬起一阵尘土笼罩着两人。"浑蛋。"马尔科姆骂道。

四轮车上堆放着进教堂的人需要的各种东西，顶上是金属杆撑起的防水油布帐篷。一个小摊由一位老妇人照料着，她体形肥胖，一身黑衣，像雕像一样坐在一个木凳上。一个衣着爽利的年轻小伙照看着另一个小摊。他们的货物几乎一模一样：念珠、圣像、塑料耶稣像、坠子大小带银链的银十字架、适合放书桌上的耶稣受难像、适合挂墙上的耶稣受难像、《圣经》、带相框的圣母山照片、给外地来的朝圣者准备的孟买纪念品。但所有这些东西都只占据了小摊的边缘位置。摊车最中心的位置留给了各种蜡制品。

手指、大拇指、手、手肘、胳膊（带手指的）、膝盖骨、脚、大腿、截断的腿，都一排排整整齐齐地摆着。那些手和脚还分左右，有两种型号：小孩的和成人的。头骨、眼睛、鼻子、耳朵和嘴唇摆在另外的位置，没和那些肢体和手指脚趾混在一起。完整的男人和女人蜡像也有。它们都摆在那里，和出租车司机背诵的目录一一对应，四肢和躯干的各个部分和细分的部分按解剖学的分类摆放着。

古斯塔德眼前仿佛又浮现出马蒂瓦拉正骨大师诊所里的景象，了无生气的肢体挂在那里，像这些蜡制品一样无力、脆弱。他左边的髋骨那久违的痛感突然又清晰了起来。他一手摸了摸额头，看着马尔科姆，等他引领自己了解这个蜡制的世界。这可以算是简单版的杜莎夫人蜡像馆了，他想。

"你看，"马尔科姆解释道，"那些遭受痛苦折磨的人来到圣母山，身体哪个部位有问题，他们就供奉哪个部位。将这里视作一个修理铺。圣母马利亚就是所有受苦的人的修理工。她能修理一切。"他这个接地气的比喻让古斯塔德感激地一笑。修理铺，没错，很贴切。就像佩玛思特医生那条街上的修理工。

"也有些人有不同的做法，"马尔科姆继续说，"他们先来向圣母马利亚祈祷许愿，承诺痊愈之后再来供上那个部位。但我觉得那样不合理。如果你的表坏了，你不先将表给修表师傅的话，他要怎么修呢？"这种说法无可辩驳。那个胖女人听了也点头表示赞同。"还有啊，"马尔科姆说，"那感觉像在讨价还价，你不觉得吗？我完全相信圣母马利亚，愿意提前付款。"那女人在凳子上抖了一下。很难判断她是不是高兴得发抖，她脸上依然是冷漠的。

马尔科姆拿起一个女孩子的躯干，递给古斯塔德。"这个是罗珊的。下一个，你住院的朋友。如果癌细胞已经扩散了的话，或许最好还是买一个完整的身体。"他指了指最后一排的男性蜡像。那个一身黑衣的女人不情愿地从凳子上站起来。"还有谁？"

古斯塔德有些迟疑。"圣母马利亚能治头上的问题吗？我是说思想问题？脑子想不清楚事的那种？"

"哦，能的，我想肯定会对索拉博有好处的。"马尔科姆挑了一颗男性的头，"你的髋骨呢？"

"不，不，髋骨没啥大碍。"

"瞎说，老兄。今天早上在集市，我亲眼看见你走路还有点跛。来吧，别害羞。"那个胖女人在凳子上侧了一下身子，扫了一圈摊子，也打量了一下古斯塔德。一番审视之后，她老练地拿起一条蜡制的腿。"很好。"马尔科姆说，"你会看到效果的。还有谁呢？"古斯塔德想到了吉米。他写给我的恳求信。古拉姆·穆罕默德说过的那些可怕的事情。吉米的敌人，想置他于死地……

"还有谁呢？"马尔科姆又问了一遍。

"没有了，没有谁了。"

那个穿黑衣服的胖女人算了几样东西的总价。"供奉的东西要你自己付钱才能起作用。"马尔科姆解释道，"我付钱没用的。"

"当然，当然。"

"再买四支蜡烛。"马尔科姆边说边往另一个摊位走去，"我总是两个摊子上都买一点，公平起见。"

古斯塔德付过钱，他们走进闷热拥挤的教堂。信徒们手持供品，缓步走向祭坛。头顶的吊扇将一个女人的面纱吹起，轻轻拂过古斯塔德的面庞。数百支蜡烛在扁平的金属托盘里热烈地燃烧着，汇聚成一片明亮的橙色光芒，映照着圣坛。托盘周围散落着数不清的肢体和人像，一个蜡制品的世界，代表受苦的信众祈祷着。蜡烛燃烧的热度已经让那些供品失去了原本的形状。古斯塔德照着朋友的样子，跪了下去，然后马尔科姆告诉他，他们买的蜡制品要献出去，蜡烛要点着。然而，那片灼热的火焰中，已经很难找到放蜡烛的地方了。马尔科姆看了看周围,趁没人注意飞快地拔掉了几个已经燃了一半的蜡烛。就像打乒乓球时的反手扣杀动作,古斯塔德心想。"这样也可以吗?"他小声地问。

"哦,可以的。等下别人也会这样对待你的蜡烛。重要的是点着它们。"他让古斯塔德去看供奉的主像,"这就是渔夫发现的那尊雕像。"

雕像身上披着绣金的华服;上面缀着的宝石和半宝石在烛光下熠熠生辉。"这些衣物也是他们当时发现的吗?"

"不,不,它们是后来做的,信徒们捐赠的。"古斯塔德不禁好奇,那雕像漂到岸边时身上穿着什么。

"看到圣母马利亚左手抱着的圣婴耶稣了吗?每年他都会移动。明年他会换到圣母的右手上。没人知道是怎么回事儿。真是奇迹。"随后马尔科姆陷入了沉默。他在胸前画了个十字,开始祈祷。古斯塔德也双手合十,低下头,想着罗珊,祈祷她能够康复;想着丁肖基,希望他的痛苦能得到缓解;想着索拉博,祈愿他能恢复理智。他没有去想自己的髋骨,它真的没那么重要。

海水一浪比一浪高。两个人选了一块干燥平坦的大岩石坐着。"这地方真美。"古斯塔德说。

"是啊,特别是班德拉这一片。但那些家伙打算开发这一片了。"

"罗珊一定会喜欢这里的。我们有时候去乔帕蒂或海边大道的时候,她就喜欢坐在那里看海浪。"

咸咸的海水不时地溅到他们脸上,轻轻柔柔的,像那个女人被吹起的面纱拂过古斯塔德的脸。过了一会儿,他们不得不换一块石头。"大海在推着我们后退。"马尔科姆说。

他们满怀深情地聊起以前的日子、大学的时光,还有那些古怪的老教授和牧师。古斯塔德说他永远也忘不了马尔科姆一家对他的好,他们总是欢迎他每天傍晚去他们家,和他们一起听音乐,甚至给他提供学习的地方。之前在克劳福德集市,他们匆匆交换了一些大概的信息,现在他们试图为对方补上先前遗漏的地方。但是要填满时间留下的巨大深渊是不可能的。他们只能在记忆的宝库里摸索前行,能抓到一丝一缕的回忆也该感到满足。

"你以前经常和你父亲一起弹奏的那支奏鸣曲,"古斯塔德说,"嗒嘀嗒嗒嘀当,嗒嗒当,嗒嗒当,嗒嗒当……你还记得吗?"

"当然。"马尔科姆毫不犹豫地说,"赛萨尔·弗兰克的《A大调小提琴与钢琴奏鸣曲》的最后一个乐章。那是爸爸的最爱。"

"也是我的最爱。"古斯塔德说,"黄昏时分,外面天色逐渐黯淡,灯光尚未亮起,你们两人弹奏着。那乐声真的太美妙了,有时候我觉得眼泪都快出来了。我也说不清那曲调到底是让我感到忧伤还是快乐。很难描述。"真的很难。我们所有人,都像特穆尔。就算舌头没问题,也会有找不到词的时候。

"说了你肯定不信。"马尔科姆说,"爸爸中风后,情况糟糕到根本拿不住小提琴，也记不住自己的名字，但这支曲子一直在他脑海里。他只能用嘴巴发出声音，说不出话。但他会不停地哼这支曲子。"

在古斯塔德的微笑鼓励下，马尔科姆用口哨吹起了这支曲子。"你知道吗，我以前很喜欢看你父亲给琴弓涂松香，他涂的时候，脸上总是一副皱着眉的专注表情。涂完了他就会开始拉一段。他的琴弓那样生气活泼地上下跃动，让我有一种特别的感觉。好像他在努力地寻找什么，但最后总是不免失望。因为在他找到之前曲子就结束了。"

马尔科姆用力地点点头，他完全能理解。古斯塔德接着说："有意思的是，我父亲的眼睛里也有那种神情。有时候，他看书的时候——那是一种难过的神情，那本书还没告诉他他想知道的一切，就早早地结束了。"

"这就是生活。"马尔科姆说。海浪步步紧逼，他们不得不又换了个地方。渐渐地，他们的交谈转到了当下，政治和国家的现状。"瞧瞧。英迪拉已经把欧洲各国访问了个遍，每个国家都说深表同情，却没有一个愿意做他妈的一件事情，让巴基斯坦规矩一点。除了开战，还有什么办法？"

"确实。难民救济税也是个问题，"古斯塔德说，"它正在扼杀中产阶级。"他描述了他在银行工作时观察到的一种趋势：越来越多的人不得不动用过去的积蓄。随后，他问马尔科姆在市政府工作感觉怎么样？

"很无聊。"马尔科姆说，"不值得谈论。"他看了看手表，

"准备走吗?"

但是那奔涌而来的海浪,飘着惬意的白云的粉蓝色天空,跳跃的泡沫和因被海水溅湿而闪闪发亮的岩石,轻拂在脸上的咸咸的海风,所有这些都让古斯塔德感受到一种久违的宁静。他决定再待一会儿。马尔科姆需要回去上钢琴课,但他们约好再联系,并为此郑重地握了握手。他感谢马尔科姆带他来圣母山,马尔科姆则回答是他的荣幸。

古斯塔德独自留下来,凝视着远处的地平线。那里,大海是平静的。喧嚣忙碌的潮汐只在海岸边才看得到。远处,水天相接的地方一派宁和,多么让人安心。海浪拍向他身下的岩石时,他有一种强烈的感觉——是什么感觉呢?也许是快乐?也许是忧伤?有什么关系呢?就像那支曲子。或者以前的那些黎明,初升的太阳,它的光芒在院子里洒下点点快乐的金色光斑,麻雀在那棵唯一的树上啁啾。

太阳沉入大海,结束了一天的旅程。生活中重要的一切此刻都带上了这种既甜蜜又忧伤的喜悦。他一件一件地回忆着过往。车间里工具欢快的声响,还有一天结束后的静谧。坐着父亲四匹马拉的、挂着明亮的黄铜灯的马车出行,去哪里并不重要,因为单是坐在里面听着嘚嘚嘚嘚的马蹄声就够神奇了。到了地方,马会被牵去马厩。爸爸那些奇妙的聚会,美味的食物、动听的音乐、华丽的服饰、云集的客人,还有新奇的玩具。不过,每到夜晚的某个时候,脑子里总会冒出一个想法——食物会被吃掉,客人会离开,音乐会停止,然后他也不得不去上床睡觉，最后灯也会被关掉。

那支曲子开头的旋律依然在他脑子里盘旋，他强忍着的泪水让他的眼眶感到灼热。一个浪头拍到他的鞋尖，几乎将它打湿。下一个浪头紧接着将两只脚的脚趾都弄湿了。若有人在海边哭泣的话，他想，那眼泪定会和海浪混到一起。这种可能性让他感到惊讶。他站在那里凝视着，直到海水淹没他脚下的岩石。然后，他根据马尔科姆离开前给他指的方向，向班德拉车站走去。

后来，当他在格兰特路站下车，走回家的时候，那个单词突然冒了出来。"超级酷毙宇宙世界霹雳无敌棒。"他轻轻地念出那个词。他明天要将这个词说给丁肖基听。算是今天没去看他的补偿。

第十六章

1

迪尔娜瓦兹没看窥视孔就直接开了门,因为这会儿差不多就是古斯塔德从帕西总院回来的时间。然而,令她惊讶的是,门口站着一个蓄着胡子的男人。当来者自称是古拉姆·穆罕默德时,她恨不得当着他的面摔上门,上锁,再从里面上闩。

"请问诺布尔先生在吗?"

"他出去了。"这混账少校给我们带来的麻烦真是没完没了。什么时候才是个头啊?"他去医院看一个病重的朋友了。"并非是我需要向这个魔鬼解释什么。只是或许这样他会稍感愧疚。如果他还有心的话。

"我在院子里等他。"很好,她心想,别想进我们家门。对我们做了那些事,他怎么还敢来,真不要脸。

但她很快又改了主意。"你可以进来坐着等。"那样,我还可以到门口给古斯塔德提个醒。

"非常感谢。"

她待在厨房里,不时紧张地瞥一眼前面的房间,恨不能将心里骂他的话都当着这个一脸黑胡子的小偷的面一吐为快。他朝厨房门口礼貌地微笑着,好奇地打量着通风口和各处玻璃上都贴着的遮光纸。

"古斯塔德古斯塔德古斯塔德,"特穆尔在窗口大声叫着,"快来快来古斯塔德快来。"

"抱歉,"古拉姆·穆罕默德说,"我想有人在找诺布尔先生。"

她走到前面。"什么事?"

"古斯塔德古斯塔德叫古斯塔德来。"

"他出去了。"

他挠着胳肢窝,思考着,然后想起了剩下的消息。"电话电话电话。很重要的电话。"

"卡匹希亚小姐让你来的?"特穆尔点点头,两只手都伸到腋下,像爪子一样挠着。"别挠了!"她说道,那两只手闻言垂了下去。"就说古斯塔德一会儿就来。"不能让这黑胡子的无赖单独留在屋里。但谁会在星期天给我们打电话呢?

她不用纳闷多久。因为没过多久古斯塔德就回来了。她在门口小声地向他提及那个不速之客。"我待在这里还是去听消息?"

"你去吧。"古斯塔德说,"我最好单独和他说。"

他进去的时候,古拉姆·穆罕默德站了起来。古斯塔德没理会他伸出来的手,说道:"上次我说得很清楚。我不想再和你或比利莫里亚先生有任何瓜葛了。"

"请不要生气,诺布尔先生。我很抱歉打扰到了你和你的妻子。我保证,这是最后一次。但是还记得上次你说你会考虑比利小子的请求吗?去德里的?"他安抚道,甚至有点讨好。没有丝毫威胁或强迫的语气。"我等了你六个多星期,诺布尔先生。"

"不,不可能去,我——"

"诺布尔先生,请您先看看这个。"他打开公文包。可别又是报纸,古斯塔德心想。还真是。

古拉姆指了指那篇文章。"关于比利小子的。如果是我说的,你会觉得我在骗你。你自己看报纸吧。"

外面还有光,但玻璃被遮住了,房间里已经暗了。古斯塔德打开了书桌上的台灯:

调查分析局卢比一案即将判决

继最近对调查分析局官员、声音模仿者比利莫里亚先生以欺诈手段从国家银行骗走六百万卢比一案的审判之后,被告的重审诉求昨日被驳回。

据悉,负责裁定此案是否需要重审的特别调查组组长曾提出需要更多时间重新评估此案的各项证据。但这位组长不久后却在格兰德干道的一场车祸中丧生。

新任调查组组长加快了调查进度,他们提交的调查报告称此案并无重审的必要。判决结果应该很快就会出来。

古斯塔德将报纸折起来，递了回去。

"这是他最后的机会。"古拉姆·穆罕默德说，"但法院也在那些高层的掌控之中。那些浑蛋把我们当傻子，以为我们不知道调查组组长为什么会突然死于车祸。"他攥了攥拳头又松开，"现在只是时间问题。请去看看比利小子。在他们结果他之前。求你了。"

"为什么你一直说他们会结果了他？"不过，这国家确实常有怪事发生。

古拉姆难过地摇摇头。"我不知道怎么才能让你相信，诺布尔先生。但这是真的。"

"好吧，就算是真的。他见不见到我又有什么关系？"古斯塔德努力做出冷冰冰的样子，"他并不在乎我，他骗了我，为了自己的目的利用我。"

"你错了。他在乎。他被捕后想方设法不让你牵扯进去。"

"但我去不了德里。我办公室——"

"诺布尔先生，求你了。"他恳求道，"三天时间就够了。你坐火车出发，第二天早上就到了，然后直接去监狱。我会安排好让你去探视。第三天你就回来。"他从上衣口袋里掏出一个小信封，递给古斯塔德。

"这是什么？"

"往返车票。求你了。"

古斯塔德打开信封，看见一张星期五的卧铺车票。还有监狱的地址。他将信封推回古拉姆面前。"我不觉得——"

"求你了，诺布尔先生。为了你的朋友。他拿你当兄弟。"

当兄弟。是的。但是是我拿他当兄弟。住在这大楼里的那么多年里。太阳升起的时候我们一起祷告，孩子们慢慢长大，大家相亲相爱，分享彼此的快乐。可是现在呢？吉米在监狱里。要我去看他。我能说什么？

"好吧。"他接过那张车票。说出这句话的时候，他对古拉姆的恨意更强烈了。

"谢谢你，诺布尔先生。比利小子看到你会很高兴的。但是还有一件事。请别告诉他我说了什么。如果他还怀揣着一丝希望，就让他揣着吧。"

走向门口的时候，他注意到边柜上的赫拉克勒斯XXX的空瓶子。古斯塔德还没来得及扔掉的。

"那是比利小子最喜欢的。在克什米尔的时候。"

"我知道。"古斯塔德说，"那是他给我的。"

迪尔娜瓦兹从卡匹希亚小姐那里回来了。她开门进来的时候古拉姆正要离开，听到他们那么愉快地交谈，她很惊讶。"他想干什么？"

古斯塔德告诉了她。她对整个的安排颇有疑虑，但并没有争辩，因为电话里的消息非常紧急："帕西总院的电话。他们打不通阿拉梅的电话。"

他抬起头，心里已经知道了。"丁肖基……？"

她点点头。"大约一个小时以前。"

他用手捂住脸。"可怜的老丁。他走得平静吗？他们说了吗?"

"他下午的时候就失去了意识。"

他站了起来。"我得立刻过去。如果他们联系不到阿拉梅的话,那就是说他是一个人在那里。"

"但我不明白。你在那里啊。你什么时候离开他的?"

他的谎言,他原本还想遮掩的谎言,现在已经无关紧要了。"我今天没去看丁肖基。我去了班德拉的一个教堂。圣母山。"

她困惑不已。"教堂?为什么突然去那里?"

他又坐了下来,用手托着下巴。"别担心。我没有改变信仰。今天早上我在克劳福德集市遇到了马尔科姆·萨尔达尼亚。真的很奇怪——我们一聊起来就像从来没有失去过联系似的。"他讲了圣母山的故事,"马尔科姆说现在每一天都还有奇迹在发生。"

她完全理解。毕竟,古斯塔德和她所求的都一样,只不过他们用了不同的方法而已。

"但是,"他痛苦地说,"有件事情是确定的。丁肖基身上没有出现奇迹。"

她温柔地摸了摸他的肩膀。"你已经尽力了。不是你的错。"

她劝慰的话却像一支谴责之箭一样射中了他。他想到了那违法的存款,劳瑞的抱怨,以及之后丁肖基的沉默。是我的错。老丁安静下来之后一切就都变了。是我让他安静下来的。

"他已经病了很久了,"迪尔娜瓦兹又说道,"还记得他来给罗珊过生日时的样子吗?"

"是的,我记得。"咕噜咕噜,这车就凑合着推。丁肖基的话在他脑海里一遍遍地回响着。咕噜咕噜,这车就凑合着推。现在,终于,车子可以休息了,可以停下来了。终于得到了安宁,我的桂冠诗人。

"想哭就哭吧。"她靠在他的椅子上伸出胳膊抱住他。他抬起头,眼眶灼热却没有泪水。他抬头执拗地看着她的脸,让她可以看见他的眼眶是干的,他眼睛一眨不眨地看着她。然后才伸手抱住她。这时候罗珊正好进来了,看见父母这样拥抱着很高兴。她伸出瘦弱的胳膊想抱住他们两个。古斯塔德抱起她放在大腿上。

"你感觉怎么样,小宝贝?"

"挺好的。"她仔细看着他们的脸,"但是你们为什么看起来很伤心,爹地?"她伸出手指,抵住他的嘴角,想让它们变出微笑的样子,一边弄一边咯咯地笑着。

"因为我们收到了一个坏消息,"迪尔娜瓦兹说,"你还记得来给你过生日的丁肖基吗?"

罗珊点点头。"他不停地胳肢我,弄得我哈哈大笑。他说,'我度你健康,度你财富,我度你金银在侧。'"

"记性真好。我聪明的小宝贝。"

迪尔娜瓦兹继续说:"他病得很重,在医院里。今天他去世了,去天堂见达达了。"

罗珊神情严肃地想了想。"但我也病得很重。我什么时候去见达达呢?"

"胡说八道什么呢!"古斯塔德假装生气地说,以掩饰心里的恐惧,"你没有病得很重,你已经好多了。首先你会长成大姑娘,然后结婚,有自己的孩子。然后你的孩子们也会结婚,有他们自己的孩子。等你变成老得不能再老的老太太时,达达才会有兴趣喊你去天堂呢。"他不满地看了一眼迪尔娜瓦兹,觉得她不该那么说。他又抱了抱她们两个,然后才动身去医院。

院子里,卡瓦斯基的声音又响了起来:"明天就是星期一了,你知道吗?塔塔家族又要开董事会议了!把你的奖励赐给他们的时候,也记得我们啊!公平一点!够了,真是太——!"

帕斯塔基亚太太尖叫道:"闭嘴,你这疯老头!我头都要爆炸了!"古斯塔德心想,她丈夫去哪里了,怎么由着她这样说自己的父亲。

2

探视的时间已经过了。他向值班的护士说明了他来的原因,她陪他一起去了那间病房。"他什么时候去的?"

她看了一眼别在胸前的表。"准确的时间我得去查记录。不过大约是两个小时前。他失去意识前痛得厉害,我们只好给他注射了大剂量的吗啡。"她的声音尖锐刺耳,在过道冰冷的墙上产生了回响。这些爱嚼舌根的人。通常连最简单的问题都不愿回答。说话粗鲁得像市井泼妇一样。"很不幸，当时他身边一个人都没有。"她语气里带着责备，"你是他兄弟吗？还是表兄弟？"

"朋友。"多管闲事。关她什么事。

"哦。"护士说，没有了责备的语气，但还是话里带刺，和他心里自己扎进去的刺一起，刺激着他。丁肖基走的时候，我和马尔科姆走了。丢下了他，让他死的时候还在惦记我为什么没来。

"到了。"护士说道。

"他还在这个病房里？"

"那能怎么办？如果有空黄间的话，病人可以放到那里去。"她将"房"字念成了"黄"，"不然我们也没办法。"他不知道她为什么还说是"病人"——他还以为她会说"死者"或者"尸体"，"这就是为什么我们希望家属能尽快来处理。病床实在太紧张了。"

"他妻子在里面吗？"

"在的，我想。"护士说，在病房门口停下来。

古斯塔德有点迟疑地走了进去，目光投向丁肖基的床位。他以为会看到一个女人坐在那里守夜的，但是没有。他茫然地看着一排排睡着的病人，耳边是他们的呼吸声和呼噜声。

如果不是知道丁肖基已经走了的话，他睡着了也就是这个样子吧。奇怪的感觉。站在他的床边，他却看不见我。不公平。好像我在偷偷地看他。但是谁知道呢？或许老丁才是占便宜的那个，在天上偷偷地看着我、笑话我。

那把硬邦邦的椅子还在床边。过去几个星期以来，他都在上面坐惯了。丁肖基的床单在床垫下半部分被顶得高高的。他扫了一眼床底下，想看看那双十二码的"淘气男孩"的鞋是不是还在他的旅行箱旁边。只有便盆，白色的搪瓷在黑暗中格外显眼。在它旁边，是一个透明的瓶子状的尿壶。

不是所有的病人都睡着了。有几个正专心地看着他，密切关注着下班后就跑到这里来的健康人，这里和他有什么关系呢。在病房微弱的灯光下，他们的眼神里透着恐惧，他们看着他，转开，然后又看着他。什么时候轮到他们呢？到时候会是什么情形呢？之后呢？一个老头的脸上，泪水慢慢滑下，无声地落在像他的头发一样白的枕套上。其他人都很平和、安然，好像他们现在知道死是最简单不过的事情。毕竟，那个几个星期以来在他们中间笑呵呵地开玩笑的人已经给他们示范了一遍那是多容易的事。从温暖的、有呼吸的生命变成苍白冰冷的样子有多容易，变成圣母山教堂门口小摊上那些白色的蜡像中的一个有多容易。

丁肖基身上所有他曾经赖以生存的针头都被拔掉了。那个曾经用来挂盐水瓶的冰冷无情的金属架子现在空荡荡的。现在它看上去就像一个金属衣帽架，温顺无害。一个个星期逐渐多起来的各种管子：一根插鼻子里，两根插在胳膊下面，还有床单下面的导尿管。都撤走了。就像他根本没有病过。那些管子是小心翼翼地拔掉的吗，像插进去的时候一样：由熟练的老手有技巧地操作的？还是直接一拽——像坏掉的旧收音机没用的电线一样，像我那台"远波"。那些管子随后被扔进垃圾桶了，就像修理铺外面扔在人行道上的电线、变压器和冷凝器一样。

丁肖基被拆掉了。等祷告结束，在寂静塔的仪式结束，剩下的就是秃鹫的事了。等那些骨头被清理干净，连骨头都不在了，就不会有任何证据表明丁肖基曾经在这个世界上存在过、呼吸过了。除了关于他的记忆。

但是再之后呢？在关于他的记忆也消失之后呢？等我也去了，他所有的朋友都去了。那时候还有什么呢？

那些醒着的病人的目光还在古斯塔德身上。目光交汇时他觉得很不安。所以他就一直看着丁肖基的床。铁框架上刷着奶白色的漆。有些地方的漆掉了，露出里面的黑色。三个孔是用来插木质摇柄的。第一个抬高床头——丁肖基的晚饭送来的时候我曾经摇起来过。曲柄和齿轮，就像我的麦卡诺玩具一样。第二个孔是抬高床脚的（我摇错过）。还有第三个孔，是控制中间那块的。奇怪。为什么肚子和骨盆那块会需要比身体其他部位高呢？我能想到的只有一个原因。但不是医学上的原因。除非实习生和护士用它来玩扮医生的游戏。要是我以前想到了就好了。可以告诉老丁。但他应该会想到一个更好的说法。他编的医院歌。"哦，赐我一个所在，那里有护士们/任意游走的手，……"

"超级酷毙宇宙世界霹雳无敌棒。"他在丁肖基的耳边轻轻地说道，脸上露出微笑。

丁肖基的妻子出现在门口。她看了看四周，然后大步走进病房，那样子仿佛要告诉所有人她不是好糊弄的。她看见了古斯塔德脸上的微笑，他没来得及藏起来，她狠狠地瞪了他一眼。

阿拉梅个子很高，比丁肖基高得多，长着一张吹毛求疵的刻薄的脸，随时准备挑这个世界，特别是寄生其中的居民的毛病。如果这世上真有悍妇的话，舍她其谁？她细瘦的脖子下面连着狭窄的肩膀，那肩膀总是耸着，微微缩着。没有孩子，还有阿拉梅这样一个妻子，古斯塔德想，他却还有那样的幽默感。又或许正因如此。他家里的秃鹫。想到他最喜欢说的话，古斯塔德脸上差点露出了微笑："等我死了，没必要送我去寂静塔。我家里的秃鹫就会提前将我吃得只剩下骨头。"

"阿拉梅，有需要帮忙的地方请告诉我。"他在表示了安慰之后主动说道。

她还没来得及回答，一个脸色苍白的年轻人闯了进来。"姨母，姨母！"他高声喊叫着，一部分声音从他的鼻孔里传出来，那鼻子从大小和形状来看倒也十分适合作此用，"姨母！我还在洗手间你就走了！"病房里的病人都睁开了眼睛。古斯塔德估计这家伙的年纪至少二十了，他很奇怪他是谁。

"嘘！傻瓜！赶紧闭上你的嘴！你这没脑子的孩子，这里的病人正在睡觉呢。我走了你在洗手间会迷路还是怎的？"那个孩子气的男人被骂得噘起了嘴。

"来见过古斯塔德·诺布尔叔叔。他是爸爸最好的朋友。"她对古斯塔德说,"这是我外甥努斯利。我姐姐的儿子。我们没有孩子,他就像我们的儿子一样。私下里他也只叫我们爸爸妈妈。我带他过来帮帮忙。过来,过来,怎么光站在那里看着!和古斯塔德叔叔握个手!"

努斯利咯咯地笑着伸出了手。他瘦得皮包骨,含胸驼背地站在那里。一个单身母亲的瘦弱孩子。古斯塔德握着那只湿冷的手时心想,他很奇怪秃鹫的姐姐怎么会生出努斯利这样孱弱的孩子。或者这就是天理循环吧。先前的问题他又问了一遍阿拉梅。"有什么需要我帮忙的?"

"努斯利在洗手间的时候,我给寂静塔打了电话。他们说灵车半小时后到。"

在阿拉梅让努斯利闭嘴后,决定闭上眼睛的病人此刻又睁开了眼睛。因为努斯利选择再次用他的高音乐器说话。"我害怕,姨母!"

"啊——!你又怕什么啊?"

"灵车。"他哭号着,"我不想坐在里面!"

"你这没脑子的孩子,有什么可怕的?那和面包车一样。记得吗,去年我们还坐面包车和多拉博叔叔一家去维多利亚花园野餐呢?是不是在那里看到了各种动物?就是和那一样的面包车。"

"不,姨母,求你了,我很害怕。"他畏畏缩缩地绞着手。

"没用的东西!天晓得我为什么要带上你!还以为你能帮上

忙。要命，我的头！"她说着两只手一起用力敲了敲脑袋。

古斯塔德觉得是时候干预一下了，免得这个病房更多的病人被噩梦惊醒。"阿拉梅，我可以和你一起坐灵车过去。需要的时候帮帮忙。"

"看看，看看，你这个没用的东西。听听古斯塔德叔叔怎么说的。他就不怕，是不是？"努斯利盯着自己的脚，嘴巴嘟得像要吐泡泡。她拍了拍他的后背，他赶紧挺起胸。"我和你说话的时候你要看着我！"

"好了，好了，他会去的。"古斯塔德说，"他会坐在我旁边。是不是，努斯利？"

"好的。"努斯利咯咯地笑着说。

"我不想再听到你咯咯咯咯的傻笑。"阿拉梅说，但努斯利在注意到她的禁令前，就又发出了一阵短促的咯咯声。

她现在的注意力在床底下丁肖基的行李箱上。"过来，过来，努斯利！别光站在那里！过来帮我拉出来。我要检查一下爸爸从家里带来的东西。不能相信医院这些人。"

古斯塔德觉得现在是个离开的好时机。他可以等灵车到的时候再回来。"抱歉，我几分钟后就回来。"

一心检查物品的阿拉梅专横地一挥手，允了他离开。他瞥了一眼行李箱里丁肖基的黑色"淘气男孩"鞋。没有了主人的脚，它们看上去更大了。

他走过又长又冷的走廊，走下楼梯。走过接待区，穿过大厅，走到外面，来到医院前面的空地上。草坪有些湿，青草散发出好闻的新割过的味道。空地上漆黑一片，只有草坪间的小路上一盏装饰性的铸铁灯柱散发出一点微弱的光。他向小花园走去，那里有个凉亭，几星期前他在那里坐过，当时丁肖基刚被送到医院。

那个长凳，像草坪一样，有些湿。不会这么早有露水，一定是园丁浇花的时候弄湿的。古斯塔德铺了块手帕才坐上去。他一直压抑着的疲劳感此刻涌了上来，他觉得力气都被抽走了。让他支撑了一整天，去克劳福德集市，去圣母山，控制着脚不要跛，让他能够容忍阿拉梅的力气，一丝都不剩了。

坐在树下的长凳上很是凉爽。宛如乡村一般宁静。又或者，像山上的车站，还有夜晚虫子的声音。马瑟兰是我八岁那年，爸爸带全家人一起去的：祖父、祖母、叔叔一家（就是后来辜负了爸爸的信任，毁了他的生活的那个），还有两个仆人。他们在中央饭店订了四个房间。从嘎嚓嘎嚓缓缓上山的小火车上下来时外面下着雨，他们便坐人力车回到了酒店，到处都潮乎乎的。酒店的经理是爸爸的朋友。他送了几杯热巧克力饮料到他们的房间。那是古斯塔德第一次在蚊帐里睡觉。他从开口处钻了进去，然后他母亲将蚊帐边缘严严实实地压到床垫下面。他隔着那纱布似的东西和她道晚安，又听到她也说了声晚安，那感觉很奇怪，她的声音很清晰，但在纱布后面，她的模样却隐隐约约的，似乎隔了很远，他够不着。他独自一人，在白色华盖之下，在没有蚊子的陵墓之中。白天旅途漫长。他很快就睡着了。

但那个画面。关于母亲的那个画面——永远刻在了我脑海里：白色蚊帐外绰约的、和我道晚安的母亲，脸上是温柔的、转瞬即逝的微笑，这形象浮动在我困倦迷蒙的眼前，带着温柔和蔼的眼神反复浮现。在他十八岁的时候，在她已经离他而去了之后，这是他选择记住的母亲的模样。

马瑟兰早餐时的玉米片也很好吃，他后来再也没吃到过那样美味的玉米片。还有涂着黄油和果酱的吐司。还有叽叽喳喳的棕色猴子，总是等着捡掉下去或一不留神忘在哪里的食物。有一只甚至直接从他手里抢了一包饼干。还有小马骑。早上和晚上都会散很久的步，去回音谷、猴子谷、览景峰、夏洛特湖。带着手杖。爸爸给所有人都买了手杖：崭新的雕刻，还带着浓郁的树木的清香。清新凉爽的空气沁人心脾，让城市里的疲倦消失得干干净净。黄昏的时候有点微凉，他们需要穿上套头毛衣。经理和他们讲了他曾经在那些山上捕猎老虎的故事。前一天晚上，厨师为他们做了一道特别的布丁甜点。他们吃完后，他出来和他们道别，然后假装对布丁不受欢迎表示失望。他们以为他在开玩笑，因为碗里的布丁已经吃得干干净净了。但那个厨师拿起空碗，在他们惊讶的目光下将碗掰碎，将脆片放在他们的盘子里，然后当他们的面吃了一块。大家这才明白自己被戏弄了，都笑了起来，一边咔嚓咔嚓地吃起那用糖和明胶做的模具碎片。"所以这就是你们说的甜盘？"爸爸说。

但是整顿饭古斯塔德都默默地坐着，低着头，想着明天假日就结束了。他父亲努力哄他开心，说我们明年还会来的。然后，那碗就被捏碎吃掉了。那实在不是什么好兆头。那些糖和明胶的碎片他一片也不肯吃。

书店破产，法警来的时候，我想起了那破碗。无助地看着那些架子被清空，书都被装到了货车上。爸爸苦苦哀求那个法警，却只是徒劳。法警鞋子上的防滑钉肆无忌惮地在石头地板上敲出咔嗒咔嗒的声音。那些人一心执行自己的任务，拆解着爸爸的生活，将它弄得支离破碎，再一点点地喂进卡车的肚腹。然后扬长而去，身后留下一股难闻的气味。柴油的气味。我还记得马瑟兰的餐桌上那碗被咔嚓捏碎的声音——真是不祥的举动。

但那晚的布丁是什么口味的呢？柠檬？不，是菠萝口味。又或者是开心果口味的？也可能是。就算是记忆也不会一直保持完整。对待它们也要小心谨慎。老丁死了。明天，秃鹫。然后，就什么也没有了。除了记忆。他的笑话。关于两个男人的妻子的。还有另外那个，自行车打气筒。哦，赐我一个所在，那里有护士们/任意游走的手……

古斯塔德闭上眼睛，开始瞌睡。猛地抬起头，随后又耷拉下去。再次抬起。眼镜往下滑了一些。第三次，他没再费力抬起头来。

一道响亮的喇叭声穿越漆黑、湿润的草坪，让树上的蝉、草里的蟋蟀都噤了声，也结束了古斯塔德短暂的瞌睡。他将眼镜往上推了推。一辆小汽车挡在医院的车道上；一辆面包车等着过去。他站起来。大楼的灯光照亮了面包车车身上的字："灵车"，以及"孟买帕西人村委员会"。车身没有喷漆，在黑暗中闪着古怪的银白色的光。

他快步穿过草坪。草里唧唧唧的虫鸣又响起来了，蝉也继续高声宣示它们的存在。灵车也会被其他车辆或路障阻挡，他心里想，但死亡却不会。它总是畅行无阻，想准时到也行，像现在流行的迟一点到也行。

挡着路的车开走了，灵车隆隆地行进了最后几码路。他走到门口的时候，两个男人正从车里出来，顺着台阶走进大厅。阿拉梅已经在等着了。"啊——！你这么久去哪里了，古斯塔德？我还以为你忘记了，回家了呢。"

她以为她在和谁说话？她那娘娘腔的努斯利吗？他表面平静地说："我看见灵车刚到。你准备好了吗？"

医院的手续已经办完了，账单也已经核对过，交割清楚了。两个抬尸工开始干活。努斯利站在阿拉梅的手提袋旁边，她正在最后一遍翻查丁肖基的行李箱。她用她最温柔礼貌的语气问那两个男人："劳驾，能不能将这个小箱子也放上去？这样我们可以顺路经过我家，将它放下。"

"夫人，我们不能那么做。我们得直接回东吉瓦迪[①]。只有一辆面包车当值。"

阿拉梅两手温柔地合在一起，头偏向一边。"瞧瞧，大哥，

[①] 东吉瓦迪，帕西人进行天葬的场所之一，位于孟买马拉巴山上。

如果你们肯帮忙的话,一个无助的老寡妇会替你祈福的。"

但那两个男人很固执,他们已经看透她的真面目了。"抱歉,不行。"

她放下双手,气呼呼地转过身,身体笔直地向门口走去,嘴里嘀咕着还得另外打个车再跑一趟。"又懒又固执的家伙。"她小声地说道,但没有对着任何人。努斯利拿着手提袋跟在她后面,然后是抬尸工抬着运尸铁架走出去,最后是古斯塔德。

运尸架被固定在灵车里的一侧,另一侧是一排座位。司机启动发动机,阿拉梅示意努斯利上车。他缩着肩膀,双手交叉捂在胸前往后退。"不,姨母!别让我第一个上去,别!"

"你这没胆量的孩子!这辈子都是个蠢货。"她用手背将他一把推开,"一边去,傻瓜,一边去!我先上。"旁边的抬尸工伸出手想帮她一把,但她没理会,一跃就上去了,"现在轮到你这个胆小鬼了!爬上来躲到衬裙下面吧。"

但努斯利转向古斯塔德,用哀求的目光和手势请他先上去。古斯塔德同意了。努斯利最后一个上了车,畏畏缩缩地远远地坐着。外面的男人摇了摇头,关上面包车的后门,走到前面,坐在司机旁边。

一路上还算顺利,只有一段路颠簸得厉害。大家都被颠得左摇右晃,运尸架也猛烈摇晃了一下。死者的头被这么一颠,侧向了一旁,努斯利吓得尖叫出声。这事对阿拉梅也有些影响,她开始吸鼻子,用一小块手帕轻拭眼睛,古斯塔德很是鄙夷。安静地待着就行,何必演戏。不要脸,虚伪。她想要更多的眼泪，恐怕得雇几个哭丧的才行。谢天谢地，死后的生活质量并不由眼泪多少决定。

但他错了。吸了一会儿鼻子，擦了一阵眼角后，阿拉梅让他知道了他大大低估了她的表演才华。当灵车转进东吉瓦迪大门，开始往山上开的时候，她突然号啕大哭起来，毫无预兆。她的身体前俯后仰，高瘦的身躯在狭窄的空间里晃动的幅度令人心惊。她双手抱头，恸哭不已。"老丁啊！为什么啊，为什么！老丁啊！"就像汤姆·琼斯和他的《达利拉》，古斯塔德想。老丁会喜欢的。他家里的秃鹫，终于唱起了她悲伤的恋歌。

"你就这样丢下了我吗？就这样走了吗？为什么啊？"由于丁肖基不肯告诉她为什么，她便继续哀号，并将她的火力对准了灵车的顶棚，"哦，永恒的造物主啊！你都干了什么啊！你为什么要将他带走？为什么？现在我要怎么办？把我也带走吧！现在！现在就带走！"她随即捶了两下胸口。

司机经过下面的停灵大厅的时候减慢了车速，没有得到任何指示，便继续往上面开去。但阿拉梅没做任何安排。古斯塔德只能让他们开回办公室。

"这些人，"司机对他的同伴咕哝道，"他们以为自己是周末去斯堪德尔游玩呢，让我开着到处转。"

古斯塔德领着阿拉梅走进办公室的时候，她还在捶胸顿足号啕大哭。"这是老天爷的意思，阿拉梅。"他有点心烦地说道。他努力用他知道的所有在这个场合应该说的话来让她平静下来。"丁肖基是解脱了，不用再受苦了。这是老天爷的仁慈。"

"这是真的,"她呜咽着说道,那么小的胸腔能哭得这么响亮真是令人惊叹,"他是解脱了!至少不用再受苦了!"办公室里的人告诉了他们各种收费情况。

"现在让我们想想丁肖基。"古斯塔德说,"准备他的祷告仪式。"他巧妙地在她的两次呜咽之间插入自己的话,"你想要四天的祷告吗?在上面那层。或者一天的祷告,就在下面的停灵大厅?"

"一天、四天,有什么区别呢?他已经去了!"

"在上面的停灵大厅,你要在那里住四天。你能安排得过来吗?"他怀疑这种实际性的问题可以阻止眼泪。

果然。"啊,你疯了吗?四天?谁来照顾我的小努斯利?谁给他做饭,啊?"接下来的事情就很快了。葬礼安排在第二天下午,阿拉梅同意在早上的《王者之杯》上发讣告。工作人员答应在报纸印刷前给报社打电话。

他们又一次坐到了面包车里。司机将他们送到了指派给他们的停灵大厅。大厅前面的入口处有一处小游廊,后面有一间浴室,死者会在那里接受最后一次宗教上的净体仪式。阿拉梅、努斯利和古斯塔德轮流洗了手和脸,然后念了圣带经。

与此同时,阿拉梅还和来给丁肖基做净体仪式的人激烈地吵了一架。她不让他们按照传统的方法用牛尿给他擦拭身体。"用牛尿有什么意义,我们不用。"她说,"我们都是有现代思想的人。用水就可以,不要用别的。"但她坚持水必须先弄热,因为似乎丁肖基每次用冷水洗澡之后都会习惯性地着凉。

古斯塔德觉得很尴尬，便走开去念圣带经。努斯利很高兴地跟着他。不过，阿拉梅很快就搞定了那个净体的人，跟他们一起去了游廊。

到了游廊上，他们才发现努斯利忘了戴他的祈祷帽。"你个没脑子的孩子。"她咬牙切齿地说道，鉴于这个地方和场合，压低了声音，"到祈祷的地方来不戴祈祷帽。我问你，你是来装灰的吗？"

古斯塔德想让他们安静下来，于是掏出了他的白色大手帕。他将它沿对角线折一下，然后教努斯利怎么将它戴在头上。这方法很好。但阿拉梅还是咒骂了一句"该死的，到底是什么火将他的智商都烧没了"，然后才决定不再追究此事。

古斯塔德系上圣带的最后一个结之后，就逃离了游廊。他不知道这个女人他还能忍受多久。他走进空荡荡的房间，坐在漆黑的角落里。两个男人将尸体抬了进来，放在低矮的大理石台子上。尸体上现在盖了块白布，但脸和耳朵还露在外面。牧师来了，将丁肖基头边的一盏油灯点亮。

效率真高，古斯塔德想。全都是例行程序。好像丁肖基每天都死一遍似的。阿拉梅和努斯利也进来坐下了。牧师拿了一小块檀木，浸到油里，然后凑到火上点燃。他将它放进香炉，撒上一些乳香。乳香的香气很快弥漫了整个房间。牧师开始祷告。不知道为什么，这安静的祷告让努斯利很是不安。他不停地扭来扭去，调整头上的手帕。但阿拉梅没说话，只是用胳膊肘和膝盖碰了碰他，很快就让他消停了。

祭司的祷告很完美。每个字都发音清晰、饱满、纯正，就像第一次从人类的口中说出。古斯塔德原本有些心不在焉的，也开始听了起来。它听起来很抚慰人心。那么好听的声音。像耐特·金·科尔唱《你永远不会老去》的声音一样。温柔、圆润、醇厚，像天鹅绒。

祭司祷告的声音不大，但是渐渐地，像荡漾开的涟漪，他的声音传到了祈祷室的每一个角落。他不时地往香炉里加一块檀木或一点乳香。外面游廊上亮着一个昏暗的灯泡。那灯光微弱到只能勉强照出门口的轮廓，朦朦胧胧的，在一片氤氲的烟气后面。里面，油灯的光温柔地照在丁肖基的脸上，那火苗不时地跳动一下，随着微风轻轻摇曳。火苗一跳，照在丁肖基脸上的温柔的光就跟着移动。光和影在他脸上嬉戏，像淘气的小孩，一会儿轻轻碰碰这里，一会儿戳戳那里。

祷告声慢慢地弥漫在整个漆黑的房间里。慢慢地，那声音成了这个漆黑的房间。他不知不觉就中了它温柔的魔法。忘了时间，忘了阿拉梅，忘了努斯利。他听着那音乐，那用他不懂的语言吟唱的旋律，只觉得内心感到无比的安慰。一直以来，他都是机械地背诵那些枯燥的祷文，祷告的时候其实一个字也不理解。但是今晚，在祭司温柔亲和的吟唱中，那些词变得鲜活起来；今晚他比以往任何时候都更接近领悟那些古老的意思。

祭司吟诵着古老的波斯经文。那些音符、字节被念出来之后，和夜色中的各种声音融为一体。树梢、草丛，山坡上的茂盛菜地，以及寂静塔的四周，都弥漫着夜晚的自然之声。蚱蜢和树上的居民——无论是振翅飞翔的还是悄然爬行的——它们轻微的呢喃一路上升，朝寂静塔的方向飘去。这些声音和檀香、乳香的香气、祷告的声音混杂在一起，从燃着油灯的房间里飘出，升腾而上。古斯塔德忽然明白了一切。

3

迪尔娜瓦兹已经睡着了，头向后仰靠在沙发上。他用钥匙开门的动静吵醒了她。

"是不是很晚了？"她问。

闹钟显示刚过十点。钟摆停了。他看了看手表。"十一点半。"他打开玻璃罩，去摸发条。

"怎么了？"

他给闹钟上了发条，将阿拉梅、努斯利、灵车和他们去东吉瓦迪的事都告诉了她。"我到停灵大厅的时候，觉得又累又困。我对自己说，待五分钟就离开。然后祷告开始了……"他顿住了，觉得说出来有点傻，"很美，我就接着听下去了。"

他拨动分针，等着听十点半的钟声，然后又将它拨到十一点。"丁肖基的脸。在大理石板上。看起来很平和。你肯定会觉得我疯了……我将头从这边转到那边，改变看的角度。我想一定是灯光的原因。但是……"

"怎么了？说啊。"

"一定是。他在微笑。"他又看了看手表，继续调整闹钟的分针，"告诉我我疯了。"

"祷告是件很神奇的事。"

"他还在医院的时候，我看过他的脸。在灵车里也看过。都没有笑容。"

"祷告是很神奇的。它能让丁肖基脸上露出微笑，或者让你的眼睛看见微笑。"

他伸出胳膊抱着她。"我希望等我走的时候脸上也能有那样的微笑。希望你能看见。"闹钟还是没有声音，他轻轻地推了一下钟摆，然后合上玻璃罩。

第十七章

1

那些没在《王者之杯》上看到葬礼通知的人在银行也得到了消息。经理给所有员工都发了备忘录，备忘录里所有员工的名字分列在两个标题下：葬礼——星期一下午三点半、乌萨姆纳仪式①——星期二下午三点。备忘录发出前，只有古斯塔德被问了选择参加哪个仪式。马顿先生也选择参加葬礼，所以他主动提出开车带古斯塔德过去。

东吉瓦迪到场人数很多。亲戚不多，但朋友和同事很多很多。消息来得突然，所以大家都没穿白衣，也没戴祈祷帽。但他们各自想了办法解决，女人将纱丽包在头上，男人用手帕或者从山脚下卖檀木的商店里借了帽子。

还未到三点半，人还在陆续到场。他们都聚集在和停灵大厅相连的凉亭里，和那些非帕西族人一起。古斯塔德看着聚集

---

① 乌萨姆纳仪式，帕西人葬礼仪式之后的一个额外仪式，通常在逝者逝世后第三天举行，亲友共同哀悼，为逝者灵魂的安宁和平静进行祈祷。

的人群，意识到丁肖基曾经给他们中的几乎每一位带来欢笑，现在他们静静地坐在那里，等着他最后的仪式开始。就连"猫头鹰屁股"拉坦萨偶尔也会被丁肖基的笑话逗笑。

阿拉梅在大理石台子前第一排为古斯塔德留了个座位。马顿先生和他一起走到前排，向阿拉梅表示慰问。她感谢他能来，并向他介绍了努斯利。"丁肖基还盼着有一天，在他退休前，努斯利能开始和他一同去银行上班呢。老天，现在已经来不及了。"她说，她在为努斯利谋划，这是奠基工程的第一锹。

她觉得应该让马顿先生也坐第一排，那样才明智，于是请他坐在了努斯利的位置上。努斯利很听话地换到后面去了。这个穿着白色长袍、戴着栗色的祈祷帽、还像个孩子似的大人很快就融入了人群中，毫不显眼了，直到祭司示意将狗牵上来。东吉瓦迪的狗被牵到运尸架前，这只灵犬有着超自然的眼睛，可以克制纳苏[①]，死之恶神，助力善的力量。努斯利从座位上站起来，像个初次见到狗的孩子一样伸长了脖子去看。他还发出啧啧的声音，轻弹手指去吸引那只狗的注意。

不过，没人注意到努斯利，因为当那只狗绕着运尸架走了一圈，安安静静地闻了闻，准备离开时，阿拉梅突然站起来，伸出双臂，号啕大哭道："啊，灵犬啊！你好歹叫两声啊！哦，永恒的造物主啊！叫都不叫吗？这么确定！哦，丁肖基，你真

[①] 纳苏，拜火教中的女恶神，主宰与尸体相关的事务，常以苍蝇的形态出现。

的丢下我走了!"

阿拉梅旁边的女人们急忙上前将她拉住。古斯塔德和马顿先生则迅速退到一旁,见用不着自己去安慰阿拉梅,明显松了口气。古斯塔德在心里对这出悲痛的表演暗自摇头,可怜她其实弄错了灵犬不叫的意思。可怜的阿拉梅,什么现代思想,连传统的概念都搞不清。

那些女人拉住她,不让她冲到运尸架前面去,她们拽着她的胳膊,试图将她按回座位上。当然,如果又高又瘦的阿拉梅真想的话,她可以很轻松地摆脱四五个女人的拉拽。但她突然放弃了,坐了回去。那些女人拥抱着她,轻拍着她的脸颊,理好她的纱丽,说着各种安慰的话。

"都是老天的安排,阿拉梅,天意!"

"达达·奥尔穆兹德做出的安排,我们能做什么呢?"

"别激动,阿拉梅,别激动,为了丁肖基。不然他怎能安心地去那边呢?"

"天意,天意!"

"平静一点,阿拉梅!再哭会让尸体变重的。那样他们怎么抬得动他?"

"老天的安排,阿拉梅,老天的安排!"

祭司耐心地等大家都安静下来,才继续念诵经文。接下来的祈祷没有再受到打扰。最后,他们邀请阿拉梅往火里加了些乳香和檀木。大家都看着她,那些女人格外警惕,随时准备再出手拉住她。但现在她看上去很平静。

家属和亲戚鞠完了躬，其他吊唁的人也依次上前，鞠躬并触碰三次地面。这时，房间里突然暗了下来。照进祈祷室的阳光被四个人影挡住了。抬尸工来了。他们站在门口，等着将运尸架抬进寂静塔的秃鹫井。

轮到古斯塔德了。他仔细地看着丁肖基的脸，鞠了三次躬。真希望我能是那四个人中的一个。丁肖基肯定更希望是自己的朋友送他进去。愚蠢的习俗，要什么职业抬尸工。而且，那些可怜的家伙还会遭到歧视，被当作贱民。

祭拜结束了。抬尸工进来，他们从头到脚一身白，还戴着白手套，穿着白色帆布鞋。大家都走到旁边，和他们保持相当的距离，不敢与他们接触。丁肖基的脸也被盖上了，运尸铁架从停灵大厅里被抬走。

到了外面，抬尸工走了几步就停了下来，等送葬的人排好队伍跟上来。只有男人可以跟着去秃鹫井。女人们都齐齐站在停灵大厅的游廊上。

"古斯塔德，"阿拉梅说，"看在丁肖基的分上，再帮我个忙。带努斯利一起上山。我不去他就不敢去，但他说如果和你一起走的话就可以。"

"没问题。"古斯塔德说。他拿出手帕，将努斯利喊过来。他们一起站到了队伍里，相互牵着白色的手帕。银行的男同事都决定陪丁肖基走完最后一程。他们中很多人已经哭起来了。他们三三两两地走上前，按照传统的做法，拽着彼此的白手帕——人数越多，对抗盘旋在死亡周围的邪神纳苏的力量就越强。

马顿先生的手帕是丝质的。他走到古斯塔德旁边。"可以吗？"古斯塔德点点头，用他的另一只手拽住了马顿先生的手帕。一丝昂贵香水的气味随之飘来。四个抬尸工挪了挪脚，移了移压在肩膀上的运尸架把手的位置，回头看看队伍是否已经准备好。灵犬和祭司也站到了各自的位置上。抬尸工往前走起来。

手绢连着的男人们排着长长的队伍跟在后面。古斯塔德给了努斯利一个鼓励的微笑，随后又瞥了一眼停灵大厅的方向。女人们都聚集在那里，看着男人们陪他们的朋友走完最后的一段旅程。他看了看阿拉梅，很好奇她会作何反应。他以为会看见最后一场精湛的表演，哭号，捶胸顿足，或许还得拽一拽头发。

然而，他惊讶（他这毫无慈悲心的想法让他感到有点羞愧）地发现她很体面地站在那里，双手紧紧攥在一起。她安静地凝视着丁肖基的方向，古斯塔德再看的时候，他意识到她是真的在哭。最后，她只是默默地流泪。或许记忆的深处，某个回忆悄然浮现？是快乐、难过、幸福还是悔恨？是的，丁肖基和阿拉梅的私人生活中一定充满了这样的回忆。他从未透露过只言片语，除了那句他家里那亲爱的秃鹫。然而，谁知道这背后有着怎样的爱与生活呢？

队伍一路向寂静塔行进。道路的两旁，茂密的枝叶和灌木丛中传来窸窸窣窣的小动物们小步快跑的声音。有一次，一只松鼠跑到了抬尸工前面，愣住，然后又惊惶逃走。体形巨大、羽毛油亮的卡里翁乌鸦站在树梢好奇地看着这支队伍。前面，一群孔雀走到路边，好奇地伸长脖子看了一会儿才飞快地躲进了灌木丛。它们脖子处的羽毛在绿色的灌木丛中闪着蓝色的光。

走完了铺着沥青的马路，接着是碎石小路。脚下的路从沥青路面变成碎石，众人的脚步声也变响了，当所有的人都踏上碎石小路时，声音愈发响亮。现在的声音已经大到令人心生敬畏了。嘎吱嘎吱嘎吱。压裂，碾碎，磨细。死神的磨盘。将一个个鲜活的个体碾磨到适合死亡的模样。

队伍继续往山上走，抬尸工掌握着节奏。嘎吱，嘎吱，嘎吱。古斯塔德觉得，这声音很适合为死亡做伴奏。它既可怕又宏伟，和死亡本身一样。无论他听到多少次，这声音始终带着痛苦与不解。嘎吱，嘎吱，嘎吱。这声音搅动着过往，搅动着沉睡的记忆，将它们全都搅拌进了当下的混乱中。一路上山，沿着这碎石小路，所有的记忆都涌了出来，仿佛要将所有的痛苦和悲伤都碾碎，碾成干燥的碎片，研磨成虚无，永远消除。

但是回忆总是会回来的。有那么多沙砾小径要踩，有那么多的路要走。关于祖母的：她坚持买活鸡，懂得各种香料和反抑颈招式，懂得相亲和摔跤之间不为人知但又普遍的联系；关于祖父的：他做的家具和他自己一样结实，他知道当一件家具传下来时，这个家庭得到的不仅仅是木材和木钉；关于妈妈的：她像早晨一样美好，像她的曼陀林音乐一样甜美，她温柔地度过一生，从不得罪任何人，隔着轻纱一样的蚊帐轻声说晚安，还有过早地离世；关于爸爸的：他爱书，总想将书一下子读完，好像它们会消失似的，还有当他发现关键的最后几页丢了时的迷茫……

山势渐趋平缓，送葬队伍终于抵达了寂静塔。抬尸工停了下来，将运尸架放在外面的石台上。他们最后一次揭开那张脸上的布，然后站到一边。是向丁肖基作最后告别的时候了。

男人们走向石台，依然三三两两地拽着手帕，就像他们上山时那样，拽着手帕齐刷刷地鞠了三个躬。接着四人又抬起运尸架，踏上石阶，向通向塔内的门走去。他们走了进去，随后就关上了身后的门。吊唁的人再也看不见里面的情形了。但他们知道里面会发生什么：抬尸工会把尸体放到一个台子上，放在三圈同心石的最外圈。然后，他们用钩竿撕开白布，但不会碰到丁肖基的肉体。每一个针脚都挑开，直到他赤裸裸地暴露在空气中，就像他出生那天一样。

头顶上，秃鹫盘旋着，越来越低地飞着，它们漫不经心地画出一个又一个完美的圆圈。现在它们开始降落在塔的高墙上和周围的高树上。

努斯利往古斯塔德身边挪了挪。他紧张地小声说道："古斯塔德叔叔，秃鹫来了，秃鹫来了！"

"是的，努斯利。"他安慰他道，"别担心，没事。"努斯利感激地点点头。

吊唁的人都走到附近祭坛的台阶旁，工作人员在那里递出祈祷的经书。经书不够，他小声地自言自语道："得留多少份才够呢？"

塔里，主抬尸工拍了三次手。这是为丁肖基的灵魂升天祈祷开始的信号。

他们祈祷时，秃鹫大量降落，飞行时姿态优雅，栖息时变成黑压压的、蜷缩的样子，面目狰狞而沉默。现在，高高的石墙上已满是秃鹫，它们蛇一样的脖子和秃头很不协调地从羽毛中伸出来。

祈祷书被收回，白手帕被折好收起来。吊唁的人还有最后一件事要做：洗洗手和脸，念一遍圣带经，然后再下山回到活人的世界中去。在水龙头的流水声和低沉的祈祷声中，古斯塔德突然转向马顿先生："我这个星期五和星期六需要请假。"他完全是一时冲动，没有编造任何借口。

但马顿先生认为这个请求与丁肖基的葬礼有关。他很能理解："当然。我明天早上第一件事就是在日历上做个标记。"

在停灵大厅，古斯塔德把努斯利还给了阿拉梅。她感谢马顿先生前来参加葬礼，他说这是他的职责所在。

2

古斯塔德的出租车到达维多利亚车站的时候，街灯已经熄灭了。车站的正前方，白色的女王像耸立在晨光里。穿着红衬衣、包着厚厚的头巾的搬运工冲到出租车旁，见他只有一个小包便失望地转身离开了。

古斯塔德走到巨幅显示牌前,但上面没有显示任何一趟火车。附近,有一个穿着白色夹克的工作人员负责回答众多不满的旅客的问题,他不时地推一推他那有着黑帽舌的白帽子,揉一揉前额。古斯塔德终于等到一个空隙,见缝插针地挤了进去,隔着许多的脑袋大声喊道:"抱歉,请问一下,长官!"

他的话直接传到了被团团围住的工作人员的耳里。"请问"两个字让对方心情愉悦:"请说,先生。"

"火车都去哪儿了?"

"从半夜开始铁路工人就在罢工了,先生。"

古斯塔德松了口气:现在我可以心安理得地取消这趟旅行了。"一趟车都没有吗?"

"我们不知道,先生。但请听广播,它们会播报所有最新的消息。"

古斯塔德谢过他,走到问询处。窗口关闭着,前面放着一块手写的告示牌:接受退票,但列车恢复后,所有预订依然有效。将票退掉,票钱还给古拉姆·穆罕默德,这是最简便的事。永远忘了吉米。但如果我不给他个机会,解释一下……

茶摊的生意很红火。迪尔娜瓦兹已经不让古斯塔德吃任何没有正规厂家包装的东西了,但现在还远没到可以喝瓶装冷水的时候。那人摞了一堆金字塔般高的杯碟:"热茶!热茶!"他还编了一首顺口溜,间或替换那寡淡的吆喝:

杯中茶、碟中茶！
忘忧愁，喝了它！
列车将行，今夕明朝？
一杯下肚，忧愁尽消！

古斯塔德放下包裹，叫了一杯茶。"等等！"那男人正要用放在普里莫斯炉子上咕嘟咕嘟沸腾的大水壶倒水时他大声喊道，"那杯子是脏的。"

男人眯着眼睛往杯子里看了看："你说得没错。但是不打紧，等下它就干净了。"他毫无预警地突然就甩了给他打下手的人一个耳光。"蠢货！怎么是脏的？好好洗，不然把你扔出去！"

"水是脏的，我有什么办法。你又不给我更多的水。"那男孩约莫八九岁，一边嘟哝着一边将水杯放进一桶混浊的水里。

他正洗着的时候另一只耳朵又被甩了一巴掌。"蠢货！还怪水？洗！好好洗，不然打断你骨头。"那孩子在棕色的水里搅和着茶杯时，男人讨好地冲古斯塔德微笑着："现在绝对干净了。"随后还夸张地用一块布擦了擦，那是一块有三重用途的布：擦额头、擦柜台、擦器皿。

古斯塔德接过茶，走到一边。他倒了一点在碟子里，吹了吹，尝了一小口。滚烫的，茶味很浓，甜甜的。虽然杯子是脏的，但喝下去感觉还是很好的。那是火车站的茶独有的味道：不在茶本身，而是喝茶这个事，可以一边喝一边观察他人。他超然地看着车站大钟下随遇而安的一家四口。铺盖打开后，父亲很快就睡着了，对打乱计划的特殊情况毫不在意。他的脚边是他的妻子，手里抱着一个婴儿。一个大点的孩子蜷缩在父亲身边。他们的临时帐篷四周是墙一样的行李。不远的地方，一个女人点着了她的便携式煤油炉，做起了咖喱饭。她的家人端着闪亮的不锈钢饭盒吃着味道浓烈的炖菜。

一个车站的保安靠近炉子，一言不发地弯下腰，关掉了火。"嘿!"那女人喊道，"你干什么?"他依然傲慢地不发一言，指了指墙上列明禁止事项的牌子。

"我是穷人。"那女人说，"我能识字吗?"

那保安屈尊开了口，将规定念给她听。"这是什么规定?"女人抗议道，"我给孩子做点咖喱饭也不行吗?"

"要是为了给你孩子做咖喱饭把这个地方给烧了，那又怎么办呢?"

这时广播突然响了，发出咝咝和沙沙的声音，然后是尖锐的嗡嗡声。整个车站都安静了下来。茶摊的叮当声都停了;卖报的孩子也停止了叫卖;突然的安静唤醒了地铺上的男人。他猛地坐起来。所有人都等着上面的那个声音说点什么。那咝咝沙沙的声音没白响:"喂，喂，喂，一二三四。喂。一二三四。"一阵刺耳的吱声。然后那个声音又响了起来，沙沙的，模模糊糊的，接触不良的扩音器吞掉了大多数的字。幸存的字像葡萄一样一个个地从扩音器的大网里蹦了出来:"乘客们……请离开露台，在……等候……列车进站……届时……

票的乘客可以……露台。"

一小群人不情愿地离开了露台；大多数人还留在那里，守着行李。车站的保安被派出来将人赶走。背着来复枪的士兵走来走去地查看铁轨和信号箱。

古斯塔德将空杯子放回柜台，买了份报纸。头条新闻是关于罢工的。铁道部长承诺管理人员和军队会维持最基本的铁路运输服务。

这就意味着孟买—德里的列车肯定会发车，古斯塔德想。他看得入了神，这是和那个养狗的白痴吵架之后他买的第一份报纸，他们精打细算才有的预算随着那阵烟一起消失了。

广播又响了：七号站台开始上车——开往新德里，无预订座位。

古斯塔德收起报纸，赶紧往拥挤的七号站台入口走去。他只有一个小包，与带着大箱小箱、铺盖、炉子、炊具、摇篮、木条箱和易碎陶罐的家庭相比更有优势。火车还没进站。穿红衬衫的苦力忙碌地在人群中穿梭。"座位！座位！十卢比一个座位！"其中一人走到古斯塔德跟前："先生，要座位吗？"

"这趟车不是无预订座位吗？"古斯塔德说。

"是，是，但我能给您找到座位，只要您高兴，付十卢比就行。"苦力说。

古斯塔德看了看周围，见聚拢的人群都能填满五趟火车了。"好吧。"他说，苦力带着他走到站台的一处，让他在那里等。

"您的车厢将停在这儿,就在这儿等。"他说,又指了指他的臂章,"记住——三百八十六号。"然后他就朝铁路货运点去了。

很快,空车开了进来,每个窗口都有一个穿着红衬衣、戴着白头巾的人。车还没停稳,人们就纷纷将东西往车窗里扔,然后往里面跳。红衬衫们高声叫卖着他们在货运点占到的座位。"预留座位,十个卢比!"

古斯塔德的搬运工挥舞着手,又指了指自己的臂章。"三百八十六!别担心,先生,慢慢来,您的座位在这儿。"

车厢已经满了,三百八十六号接过古斯塔德的包,塞到座位底下,他没起身。古斯塔德掏出钱包,拿出一张钞票,搬运工这才站起来,让古斯塔德坐下。

"多亏了他们,是不是?"一个声音从上面传来。一个穿着讲究的三十多岁的人躺在上面的行李架上。他笑着说:"一切都在苦力们的控制之中。铁路部以为他们控制着局面,罢工的人认为局面在他们的掌控中。但这些苦力才是真正的老板。我为这豪华的卧铺付了二十卢比。"

古斯塔德透过板条朝他微微一笑,礼貌性地点了点头。等半个小时后火车鸣笛的时候,车厢、入口和过道都被行李和人塞满了。他用袖子擦了擦脸上流着的汗,手帕是没法拿出来了。行李架上的人说:"要走将近二十四个小时。但情况肯定会好转的。"

他说得没错。随着时间的推移,车厢看起来没那么拥挤了;确立领空权的紧张气氛也渐渐消失。有人打开食品包装,吃起了午餐。甚至有人设法上了厕所,在冲水厕所的旅人在那里需要履行其他功能时很配合地从里面走了出来。

"第一次去德里?"行李架上的人问古斯塔德。

"是的。"

"运气不好。遇上了罢工这些事。但现在去德里旅游正是好时候,这会儿气候宜人。"

"我是去办私事的。"古斯塔德说。

"哦,我也只是去办私事的。"他觉得这个巧合很有趣,"我父母住在那里。他们说,我这个年龄应该结婚了,在他们这个年龄,如果看不到他们的长子结婚,他们可能会死不瞑目。所以我打算选一个妻子。"他躺着说了这么一大通。

"祝你好运。"古斯塔德说,并不高兴成为他倾吐心里话的对象。

"非常感谢。"他坐起来,撞到了头。

火车停在一个站台时,古斯塔德买了一杯茶当午餐。快到七点的时候,他才打开迪尔娜瓦兹给他包好的三明治。夹蛋饼的。丁肖基的最爱。我过去总是笑话他。一天两个三明治,三十年。

暮光开始消退,火车加速向北,在夜色中穿行。古斯塔德慢慢嚼着三明治,看着窗外偶尔闪过点点微光的空旷原野。这趟漫长的旅程值得吗?又或者,所有的旅程值得吗?

然后他又想起了丁肖基。散乱的思绪，横亘他们几十年的生活。新来的，他以前总这么叫我。抬起胳膊说，躲到我的翅膀下来，你会安全的——有点味道，但安全。他会指出谁可以信任，谁喜欢搬弄是非、背后中伤，谁是管理层的狗腿子。还有把外套留在椅子上蒙混过关的招数。他总是逗得人哈哈大笑，无论是在午餐时间还是在喝茶的间隙里。甚至在工作的时候，也不时地说几句有趣的话。是的，能够逗人开心真是一件美妙又幸福的事。丁肖基这一生也是一段漫长的旅程。但显然是值得的。

火车摇晃着穿越夜色。现在凉快多了。他打起了瞌睡，头砰地撞到了窗户上。

3

古斯塔德一大早出门后，迪尔娜瓦兹做事就接连不顺。煮的牛奶溢了出来，米饭烧焦了，当她往炉子里灌煤油时，油从漏斗那里溢了出来——厨房里一团糟。

她很担心古斯塔德，希望他没有决定去德里。但这是了解真相的唯一办法。否则他心里永远不会平静的。说实话，我也一样。然而，一想到古斯塔德要去监狱，即使是去探视别人，她也不由得害怕。

此外，卡匹希亚小姐说的治疗罗珊的病的方法，她还没有做。罗珊现在好多了，但卡匹希亚小姐一再提醒她：不要被虚假的安然无恙所迷惑，因为黑暗的势力就是这样，它们像毒蛇一样潜伏着，在最意想不到的时候发动攻击。她说的其他事我都已经照着做了，没有道理半途而废。

但是为什么索拉博的事她总是只说要有耐心呢？她不愿意透露的那个最后的解决方法是什么？我再也忍受不了了，我整晚睡不着，躺在床上为索拉博担忧。古斯塔德也很担忧，只是他不肯承认，总是说我只有一个儿子。但每次我看他时，他眼里都是痛苦的神色。

如果要按卡匹希亚小姐的建议去做的话，那现在就该行动起来。但是她还是犹豫不决，直到傍晚时分，拉巴迪先生带着"小酒窝"在院子里散完了步，按响了诺布尔家的门铃。迪尔娜瓦兹打开门时，那只博美犬狂吠起来。"蹲下，'小酒窝'！"拉巴迪先生喝道，"对诺布尔阿姨友好一点。"他有点紧张，"你先生在家吗？"

"不在。"

"哦，"他说，有点失落，但也松了一口气。在按门铃之前，他还默诵了一遍巴利亚祭司最新的正义祈祷文。"那我可以和你谈谈吗？"

"我听着呢。"

她简短、毫不客气的回答让他有点慌张。"你看，吵架斗气我并不感兴趣。我们住在同一栋楼里，那样也不好看。我就有话直说了，希望你能听得进去，管管你们的儿子。"他越说胆气越足了。

迪尔娜瓦兹将身体的重心移到另一只脚上。"管管我们的儿子？为什么？"

"别装了。你儿子抓着自行车后座，追着我的女儿跑。整栋楼的人都看着，那可不太好看。"

"你发什么疯，胡说什么？"这是古斯塔德最喜欢的一句话，此刻说出来正好合适，她意识到。"你胡说八道什么，我一个字也听不明白。"

"胡说八道？那就问问你儿子吧！我是傻瓜还是什么？他抓着后座，整栋楼的人都看见他追着我的茉莉跑，他的手都碰到她的臀部了！这可不好看，我告诉你！"他伸出一根手指摆了摆，"小酒窝"又激动起来，开始吠叫。

达利斯从后面的房间走出来，看他母亲是否需要帮助。古斯塔德一大早离开时，把手放在达利斯的肩上，半开玩笑半认真地说："听着，我的山道①。现在你要负责照顾好你的母亲和妹妹。"

"他来了！"拉巴迪先生大声喊道，"现在就问他！问他是不是把手放在她臀部了。现在就问，当着我的面！"

够了，迪尔娜瓦兹心想。"要我说，你现在该离开了。我们已经听够你的废话了。"她说完就准备关上门。

"可恶！"拉巴迪先生抗议道，用力挡住门，"尊重你的邻居！我话还没说完——"

---

① 尤金·山道，健美运动创始人。

达利斯将父亲的信托认真地记在心里,一用力就将门关上了。外面,拉巴迪先生被逼得连连后退,一不小心绊到了"小酒窝",摔倒在地。他拍打着身上的尘土,隔着门威胁说要去警察局告他们,罪名有两项:一项是人身攻击,另一项是骚扰他的茉莉。他还在心里暗暗记着,一有机会就去拜访巴利亚祭司,说道说道这事。

"你不应该那样关上门,"迪尔娜瓦兹说,心里却暗暗地感到非常自豪,"但他说的他那胖妞女儿是怎么回事儿?"

达利斯看上去有点害羞:"她其实并不胖。她只是在学骑自行车,需要帮助。帮她保持平衡。其他男孩扶了一圈就累了。没有耐力,所以她就一直求我来着。"

"你知道爸爸对你说了什么。拉巴迪是个怪人,我们不想惹他。"何止是个怪人,她心想,简直是什么事都做得出来,"答应我你不会再靠近她或她的父亲,尤其是她的父亲。"达利斯走到门口的时候,拉巴迪先生看他的眼神——天哪,真是可怕的眼神。

现在说得通了!罗珊变得越来越瘦,她的健康和体重不是到养狗的白痴的女儿身上去了又会去哪儿了呢?谁在一天天变得越来越胖!卡匹希亚小姐说得对,明矾直指拉巴迪!

案情已经很清楚了,迪尔娜瓦兹也不再怀疑。她制订好了计划。先准备好混合物。那很简单。但卡匹希亚小姐说得用这东西弄湿他的头皮。这是最棘手的地方。

4

午夜之后,有只手轻轻地拍古斯塔德的肩膀,将他唤醒。"对不起,"行李架上的人说,"你想躺在那上面吗?"

"那你呢?"

"我睡够了,我坐你的座位。"

"谢谢你。"古斯塔德说。他的四肢还在沉睡,每一个关节都在酸痛,爬到行李架上很难。那个男人帮了他一把;古斯塔德成功爬了上去,躺平了。他迷迷糊糊地感觉那家伙的手是在趁机摸他。但是躺下来的感觉很好。僵硬的骨头放松了。火车摇晃着,令人宽慰。让我想起了另一列火车。很久以前。和迪尔娜瓦兹一起。蜜月旅行……

他昏昏沉沉的,时睡时醒。半梦半醒中,他回到了二十一年前和迪尔娜瓦兹一起待过的那个车厢。那是他们婚礼后的第二天,在他们的小卧铺车厢里,他们急不可耐,不想等到目的地的酒店……

一只手抚摸着古斯塔德的大腿。它移到裤裆处,发现了他在梦中僵硬的东西,受到鼓励进一步探索。那手指摸索着,笨拙地摸索着那里的纽扣,捏起一颗从扣眼里挤出。再用同样的方法解下一颗。古斯塔德意识到他不是在做梦。

他假装睡着,哼哼了一声,翻了个身,翻身的时候胳膊肘猛地往外一挥。接下来的一整晚他都没被打扰。

黎明时分，天气变冷了。火车已经离开了低纬度的温暖区域。他希望有一床毯子，希望他在家里床上，他抱紧双臂，把腿蜷起来，又睡着了。

从通风格栅照进来的阳光唤醒了他。阳光洒在脸上，那种感觉让他仿佛回到了过去。突然，他所有关于该不该来德里的疑虑都消失了，像夜晚一样被留在铁轨下某个地方。我和吉米在院子里，一起做着祷告。沐浴着第一缕晨光。最终，我们之间的一切都会得到圆满解决。

对于古斯塔德来说，火车引擎还不够强劲，无法快速吞噬剩下的里程。到下一站的时候，他从行李架上下来，揉搓着冰冷的手。夜里有些乘客下车了，车厢里有更多的空间了。他对行李架上的男人说："早上好。"那个男人一只眼睛乌青。"怎么了？"

"哦，没事。我夜里去上厕所的时候被一个旅行箱还是什么东西绊了一下，撞到了脸。"

"没办法，车上太挤了。但非常感谢你的床。我睡得很好。"古斯塔德说。

一个卖茶的小贩走过，金属架子上放着一杯杯热气腾腾的茶。古斯塔德要了两杯。那个行李架上的男人伸手去掏钱，但古斯塔德已经付过了。滚热的茶杯温暖了他的手。可怜的家伙，他心想。强迫自己去选一位妻子，只为了让父母高兴。不管他选的是谁，那女人注定是个可怜人。

提示火车即将开动的汽笛声响了。茶贩回来取他的玻璃杯。古斯塔德把杯子递了出去，还没喝完。"喝吧，喝吧，"茶贩说，"还有时间。"汽笛声再次响起，火车开始移动。他开始跟着火车跑起来，一边说着："喝，喝吧。还有一点时间。"古斯塔德连忙又喝了几口，相比之下，似乎是他更急于将这杯子还给茶贩，而不是茶贩着急拿回杯子。在站台的尽头，杯子终于换了手。

第十八章

1

哦,总算又能走路了,古斯塔德心想,左——右——左——右,多么令人愉快的疼痛。但吉米在监狱里一定觉得……又是士兵。在火车站,左——右——左——右。背着巨大的背包,身体前倾着保持平衡。像直立行走的巨大乌龟。要不是有枪,还真会有些古怪。

他用手捋了捋头发——硬得像钢丝似的——又低头看着自己沾满尘土的衣服,成红棕色了,火车穿越数英里的乡村时弄的。他试图拍掉一些尘土,但他浑身上下到处都是。衣领下,袖口处,袖子里,手表带下面。鼻子里也是——里面又干又硬,像一大坨鼻屎。喉咙也痛得要命,全身都痒得让人发疯。袜子里,背心里。那些小沙粒在身上乱爬,用无数的小脚、小爪子在皮肤上探索,粗粝地摩擦、抓挠,爬得无处不在。像我脑子里关于吉米的诸多疑问一样。

他走进候车室,去了后面的厕所。他绕开漏水的水管、满溢的马桶和粗心大意造成的脏水积水,排队等着用洗手池。

德里十二月早晨的冷水冰凉刺骨，不过正好可以提神。我们就这样洗脸，洗脸，洗脸……他清了清嗓子，吐掉一口痰……我们就这样吐掉灰尘，在一个寒冷霜冻的早晨……还好迪尔娜瓦兹坚持让我别带手帕，而是带了一条毛巾。他用它搓了搓前胸后背。感觉真好，再捻掉一些依然黏着的尘土。他换上一件干净的背心和衬衫，离开候车室，上了一辆机动黄包车。

三轮车在车流里钻来钻去，随意地变换车道，将他甩得东倒西歪。四十分钟的颠簸之后，他们在一幢毫不起眼的灰色建筑前停下。这一程将他的五脏六腑，连同关于吉米的种种想法一起颠了个天翻地覆。"就是这个地方吗？"

"是的，先生，就是这里。"司机答道，古斯塔德跟跄地下了车，付了钱，有点犯恶心。黄包车走后他突然感到有点孤单。真希望我还在车里，在回火车站的路上。

在接待区，他看了一下古拉姆·穆罕默德给他的字条，说找卡西亚普先生。对方让他等着。

半小时后，一个听差的来了，说："先生喊你过去。"古斯塔德站起来跟着他一起走过一条石板铺的走廊，经过很多脏兮兮的黄色墙壁，到了一扇门前，门上的牌子写着：S.卡西亚普。门微微开着。

"请进，诺布尔先生。"那男人站起来伸出手，"比利莫里亚先生几个星期前就一直在等您了。"卡西亚普先生矮矮胖胖的，不管别人说什么，脸上都是一副要笑的样子。

"我一直在忙。"

"很不幸,比利莫里亚先生已经不在这里了。"男人脸上的微笑让他的话有点不祥的意味。

"不在这里?"

"不,不,我的意思是,他不在这栋楼里,不在他通常待的牢房里,我们不得不将他转移到监狱医院去了。"

"怎么了?"

"高烧,极度虚弱。应该是丛林病。"他脸上依然带着那大大的、毫无意义的微笑,"他因为工作原因经常要去丛林。"

"那我还能见到他吗?"

"能,能,当然可以。不管是在医院还是监狱,还是禁闭室——我都会批准探视,所以没问题。我们现在就可以去。"

一条冰冷阴郁的走廊将主楼和医院连接起来。卡西亚普先生鞋底钉着鞋钉,他的脚步在石头地面上踩出响亮的声音,勾起了古斯塔德以往的记忆。一种深深的迷惘、失落、空虚的感觉涌上心头。

卡西亚普先生和医院大厅的一个卫兵说了句话。"可以了,"他对古斯塔德说,"请在这里等等,会有人来找你的。"

"谢谢。"

"不客气。"卡西亚普先生说完就离开了,离开的时候还在对着脏兮兮的黄墙微笑。不久,一个穿白夹克的官员走来,领着古斯塔德上了楼。他们一路上经过了一些气味难闻的大病房和一些单人病房,病房外面有警察值班。

"你是比利莫里亚先生的朋友吗?"古斯塔德点点头,"非常非常不幸,先是那些法律问题,现在又是感染。他有时会神志不清。如果你在的时候他出现这种情况,别担心,我们正在给他治疗。"

古斯塔德点点头,觉得难以置信。吉米的脑子,像"七点钟"不锈钢剃刀一样锋利,神志不清?不可能。

"你要待多久?探访时间只有三十分钟。"

"但我从孟买一路赶来。下午四点我的火车就走了。"

"卡西亚普先生告诉我你情况特殊。"他略微考虑了一下。"待到三点?"他们在一间病房外停下,一个警察坐在木凳上,手里拿着一支又长又重的步枪,很明显他已经拿得很累了。医务人员叮嘱了几句话,古斯塔德带着几分犹豫走了进去。

房间里很闷,唯一的窗户还闩着。床上的人似乎睡着了,脸朝着另一边。古斯塔德能听出来他的呼吸很沉重。他不想让吉米突然惊醒,便小心翼翼地走到床尾。现在他可以清楚地看见了。他所看到的让他想哭。

床上躺着的只能算是个影子。曾经住在科达达德大楼的那个身强力壮的军人的影子。他的发际线已经后退,凹陷的脸颊使骨头显得凸出而怪异。那威严的八字须不见了,眼睛几乎消失在眼窝里。他的脖子,从他能看到的部分来看,像可怜的丁肖基的一样瘦。被单下面,丝毫看不到昔日宽厚的肩膀和健硕的胸膛的痕迹。以前,古斯塔德和迪尔娜瓦兹总是拿他作为榜样,提醒他们的儿子走路身姿要挺拔,要挺胸收腹,像少校叔叔一样。

才一年半就变成这样了？这个曾经抱着我就像抱个婴儿一样，大步走进马蒂瓦拉正骨大师的诊所的男人？和我掰起手腕来不相上下的男人？

吉米的右手放在被子外面，和他的脸一样消瘦。它抽动了两下，然后他的眼睛颤动着睁开。他看起来很困惑，眼睛重新闭上，唇间发出微弱的、嘶哑的声音："古斯……"

哦，上帝啊。我的名字都说不出来了。"是的，吉米，"他安慰地答道，握住了他的手，"我是古斯塔德。"

"注……射……注射，"他的声音很轻，发音含混不清，"等等……很快……就会好……一点。"

"是的，是的，慢慢来。我在这，吉米。"他拉过一把椅子，但没有放开他的手。这是什么病？他们对他做了什么？

愤怒、谴责、要他解释的念头统统从古斯塔德的脑海里消失了。只有魔鬼才会向一个衰弱成这样的人索要答案。他会静静地等待，听听吉米想要什么，安慰他，帮助他。其他的一切都应该忘了。应该原谅。

他握着吉米冰冷颤抖的手坐了三十分钟。最后，吉米再次睁开眼睛。"古斯塔德，谢谢，谢谢你来了。"他低声说。发音清晰了一些，但声音却因为吃力而颤抖。

"不，不，我很高兴能来。但是发生了什么事？"想起自己刚才暗暗下的决心，他又说，"没关系，别勉强自己。"

"他们打的针……治疗感染的，让我说话……困难。不过。

一个小时后……会好些。"

这些话就像微风中的一缕轻烟，聚拢的瞬间就消散了。古斯塔德将椅子挪得更近些。"是什么感染？他们知道在治什么病吗？"

"在桑德尔班斯①感染上的某种东西。他们先说是……黄热病，后来又说是斑疹伤寒、疟疾……伤寒……天晓得。但我想……会好起来的。打针……太可怕了……"

他沉默了片刻，胸部起伏得厉害。"谢谢你来，"他又一次说，"你会留下来吗？"

"他们允许我待到三点。"古斯塔德看了看手表，"所以我们有整整四个小时。"

"得快一点……"

"听着，吉米，不着急说话。过去的事就让它过去。"

"但我想说。我心里不安。一想到……一想到你会怎么想我。"他小声地说。

"没关系，过去的事就让它过去。"

"先和我说说你自己吧……迪尔娜瓦兹和孩子们……"

"他们都很好。你突然离开的时候，我们很担心，也就是这样。然后你就来信了，知道你一切都好，我们都很高兴。"古斯塔德很注意自己的用词：不能有丝毫责怪的意思。他想起

---

① 桑德尔班斯，印度和孟加拉国之间的一个大型沼泽地区，也是世界上最大的热带红树林之一。

被割掉头的袋狸和猫；那行诗：偷了比利莫里亚的米；被抽打得满地碎叶的长春花、玫瑰和薄荷。他没有提索拉博，也没有提罗珊的病，会让吉米担心的事都没提。

"我很怀念科达达德大楼……真希望我没有接受德里的职位。但我会回去的……四年后。"

"四年后？"

"是的，我的刑期。"

古斯塔德想起古拉姆·穆罕默德的建议：如果他还抱有一丝希望，别打破他的希望。"你还可以利用你的影响力。"

"不，古斯塔德，这个案子影响力帮不上忙。已经涉及高层了……见不得光的事。"他的眼睛里再次充满了绝望，"但是……你知道我离开后……最想念什么吗？"

"什么？"

"清晨。在院子里，一起祈祷，念圣带经。"

"是的，"古斯塔德说，"我也很怀念。"

吉米用一只手肘撑起身子，去够床头柜上的水。他喝了一小口。"让我告诉你发生了什么……很难相信……"

注射的药物的麻醉作用渐渐消失，他说话发音更清晰了，但还是说得很吃力，声音很小，还频频咳嗽，不得不经常停下来。身体内部受到的伤害，无论是病毒还是人为施加的，都留下了痕迹。古斯塔德看着、听着，内心一阵阵收紧。

"这个工作机会太令人激动了……很难得到的职位。总理办公室给我打的电话。"

"你在那里工作吗?"

"我的信是从那里寄来的。在调查分析局工作……直管。"

古斯塔德又糊涂了。"你直管调查分析局?"

"不,是她,"他低声说,"我很惊讶。"

过了最开始的一小段时间,古斯塔德学会了重新组织吉米的话,理解他缓慢、断断续续、前后颠倒的碎片式语言。他悲伤地回忆起少校以前讲起故事来总是精彩得让索拉博和达利斯连听好几个小时。

"在调查分析局……新的身份。管理顾问。我不能对你……撒谎。所以直接离开了。对不起,古斯塔德,真的对不起……孩子们怎么样?"

"很好,很好。一切都好,吉米,"他说着,轻拍着他的手,"所以你去德里加入了调查分析局。"

"始料未及……她把调查分析局当成了自己的私人机构。监视反对派、部长……任何人。用来敲诈勒索。让我觉得恶心。甚至监视她自己的内阁。其中一个……喜欢小男孩。另一个给自己拍……和女人在一起的照片。贿赂、盗窃……各种各样的事,古斯塔德。调查分析局保存了很多档案。关于她的朋友和敌人的。他们去哪里,见谁,说什么,吃什么,喝什么……"吉米突然停了下来,喘息着。尽管身体状况很差,他对修辞的喜爱使他无法将故事讲得太过简单。不能只剩下瘦肉。得保留一些脂肪,就像他过去说到扁豆蔬菜炖肉里面的肉一样,他总是坚持让古斯塔德保留一些肥肉——脂肪恰到好处更具风味。

"她的朋友会变成敌人，敌人会变成朋友……变得太快。太频繁。胁迫是她控制他们的唯一方法……让他们都不敢叛变。恶心。我受够了。这不是我来德里要做的事。我申请了调动。"

他又喝了些水，把枕头垫高，托起头部。古斯塔德抓住他的胳膊，把他扶起来。床单滑落了一点。他看到吉米的胸部凹陷，就好像肺已经萎缩了一样。

"还记得去年东巴基斯坦的龙卷风吗……成千上万的人丧生……西巴基斯坦的浑蛋们拒绝援助。让孟加拉人都看透了。西巴基斯坦只想要他们的汗水。十二月选举时，谢赫·穆吉布·拉赫曼胜选。绝对多数。"

"是的，"古斯塔德说，"布托①和将军们不让他组建政府。孟加拉人开始非暴力反抗时，叶海亚·汗派了军队过去。"

"士兵屠杀了成千上万的示威者。难民来了……我的上司告诉我，我们的政府将帮助游击队运动。我立刻说我有兴趣。所以总理办公室打电话给我进行面试……她对调查分析局的控制有多密切。强势的女人，古斯塔德，非常强势的女人……很有头脑。人们说她是靠她父亲的名声当上总理的。也许吧。但现在她的实力完全当得……"枕头滑了下去，他也不想再把它扶起来了。他虚弱地清了清嗓子。"索拉博？索拉博怎么样？"

"很好，很好。"

---

① 阿里·布托，曾先后担任过巴基斯坦总统和总理。

"达利斯呢?还在健身吗?"

"肌肉很结实了,"古斯塔德说,"总理。"

吉米很感谢他的提醒。"她直奔主题。她说……你的履历很优秀,比利莫里亚少校,而且你理解我们的目标。她的声音……那么镇定,充满信心。不像她政治演说的时候……大喊大叫。现在都很难相信她能如此奸猾。也许她周围的人……谁知道呢。"古斯塔德想问她怎么奸猾,但还是忍住了。耐心等着,按吉米的节奏来。

"她让我负责。自由战士的训练和物资供应……勇敢的战士,孟加拉人。学得很快。工厂遭到破坏……桥梁被推倒……铁轨……"

"嘿!"吉米突然停止了,看着古斯塔德身后。他的声音几乎没有提高,但与刚才微弱的耳语相比,他看上去像在大喊。"猪!出去!这不是你这浑蛋的厕所!"

古斯塔德明白是怎么回事儿。他俯下身,拍了拍他的肩膀,说:"没关系,吉米,一切都很好。"

"古斯塔德,几点了?"他气喘吁吁地问。刚才的动作让他耗费了太多力气。"到念圣带经的时间了吗?"

"还没到,吉米,休息一会儿。"他继续轻拍他的肩膀,直到他准备继续讲故事。

"有一个仪式……孟加拉国的诞生。邀请了媒体到库什蒂亚地区,离我们的边境不远……村庄改名为穆吉布尔·加尔瓦。新国旗……绿色、红色、金色,在芒果树林中。唱歌……

'金色的孟加拉'。不远处是巴基斯坦炮兵。'孟加拉之心……'那一刻每个人很骄傲。但是可恶的外国记者写出了村庄的名字……巴基斯坦空军第二天就把它摧毁了……"

一个尖脸的护士没有敲门就进了房间。吉米该打下一针了。她的前臂肌肉发达，青筋暴起，像编织的绳子一样凸出来。她粗暴地让他翻过去侧躺着，完成她的任务后，就一言不发地离开了。

"它又要开始了。这样我怎么和你说话呢？"

"别担心。"古斯塔德安慰道，"还有很多时间。休息吧。我在这里等。"他看了看表，惊讶地发现已经快一点了。这寥寥数语耗费了吉米那么多时间和宝贵的精力才说出来。仿佛每一个字都是他辛辛苦苦从坚硬的花岗岩中雕琢出来的。那岩石让他的刻刀滑偏，让他的凿子变钝，但他不放弃，经过长时间的苦战，才让它们呈现在古斯塔德面前。古斯塔德虔诚而痛苦地接受这些话，因为它们来之不易。

"钱，对于自由战士来说，钱是最要紧的。没有钱就没有补给，没有炸药，没有枪……什么都没有。我们需要一笔固定的经费，一份预算。我在下一次见面的时候告诉了她……否则行动就泡汤了……当时就我们两个人，但她有点心不在焉……像是在想着别的事。真是个奇怪的女人……非常强势的女人……

"我以为她已经失去兴趣了，以为自由战士完蛋了。但等我向她报告完，她突然说：我明白现在的形势，我会安排更多的资金。她走到里面……去了她的私人小办公室。给了我一些指示。第二天早上去国家银行，见总出纳，要六百万卢比。

"她开始解释，等援助得到正式批准，这笔钱就可以还回去。我想，她为……为什么告诉我这些，这和我无……无关……"

注射的药物钳制住了他的舌头。古斯塔德希望他能停下来休息一下。他倾身靠近，直到耳朵离吉米的嘴唇还有几英寸远。"她说……不要告诉总出纳我的名字或调查分析局的身份。就说是……孟加拉·巴布……来取六百万卢比。

"第二天早晨，取到了……钱……钱。令人惊讶……六百万，就那么轻而易举。然后，几天后，她发来消……消……息……现在……在……听仔细……她的计……计划。她安排得巧妙。为了保护她自己……给我设……设下了圈套……"

吉米闭上眼睛；嘴巴还在微微地翕动，但已经发不出声音了。他陷入了一种好似睡着却又很不安稳的状态。古斯塔德为他拉了拉被单，盖好，然后走到外面，觉得精疲力尽。吉米痛苦的挣扎也耗尽了他的力气。

那个警察问："他怎么样？很痛苦？"

"是的，但现在睡着了。"那个警察告诉他楼下食堂里有茶和小吃。他把"小吃"说成了"小蛇"。①

---

① 小吃和小蛇，原文是 snacks 与 snakes。

2

卖牛奶的一开始不愿意让迪尔娜瓦兹多买四分之一升的牛奶:"哎呀,你昨天就应该告诉我。突然之间我要怎么变出更多来呢?"

其他人迅速跳出来,站在她这边。"别装模作样了。我们都知道出了这门,你就会往里面加四分之一升的水。"像通常一样,他对这番指责慷慨激昂地辩驳了一番,然后让她多买了一些牛奶。

迪尔娜瓦兹将牛奶带回家,将多出的四分之一升另外装好,做混合物用。先是前门上方的护身符。她把酸橙切成小块,辣椒切碎,然后拿去磨成细膏状。她将圆石在平石板上来回推动,石头发出咕隆咕隆的声音。

这个膏状物与牛奶充分混合,使牛奶呈现出漂亮的淡绿色。然后,她往研钵里放入各种量好的种子——大茴香、主教草、罂粟、小茴香、芥末,将它们捣成粉末。其余的成分已经是粉末状或液体了:朱砂、辣椒粉、姜黄、胡椒粉、碱水、孜然粉、莳萝籽、丁香、酱油、小豆蔻、肉桂、肉豆蔻、咖喱香料、草果、大蒜。她飞快地搅拌着;所有东西都要混合均匀,这是卡匹希亚小姐特别强调的。

现在该弄点老鼠屎了。迪尔娜瓦兹确信她可以找到所需的量,多亏了古斯塔德的黑纸;连这种讨厌的东西都自有它的用处。她翻开一个个角落，很快就收集到了一勺。在锅里，不管她怎么搅拌，那些黑色的东西总是浮在上面。她将混合物放在那里静置，继续去找最后一种原料：蜘蛛的圆形白色卵囊。不可思议，卡匹希亚小姐怎么知道这么多东西。

迪尔娜瓦兹在天花板附近、黑纸和通风口顶部交汇的地方找到了一个大的黑褐色标本。她用长柄扫帚扫过去。纸被撕裂了，蜘蛛顺着丝线优雅地一段一段地滑向地面。她预估了它的着陆点，等在那里，准备用她的拖鞋来了结此事。

但令人讨厌的部分还在后面——那只死去的蜘蛛的几条腿紧紧地缩在腹部，圆形卵囊被封锁在毛茸茸的黑色辐射状网格内。它们让她想起了班吉巡官多毛的腿，那是很早以前他尚未晋升、还穿着短裤的时候。

她从古斯塔德的书桌上拿了一张纸和一支铅笔，将蜘蛛的腿一条条地掰开。有些掰开又缩回去了，需要压着。有些从躯干上断开或者从中间断了一截。那个卵囊，柔软，微微有点黏，不过没有蛛网那么黏，用铅笔戳了几下就落了下来。

她将平底锅放在炉子上。混合物加热后，变成了深褐色。就连顽固不化的老鼠屎也配合地和其他东西融为一体了。最后，将那块小心保存的明矾捏碎加了进去。

迪尔娜瓦兹准备好了，就等那养狗的白痴了。

每个星期六中午，拉巴迪先生总会带着"小酒窝"到院子里散步，作为对早晨和晚上散步的补充。迪尔娜瓦兹知道这次额外的散步，她已经排练好了。她重新加热了浓稠的混合物，并加了一勺牛奶。很好，浓稠度正好。

下午一点刚过不久，"小酒窝"的尖叫声从院子的远端传来，微弱，但清晰。迪尔娜瓦兹紧张了起来。但愿她运气好，楼道没人。时机很重要。她等拉巴迪先生走近灌木丛时，悄悄从后门溜出去，上楼。

她计算得很精准。她从阳台上探出头。"小酒窝"停下来嗅了一下，寻找着合适的地点拉屎，拉巴迪先生则满意地看着。迪尔娜瓦兹伸出手，把平底锅翻过来一倒。

拉巴迪先生的咆哮声回荡在院子里。她轻手轻脚地下了楼，从后门回到家，还不敢说一定成功了。没有证据表明他的头皮被浇湿了；不管那东西落在哪里，拉巴迪先生都会叫嚷的——即使它无害地掉在他旁边的地上。她很想看，但只能听一听。

"野人！"他大声喊道，"畜生！"听到主人发表意见后，"小酒窝"也跟着叫了起来。"那么多人在饿肚子！不要脸的人却在院子里扔咖喱！"迪尔娜瓦兹变得乐观起来；这肯定掉得足够近，所以他至少能闻到它的味道。

然后，愤怒的抱怨声中混杂了尖锐的喊痛声。当辣椒、草果、大蒜、咖喱香料和其他辛辣香料的痕迹顺着拉巴迪先生的头发和额头流下，流进了他的眼睛时，"啊啊啊！痛死我了！啊啊啊！痛死了，该死，我要死了！"现在迪尔娜瓦兹很确定她命中了目标。

"哦，圣母马利亚！瞎了！完全瞎了！看看，你们这些不要脸的畜生！不管你是谁！瞧瞧！在院子里变瞎了！被你的咖喱弄瞎了！愿同样的事情发生在你身上！以及你的孩子，和你孩子的孩子身上！"他诅咒着，号叫着，呼吁全世界见证他的残酷命运。"小酒窝"在他身边跳来跳去，很喜欢这难得的兴奋的状态。

迪尔娜瓦兹回到厨房。一切都是完全按计划进行的。她一边洗着锅，将那些神奇混合物的痕迹洗掉，一边觉得卡匹希亚小姐会为她感到自豪的。

"是那个养狗的白痴在喊吗，妈妈？"罗珊问道。

迪尔娜瓦兹吓了一跳，她没有听到她走过来。"是的，但你不应该说这种话。你为什么起来了？"

"整天睡觉，我不想睡了。我能做点别的吗？"

"好吧，坐到沙发上去看书。"她将锅上的草木灰和锯末冲洗干净，湿漉漉的锅看上去亮晶晶的。真的可能吗？这么快？简直是奇迹！又或许只是巧合。但这有什么关系呢？结果都一样。况且，世上真的有哪个人，完全不信超自然的事物会发生吗？

卡匹希亚小姐还没来得及细细品味胜利果实，迪尔娜瓦兹已经谈起了下一件事。"我知道我得有耐心。"她说，"但是你一定要帮帮我。我没法继续这样下去了，我一天到晚都在担心。"

"你在说什么？"

"索拉博,我这脑子因为担心成天都在转啊转的。你说过还有别的法子,最后的解决办法。我们现在就得做,求你了!"

"没有什么是得做的!"卡匹希亚小姐有点生气地说,"这些事情,你才懂多少?别来教我该怎么做!"

迪尔娜瓦兹温顺地退让道:"我从没想过要教你该怎么做。但在我看来,这是唯一的机会了。"

"你不知道自己要求的是什么。可能会发生很可怕的事情。"卡匹希亚小姐眯起眼睛,声音非常严肃,"而且事后你再怎么悲伤和后悔都无济于事,什么都改变不了。"

"那我就要永远失去我的儿子了吗?"

卡匹希亚小姐对失去儿子的痛苦再清楚不过了:"我不是这个意思。如果你坚持的话,我们就做。但后果要由你来承担,你要承担所有后果。"

迪尔娜瓦兹打了个寒战:"为了我的儿子,我愿意冒这个险。"

"那就这么定了。等一下。"卡匹希亚小姐变得务实起来。她从一堆纸板箱、罐头、报纸和破衣服里找出了一个旧鞋盒。"这个应该可以。现在我们需要一只蜥蜴。你能弄到吗?"迪尔娜瓦兹脸上流露出没有信心的神情。

"没关系,我来弄。"卡匹希亚小姐打开了两扇锁着的门中的一扇,随即又关上。一阵追逐奔跑的声音之后,她得意地走了出来,喘着粗气,把鞋盒递了过去。"小心盖子,别让它跑了。等一下,最好系根绳子。"她从刚才找到鞋盒的地方抽出一根绳子,"好了,现在把它放到索拉博以前睡觉的床下,床头下面。明天再把它带回来。"

"然后呢?"

"一步一步来。先把这步做了。"

她知道卡匹希亚小姐不会满足她的好奇心。"十点钟可以吗?"不能再晚了:午后古斯塔德随时可能回来,具体要看火车。

"十点、十一点,都可以。带上这个盒子,还有特穆尔。就这样。"

"特穆尔?"

"当然。"这个愚蠢的问题让卡匹希亚小姐有些生气,"没有他,蜥蜴也就没用了。"

迪尔娜瓦兹心里想象着特穆尔和蜥蜴组合的种种离奇可能性,在院子里遇到了"小酒窝"和拉巴迪先生,她觉得他挠头皮时她闻到了一股大蒜味。得知他没有受什么要紧的伤,她松了口气。他的眼睛还是好好的,正狠狠地盯着她。

她把鞋盒放在索拉博的矮榻下面,心里想,这孩子已经多久没有将它从达利斯床底下拉出来了。在我每天晚上都能再听到它的轮子滚动的声音之前,我心里的痛是不会消失的。

3

古斯塔德从食堂回来的时候,吉米还在注射剂的控制之下。他轻轻地拉过椅子等着。还是手先动了动。"古斯塔德?"

"我在,吉米,"他摸了摸他的手,"我还在这里。"

"让我觉得口渴……注射。"他伸手去拿水,"说到哪儿了……我刚才?"

"总理又叫你去她办公室。你说她早有了保护自己的计划。"

"保护自己……是的……坑我。"知道刚才说到哪里了之后,他便继续讲了起来,就像中间没停过一样,"她说,我安排了钱……因为自由战士需要帮助……但是。她又想了想。她说,我有敌人……到处都有。如果他们发现这笔钱,他们会利用这个来对付我。他们不会管这笔钱是不是用于正当的用途……如果政府不稳定,我们的国家就会遭殃。边境局势会很危险……中情局、巴基斯坦特工……

"说得是。要我把钱送回去吗,我问。她说不用,不能让自由战士受苦……应该还有别的办法。

"她说,唯一的问题就是我给银行总出纳打的电话……他可能会说出去。必须确保这一点没问题。要怎么做呢?我问。他已经听到了她的声音。她说,是的,但他并没有看到是我说的……我们可以说有人模仿了我的声音。

"非常聪明的女人,古斯塔德。她说,如果我的敌人要找麻烦,你就说……你模仿了我的声音。我笑了……谁会相信这个?但她说,在适当的条件下,人们什么都会信。她保证……我不会有事的。

"我像个傻瓜一样同意了……信了她。然后她说,也许我们应该确保滴水不漏……你可以现在就写个字条。认罪书。写你模仿了我的声音……因为你想继续帮助自由战士。就这样，她事先都设计好了……万一有哪个政客别有用心。不管什么指控，她都敢站在议会面前。有了手写的认罪书……她知道，政府都能控制住局面。

"我能说什么呢，古斯塔德？就连这个……我都同意了。她给了我一张空白的纸和她自己的自来水笔。我写下了认罪书……像个傻瓜一样。几个月以来，我对她的尊敬……已经到了那种程度。那么强势的女人。完全地相信她。"

古斯塔德很疑惑。那么精明的吉米·比利莫里亚，多少年来他熟悉的、总是保持怀疑态度的少校。他生活的名言可是：只要有疑点，就大胆怀疑。他真的能做出他说的这样愚蠢的事？那是个什么样的女人呢？

"抱歉，古斯塔德……说了这么多。都忘了你该吃午饭了。你想吃吗？"

"不用，刚才你睡着的时候我已经喝过茶了。"

吉米露出了微笑，但在他那张瘦弱的脸上，那微笑只是一个痛苦古怪的表情。"我经常想起迪尔娜瓦兹做的扁豆蔬菜炖肉……那些星期天的下午。"他盯着远处，眼睛有些湿润。他又开始小声地说起来，明显很吃力。

"所以我的项目顺利开展了，我以为……将这个好消息告诉了自由战士的指挥官。但几个星期以后……我去视察的时候，他却是一脸的失望。他说，新的资助怎么回事儿。他带我去看。我亲眼看见了。糟糕的情况……光着脚,衣服破破烂烂的,没有头盔。很少的几支枪……其他人都拿着棍子和树枝在操练。哪里出问题了……我赶回德里……

"做了一些调查,通过我私人的渠道。古拉姆也在调查……从他那边。他们想趁他骑兰美达的时候将他干掉。那是他们最喜欢用的手段,交通事故。他问的问题太多了。但我们发现了一些难以置信的事情。我继续调查……古拉姆也是。没有道理……为什么要这样,她要做什么只需吩咐我……"他哽咽了,又开始剧烈地咳嗽。古斯塔德托着他的头,直到咳嗽停下来。他端来水杯,但吉米将它推到一边。

"我见过那么多……贿赂、欺骗、敲诈。这个……"他停了下来,喝了口水。

"那些钱怎么了?"古斯塔德问。

"那些钱……我取出来资助……被拦截了。总理办公室干的。被转走了。转到了一个私人账户。"

"你确定吗?"

吉米做了个绝望的手势。"我倒希望我能说不确定。"

"但是为什么呢?"

"这个我不确定。有一个可能——去资助她儿子的汽车厂了。也可能作了选举资金,或者……"

"那你之后做了什么呢?"

"没做我本应该做的事……而是做了件很蠢的事。我本来应该揭露整件事情的。告诉媒体、反对党。开启问询。但我当时想，一切都在她的掌控下。调查分析局、法院、广播……一切都在她手里，事情会被遮掩过去……"

吉米突然尖叫起来，用手捂着脸。"停下来！请停下来！"他拼命地挣扎，脚在空气中踢蹬，"停下来！啊——"古斯塔德想抱住他，但吉米乱挥的胳膊让他根本没法靠近。过了一会儿，他才自己慢慢平静下来，躺在那里直喘息，冷汗从他脸上流下，膝盖蜷缩到腹部。

古斯塔德很震惊，他知道是这番叙述让他又想起了那可怕的噩梦。他伸手抱住他："好了，吉米。没有人会伤害你，我还在这里。"

吉米逐渐松开拳头，舒展开腿。但他还是浑身发抖，古斯塔德抚摸着他，直到那恐惧渐渐过去。他睁开眼睛。"古斯塔德？请给我水。"古斯塔德再次把枕头垫高。

"我整日整夜坐在公寓里，什么也不做……脑子不停地想。这个国家还有什么希望？这样奸诈的领导人？整日整夜……我坐在那里想我一生中遇到过的所有的人……军队里的那些好人。我的古拉姆·穆罕默德。科达达德大楼……住在那里的一个个家庭。你和迪尔娜瓦兹，孩子们，你对他们的期望。还有那些浑蛋，那些部长和政客，那些又丑又肥的水牛和猪……越来越肥，吸着我们的血……"吉米浑身发抖，情绪激烈到说不出话来。

"想到这些，我简直要疯了。但我决定——如果他们能拿六百万，我们为什么不能？她儿子、他的玛鲁蒂汽车制造公司①，不管他们用它做什么……我们也可以用一些。你、你的家人、古拉姆、我。为什么不呢？我留出一百万卢比，让古拉姆准备接货……我们在克尔集市的通常渠道。"

古斯塔德尽量温柔地问："但是你为什么不告诉我发生了什么事呢？"

"古斯塔德，我了解你……你有原则。如果我告诉你真相……你会同意吗？我的计划是完成手上的工作后就辞职。回到孟买，和你们分那笔钱。你、古拉姆·穆罕默德、我。那是不对的，我知道，不能以错纠错。但我当时觉得很恶心。而且我很确定……如果总理办公室拿到五百万卢比……没人会再去追究少掉的一百万。哪里的油管不漏油呢？

"但是……我错了。他们找来了……将我抓了起来……凭我的认罪书立案了。他们真正想要的是一百万卢比。你知道我们的监狱里是怎么样的，如果你拒绝……"

"但你拒绝了。"

"必须保护你和古拉姆……不想你们有任何麻烦。钱一还回去，就什么都好了。转到医院，适当的医治……"

吉米沉默了，古斯塔德感觉到他想听自己的反应。"我该说什么呢，吉米？你受了这么多苦。但是，你仍然可以跟律师或报纸谈谈，告诉他们那一百万卢比的真相，还有他妈的奸诈的——"

---

① 玛鲁蒂汽车制造公司，由英迪拉·甘地的小儿子桑贾伊·甘地创立。

"古斯塔德,已经试过了。一切都在他们的控制之下……法院在他们手里。只有一个方法……静静地度过我的四年……然后忘记这件事。"

"每个人都知道有腐败,"古斯塔德说,"但到这个地步?难以置信。"

"古斯塔德,这是普通人无法想象的,这些当权者所做的事情。但我让你来这里不是想让你担心……为我感到难过。已经发生的事情就让它过去。我只是想和你谈谈。确保你不要觉得我想欺骗你。你很生气,古拉姆告诉我……如果我是你,我也会生气。但我希望……你现在可以原谅我。"

古斯塔德对上他的目光。他看到朋友需要得到赦免,眼中流露出恳求的神色。"你原谅我吗?"

回答只能有一个:"胡说。没什么需要原谅的,吉米。"

吉米努力伸出手,想握住古斯塔德的手,却因用力过猛而颤抖起来。古斯塔德紧紧握住他的手,"谢谢你,古斯塔德,谢谢你做的一切……谢谢你来听我说……"

他们沉默了一会儿,然后开始聊起过去,那时候,孩子们还小,少校叔叔教他们如何左右左右地大步走,如何用尺子代替步枪举枪敬礼。

就在古斯塔德快要离开之前,护士过来又给他打了一针。这个粗壮的女人把吉米翻了个身——这次是另一边,一针扎了进去。

他们在药物让他沉默之前,说完了他们正在谈论的事情,说了再见。古斯塔德在床边坐了一会儿,听着他不安的呼吸声。他拉起被单,把它掖好,然后弯下腰,轻轻地吻了吻朋友的额头。

古斯塔德被夹在旅伴之间睡觉的时候,总理通过特别广播告诉全国,巴基斯坦空军飞机刚刚轰炸了印度在阿姆利则、帕坦科特、斯利那加、焦特布尔、昌迪加尔、安巴拉和阿格拉的飞机场。她说这是赤裸裸的侵略行径;因此,印度现在与巴基斯坦开战。火车快到孟买的时候,车上所有人都已经听说了这个消息,还有一路上从车站听来的各种小道消息。在维多利亚车站的时候,古斯塔德想买一份报纸,但是那所剩不多的报纸已经涨到了平时价格的五倍,他就没买。

第十九章

1

保险起见,迪尔娜瓦兹在太阳升起后,还让蜥蜴在索拉博的矮榻下面多待了三个小时。要去见卡匹希亚小姐之前,她小心翼翼地拿起盒子摇晃了一下,盒子里传来令人放心的窸窣声。

她实在猜不出来特穆尔和蜥蜴可能产生什么联系,可以让索拉博回来。很奇怪,在卡匹希亚小姐面前,在那间公寓里,怀疑那么容易消失,她所有的法子都成了合理、明智的典范。可是,我一定是疯了,才会请求她这么做。

她推开前面的窗户,看特穆尔在哪儿。他正等着她。"酸橙汁酸橙汁。非常非常非常好喝。"

"不不,没有酸橙汁。但卡匹希亚小姐有很好玩的东西给你。走,她在叫了。"

"电话电话电话楼上。"

"对,就是打电话的地方。去吧,我也会来。"

"去去非常好喝。"他嘴巴咧得大大的,左手夹在左边腋窝下走了。她让他先去了，过了大约两分钟才拿着盒子去了。

卡匹希亚小姐浑身透着不耐烦，催着他们赶快进屋。"快点，快点，关上门，"她嘟囔着，"你以为我要在哪里做这些事，就在这楼梯口吗？"

迪尔娜瓦兹等着她的指示。到了这个时候，她觉得自己被困住了（像鞋盒里的蜥蜴一样无助，她心想）。事情已经开了头，她只能眼睁睁地看着它像滚石下山一样越来越快，越来越明显地预示着结局。在咖喱石板上叽叽嘎嘎地研磨香料是一回事儿，想拉住某件事情、让它叽叽嘎嘎地停下来又是另一回事儿。那需要另一种力量才行。

让她惊讶的是，卡匹希亚小姐走向了两扇锁着的门中的一扇，用脖子上挂着的一大串钥匙中的一把开了锁。这个老妇人眼睛里神采飞扬，像艺术家即将揭开他最得意的作品一样，她推开门，让他们都进入那曾经的禁止任何人进入的内室。

那里的窗户都紧紧关着，厚重的窗帘拉得严严实实。一股浓浓的发霉和废弃的味道迫近门口。迪尔娜瓦兹并不愿窥探这幽暗房间里的秘密。多年的流言和传闻背后的真相就在眼前，等她去发现，她却有些胆怯，在门口驻足不前。特穆尔瞪大了眼睛，冒着汗，紧张地抓挠着。

卡匹希亚小姐对两人的拖沓很不耐烦。"你们要在门口站一天的话，我们可什么也做不了！"她将他们推了进去，一手啪地打开了墙上的开关。一盏昏暗的灯亮了起来。

迪尔娜瓦兹倒吸了口气。她无法确定该看哪里，又或者不看哪里；两种欲望同样强烈。于是她只好什么都不做，任由房间和房间里的东西（从未被注视过的东西）在她眼前逐渐清晰。

灰白的色调包裹着一切。蛛网和厚厚的灰尘之下，除了鬼魅般的家具之外，其他物品都难以辨识。但是随着她的感官逐渐适应这古怪的宁静，以及昏暗、蒙尘的灯泡发出的朦胧灯光，这影影绰绰的房间开始不情愿地展露出它的秘密。她现在可以看出挂在衣架上的破布原本可能是男孩挺括、浆洗过的衬衣和短裤，或许是校服。下面的杆子上挂着的两块满是窟窿的黑色破布，看上去像某种神秘的爬行动物蜕下的皮囊，肯定是两只袜子。那看上去像一段枯萎的皮的东西应该曾经是一条上好的蛇皮皮带。是的，显然是的。

没错，她现在能看出来，这以前一定是卡匹希亚小姐的侄子法拉德的房间，他曾经让她的茶杯茶香四溢。却和他的父亲一起在山上车祸中不幸丧生。他们残破的躯体从山坳里运回来的那一刻，卡匹希亚小姐的茶杯也碎了，像他们的骨头一样无可挽回——任何正骨大师都无可奈何，奇迹也修补不了。

但是卡匹希亚小姐一直在试图修补，用她自己的方式。她虔诚地幽闭独居了三十五年，让热带气候肆无忌惮地发挥它的破坏力。三十五个潮湿的雨季，喜爱潮湿、疯狂蔓延的菌子，各种各样的霉——潮乎乎、黏腻腻的，都在这个腐败和瓦解的过程中发挥着自己的效力。房间里有那个男孩的书桌，上面放着一本摊开的练习册，书页已经卷曲发黄。练习册的旁边是一摞课本，最上面那本有着棕色的封面，上面用孩子尚显稚嫩的字迹写着：中学英语语法与写作，雷恩、马丁编写。那墨迹历经岁月洗礼，已经褪色。桌上的自来水笔和墨水瓶已经完全干了。还有一把弯曲的、有裂纹的尺子。铅笔。一小块硬得像木头的橡皮擦。椅子上搭着一件绿色的雨衣，上面覆盖着一层毛茸茸的灰色生长物；椅子下面，黑色的胶靴也成了毛茸茸的灰色。床上，黑色条纹棉布的床垫从床单巨大的窟窿处露出来，那是一代又一代的飞蛾在成千上万个夜晚恣意欢宴的结果。但无论是床单还是毯子，抑或是枕头，都整整齐齐地待在它们原来的位置，等待着昔日居住者的归来。

相连房间的门也是开着的，迪尔娜瓦兹可以瞥见里面的情况。那一定是法拉德父亲的房间。他的律师袍挂在门后的一个金属钩上，已经破破烂烂，从黑色变成了灰色。一捆捆的法律文件、法院文书都用粉红色的布带捆得好好的，整齐地堆在一张金属书桌上。床边的一张桌子上放着梳子、剃须套件、公文包和杂志。到处都是蜘蛛网，缠绕在灯具、窗帘、门框、窗户、橱柜、衣架和吊扇上。像哀悼的花环一样，这些蜘蛛网伸出它们黏糊糊的手臂，拥抱着卡匹希亚小姐悲伤过去的遗迹。

"站到一边，特穆尔。"她说，没来由地有些生气，"别老挡着我的路。"她从迪尔娜瓦兹手里接过盒子，放在法拉德的书桌上，将盖子打开了一条缝。不久，蜥蜴伸出舌头，探出脑袋。卡匹希亚小姐迅速用弯曲的尺子打它的头。她把盒子翻过来，用拇指和食指捏住蜥蜴扭动的尾巴，用一把又钝又锈的剪刀剪掉了大约两英寸。

迪尔娜瓦兹脸色苍白；就像特穆尔一样，她看得目瞪口呆。卡匹希亚小姐需要的东西房间里都有。那尾巴被插在灯芯架上，像一根普通的棉芯，浸在油里，漂在油灯里。那尾巴继续扭动，使得支架在油面上摇摆，那灯芯架装载着奇怪的货物，却依然漂在油面上。

"现在，"她拿起火柴盒，对迪尔娜瓦兹说，"你去外面站一会儿。你，"她对特穆尔说，"你想玩点好玩的吗？"

"好玩的好玩的好玩。"

"那就坐下，看着这个灯。"

特穆尔咯咯地笑着，看着扭动的尾巴，坐了下去。那把腐朽的柳条椅子立刻塌了。他沉了下去，屁股戳到了椅子外面，卡在里面动弹不得。"摔倒了摔倒了摔倒了。"他伸出溺水者般的双臂求救。

迪尔娜瓦兹将他从椅子架里拉了出来，然后才离开了房间。在门外，一股刺鼻的气味告诉她卡匹希亚小姐已经点燃了火柴。几秒钟后，后者走了出来，关上了身后的门。

"一旦燃烧起来看着它是很危险的，"她说，"所以我才叫你出来的。"

"那你呢？你肯定会看到的。"

"没有。你以为我疯了吗？我知道如何在不看着的情况下点燃它。"她们听见特穆尔咯咯的笑声，闻到了烧焦的蜥蜴皮和肉的气味，大约有五分钟。然后卡匹希亚小姐打开门，把他叫了出来。

他舍不得走。"扭啊扭啊，烧啊烧啊。"

"够了，"卡匹希亚小姐说，"去院子里玩。"她想等等再收拾那油灯，她凑到迪尔娜瓦兹耳边低语，因为她不想冒任何风险。哪怕是一点点尾巴没烧干净，也可能带来可怕的后果。就像这样（她打了个响指），你可能就疯了。

迪尔娜瓦兹立刻仔细地看了看特穆尔，看他有没有变化。"别傻了，"卡匹希亚小姐说，"得过几天。"

"哦。"迪尔娜瓦兹说，她既放心又失望。

"扭啊扭啊。"特穆尔说。他下楼了，好的那条腿在前，瘸的那条腿拖在后面。"扭啊扭啊，扭啊扭啊。好玩好玩。"他挥舞着手，从视野里消失了，但他的声音从下面的楼梯口传来："烧啊烧啊烧啊烧啊。"那条蜥蜴的尾巴从油灯里跳了出来，落在法拉德的破烂练习册上，但他没说这个事，就离开了。

2

古斯塔德从维多利亚终点站下车时，看到他不在的这段时间里，那堵院墙最后的空白处也被画满了——先知、圣人、哲人、导师、预言家、圣徒和圣地，油墨和珐琅漆覆盖了黑色石头的每一寸。明亮的色彩在临近中午的阳光下闪闪发光。

人行道上很多信徒们留下了鲜花：单朵的、小束的、大捧的。也有密实的花环：玫瑰和百合。空气中都是它们芬芳的香气。他在公交车站就能闻到这股香气，丝丝袅袅的，像圣母山上那个女人的纱巾的轻触。他越走近，这香甜的气味就越浓烈。百日草、金盏花、茉莉花、素馨、凌霄花、木兰、牡丹、菊花、素心花、菊花，色彩和芬芳的奇妙融合刺激着他的感官，让他有些恍惚地微笑着，忘记了火车上两个夜晚造成的疲惫。

这和以前那堵墙形成了多么鲜明的对比啊，他想。现在很难想象那里曾经是充满排泄物的地狱。达达·奥尔穆兹德，你真了不起。现在再也没有嗡嗡的苍蝇和蚊子，只有千万种色彩在阳光下跳舞。再也不是臭气熏天，而是天堂般芬芳馥郁。真是人间天堂啊！

离他上次仔细看这堵墙已经过去几个星期了。用粉笔画的内容都被擦掉了，用油墨重新画了一遍，包括梵天、毗湿奴和湿婆的三相神。真是奇迹般的转变啊！确实是有神在上的，现在科达达德大楼的一切都在变好。

古斯塔德还记得两个多月前的那个夜晚，他闻到人行道缝隙里一支香的香气时的惊喜。今天这里有这么多的香棒，插在香插里，白色香甜的烟雾袅袅上升。附近，在一个陶制的小香炉里，熏燃的乳香散发出它独特的、令人愉快的浓郁香气。偶尔也有一些点燃的蜡烛和油灯点缀其间。在琐罗亚斯德画像前甚至还有一截檀木。黑墙俨然成了各种族和宗教的圣殿。

"您的主意很好，先生，"街头艺术家说，"这是整个城市最好的地点。"

"不，不，这得归功于你的才能。有了新的油画颜料，这些画像看起来比以前更好了。但是角落里堆放的那些东西是什么?"古斯塔德指着墙的尽头,那里堆放着一些竹竿、波纹金属板、硬纸板和塑料。

"我打算为自己建一个小棚屋。先生,如果您允许的话。"

"当然可以,"古斯塔德说,"但是你曾经说过你喜欢幕天席地而睡。这是怎么了?"

"哦,没什么,"艺术家尴尬地说,"只是想改变一下。来,让我给您看看我新画的画像。"他拉着他的胳膊,"看那里:戴着花环、等候湿婆的帕尔瓦蒂①,神猴哈奴曼②建造通往兰卡的桥梁,罗摩杀死魔王罗波那,旁边是罗摩和悉多重聚。还有这里:乌帕萨尼大师、卡姆大师、戈达瓦里大师。还有这个举世闻名的教堂——圣彼得大教堂,米开朗琪罗设计的,您一定听说过。"古斯塔德点点头。

"这里还有一些基督教的画。马槽里的圣婴和东方三博士;圣母与圣婴;登山宝训。这些是《旧约》里的:摩西和燃烧的灌木丛;摩西分海;诺亚方舟;大卫和歌利亚;参孙站在两根柱子之间推倒非利士人的宫殿。"

"很美,非常美。"

"这是著名的蓝色清真寺。它旁边是卡利安的穆斯林圣墓。

---

① 帕尔瓦蒂,雪山女神,印度教中主管生育、爱情、美丽、婚姻、孩子和奉献的女神,三位主要女神之一,湿婆的妻子。
② 哈奴曼,印度神话人物,善变化,能腾云。哈奴曼建造桥梁是印度史诗《罗摩衍那》中的一个场景。

那是喀巴神庙。这边，印度教和伊斯兰教的两位融合者：卡比尔和古鲁那纳克①。"

"这边这些呢？你漏掉了他们。"

"哦，抱歉。我以为您以前看过。这是火神阿耆尼②；世界之母迦梨女神③；还有耶拉玛女神。"

"耶拉玛？"这名字似乎有点熟悉。

"是的。神女们的神祇——您知道的，娼妓、窑姐、妓女——诸如此类，都是一回事儿。他们都称她为妓女的保护神。"艺术家解释道，这下古斯塔德想起来了。很早很早以前，他还在上学的时候，在槟榔老头皮伯赫的故事里听过这个名字。

"还有这个。您应该认得这个。"街头艺术家说，狡黠地微笑着。

古斯塔德仔细看了看这个似乎非常熟悉的地方。"看上去像我们的墙。"他试探性地说道。

"没错。它现在也是一个神圣的地方了，不是吗？所以它完全值得被画在这堵墙上，在这些圣人和圣地之间。"

古斯塔德弯下腰更仔细地看了看，墙上画着一幅画满画的墙，墙上画着画，画上画着墙，墙上又画着画……

"什么都画了，"艺术家说，"除了一样。我要留到最后来

---

① 古鲁那纳克，锡克教的创始人。
② 阿耆尼，吠陀教及印度教的火神。
③ 迦梨女神，帕尔瓦蒂的化身之一，常被描绘为黑皮肤、具有摧毁力的女神。

画。"他领着古斯塔德来到原本画着琐罗亚斯德、库卡达如大祭司和摩诃吉·拉娜大祭司的那一处。那里加上了第四位人物，也是帕西牧师的装扮。

"这是谁？"古斯塔德厉声问道。

"这是个惊喜。您自己也是帕西人，我在想您会觉得这很有意思。您瞧，几天前，一个住在您那个大楼里的先生——有只白色小狗的那位——"

"拉巴迪。"古斯塔德说。

"他对我说，既然我在画圣人和先知，他有个请求。我说当然可以，这堵墙有足够的空间给每个人。他给我看了一张黑白照片，说这是巴利亚祭司，对于帕西人而言他是个圣人。他说他创造奇迹来帮助病人和受苦的人。他并不仅仅局限于精神问题，因为拜火教的教条鼓励物质和精神上的成功。

"这些我本来都知道。但我没跟他说的是，除了我的艺术学院文凭，我还拥有古代和现代世界宗教的学位。你永远不知道什么时候你会学到新东西。所以我听着。他说巴利亚祭司很有声望，他帮助人们解决健康问题、宠物问题、股票市场问题、商业合伙问题、找工作问题、商业银行家问题、杰出公务员问题、委员会主席问题、工业巨头问题、小承包商问题等等。

"好吧，我对他说，我相信你，我收下了照片，开始画。草图完成后，我就开始用油画颜料。但那天傍晚，住在这里的警长开车经过——"

"班吉巡官。"古斯塔德说。

"他从这里经过,看到了新的画像。他突然猛踩刹车,倒回来,冲着我大叫,让我别再画了。你知道吗,我很害怕,那些警察经常找我麻烦,我已经受够了。他们根本不懂艺术——把我当流浪汉和乞丐一样对待。我非常恭敬地告诉他,先生,有一只白色小狗的男人要求我画的,因为这是帕西的一位圣人。

"那位警长笑了起来,圣人?他说,老兄,那家伙是个骗子,是帕西牧师界的耻辱。他欺骗可怜的人,将自己的相片镶上相框,和护身符之类的垃圾一起卖给他们。那些事绝对不是拜火教会鼓励的,警长说。"

"然后呢?"

"拉巴迪先生出来遛狗,听到了警长的话,就争辩了起来:巴利亚祭司从来没有利用他神圣的能力赚一分钱,那些这么说的人都是嫉妒他的卑鄙小人,游手好闲的懒汉,舔他的鞋底都不够格。而且,这是一个世俗的国家,大家想信什么就可以信什么,巴利亚祭司像其他任何人一样有权利出现在这堵墙上。

"我不得不同意他最后这句话。警长一定是觉得在公开场合吵架很丢人。他说,随你吧,骗子就是骗子,就算把他放在先知和圣人中间也改变不了这个事实。然后他就开车走了。

"拉巴迪先生告诉我有很多像班吉巡官这样的怀疑论者和诽谤他人的人,但终有一天他们会看到真相的。他说他有证据证明巴利亚祭司的神圣。他的大狗,'老虎',几年前死的时候,他家里的巴利亚祭司的相片里的祭司眼里流出了眼泪。很神奇。"

"但是你相信吗?"古斯塔德笑意款款地问。

"您瞧,我不想削弱任何人的信仰。奇迹、魔法、机械技巧、巧合——只要有用,它是什么有什么重要的呢?为什么要分析那是想象的力量、暗示的力量、自我暗示的力量,还是心理压力的结果呢?看得太仔细是有破坏性的,会瓦解一切。生活已经够艰难了。为什么要让它更难呢?毕竟,谁能说清楚什么是奇迹,什么是巧合呢?"

"这倒是真的。"古斯塔德说,"但这堵墙是我想看到的奇迹,比相片流泪要有用和真诚得多。一堵臭烘烘、脏兮兮的墙变成了一个美妙的、芬芳的、让大家都感觉好的地方。"

"它还会越来越好的,战争已经开始了。这种时候,人们在宗教的事情上会更慷慨。"

"确实,"古斯塔德说,"瞧,那段檀木熄灭了。你有火柴吗?"

街头艺术家有一盒。古斯塔德试图重新点燃檀木的时候,一辆消防车经过,减速,开进了院子里。他放开檀木,赶紧跑进院子。他到的时候,消防员正在将消防水管解开。

特穆尔着迷地看着他们,激动地挥舞着手臂:"古斯塔德古斯塔德古斯塔德。叮叮叮叮叮叮。好玩好玩好玩。扭啊扭啊转动火。"

"别闹,特穆尔。"他不耐烦地说。烟从卡匹希亚小姐的公寓里冒出来。他不知道她有没有事。

3

消防员离开后,大家一致认为卡匹希亚小姐的公寓能在一场大火中幸免于难是个奇迹。现场烟大火小这个事实很快就被大家忽略了。

口口相传之间,这场以浓烟为主的小火灾变成了火势猛烈的大火,继而甚至到了疯狂肆虐、完全失控的程度。科达达德大楼差点就被愤怒的地狱之火吞噬了。大家都深信,是神灵出手救了他们。

有些人将这次的幸运归功于那堵墙:那么多人停下来祈祷,倾吐他们的祈求和感谢,这无疑创造了一种祥和的气氛。除了那位善良与美德之神,还能是谁在这样的时刻关注着这个备受称颂的地方呢?

在卡匹希亚小姐的公寓里,被烧的只有那两间锁着的房间。她将她亲爱的侄子和兄弟留下的遗物珍藏在那黑墙砌成的圣物盒里,时时缅怀。此刻一切都化为灰烬,和三十五年来的灰尘一起覆在地板和家具上。那湿漉漉的灰覆盖着一切,仿佛某个勤劳的人从卖清洁用品的人那里买了一袋灰,撒在各处,准备将这两个房间好好刷洗一番。

卡匹希亚小姐和迪尔娜瓦兹评估了损失,后者承诺带达利斯一起来帮忙打扫。她惊讶地发现卡匹希亚小姐很坦然地接受了这个结果。事实上,迪尔娜瓦兹觉得她还有点高兴,对接下来的打扫似乎有些期待，也很享受大家的同情和关注。那些人决定忘记她古怪刻薄的名声。大家都心照不宣地相信，一个人可以这样奇迹般地从死神的火焰中逃生，定是有天神庇佑。

只有卡匹希亚小姐知道这场温和的火灾的秘密。三十五年来，她珍藏的那些纪念品像温和的药膏，涂抹在悲痛留下的伤口上。它们有着神秘的力量，可以抚慰她的伤痛，这一点卡匹希亚小姐很明白。

然而，她也知道，让这些物品如此特别的东西、它们的主人赋予它们的那种特别的气息不是永恒不变的——终有一日，它们会失去那种光芒，变得毫无意义。当那一刻来到的时候，她就真的是孤身一人了。

现在，大火一烧，那一日显然已经到了。这场火让一切都很明显——她所珍藏的、可以治愈她、给她生活力量的东西都已经被她吸收了，只留下羽毛般轻飘飘的茧衣，它们脆弱得甚至无法燃起火焰。对卡匹希亚小姐来说，大火被那样轻易地扑灭，实在不是什么令人费解的事。

迪尔娜瓦兹一边要帮卡匹希亚小姐收拾，一边自己还要做饭、做家务，她在忙碌的间隙里听古斯塔德说了吉米的事。几个月来，她第一次感到快乐和轻松。和卡匹希亚小姐一起做的那些无法说出口的事情所带来的恐惧、羞愧和内疚都在大火中，和卡匹希亚小姐的过去一起被烧掉了。

古斯塔德希望她能安安静静地坐下来听他说。他努力描述看到吉米的惨状时他内心的痛苦。"你知道路边卖果汁的人用的那种木制榨汁器吗？用来挤压水果的？我走进吉米的房间，看到他的那一刻，我的心感觉像被放在那样的机器里挤压过一样。"他的声音有些颤抖，但迪尔娜瓦兹没有注意到。蜥蜴尾巴事件后降临的繁忙和宽慰像一层温柔的面纱，让一切变得模糊、扭曲，慷慨承诺着幸福的结局。

她确信吉米会康复，四年后会回到科达达德大楼。"你不这么认为吗？"

古斯塔德选择不做回答。他转向罗珊。"喏，我的小猴子。你现在感觉好多了，但也不是说你可以一天到晚到处跑。慢慢来，等你身体再好一些。"他站起来伸了伸懒腰，"太困了。在火车上过了两夜。但还有很多事情要做。"

"你不用去帮卡匹希亚小姐。"迪尔娜瓦兹说。

"我完全不是那个意思。我是说战争要开始了。"

"就算战争要开始了，那和你又有什么关系呢？我的丈夫要端着枪去战斗吗？"她伸出胳膊，环住他的脖子，笑着将脸颊压在他的肩膀上。罗珊在好起来，古斯塔德安全回来了，卡匹希亚小姐一改往日的行事风格——她还能要求更多吗？忧愁担心的日子已经过去了。当然，还有一件事，索拉博还没回来。但即便这件事，她觉得，也早晚会解决的。

"你变得很幽默了。"古斯塔德严肃地说，"已经宣布从今晚开始要实行完全的宵禁了。我得准备好，还要为空袭做好准备。"

"大老远的,他们不会那么快就打到孟买来的。"她说,依然笑盈盈的。

"大老远的?你知道吗?有了现代化的蒸汽式战斗机,那些巴基斯坦人几分钟就可以抵达这里!你以为他们还会寄张明信片给你,说他们想来投一枚炸弹吗?"

"好了,孩他爸,好了,"她心情很好地说,"你觉得要做什么就做什么吧。"

他说还好他一直没有揭掉遮光纸,至少现在可以少做一件事。他提醒她九年前她还一直为这事唠叨他,自打跟邻国打仗的时候就开始抱怨了。但到了一九六五年,又和巴基斯坦打起来了,遮光纸已经贴好了,这不是很方便吗?"又是同样的情形。历史总会重演的。"

"好了,好了,孩他爸,你是对的。"

他搬了把椅子到前门处,检查上面的纸。"将达利斯留给我。"见她拿着长柄扫帚和各种刷子准备出门,便说道,"我可能需要他搭把手。"有好几个地方都得补一下。达利斯站在旁边给他递锤子、螺丝和纸张。古斯塔德爬了上去,意识到今天上午十点没有防空警报。从现在开始,它只会在真的有空袭的时候响了。

前门补完了,他们又将椅子移到了黑色书桌旁边的窗户前。"这个我来吧。"达利斯说。他爬上去,伸出手来要锤子。但他父亲抚摸着锤子深棕色的木柄,脸上是恍惚的微笑。

"好了。"达利斯说道,想引起父亲的注意。

看着达利斯的手指握住那木柄，古斯塔德心里一阵骄傲。"你没见过你曾祖父。但这是他的锤子。"

达利斯点点头。他听到过古斯塔德以前教索拉博怎么做木工活。他握住那结实又舒适的木柄，举起圆圆的锤头，敲打着钉子。锤子递回去的时候，古斯塔德感觉到手柄微微有点潮。他想，一定是达利斯的手汗弄的。但是我祖父以前多会出汗啊。即便是以前生活富裕、有别人做这些事的时候，他也喜欢自己干这些重活。汗水从他前额冒出，顺着脸颊、脖颈蜿蜒流下。活儿干到一半的时候，他胳膊下的衣服就洇湿了两大块，衬衫的后背也全湿了，贴在皮肤上，湿掉的部分呈现出一个大心形。然后他就索性脱掉衬衫和背心。汗水一道道往下淌，落在木板上、木工台上，落在他身边的工具上。有的溅到一层层的锯木屑上，让木屑变成暗色，仿佛那些汗水是赋予生命的水，那些木屑则是园丁侍弄的泥土。祖父掌心里的汗浸染过这锤子的手柄，让这木头变得暗沉光亮。先是他的手，然后是我的手。这木柄越来越光滑。本该轮到索拉博……但是还有达利斯。他会在这木头上添上属于他的光泽。

一把锤子这样代代相传意味着什么呢？它意味着一个人内心深处的满足。只此足矣。没必要费力探究这些词的深意。

他们继续去弄下一个窗户、下一个通风口，修补撕开或缺了的地方。他告诉达利斯在有电力工具之前，工坊里的工人只能依靠自己的肌肉，挥洒汗水甚至血液，才能将木头变成有用的、美丽的物件；他和他说起了达利斯的曾祖父，说他是个身材魁梧、强健有力的男人，他心地善良，性格温和，但有着强烈的正义感，讲究公平公正。有一次，他的一个工头虐待一个木匠，他揪着他的衣领将他拎得双脚离地，威胁要将他扔到外面街上去。

他们从一扇窗户忙活到另一扇窗户，从一个通风口忙到另一个通风口。古斯塔德一边忙，一边不忘打开自己生活的通风口，让达利斯看。达利斯以前听过所有这些故事，但不知怎的，手里拿着曾祖父的锤子，这些故事听起来有些不同的味道。

黑色遮光纸修好之后，他们又用硬纸板给光秃秃挂在那里的灯泡做了灯罩。他们打开开关查看灯光是不是在地板上投射出整齐的圆圈。随后，古斯塔德觉得那张四柱的大床很适合当作空袭的躲藏处：它的床架子是乌檀做的，床板是一英寸厚的结实的缅甸柚木，即便最糟糕的事情发生，它应该也能承受得住掉落的石砾。

"两个男人用长锯锯了一整天。整整一天，就是为了锯做床架和床柱的乌檀木。因此，这架老床的主要框架结实得像铁一样。"他说。但这架四柱床在窗户旁边。"这可不行，得移到另一边去。"橱柜和梳妆台都被移到了一边。然后他们开始费力地移动沉重的床，一点一点地移。

迪尔娜瓦兹从卡匹希亚小姐那里回来，见他们喘着粗气干着这事。"你们在干什么？停下！想让肺和肾都爆掉吗？停下，听我的！"

"你知道你儿子有多强壮吗？给她看看，达利斯。给她看看你的肌肉。"古斯塔德说。

"快摸木头，孩他爸，快摸木头。"她说道，着急忙慌地伸出手去摸床架，然后由着他们继续手里的活。

索拉博的小床上的床垫从四柱床下面露了出来。迪尔娜瓦兹抚摸着索拉博的头以前枕着的地方。古斯塔德冲她皱了皱眉。他卷起两床毯子，放到了床底下，一起放过去的还有一支手电筒和一瓶水。他往一个装饼干的旧铁盒里放了一小瓶碘酒、一瓶红药水、一支青霉素软膏、卫生棉球、胶带还有两卷外科高斯绷带。"从现在开始，"他说，"警报一响，我们就躲到这下面去。"

像个孩子似的，迪尔娜瓦兹心想。这么激动。趁着他高兴，她说道，"等你们忙完，去帮一下卡匹希亚小姐。"消防员将她的窗户打开了，那可是三十五年从未开过的窗户。现在关不上了，三扇窗中的一扇关不上了。她很着急，因为宵禁的事。

古斯塔德和达利斯兴冲冲地去处理被泡涨的窗户，他们拿了一个凿子、砂纸、两把起子和一个锤子。一个小时后，他们回来了。古斯塔德说卡匹希亚小姐变了个人。"她冲我笑，甚至还开了个玩笑，说我可以再带朵玫瑰给她。那个老太太真是发生了天差地别的变化。"

你也一样，迪尔娜瓦兹高兴地想。

夜晚比往常更早降临。大门旁，灯柱立在那里，没有灯光，街头艺术家在日落时分熄灭了所有的蜡烛、线香和香炉。主干道像宵禁时期的街道。一辆孤独的出租车驶过，车上没有乘客，车头灯被涂黑了。古斯塔德觉得它就像一个闭着眼睛的梦游者。就连往常在这个时候还聒噪不已的乌鸦和麻雀，在这个没有光的城市里似乎也迷失了方向。

灰蒙蒙的院子围着黑黢黢的公寓，散发着一种绝望的忧郁气息。古斯塔德从外面看了看自家的窗户：严丝合缝，没有漏出一丝光。他边走边抬头看了看特穆尔家的窗户。他哥哥回来了，该做的遮挡也都做了。但是明天他又要离开去卖货了。古斯塔德这里现在有一把他家的备用钥匙，以防特穆尔被锁在门外——特穆尔隔壁的邻居不肯再继续保管这把钥匙了，他们说他快把他们逼疯了。

"有什么消息吗，老板？"班吉巡官问道，"为战争做好准备了吗？"他正在涂黑车头灯，只留下一条细缝。

古斯塔德走上前去："夜班？"

班吉点点头。"所以才要涂他妈的这种黑乎乎的东西啊。"他拿了块抹布擦手，"那些浑蛋想打仗，那就打吧。该死的狗杂种以为他们可以就这么过来轰炸我们的机场。他们在想什么呢？难道我们的飞机会停在外面等他们吗？我们的人可真他妈的聪明，老板，真他妈的聪明。所有东西都藏在混凝土建的地下飞机库里。现在我们要直接命中他们的三柱门——顶端柱门、中间柱门、腿侧柱门——一个不剩。"

古斯塔德指着他们的大楼。"看来我们的邻居们遮光工作都做得很好。"

"是啊，"班吉说，"但是老板，第一天大家总是很有干劲儿的。往后就慢慢松懈了。然后我们警察局就会收到各种投诉。和一九六五年那会儿一样。任何时候，只要一看见有灯，就说是巴基斯坦的间谍。"那块湿抹布擦不掉他手指上的黑东西。他回家用别的方法去弄掉了。

第二十章

1

马顿先生发布了有关空袭警报的指导方针和指令。每个部门都安排了监管员，以确保在警报响起时，处理现金的人在离开岗位前锁好现金。员工必须躲到办公桌下——一张办公桌下只能躲一个人。共用一张办公桌的员工如果是同性，可以例外；如果不是同性，则要与最近的合适员工配对。监管员将判断配对是否恰当。马顿先生不希望出现在办公桌下打情骂俏的丑闻，令他的银行声誉受损。

这个指令清单，还有银行里的一切，都让古斯塔德想起了他逝去的朋友。丁肖基定会在食堂里模仿马顿先生，欢闹一场。他还会想象如果和穿着超短裙的劳瑞·库缇诺躲在同一张办公桌下面会有多刺激。

现在的食堂，没了欢声笑语和歌声。取而代之的，是人们无休止地谈论着战争，反复说着边境线另一侧发生的悲惨事件。无论是谣言、事实还是幻想，都被人们以同样的热情谈论着。

据说，那位嗜酒堕落的敌国总统不停地安排欢宴，让他的部长和将军们忙于饮酒作乐；他担心如果他们恢复理智的时间太长，他就会遭到罢黜。就这样，这个疯狂的梅毒患者紧紧抓住权力不放，透过混沌的酒意，他看到执着的蛀虫心满意足地啃噬着自己的大脑，变得越来越绝望。

与孟加拉国被凶残侵占的消息相抗衡的是关于印度军队英勇战绩的报道。在广播和电影新闻片中，印度军队解放了城镇和村庄，将敌人打得溃不成军，还俘虏了成千上万的敌军士兵。关于民众慷慨支援军队的报道连篇累牍：八十岁的老农跑到新德里，攥着两个当年结婚时戴的金手镯，要献给印度母亲，为战争尽一份力（有些报纸称之为"英迪拉母亲"，这其实也没关系——总理高瞻远瞩的宣传员很快就模糊了两者之间的界限，他们看出了它对未来竞选的价值）；学校的学生将午餐钱捐献出来，他们的脸洗得锃亮，与一位身材魁梧的国大党官员合影留念；农民们高呼着"士兵万岁！农民万岁！"的口号，发誓要更加努力地劳作，为国家种出更多的粮食。

当然，这些新闻片从未提及尽职尽责的湿婆神军党巡逻队和杂牌法西斯分子在城市街道上游荡，手持石块，看见他们认为遮光做得不到位的窗户就怀着满腔爱国热情地砸碎。也未提及有些倒霉蛋被误当作敌方间谍，遭到有私怨的人的毒打。更没有提到有多少家庭被冒充防空监察员前来检查的人入室盗窃。总之，他们不遗余力地向全国宣传自己的不可战胜、团结和高昂士气。

士气如此高涨，以至于战争开始六天后，美国依从叶海亚将军的呼吁，命令其第七舰队开赴孟加拉湾时，民众甚至已经做好了迎战强大的美国军队的准备。核动力航空母舰"企业"号从北部湾出发，率领第七舰队穿越马六甲海峡。它的光荣使命是：让这个饱受龙卷风和战火蹂躏的地方屈服。对此，没有人感到惊讶，因为强大的美国总是喜欢与军事独裁者为友。但是，随着舰队的日益逼近，尼克松和基辛格的名字成了人们咒骂的对象，人们但凡提及这二人的名字，必得吐口唾沫才行。不识字的人无法读到他们最新的恶行，但也能认出报纸上这两个恶棍的照片：愁眉不展的那个长着一双老鼠眼，戴眼镜的那个长着一张便秘公牛的脸。

办公室小工老比姆森给古斯塔德和银行里的其他人带来了贫民窟的新消息。他住在锡安附近的一个贫民窟的简陋屋里。在倒茶或咖啡的间隙，他告诉他们，在贫民窟里，孩子们垫张报纸蹲在上面大便（因为他们太小，不能独自出门，去巷子的沟里找个地方），母亲们就非常乐于在废弃的纸张中寻找老鼠的脸和便秘公牛的脸，放在孩子们的屁股下面。第七舰队越靠近孟加拉湾，就越难找到印着这两人头像的干净报纸。比姆森决定帮他的贫民窟邻居们进行反帝国主义的如厕训练。他请求所有银行职员在他们的每日新闻报纸看到有尼克松或基辛格的照片时，就将报纸给他。没有人拒绝。他们乐于为战争出一份力，保持高昂的士气。

但是，要对付第七舰队所需要的不仅仅是士气。紧随美国军舰而来的是苏联的巡洋舰和驱逐舰舰队,它们认真地根据《苏印和平友好合作条约》航行。为着条约精神,双方没有使用暴力。甚至连一句狠话都没有。因为苏联人只是想提醒美国人他们在所有重要国际舞台上演练已久的角色和身份:美国人是善良友好的民族,是正义和自由的捍卫者,是各地为自由和民主而战的人的支持者。

苏联的提醒起了作用。美国人没有忘记。在那里,在孟加拉湾,在黎明的曙光中,当太阳的光芒使碧波荡漾的大海闪闪发光,使十二月的天空染上完美的粉红色时,他们记住了他们举世闻名、闪闪发光的每一项美德。他们含着爱国的热泪,为无往不利的美国枪炮重新盖上了防尘罩。

古斯塔德穿过漆黑的夜色回到家时,他知道卡瓦斯基的血压又高了。对抗疗法的药物还不如卡瓦斯基以前戴的薄荷花环有效。卡瓦斯基探出身子冲黑色的天幕挥舞着拳头。古斯塔德担心,情绪再激烈一点,老人只怕会倒下。

但卡瓦斯基保持着平衡。只有一束责备的灯光,从敞开的窗户中倾泻到院子里,勾勒出他抗议的身影。"如果你让炸弹落在这里,那也要让炸弹落到比拉尔家族和马法特拉尔家族!够了,你太不公正了!太不公正了!如果科达达德大楼遭殃,那塔塔宫殿也得遭殃!否则,就再也不给你上任何一根檀香木了,一根也不上了!"

古斯塔德犹豫着是否要上楼去,和某人说一下这是违反宵禁规定的。但一个身影出现在卡瓦斯基身后。是他的儿子。他拉住他的胳膊肘，轻轻地把他带走，关上了糊着黑纸的窗户。

2

连续三个夜晚，防空警报在城市里呼啸。午夜刚过不久。警报声立刻惊醒了古斯塔德和迪尔娜瓦兹。第一次，他花了一点时间才意识到这不是梦，不是他梦到了以前上午十点的演习警报。

"要叫醒罗珊和达利斯吗？"迪尔娜瓦兹犹豫着，"会不会又像昨天一样，五分钟后一切就恢复正常呢？"

"不能冒这样的险。"他打开了零瓦的夜灯，让他们在四柱床下面藏好。然后他打着手电筒，走到摇摇欲坠的总开关前，按照当局的建议，把控制杆拨到了关闭的位置。

他也躲到床下之后，警报凄厉的哀鸣就消失了。罗珊从他手中拿过手电筒，放到下巴下面，朝上一照。"鬼啊——！"她发出一阵响亮的笑声，跳起来，这时枪炮声响了起来。

大家都大吃一惊。"高射炮，"古斯塔德笃定地说道，拿回了手电筒，"是我们的。"

"巴基斯坦轰炸机一定要来了。"达利斯说。

"哦，希望索拉博平安无事！"迪尔娜瓦兹小声说道。

"他为什么会不安全？他又不傻，不会站在街上。再说，我们的枪炮会把飞机赶走的。"但一想到巴基斯坦的飞机在城市上空，古斯塔德就感到不安。如果楼里的哪个傻瓜听到枪炮声太过紧张，决定开灯怎么办？或者打开窗户看看发生了什么？他抬起头，撞到了缅甸柚木板条。

"你要去哪儿？"迪尔娜瓦兹害怕地问，他拧开手电筒，缓缓钻了出去。枪炮声又响了四次。

"去外面，看看大楼的情况。"

她想让他就待在这里，待在床底下，但她知道他不会听她的。

"我和你一起去。"达利斯说。

"不，你和她们待在这里。"他找到了拖鞋和钥匙，把手电筒的灯光压低。他一只手按住门闩，在开门之前关掉了手电筒。

天空中有一轮新月，像纸片一样薄薄的一小片。他满意地想，新月对巴基斯坦人毫无帮助。炮声再次响起。几秒钟后，一道光扫过天空。接着又是一道，又是一道。探照灯纵横交错，在黑夜中搜寻、扫射。他站在树旁，看着这一切，差点忘了自己为什么出来。

一阵比先前任何一次时间都长的炮声提醒了他。他穿过院子向大门走去，窗户都是黑的，包括卡瓦斯基的窗户。他走回树旁，查看大楼的另一半。他自己家、楼上的卡匹希亚家、班吉家、那个养狗的白痴家……都黑漆漆的。但是突然，微风吹动树叶，树枝间，一束狭长的光线忽隐忽现：远处有一扇半开的窗户。特穆尔的！蠢货！该死——！他为什么这么晚还没睡？

古斯塔德跑的时候，他的脚跛得厉害，让他的姿态很不雅观。他飞快地跑上楼梯，抬起手气愤地敲响了门。然后他想起来：特穆尔的哥哥留了钥匙给我。他摸索着钥匙串上的钥匙，手指分辨出了那陌生的形状，他默默地将钥匙插进去。给特穆尔一点惊吓也不错。他得学着更小心点。

他走进去，停下来听了听，里面传来的微弱声音让他感到疑惑。喘息声，粗重的呼吸声。低沉的呻吟。安静。然后喘息声又起。特穆尔？他在干什么？古斯塔德想悄无声息地关上身后的门，但门闩掉了下来。一声响亮的金属撞击声像针一样刺破了过道的黑暗。他退缩了，站在原地一动不动。

声音再次响起。他穿过过道，轻轻地走向亮着灯的卧室。敞开的门口挂着一块破旧褪色的橘黄色门帘。他可以看到房间飘浮在薄纱般的布料后面，梦幻，短暂。像蚊帐，在马瑟兰，透过蚊帐看到母亲，她和我道晚安。那么遥远，无法触及，慢慢消失……

一番纠结之后，他将帘子推到一边。顿时，房间里一切虚无缥缈的东西都消失了。没有了这层神奇的橘色纱帘，房间变得实在、肮脏、难闻。门帘环在褪色的黄铜杆上叮当作响。随着门帘的摇摆，"叮叮"的轻响此起彼伏。

特穆尔丝毫没有察觉。他背对着门，弓身伏在铺着白床单的床上，对外界情况全然不知。一床脏兮兮的、边缘有着红白相间的绣花的乳白色毯子皱缩在床垫中央。他赤身裸体，只穿着棕色交叉带的皮拖鞋。背上的汗水闪闪发光。

"特穆尔!"古斯塔德厉声喝道。他成功地吓到他了,比他预想的效果更甚。特穆尔尖叫着跳了起来,右手紧握着巨大的勃起。现在,古斯塔德能够看清床上的东西了,而特穆尔还握着他勃起的家伙继续动着,并呜咽着射了出来。

毯子下半遮半掩的是罗珊的娃娃,和特穆尔一样一丝不挂。它的婚纱、衬裙、面纱、头饰、花束、袜子和其他东西都整齐地搭在床边的椅子上。

"厚颜无耻!快停下来!立刻!"古斯塔德既生气又尴尬,"你真该被痛打一顿!"他继续说道,一时也想不到别的话说,随即又发现特穆尔的条纹睡衣在地上。他捡起来扔给他。"穿上你的衣服!立刻!"他能闻到睡衣扔出时散发出的浓重酸味。

特穆尔哭了起来,泪水和汗水混在一起。"古斯塔德古斯塔德古斯塔德,非常抱歉。非常非常抱歉。"

"闭嘴!我说了,穿上你的衣服!"他走到窗前,关上了窗户。特穆尔摸索着穿睡衣。他的手因为抽泣而颤抖,这让穿衣这个任务对他一向笨拙的手指来说更加困难了。拉绳让他困惑不已,他把拉绳绕成一圈圈,拧了又拧,转了又转,互相穿过,但每次拉紧两端时,他都会看到蝴蝶结消失了。

他终于穿好了衣服,古斯塔德让他去洗手。他厌恶地看了看罗珊的娃娃。除了粉红色的腿、腹部和腹股沟上沾满了大量干涸或半干涸的精液外,没有任何破损。他想,这是多少个晚上的精液啊。它很容易清理干净,罗珊也不会注意到有什么不同，但这又有什么用呢？他已经不能将它还给她了。想到他的孩子要抚摸这个被特穆尔这样蹂躏过的玩偶，他就感到恶心。不，他会把它拿走，捐给孤儿院。

特穆尔从浴室回来时还在哭泣。他伸出双手："古斯塔德古斯塔德。干净了手古斯塔德干净了。干净洗了用力士非常非常非常干净力士。"他把双手放到鼻子下闻了闻，"很香。"然后把双手递给古斯塔德检查。

古斯塔德猛地挥开了他的双手。特穆尔一个趔趄，后退了几步。他畏缩不前，呜咽声再次响起。"你不知道羞耻吗？偷了罗珊的娃娃，还用它做这种肮脏的事？"

"古斯塔德古斯塔德，"他喊道，"古斯塔德古斯塔德她们不肯。"

"她们是谁？"

"她们她们那些女人。古斯塔德古斯塔德两个卢比我给了两个卢比。不，她们说不不不。"

他明白了。笼屋那天晚上，特穆尔在那些妓女们中间，被她们嘲笑和捉弄。

特穆尔指着娃娃。"想要摸摸。快点快点快点。很好感觉很好。快快快摸摸。"

古斯塔德的怒火开始慢慢消退。可怜的特穆尔。像孩子一样的心智和像男人一样的冲动。被妓女们避之不及，绝望中借助于玩偶。不知怎的，这似乎是一个合适的解决方案。他想象着特穆尔每晚给娃娃脱衣服，爱抚它。古斯塔德还记得，那天他带着娃娃从康斯坦斯修女办公室乘坐出租车回家,在院子里遇到了特穆尔。他那么温柔地摸着娃娃的脸颊,抚摸着娃娃小小的手指,痴痴地凝视着娃娃深蓝色的眼睛。

可怜的特穆尔。他会变成什么样?古斯塔德尽量用严厉的口气说:"你为什么要打开窗户?你哥哥告诉过你门窗什么的都要关好。"

"非常非常抱歉古斯塔德。感觉很热很热。感觉非常非常热。开窗凉快很凉快。非常非常抱歉古斯塔德。"

古斯塔德希望自己有神奇的力量,能治好特穆尔的病,让他恢复正常人的所有权利和德行。特穆尔站在那里,羞愧难当,泪水顺着他的脸颊流了下来,古斯塔德意识到他无法拿走娃娃。不知怎的,他觉得罗珊的损失不会像特穆尔的损失那么大。有一天,等她长大了,也许他会告诉她发生了什么事。

"我要走了。"他清了清嗓子,让语气显得更严厉,更像他想要的那么回事儿,"记住,即使你觉得热,也不要开窗。拿张报纸扇扇风。晚上一定要关窗。"

"一定一定古斯塔德。一定关着一定。非常抱歉古斯塔德。"古斯塔德转身离开时,他似乎很困惑,指了指床,"娃娃古斯塔德娃娃。"

古斯塔德摇了摇头。"你留着吧。"他粗声粗气地说。

特穆尔的眼睛睁得大大的,听懂了他的话却不敢置信。"娃娃娃娃娃娃。古斯塔德娃娃。"

"是的,是的。娃娃给你了。"

现在，特穆尔确信无疑，也终于敢相信了。他知道该怎么做了。他向前走去，张开双臂，抱住了古斯塔德。"古斯塔德古斯塔德。"他紧紧地拥抱着古斯塔德，"谢谢你古斯塔德谢谢你。"然后，他抓起古斯塔德的右手，在他的指关节上亲吻了一下。

他这举动让古斯塔德有点感动，但皮肤上闪烁的唾液又让他感到厌恶。他很困惑，不确定要如何应对这种情况。但他不做出回应，特穆尔就不肯放开他的手。他一脸困惑，不明白古斯塔德为什么会感到尴尬。

于是，古斯塔德短暂地搂了搂他，敷衍地拍了拍他的肩膀。然后，他再次提醒他要乖乖地关好窗户，便离开了。他掀起橘色的旧布帘，不着痕迹地在上面擦了擦手指。

从特穆尔闭塞的房间出来，走到院中后他大松了一口气。夜风带走了他鼻孔里挥之不去的汗臭味。他走进房间打开手电筒时，探照灯仍在夜幕中穿梭，但枪炮声已经平息下来。"古斯塔德？一切都还好吗？"迪尔娜瓦兹的声音听起来格外遥远，似有似无，从床下传来。

"是的。"他走到脸盆前，用力洗了洗手。

"怎么了？怎么去了那么久，我们都要担心了。"

"特穆尔的窗户打开了。我只好上去了一趟。"他希望她不要再追问了。

"但是这么久？出了什么问题吗？"

"孩子们在这儿，先不说了。"古斯塔德说。这时解除警报的声音响了起来。

3

随着印度军队越来越接近达卡，孟加拉解放在即，各地的情绪也越来越乐观。人们已经适应了宵禁，黄昏过后，城市不再因为熄灯而显得阴郁。古斯塔德觉得是时候去佩玛思特医生的诊室告诉他罗珊已经康复，并询问是否应该停止所有的药物治疗了。他们在罗珊生病期间有过分歧，但古斯塔德对这位他儿时的医生总体还是喜欢的。

"好极了，好极了，"佩玛思特医生说，"另一位病人也在康复了。好极了。"

"另一位病人？"

"孟加拉国。"候诊室里空无一人，他有的是时间，"正确的诊断是成功的一半。正确的处方是另一半。比如，印度军队注射剂。关键时刻已经过去了。康复在即了。"

他拉下百叶窗，已经过了日落时分。"如果我们能像治疗外部疾病一样快速有效地治愈内部疾病，我们就能成为世界上最健康的国家之一。你刚才来的时候闻到排水沟的味道了吗？"

"太臭了。"古斯塔德说着皱了皱鼻子。

"我告诉你，难以忍受。市政府知道吗？知道。它做了什么吗？没有。已经多少个月，多少年了。随便一看，到处都是问题。水管破裂、漏水，下水道污水满溢。视察员来了又走，水沟却永远溢水。还有警察的腐败。他们每周都想从占用人行道的人那里捞点油水。还有卫生视察员的骚扰。他们想方设法从笼屋捞好处费，就算它证照齐全。这一片区的每个人都受够了，快没耐心了。"

"你有治疗内部疾病的药方吗？"

佩玛思特医生扬了扬眉毛，嘴角露出一丝微笑。"当然，只是有一个问题。药太猛，可能不等疾病发作，药就先将病人给杀死了。"古斯塔德点点头，即使不明白医生处方的具体内容，他也听明白了他这话的要点。

突然，窗外传来一阵锣声。

是槟榔老头皮伯赫的铜盘吗？他还在给顾客讲那些老故事吗？古斯塔德感到好奇，便趁谈话的间隙告辞了。

笼屋外面，槟榔老头皮伯赫的周围聚集了比往常更多的人，他们似乎丝毫不介意令古斯塔德用手帕捂住口鼻的臭气。但皮伯赫没有讲以往那些关于笼屋的老故事：那些让新手热血沸腾、提振雄风，同时也能促进槟榔销售的香艳故事。不，暂时不讲那些故事了。顺应全国上下的情绪，为了应对外在的威胁，为了公共的利益，槟榔老头运用自己的天赋，发挥自己的一技之长，编造了一个无法界定类别的故事。它不属于悲剧、喜剧或历史剧，亦非牧歌、悲喜剧、牧歌史剧或历史悲剧。它不是英雄史诗或反英雄诗，也不是民谣或颂诗，不是假面舞剧，也不是反假面舞剧。它既不是寓言，也不是挽歌；既不是戏仿，也不是悼词。尽管仔细分析后可能会发现，它具备了所有这些类别的部分特征。但是，文学评论之类的东西对听众来说一点也不重要，他们在用唯一有意义的方式回应皮伯赫的讲述：用他们身体的每一个细胞。他们可以看到、闻到、品尝到、感受到充盈着这黄昏、勾勒出这故事的每一个字；难怪他们对排水沟的恶臭浑然不觉。

古斯塔德错过了故事的开头，但那也没关系。"在西翼，这个时候，"槟榔老头皮伯赫说，"那个酒鬼的家伙什儿已经长满了蛆虫，枯败、不顶用，就算是最强劲的春药也无法为其注入新的生命。主管他性事务的国务大臣及其副手——狂欢组织者——继续安排着奢华的表演。但酒鬼再也不能参加交配的狂欢了。他像一条被自己的毒液噎住的毒蛇一样，观看其他人狂欢，喝着威士忌。只喝威士忌，狂饮烂灌。

"他的暴躁易怒、阴晴不定和残酷成性让他身边的人都无法忍受。他们绞尽脑汁，想办法逗酒鬼开心。如何让他高兴起来，从而让自己也好过一点？

"他们尝试了很多新疗法。他们给他玩鲁多棋、蛇梯棋、大富翁牌和国际跳棋，但他总记不住那些规则，所以根本玩不起来，更不必提体会到其中乐趣了。进出口部长甚至订购了花花公子的拼图，上面是有着粉红色乳头和金色阴毛的外国女郎。但这些拼图太为难他的空间想象能力了。他将它们一个个放进嘴里，然后吐在焦急的诌媚者面前，上面还沾着腥臭黏稠的唾液。每个人都快绝望了。"

笼屋里的女人们向外张望，看看是否有客人光临。令她们沮丧的是，如今男人们宁愿听听槟榔老头皮伯赫的故事就回家,也不愿意进屋来。

"然后军方提出了一个建议。他们说,枪支就是答案。其他人问:怎么说?军方解释道,既然酒鬼的枪烂了,再也开不了火了,那就提醒他他还有很多其他的枪——能喷火的、喷出铅弹的、可以要人命的枪。他想怎么用就怎么用,让他忘了自己那把短筒小手枪给他的挫败感。

"不出意外,军方的这个解决方法很奏效。毕竟,那酒鬼自己就是个军人,他们知道怎么治自己的病。特别是当这疗法正好与他们的计划相合时。治疗很快就可以开始,因为完美的条件已经准备就绪:东边,孟加拉人正在自找麻烦。

"于是,酒鬼检阅了他的枪炮:轻型火炮、中型火炮、重型火炮、高射炮、迫击炮、榴弹炮、坦克、火箭筒。它们触动了某处温柔的角落,唤醒了幸福的回忆。他开始流口水。脸上浮现出奇怪的笑容,侍从和谄媚者都松了一口气。叫我的屠夫来,他喊道,然后他们就争相跑去将屠夫带来。

"亲爱的屠夫,酒鬼说,我在东边有件事要你去做。孟加拉人忘了自己的身份。那些黑皮肤的矮子天天嚷嚷着正义、平等和自主之类的词,以为那样就可以和我们一样高大、白皙和强大。去那里把他们解决掉。

"酒鬼本人不愿前往东边,但他希望能随时了解他的枪炮用得怎么样。屠夫答应了:他会拍很多照片,经常写信。他兴奋得在总统府邸外蹦跳起来,舔着嘴走了。

"起初,屠夫和他的手下玩得很开心。多么有趣啊,有那么多枪炮可以玩,那么多活靶子。但日复一日,日子缺少变化。然后雨季就来了,他们漂亮的制服沾满了泥浆,他们的脑子也一样,巨大的蚊子开始叮咬他们。

"从孟加拉人的头脑抹去正义、平等和自主的想法比他们预想的要难。无论他们打碎了多少孟加拉人的头颅——一百万、两百万、两百五十万——总有更多的头颅冒出来烦人。在这些头颅里,依然充满了那些令人头疼的正义、平等和自主的思想,它们在绽放,散发着令屠夫的手下疯狂的芬芳,因为他们的鼻子已经适应了暴政和专制那卑劣、猥琐的气味。"

笼屋里的女人们焦急地等待着。这场战争对生意没有好处,难民救济税迫使她们提高价格;停电让男人们提前回家;而现在这些新故事,激起的不是情欲,而是爱国热情和民族自豪感。

槟榔老头清了清嗓子,吐了口痰,抹了下嘴巴。"所以,兄弟们,"他继续说道,"还有姐妹们,"他对着笼屋的窗口挥了挥手,"最后,尽管还有许多妇女未被蹂躏,还有大量的葬坑未被填满,屠夫和他的部下们还是掉头回家了,回他们的马球俱乐部、板球场和游泳池去了。尤其是当印度军队正在逼近,他们可以听到远处传来《人民的意志》[①]的歌声时。"

听众们自发地鼓掌欢呼,高喊"干得漂亮!"和"胜利属于印度!"。

在等待掌声平息、听众安静下来的时候,皮伯赫手头忙碌

---

① 《人民的意志》,印度国歌。

着。他最近推出了一个新产品——爱国槟榔,卖得非常好。他不再把槟榔叶折成通常的三角形,而是把每片槟榔叶都叠成长方形的托盘状,然后在这个托盘里填入烟草、桐油灰和其他配料,摆出三种颜色的带状:橙黄色、白色和绿色。中间再放上一粒小圆种子,就做出了一面完美的三色旗。

"现在,我的同胞们,"皮伯赫接着说,"让我们记住,"——他停顿了一下,往嘴里塞了根雪茄——"这不是结束,甚至不是结束的开始。这只是开始的结束。"听懂笑话的人再次鼓起掌来。说得好,说得好,他们说。但很多人都没听说过那个抽雪茄的胖男人[①],就没能听明白。

古斯塔德看了看表,不情愿地离开了这一群人。自从灯火管制以来,迪尔娜瓦兹就陷入了习惯性的焦躁不安,尽管他一再解释由于街道变暗,车子开得比平时慢。

院子里,特穆尔趴在地上,手疯狂地在散布着鹅卵石的褐色泥土里扒拉。"古斯塔德古斯塔德古斯塔德。很暗很暗古斯塔德很暗。哦很暗很暗很暗。"

"怎么了,特穆尔?"

"不见了古斯塔德。不见了不见了很暗。"他继续趴在泥土里,心烦意乱,喃喃自语。古斯塔德拧亮口袋里的手电筒。

[①] 抽雪茄的胖男人,指丘吉尔,皮伯赫在模仿丘吉尔。"这不是结束,甚至不是结束的开始。这只是开始的结束。"是丘吉尔在"二战"时的一次演讲中说过的话。

特穆尔被光束迷住了，脸上绽放出灿烂的笑容，心中的焦躁也被驱散了。他仍然跪在地上，手指好奇地伸向发光的源头，轻轻地碰了碰手电筒的玻璃。"古斯塔德古斯塔德亮了好亮。古斯塔德古斯塔德光好亮。"那光束照在他满是笑容的脸上，那一脸的天真喜悦都只是因为一支锈迹斑斑的旧手电筒发出的微弱光芒。古斯塔德心中充满了悲伤和慈爱。他想，这样的姿势，以及这喜悦的微笑，特穆尔的样子倒是很适合画在那黑墙之上、众多画像之间。

在手电筒的帮助下，特穆尔很快就找到了他要找的东西：娃娃手腕上的小珠链。"找到了找到了找到了！找到了古斯塔德找到了。"他满心欢喜和感激，"谢谢你找到了古斯塔德。非常非常非常感谢！"

古斯塔德关掉手电筒。"光没了。"特穆尔悲伤地说，"光没了很暗很暗。"古斯塔德拍拍他的肩膀，催他快点上楼，别再慢腾腾、磨磨蹭蹭的了。

4

在欢欣鼓舞举着旗子、拉着横幅的胜利游行之后，在群众为士兵和总理欢呼的声音渐趋平静之后，在敌人的无条件投降将关于九年前败给邻国的耻辱、一九六五年伟大的小个子总理夏斯特里死于塔什干的尴尬痛苦的记忆一扫而空之后，在广告牌不再播放战时宣传之后，在灯火管制解除，城市恢复了光明，长时间的黑暗让大家感觉似乎回到了共和国日的灯火辉煌之后，在这一切之后，古斯塔德仍然没有从他的窗户上撕掉那些遮光纸。

达利斯和他拆除了他们的防空棚，将四柱床推回原位。碘酒和巯基铬药瓶连同纱布绷带一起被放进了餐具柜。空饼干罐放回了厨房。灯泡也终于可以摆脱那些硬卡纸做的灯罩了。但窗户和通风口的遮光纸他们却没动。

迪尔娜瓦兹耐心地又等了一天，然后问道："那些黑纸呢？还是你在等待另一场战争？"

"着什么急？有时间我会弄的。"古斯塔德走到外面，看到街头艺术家已经在墙的最远端搭好了他的简易小棚。里面放着几件衣服、一张睡垫、一盏户外灯，还有绘画用品。他的旧粉笔盒也在那里，虽然艺术家已经看不上它们，将它们视为时代的遗物了，但他却不忍心把它们扔掉。

现在，他试图让成堆的祭品看上去更有秩序感。一拨信徒刚离开，另一拨信徒又来了，他们从不空手来。见古斯塔德在一旁看着，他疲惫地摇了摇头，但很明显，他很享受这种忙碌的节奏，很享受神龛看守人的角色。他那无忧无虑的旅行显然已经过去，成了记忆。"孟加拉国的胜利让我只能加紧干。"

"很好，很好。"古斯塔德心不在焉地说。迪尔娜瓦兹关于遮光纸的嘲讽在他脑子里回响，像以前的苍蝇和蚊子一样让他烦心。然而，渐渐地，那堵墙边的香味像面纱一样裹住了他，让他忘记了这些。

在接下来的几天里，报纸继续对战争进行分析。有关于重要战役的报道，也有孟加拉人如何为第一批抵达达卡的印度军队欢呼的感人故事。古斯塔德阅读着他能在食堂里借到的报纸。迪尔娜瓦兹则每天早上都会借卡匹希亚小姐的《王者之杯》翻看，自从拉巴迪先生的那场篝火之后，几个月来她都是这样。她尤其关注那些讣告。她觉得，如果他们错过了某个亲戚的葬礼——不管这亲戚关系隔了多远，那都是不可原谅的。

午餐时间已经结束，食堂里空无一人，只有一个男孩在擦桌子，古斯塔德在看报纸。他想把最后一点看完。报纸上详细描述了投降仪式，还附有投降书的全文。和其他人一样，古斯塔德也开始感受到民族自豪感。每天，他都会一页一页、一个栏目一个栏目地读，幸好如此，否则他就会错过里面某个不起眼角落里的内容。

这条信息只占了一英寸的版面。读到这条信息时，他的民族自豪感像湿漉漉的雨衣一样从他身上滑落。他久久没有翻页。

男孩拿着湿抹布走过来。"先生，桌子。"

古斯塔德攥着报纸，机械地抬起双臂，男孩飞快地擦了一下桌子。前臂砰然落下。古斯塔德没有注意到男孩好奇地注视着自己，也没有注意到水渍洇湿了他的袖子。

他坐在那里盯着那段文字，读了一遍又一遍，那一小段文字说被判四年徒刑的前调查分析局官员 J. 比利莫里亚先生在新德里服刑期间死于心脏病。

他将那一页抽了出来，折成小块，放进了口袋。

第二十一章

1

佩玛思特医生的诊所和附近所有店铺一样关门了。就连笼屋都没有开门营业。反政府示威的日子到了。

附近的居民已经准备好前往市政办公室，对下水道满溢、水管破损、人行道坑洼不平、老鼠横行、公务员强索贿赂、垃圾堆积如山、窨井敞开无盖、路灯损坏等表示抗议——一句话，抗议影响城市生活之轮转动的各种腐败和堕落。他们的请愿书和投诉信被忽视得够久了。现在，官员们不得不思量一下民众的大棒了。

各行各业的小贩和商人，都在等待游行的开始。他们没有任何共同之处，除了一个共同的敌人。他们当中有修理工、店主、孜孜不倦的餐馆服务员，有大摇大摆的轮胎翻新工、驼背的收音机修理工、罗圈腿的裁缝，有诡诈的倒卖生育结扎手术奖品的斗鸡眼配药师、气色不好的电影院引座员，有声音沙哑的彩票销售员、蹲着的布商，还有笼屋里热情似火的女人。成百上千号人聚集在一起，急着想手挽手、肩并肩地游行，以减轻这个街区的苦难。

就连佩玛思特医生和槟榔老头都加入了。他们起初并不情愿，尤其是佩玛思特医生。他试图通过解释大局来平定大伙儿的情绪。他指出，市政腐败只是国家中心贪婪、不诚实和道德败坏的一个缩影。他细致地描述了所有权力是如何从最高层流出的，那里还淌着腐烂的脓水，感染着下面社会的每一个阶层。

但是，佩玛思特医生的朋友和邻居们都茫然地看着他，这让他怀疑，或许他对新德里的邪恶和卑劣描述得太抽象了。他再次尝试：他说，想象一下，我们亲爱的国家是一个坏疽晚期的病人。将伤口包起来或在伤口上洒玫瑰水以掩盖组织腐烂的恶臭是没有用的。美好的言辞和承诺也无法治愈病人。必须切除腐烂的部分。你看，市政腐败不过是臭味而已，只要中央政府的坏疽一除，臭味就会消失。

他们说，确实如此，但我们不能永远屏住呼吸，我们必须做点什么来解决臭味的问题。切除手术要等多久？我们还要继续生活，我们的鼻子不能永远堵着。他们的热情再一次高涨起来，在热情的感染下，佩玛思特医生和皮伯赫动摇了。他们的朋友、邻居和顾客说服了他们，让他们相信如果他们带头的话，会对示威活动产生重要的作用。他们的高龄、佩玛思特医生受人尊敬的职业、皮伯赫那胖胖的酷似尊者的外形，都将大大提高示威活动的受重视程度。

当然，佩玛思特医生要穿着白大褂，戴着听诊器，拎着黑包；这样，旁观者和当局一眼就能看出他是多么杰出的专业人士。同样，皮伯赫走路时也要穿上他卖槟榔的那身行头：光着膀子，腰间围着一条低垂的裹裙，这样，他那威严的、无所不能的肚脐眼，他那布满皱纹的沧桑的双腿，以及他那皱纹密布、充满智慧的硕大额头，都会让旁观者感到敬畏和尊敬。

佩玛思特医生和槟榔老头的例子让示威的组织者很受触动，他们规定所有参与者都必须穿工作装，并展示他们的工作用具。修理工要穿上破了洞的背心和沾满油污的裤子，拿着扳手、扳钳、棘轮扳手和撬轮胎棒。彩票小贩同意脖子上挂着纸板做的彩票展示架；理发师会挥舞发夹、梳子和剪刀等。

此外，四辆手推车上载着几个巨桶，里面装着满溢的水沟中渗出的黏糊糊的污泥和脏物样本，坍塌的人行道上的混凝土、沙子和砂浆，垃圾山上发臭、腐烂的东西，以及成堆的啮齿动物标本，有的已经死了，有的还剩一口气。这些桶里的东西都将倒在市政办公楼的大厅里。

几天来，大伙儿都忙着制作横幅和标语牌。他们排练了口号，并向警方通告了示威游行的路线，以便做出必要的交通安排。示威游行将从笼屋附近开始，用两个小时到达市政厅，并在那里进行抗议示威。游行者将本着非暴力的精神封锁所有出入口，并一直封锁到大家的要求得到满足为止。

佩玛思特医生打开他的黑包，想将里面的东西都倒出来。毕竟，它只是一个示威的道具，拿掉东西拎起来会更轻。然后，他凝视了一会儿那些小心摆放的物品。行医以来，他的包里从来没少过各种药瓶、注射器、手术刀、柳叶刀和值得信赖的血压计。他改变了主意，将所有东西都留在包里。

他戴上听诊器，锁上办公室的门，和忠实的老配药师一起走了出去。他觉得他们有点像堂吉诃德和桑丘·潘沙，不知道今天会上演什么愚蠢和睿智的故事，他将用疲惫的老眼见证什么新的闹剧。

两人出现时，等待的人群报以热烈的掌声。佩玛思特医生想，现在后悔也晚了。他将信将疑地挥挥手，和欢呼的人打招呼。皮伯赫穿着他最鲜艳、最好的裹裙——褐红的底色，绿色和黄色相间的竖条纹——华丽出场，他已经在队伍的最前面了。佩玛思特医生站在他身旁。配药师跟在他们身后。

2

装满水、买完牛奶后，迪尔娜瓦兹打开卡匹希亚小姐的《王者之杯》，翻到中间，开始看讣告栏的死亡通知。一直扫到最后也没看见熟悉的名字之后，她才松了口气，放下了一贯的焦虑。

然后，她瞥了一眼第一页的最新消息栏，那个小框通常是空白的；但今天却印了东西。她疑惑地看到：J. 比利莫里亚的葬礼将于今天上午举行。没有更多的信息。征得卡匹希亚小姐的同意之后，她借了这份报纸去给古斯塔德看。

他也很困惑:"谁会把尸体从德里运过来?"据他们所知,吉米没有亲戚。是谁安排了寂静塔的相关事务呢?

他们一致认定,那可能是同名同姓的其他人,不再讨论此事。这让古斯塔德松了口气。何必再去牵动情绪呢?那天他从办公室把那页报纸带回家时,费了好大劲才让迪尔娜瓦兹平静下来,不再哭泣。

过了一会儿,迪尔娜瓦兹说:"但万一真的是我们的吉米呢?"

这种不确定性压迫在他们心头。唯一的办法就是去一趟东吉瓦迪,古斯塔德最后决定,"如果是我们的吉米,而我却错过了葬礼,那将是不可原谅的。"如果是别人,那也没关系,参加陌生人的葬礼并不是罪过。

于是,他出发去寂静塔,心里想着——不到一个月,第二次了。两个朋友离开了。他抬起头。就像老卡瓦斯基一样,他也想抗议,想怒斥天空,但他还是默默地走着。

后来,祈祷结束后,他下了山,还在想是谁安排并支付了死亡仪式的费用。不管是谁,他都很感激;有些事情已经得到了解决;现在吉米被送到了安全的地方,那些人再也折磨不了他了。

想想我差点就没来。那样的话就没人参加吉米的葬礼了。他替他看着火种,听他的祷告。献上檀香木,往香炉里撒上没药。粉末迸发出芬芳的火苗。像锡箔一样闪耀。乳香、没药和檀香木越来越红，像东升的旭日的颜色。吉米的脸笼罩在薄薄的白烟中。在德里时，他……但还是很奇怪，怎么就死了呢？大理石平台上，就是我们科达达德大楼的少校。然后就是送上山了。丁肖基的时候那么多人……碎石路，那么大的声响。而现在，吉米只有我一个。砾石在轻声说话，就像朋友在房间里窃窃私语一样。

古斯塔德从塔上下来的时候，祭司已经不在了。他希望办公室的登记员知道是谁安排了葬礼。

办公室的人对古斯塔德的闯入很不高兴。问题已经成了他生活的烦恼之源，他怀疑地抬起头，神情紧张地扫了一眼房间。在他看来，吉米·比利莫里亚的葬礼已经结束。他已经厌倦了人们来找他，尤其是那些带着各种奇怪要求的死者亲属。

比如上周的两个女人。那么矮，那么小，她们摇头晃脑走路的样子让他不由得想起小麻雀。"我们忘了从奶奶的手指上取下一枚钻戒，"她们说，"你们能不能把秃鹫赶走几分钟？这样我们就能进塔里把它拿回来了？"

他该对这些人说什么呢？如何应付这两个怪人？他解释说，抬尸工离开寂静塔之前，他们会按照《万迪达德》[①]的规定除掉所有衣物和饰品。因此，即使戒指在祈祷室被忽视了，在

[①] 《万迪达德》，拜火教经文《阿维斯陀》中的一篇，内容包括教徒应遵循的仪规和戒律，对违反教规者实行的各种惩罚，以及神话传说。

塔里也会被发现。

但那两个女人让他快点，免得无价的钻石戒指落入秃鹫的腹中。钱不是问题，问题是感情价值。"我们不相信抬尸工这样的文盲做事。"她们说，对他关于塔内禁止俗人进入的提醒置若罔闻。最后，这位工作人员不得不求助大祭司帮忙，大祭司把两人领走继续讨论，他那猫头鹰般睿智的脑袋频频点头，对她们的争论表示赞同。

如果困扰这位工作人员的只有这一个问题，他或许还能忍受，不至于这样愤懑和多疑。但最近，东吉瓦迪的绿地周围，豪华高楼如雨后春笋般拔地而起，给他的生活带来了困扰。

"你们的秃鹫！"住户们抱怨道，"管管你们的秃鹫，把垃圾扔到我们的阳台上！"他们声称，吃饱喝足的鸟儿们飞离寂静塔时，总要叼走最后一口。如果在中途掉落，就会落在那些私人的阳台上。住户们愤愤不平地说，考虑到他们豪华公寓的天价租金，这种情况是绝对不能容忍的。

当然，没有人能确切证明这些从天而降的肉块是人肉。但没过多久，不少死者的亲属就听说了摩天大楼的丑闻。他们抗议说，他们支付丧葬费并不是为了让他们亲爱的逝者被解剖后零散地撒落在豪华大楼的阳台上。遗属们坚持要求潘查耶特采取行动。他们说："好好训练秃鹫，或者购进更多的秃鹫，这样所有的肉都能在井里被吃掉。我们不希望有多余的肉被运走，丢到不干净之地遭到亵渎。"

与此同时，改革派和正统派之间的争论也在激烈进行。这两大阵营曾在报纸专栏、致编辑的信、社区会议——任何欢迎他们的场合——进行过激烈的争论。有一段时间，他们在牛尿的化学分析问题上唇枪舌剑。然后是《阿维斯陀》祈祷文的共鸣理论。当秃鹫之争爆发时，正统派和改革派都兴高采烈地加入了这场争论，他们很高兴能在长期无所作为之后有事可做。

正统派辩称这是一种古老的智慧，即这是一种纯粹的方法，没有玷污神创造的任何美好事物：土、水、空气和火。每一位科学家，无论是本国的还是外国的，只要不怕麻烦，用现代的卫生标准研究过这种方法，都会对它赞不绝口。但赞成火葬的改革派坚持认为，古人的方式不适合二十世纪。他们说，这种令人毛骨悚然的制度不利于一个具有进步声誉和超前意识的社区。

正统派阵营（或如被反对者所称，"秃鹫派"）反驳说，改革派在推进火葬合法化的问题上有私心——他们有亲戚在国外，无法进入寂静塔。此外，他们还指控说，这场争论就是那些在火葬场拥有股份的人炮制的一场大骗局：大块的肉是改革派雇用的黑心人开着单引擎飞机扔到阳台上的。

所有人（包括一些正统派的后座议员）都认为这说法有点牵强。他们说，如果飞机低空飞行投掷那些东西的话，大楼里肯定会有人看到或听到的（这场争论中甚至没有考虑到滑翔机）。

但秃鹫派拿出了世界著名鸟类学家的书面保证，称秃鹫这个物种，在饱餐一顿后，或爪子和喙抓着、嘴里衔着食物时无法飞行。这位陷入困境的工作人员如释重负地接下了专家们的声明。尽管他并不喜欢争辩，但他还是立即抓起这份文件，复印了若干份，用以应对前来投诉的高层住户。

然而，没有人感到满意。可以肯定的是，这与飞机无关。不过，如果鸟类学家是对的，他们追问，这位工作人员能告诉他们阳台上的肉是哪里来的吗？如果不是人肉，那会是什么肉？牛肉？羊肉？难道他们要相信屠夫们突然变成了空中飞人，在空中辛勤工作，拿着屠刀和切肉刀在城市上空飞来飞去？他们是在云端骑着自行车，从阳台而不是后门送货吗？

可怜的工作人员再也答不上来了。他从人们的话中不断听到责备和训斥，即便是在对方并无责备和训斥之意的时候。

对于古斯塔德提出的关于吉米·比利莫里亚的简单问题，他敲着桌子，眨着愤怒的、布满血丝的眼睛："告诉？告诉什么？你以为这里是情报局吗？"

后来回想起来，古斯塔德很惊讶自己竟然没有反击。允许一个矮子那样和我说话。我老了。

他吃了一惊，疲惫地又试着说："我只是想，你可能知道是谁安排了这场葬礼。"

这位工作人员受到了鼓舞。他第一次成功地压制住一个来提问的人（或许还是一位来投诉的人）。"谁知道呢？"他防备地说道，"尸体已经送达，汇票和死亡证明以及所有需要的附件也已送达。我们的总祭司说，如果有帕西人死了，我们的责任就是举行葬礼。我们不会去窥探其他事情。"

"但是,《王者之杯》上的公告呢?"古斯塔德继续问道。这家伙真没救了。为丁肖基而来的那个晚上,那天值班的工作人员乐于帮忙。

"《王者之杯》上的公告总是由死者家属刊登的。"他生硬地答道。随着他的职业自尊得到部分恢复,他觉得回答这种微不足道的问题实在有点自降身份。

"这个人没有家人。"

"那又怎样?"比利莫里亚先生没有家人,难道要怪他吗?这些天来,他遇到的那些疯子什么事都能干。

古斯塔德放弃了。他说:"非常感谢你们的帮助。"他继续下山,脚步随着坡度加快。

就在入口处,一辆出租车正在树荫下等候。出租车的计价器挂在一边:停运。司机戴着一副黑框眼镜。古斯塔德想,那小胡子和吉米的一模一样。我认识这个人,他一边这么想,一边走了过去。

3

马尔科姆·萨尔达尼亚研究了计划和图纸,核对了一些计算结果,然后浏览了文件的其余部分。这个项目今天会在他的监督下开工。他连打了两个哈欠。无聊的市政工作。他是多么痛恨自己的工作,但同时也对这份工作心存感激——稳定的收入,多亏了叔叔的影响力。这该死的城市,成了一个残酷无情的地方。稳定的薪水极具诱惑力。钢琴补习费是没有保障的，不知道学生什么时候会消失。如今的孩子们太娇惯了，太过任性，规矩在这地表已经荡然无存。

美妙的音乐也在逐渐消失，就像纪律一样。这就像看着所爱的人慢慢死去。感谢上帝赐予我们"时间与人才俱乐部"，感谢上帝赐予我们"马克斯-穆勒书屋"、"英国文化协会"、"民主德国文化中心"和"美国新闻处"。否则，音乐早就消亡了。但这些都是最后的苟延残喘——在这座城市，西方古典音乐的黄金时代肯定已经结束了。而昨天那位可怜的家长，不好意思地说自己的儿子想要一个保卫格[①]，而不是钢琴课……

马尔科姆猛地坐了起来。"拆除"这个词引起了他的注意，他脑中警铃大作。到目前为止，这份该死的文件似乎还合规合矩。最好集中精神。一位前项目主管的事众所周知。那个可怜的人，误解了他的命令，拆错了建筑，同时也拆除了他退休后领取养老金的希望。

于是，马尔科姆不再做白日梦，而是从头开始看。他一段一段地仔细阅读，不对任何事情想当然，画出关键点，记下工人们干得热火朝天时容易忽略的事项。

然后就到了去仓库与工作人员会合、领取设备和出发的时间。时间差不多了。还有五分钟就可以去食堂喝茶了。人造革桌布的霉味扑鼻而来。他把茶碟举到嘴边，吹了吹。当被吹起

[①] 保卫格，一种用于力量训练的健身器材。

的水蒸气在他的眼镜上凝结时，项目的位置从文件那一摊技术术语的泥沼中浮出。那栋建筑的名字在他雾蒙蒙的镜片前翩翩起舞。

这个地址在他的脑海中闪过，有点熟悉，好像记得却又想不起来。科达达德大楼。去仓库的路上他默默地反复念着这个名字。科达达德大楼。

货车出发了。马尔科姆的心思很快就被更直接的计划细节所占据。

4

像以往一样，索拉博趁他父亲在上班时来了。迪尔娜瓦兹欣喜地迎接他，心里松了口气。她抽身离开了一小会儿，去搅拌米饭，关掉炉子，然后又赶紧回来。她热切地抱住他，双手捧着他的脸，伤心地感叹他没有吃好，瘦了！"已经多久了！你现在还不回来吗？你还没折磨够我吗？"

索拉博摇摇头，转身走向窗户。他每次来她都来这一套有什么意义呢？他想说这就是他回来的时间间隔越来越长的原因。

"这房子看起来好空。算我求你了。"她摸摸他的眉毛，又往后捋了捋他的头发，"你爸过一会儿就会回家了。和他好好谈谈，然后——"

"现在就回家？"索拉博想到要与父亲面对面就感到不安。

但他也担心是不是出了什么问题,让他不去上班。

迪尔娜瓦兹意识到他还有很多事情不知道——丁肖基、古拉姆·穆罕默德还有吉米的事——他上次来过之后,几个月的时间过去了。她从头开始讲,讲到最后,她可以看到他脸上的震惊。"是的,"她说,"我们都很震惊。"

复述这些细节让那种痛苦的感觉又回来了,她艰难地咽了咽口水,继续说着,每一个字都充满了厌恶和苦涩。"这是卑劣无耻的行为。是政府干的可怕恶行。"她的声音颤抖着,"凶手!他们夺走了少校叔叔的生命!"她的嘴唇开始颤抖,嘴角扭曲,随时都要哭出来的样子,但她只能强忍住泪水,"但是,老天爷在看着!"

"爸爸现在去哪儿了?"

她告诉他葬礼公告的事。"我们认为只是碰巧同名。但谁能确定呢?所以你爸就去看看。"她看了看钟,"我得进去一会儿,给罗珊准备午餐。她第一天上学,我不想让她吃干巴巴的午餐。不过你爸应该很快就回来了。跟他好好谈谈。拜托了。"

索拉博揉了揉后颈窝,这是他感到不确定时的小动作。"没用的。我毁了他所有的梦想,他不再关心我的事了。"

"别这么说!"她厉声说道,随后语气又变得温和,"他是你的父亲。他会永远爱你,为你着想。"

"你知道我们会像以前一样吵起来的。"

"不!"她摇着头说,"别固执了。"她拉起他的手,"你走后发生了很多事。你爸变了。现在会不一样的。"

他继续注视着窗外,拒绝与她对视。她想,他骄傲而意志坚强。又一个古斯塔德。"相信我,我以前没这样要求过你。但现在不同了。"

"好吧,"他说,仍然没有看她,"如果这能让你高兴的话。"

5

古斯塔德走近出租车时,他毫不怀疑。他一眼就认出了这个人;然后他突然想到:吉米的葬礼是他安排的!

他有些惊讶,但还是问出了那个问题,以便让他清楚他知道了并且很感激。"是你……"他开口说道,指了指身后的寂静塔。

"是的。"古拉姆·穆罕默德说。

"谢谢……谢谢你,我——"

"别说了。"古拉姆突然用手做了个手势,示意他不必道谢,"所有的祈祷都结束了吗?"他的声音似乎有些紧绷和哽咽。

古斯塔德点了点头。他见过这个人的很多面:欢快、威胁、冷酷、劝诱、讽刺。但从未见过这样的他,如此情绪激动。

古拉姆抬起脸,看向山上,看向秃鹫盘旋的地方。然后他低下头,闭上眼睛。古斯塔德等待着。几秒钟后,当他再次看向他时,古拉姆正在哭泣。古斯塔德移开目光,默默地站着。

古拉姆用手背擦了擦眼睛。他说:"你们的帕西祭司不允许像我这样的外人进去。"

古斯塔德内疚地点点头。他想说,我也为吉米的死难过,但我不能哭。他伸出了手。古拉姆握住了他的手,然后将他拉过去抱住,亲吻他的双颊。"谢谢你来,诺布尔先生,"他低声说,"否则比利小子走得孤孤单单的。非常感谢你。"

"别这么说。"古斯塔德说,"但你为什么不来告诉我呢?如果不是我妻子看到报纸,我永远也不会知道。"

"我只能碰运气。给你火车票的时候,我保证过那是我最后一次打扰你。"

"这不一样。我绝不会拒绝这个。"

古拉姆掏出手帕擤了擤鼻子,然后戴上黑框眼镜,指了指出租车。"我送你回家,不收费。"他微笑着。

"谢谢。"古斯塔德和他一起坐在前排。古拉姆掉转车头,在大门口等车流过去。"所以九年之后,你又开出租车了?"

"哦,在调查分析局工作这很正常。有时是书商,有时是屠夫,有时甚至是园丁。只要能完成任务,做什么都可以。"

古斯塔德听到后表示理解。"但你还要继续在调查分析局工作吗?在他们对吉米做了那些事之后?他们甚至还想杀了你,趁你骑兰美达的时候。"

"你知道那些了?当然,比利小子告诉你了。不过,对我来说,待在调查分析局比退出那里更安全。"他轻声地说,"比利小子是我兄弟。如果有人杀了我兄弟,我会非常难过。会有人为此付出代价的。"他缓缓地点了一下头,"是的,一定会的。"他的话就像冰冷的手指,顺着古斯塔德的脊背滑过,让人不寒而栗。他不是说说而已的。

"时机很重要,仅此而已。而且不用着急。这账我可以明天去要,也可以明年去要,也可以十年后再要。谁欠的账谁来还。如果是那个汽车制造商,那就让他来还。有很多可能性——比如说,他的车可能会爆炸。他还喜欢开飞机,所以:嘭——坠毁,完蛋。我说过,只要能完成任务,做什么都可以。"

古斯塔德微微笑了一下。古拉姆继续说:"他的妈妈也有很多敌人。从旁遮普到泰米尔纳德邦,每天都在树更多的敌人。他们中的任何一个都可能对付她。我是个有耐心的人。我告诉你,她的命就像比利小子的命一样容易被掐断。就像这样。"他在古斯塔德的鼻子底下打了个响指。

听到古拉姆·穆罕默德这样说话,他都被吓到了。出租车被警察伸出的一只手拦住时,古斯塔德在心里下了决断:他更愿意记住古拉姆悲伤时的样子。十字路口被车流堵得严严实实,警察正在指挥车辆改走其他路线。"好了,"古斯塔德说,"这里已经不远了。我可以走过去。"他们握了握手。古斯塔德确信,他们再也不会见面了。

车门"砰"的一声关上,出租车驶离了拥堵的地方。他站在一旁看着,直到出租车拐过路口。

第二十二章

1

马尔科姆·萨尔达尼亚登上第一辆卡车到了科达达德大楼，看到那道画满画的墙壁时，他意识到为什么这栋楼的名字听起来如此熟悉了。他一边想着哪户是古斯塔德家，一边走过去将驳回房东诉求的法院判决书贴在市政厅公告上。那是他几个月前贴在柱子上的，现在已经残破不堪了。

街头艺术家在他的小棚屋里看见了卡车、人和机器的不祥存在。当马尔科姆告诉他这个消息时，他崩溃了。他收拾起颜料、画笔、箱子和随身物品，丢进院子里。他盘腿坐在那里，再也无法唤起哪怕一丝昔日漫游的动力。

马尔科姆很不情愿地下令让工人们开工。那脆弱的简易小棚被推倒了。经纬仪、三脚架和水平仪都架了起来，划定必要的区域。测量发现那棵楝树位于市政当局最新征用的土地范围内，阻碍了项目的实施。两个人被派去砍树。更多的设备被卸下车。测量人员眯着眼睛，用仪器指指这里，指指那里。马尔科姆四处寻找可以为团队提供茶水的伊朗餐馆。

与此同时，游行示威队伍举着横幅和标语牌进入了小巷。口号声和欢呼声从城市的喧嚣声中传来，随后游行队伍出现在视野中，人群围过来观看。

游行人员差点失去了带着劳动工具的机会，因为负责人群控制的警察副督察觉得这些东西会是潜在武器。但示威的组织者占了上风：皮伯赫说，甘地以前就经常带着他的纺纱机出现在公众集会上，而且总是在纺纱。如果英国王室的警察都能允许，自由的印度的副督察为什么不能呢？他们游行队伍的工具并不比圣雄的纺纱机更像武器。

于是，这一纵队获准继续前进。一伙人齐声高呼："抗议！抗议！抗议！"不行，不行！另一部分人则振臂高呼："抗议，市政当局欺负人！"

每次示威游行中都会出现的口号：gully gully may shor hai, Congress Party chor hai——大街小巷众议纷纭，国大党里流氓成群——有很多，但也有好几个独创的口号。费尔南德斯兄弟是一对双胞胎，经营着一家小裁缝店，深谙重复的修辞价值，他们手持相同的海报：今天就给我们恢复日常供水。修理工们更夸张一些，他们展开了一条又长又宽的横幅：没有水和清洁的空气毋宁死。是"不自由毋宁死"的变体。

电影院的员工购买了电影《恒河流过的地方》的旧广告牌，并将其修改为："恒河流过的地方——沟渠臭水泛滥。"男主角的脸也被稍稍做了改动：鼻子夹了个衣服夹子，将两个鼻孔都封住了。男女演员、制片人、导演、编剧、音乐总监的名字被贴上了市政公司负责人和政界要人的名字。

"抗议！抗议！"口号声此起彼伏，示威队伍离科达达德大楼越来越近。马尔科姆和他的工程队——工人、测量员们——放下工具，站到了路边。人们从办公楼里探出头来，顾客和店主走出商店，整条街都为示威暂停了它们的活动。

游行队伍走到了墙边。现在，他们的口号喊得更有力量了。有了投入的观众，他们的脚步重新抖擞起来，挥舞的手臂也更加有力。

突然，一名示威组织者当当当地敲了三下皮伯赫卖槟榔的铜盘，示意队伍停下来。这个铜盘是从众多竞争者中脱颖而出的——用撬轮胎棒敲打轮毂盖、佩玛思特医生的银色桌钟、当地耍猴人的鼓和耍蛇人的刺耳长笛——所有这些都被否决了，没有哪个能与皮伯赫的托盘相提并论。

这三下响亮的声响像天堂鸟一样直冲云霄，在示威人群的头顶闪烁。"兄弟姐妹们！"受到鼓舞的示威组织者大声喊道。他抬起手臂呼吁大家保持安静，然后重复道："兄弟姐妹们。"游行队伍顿时安静了下来。

"你们或许会问：为什么还没到市政厅，我们就停下来了？我的回答是：还有什么地方比这道神圣的奇迹之墙更适合让我们停下来思考我们的目的呢？众神之墙。印度教、穆斯林、锡克教、基督教、拜火教和佛教的墙！无论你的信仰如何，这都是一道神圣的墙，一道适合虔诚膜拜的墙！让我们感谢过去的成功！让我们为未来祈福！让我们祈祷，当我们到达目的地时，我们将实现我们的目标！让我们祈祷，本着真理和非暴力的精神，我们将打败我们的敌人！"

示威的众人高声应和着，纷纷涌向墙边。市政的工人们退到一边，每幅画像前都排起了长队。琐罗亚斯德的画像前只有一个人：佩玛思特医生。财富女神拉克希米前面的队伍最长。屈膝、跪拜、低头、合掌、闭眼、祈求、恳求、赞美，所有这些动作都十分虔诚。许多人最后还留下了一两枚硬币。

一名市政工人随口说了句："省点钱吧，老兄，这墙很快就要被拆掉了。"他不是特别对任何人说的。

墙要被拆了！这句话传遍了示威队伍，甚至旁观的人群也听了一耳朵。墙要被拆了?!难以置信变成了愤愤不平，继而变成了激愤，在人群中汹涌澎湃，然后汇成一股巨浪，奔向海岸时令地面为之颤抖。

不可能！万丈巨浪咆哮着说。众神之墙不能拆！我们要确保没有一根手指敢去碰神灵们！必要时，我们将用鲜血保护他们！

局势迅速恶化，示威活动的组织者立即将马尔科姆喊了过去。"是真的吗?"他们问马尔科姆，"你的人要推倒这堵墙，摧毁众神?"

马尔科姆向来不懂搪塞。他简短地点了点头。示威的人群怒吼着，像暴风雨肆虐着、威胁着——没有误会，撒旦的阴谋刚刚得到证实！但是，示威组织者们敲响了铜锣，让大家安静。

"我的朋友,"总组织者对马尔科姆说,"你这话说得也太蠢了。说它蠢是因为它做不到。这里是祈祷和敬神的地方。你自己看看。无论是人的意志还是政府的命令都无法改变这一点。看看梵天、毗湿奴和湿婆的画像,看看罗摩和悉多、迦梨女神、拉克希米、耶稣基督、乔达摩佛陀、赛巴巴。对每一种宗教来说,这地方都是神圣的。"

示威的人群高呼喝彩,旁观者也拍手叫好,总组织者的劲头更足了。"看看湿婆和萨拉斯瓦蒂、那纳克大师和圣方济各、琐罗亚斯德和万迪达德,还有这么多清真寺和教堂。你们怎么能将这么神圣的地方拆了呢?"他看到了马尔科姆脖间链子上的小银十字架,"你是个好人。跪在这堵墙前。念祝祷文,念《圣母经》,忏悔你的罪过。如果你愿意,可以祈求奇迹,但不要试图摧毁这面墙。"

"说真的,我不想这么做。"马尔科姆很不自在地说,他终于找回了自己的声音,人群欢呼起来,"但是,"欢呼声停止后,他继续说道,"做出这个决定的并不是我和我的手下。我们只是听从市政府上司的命令。"

市政府!又是这个令人厌恶的名称!示威的人群就像一个发狂的怪物,匍匐在马路上,重新喷发出愤怒和仇恨。他们不给我们的街区供水!不做下水道!任由水沟发臭!还索要贿赂,掏空我们的口袋,装满他们的口袋!现在他们又想拆掉我们的神墙!"抗议!抗议!抗议市政府欺负人!"呼喊声一次又一次从每个人的喉咙里响起。

忠诚的工头觉得自己必须和马尔科姆站在一边。他大声喊道:"我们也是虔诚的教徒!但我们和你们一样贫穷!如果我们不服从命令,就会丢掉工作!那怎么养活我们的妻儿?"

其他工人也聚到了工头身边。"没错!如果市政府把我们赶走,你有工作给我们吗?"

高大威猛的"液压机赫玛",穿着最好、最紧身的衣服,从笼屋代表团中走了出来。她从一名轮胎翻新工手中抢过一把胎面切割工具,在面前挥舞着。她用粗粝的声音对马尔科姆、工头和他的手下说:"你们看到那幅画像了吗?妓女之神耶拉玛?"

马尔科姆和他的工头紧张地咽了口唾沫,点了点头。

她挥舞着工具,隔空冲着男人们腹部下方画了一个圈。她说:"如果你们破坏了这幅画,如果你们破坏了这堵墙的任何一部分,我向你们保证,我会让你们做不了男人。"说完,她举着那把胎面剪刀气势汹汹地往前一冲。

男人们猛地向后一退,不由自主地捂住了条纹短裤和腰布前面。他们窘迫得忘了反击。沉默,在他们头顶盘旋了几秒钟,像皮伯赫的铜盘效果一样好。

2

古斯塔德把黑色天鹅绒祈祷帽从额头上移开,古拉姆的出租车消失在车流中后,他匆匆赶回家。他想赶紧换掉身上的衣服去银行。但为什么有那么一大群人和严格的警戒,他不明白。街上嘈杂得像过节，像象神节①或阿什塔米节②，从这边人行道到那边人行道都挤满了人。

他走到科达达德大楼的大门口时，正好看到"液压机赫玛"挥动着锋利的工具。马尔科姆发现了他："古斯塔德！古斯塔德！"他挥了挥手，然后他的声音就被这可怕的威胁带来的喧闹声淹没了，因为被冒犯的工人们都拿起了撬棍和镐头。警察们手忙脚乱地握紧警棍，以示警戒。副督察不敢大意，让他的吉普车司机赶紧用无线电向警察局请求紧急增援。

古斯塔德不耐烦地扭过头去——马尔科姆在闹哄哄的示威群众中做什么？前一刻他还看见他，下一刻他就不见了……但他并不想冒险去找他。等会儿，等形势平静下来。

然后，古斯塔德在大门后面发现了那个愁眉苦脸的街头艺术家；特穆尔也在那里，正热切地看着正在上演的大戏。"古斯塔德古斯塔德古斯塔德，好大好大好大的机器。砰砰砰。好大好大好响的机器好大轰鸣好大古斯塔德。"他没办法安安静静地站着，他跑来跑去，疯狂地挥舞着手臂，又高兴又激动地左摇右摆。看着这五颜六色的示威队伍、工人和他们新奇的设备、手持警棍的警察，特穆尔兴高采烈。更何况，他最喜欢的古斯塔德也来了。"古斯塔德古斯塔德古斯塔德。太太太太好玩了。"

---

① 象神节，印度教节日，为纪念象神甘尼什诞辰而设立。节日期间，人们会抬着象神游行，十分热闹。

② 阿什塔米节，印度教节日，为纪念黑天诞辰而设立。

"是的，很好玩。"古斯塔德说，"你很乖，待在院子里。做得对。"他拍了拍他的后背，松了一口气，还好特穆尔没有乱跑到混乱的人群中去。照人群现在的情绪，万一那些一身营业装扮的妓女让他一时冲动，谁知道会发生什么事呢？这些女人跑到这里来做什么？

街头艺术家好不容易等到他说话的机会，沮丧地说："先生，他们告诉我，我必须放弃我的墙。"古斯塔德已经从柱子上的新告示、水泥搅拌机和等待的卡车猜到了这件事。有那么片刻时间，他感到，即将失去某物的认知深深割裂了记忆和时间，墙被推倒的同时，过去和未来也将一起轰然崩塌。在一片嘈杂和骚乱中，他无助地寻找着可以安慰艺术家的话。突然，他瞥见了佩玛思特医生。在这群暴徒中间？先是马尔科姆，现在又是医生？他追了出去，冲进了愤怒的人群中。

特穆尔立刻跟了上来。"不，特穆尔。现在乖乖听话。非常危险，只能待在里面。"特穆尔虽然很沮丧，但还是听话地回到了院子里。

古斯塔德大喊到第四声的时候，佩玛思特医生转过身来。他颇费了一番力气，才缩短了两人间的距离。"看我们的示威游行，声势多么浩大！"医生用力握住古斯塔德的手说。他最初的后悔和疑虑已经转化为信念和信心——他现在甚至愿意向风车挑战："眼见为实！我们城市历史上最了不起的示威游行！"

古斯塔德从未见过他如此亢奋、激动。他所有自发的情感——天晓得在瓶内被封存了多久（就像他药房后面那些绿色的、落满灰尘的药剂）——突然间冲开了封瓶的软木塞。

"我们整个街区的人几乎都在这里！"医生夸耀道，像一个成功说服军队反抗暴君的起义将领，"继续前进！向市政府进发！我们要让他们看看谁才是老大。是我们，人民！"

古斯塔德设法把他慢慢引到人行道上，让他远离过度兴奋的人群，佩玛思特医生则边走边解释示威群众和建筑工人产生冲突的原因。"但这并不在我们的计划当中。或许这就是老天的意思。"他笑着说，"或者说是一种艺术行为。都一样。"他挥挥手就走了，急着回到他的战友们中去。

古斯塔德回到大门口，示威人群已经将楼里的住户吸引了出来。班吉巡官、拉巴迪先生和"小酒窝"、帕斯塔基亚太太以及卡匹希亚小姐正在兴奋地争论着此事会如何收场。警局的增援部队还没有赶到。古斯塔德不想参与他们的猜测，但他瞅准时机问探长："索利，如果你出面劝说这些人，会有用吗？利用你的警察身份？"

班吉巡官笑着摇了摇头。"老板，我在与这些马拉地人共事的过程中学到了一件事，那就是尽管说：'此事超出了我的权限'，不必觉得愧疚。"索拉博从公寓里出来，朝这群人走来，与他父亲的目光短暂交汇后，转开了目光。

古斯塔德看到他很吃惊。七个月了，他直视着他父亲的脸。他是否有勇气……

"老板，你到底有没有在听？"巡官扯了扯古斯塔德的袖子,"对你的问题,我的回答是:我不当值的时候从不多事。当值的时候让人头疼的事已经×他妈的够多了。"然后他想起了旁边还有女士,嬉皮笑脸地用手指捂住嘴,好像要把这个冒犯母亲的词塞回嘴里,"对不起,女士们,"他说,觍着脸笑了笑,却没有丝毫悔意,"我有个坏习惯,总是说脏话。"

卡匹希亚小姐神情严肃地斜了他一眼。帕斯塔基亚太太咯咯笑着表示原谅。拉巴迪先生的脸上露出了腼腆的笑容,他没有听惯这些粗话,但努力装作早已习惯。

特穆尔注视着他们的表情,仔细聆听着每一个字。沉默了一分钟后,班吉的失态被大家遗忘了,特穆尔咧嘴笑着,高兴地重复道:"×他妈的×他妈的×他妈的×他妈的。"要不是帕斯塔基亚太太一脸惊恐地望着班吉,他还会继续说下去。

巡官敲了一下特穆尔的脑袋,打断了他:"炒鸡蛋!闭上你的臭嘴!"

特穆尔摸着头退了回去。古斯塔德把他对班吉的轻蔑变成了隐晦的嘲讽。"可怜的家伙,他没脑子。只会重复别人的话。"

班吉一如既往的脸皮厚,他回答说:"这会让他知道重复对健康有害。"

古斯塔德正思索着用什么词来深刻而礼貌地切中要害,马尔科姆·萨尔达尼亚出现在了人行道上。古斯塔德急忙跑了出去:"你去哪儿了?我只看到你一下,然后你就消失了。"

马尔科姆说:"得找个电话,让办公室知道发生了什么。"

"什么办公室?"

"市政府。你瞧,这个该死的项目是我负责的。"

所以这就是马尔科姆的命运。我的大学同学——他曾经像变魔术一样召唤音符,在半梦半醒之间。演奏肖邦的《夜曲》。那么久以前的夜晚。如今却要看着这些镐,搅拌混凝土。"办公室怎么说?"

"市政府不能在暴民面前退缩,城市工程必须继续。该死的白痴不知道这有多危险。"

"你最好待在院子里,安全得多。"

"哦,我没事。"马尔科姆说,"回头见。"没等古斯塔德劝阻,他就回到了人群中,朝卡车走去。

老卡瓦斯基从二楼的有利位置默默地目送他离去。然后,他仰起头,半瞎的双眼望着天空,全然不顾阳光刺眼:"你找不到其他地方了吗?只有这里总是充满了麻烦?黑暗、洪水、火灾、争斗?为什么不是塔塔家族的宫殿?为什么不是总督府?"班吉巡官和其他人都颇觉有趣地抬起头,但卡瓦斯基的进一步训斥却被路上传来的令人毛骨悚然的尖叫声淹没了。示威群众和工人之间的言语攻击、族谱侮辱和神学挑战突然变成了野蛮的肢体冲突。

"哦,天啊!"古斯塔德轻声说道。他想起了马尔科姆和佩玛思特医生。

"练习结束,"班吉巡官说,"现在比赛正式开始。"

3

建筑工人人数虽少,但他们手持镐头和撬棍,武器装备十分精良。一些示威群众的劳动工具迅速变成了近身攻击的武器。其他人则在路边寻找可以扔的东西:石头、砖块、破瓶子,任何他们能拿到的东西,而靠近四辆大卡车的人使用了桶里的东西。警察靠警棍撑着,等待增援。

特穆尔怔怔地看着。导弹开始飞的时候,他心跳加快了。他的头从这边转到那边,不想错过任何一处精彩,他渐渐靠近了大门。

"特穆尔!"古斯塔德出声警告。

特穆尔激动地挥挥手,往后退了一步,拳头紧握。"古斯塔德古斯塔德。看看看大石头古斯塔德好大。飞啊飞啊飞啊。"

"是的,我知道。"古斯塔德严肃地说道,"所以你得待在里面。"

"里面里面我知道古斯塔德我知道。好的好的好的好的古斯塔德。"他的双手在空中做着俯冲、飞舞的动作,就像一个失控的印度舞蹈演员,"嘻嘻嘻嘻。"

但外面的诱惑太大了。他又向前挪了挪,在古斯塔德意识到之前,他已经站在了人行道上,从那里看飞行物的视野要好得多。特穆尔激动得浑身发抖。多有趣啊。好大的一场接球游戏。上千人一起玩。比孩子们在院子里玩得有意思多了。顽皮的孩子们，戏弄他。把球扔向他，然后就大笑着看他跌跌撞撞地摔倒。

当一块石头落在门边时，他高兴地拍起手来。如果能接到一块，那该多有趣啊。亲手接住一块。多有趣啊。就像孩子们接网球一样。太好玩了，太好玩了。

他摇摇晃晃地朝路边走去，摆好姿势等待下一块石头飞来。古斯塔德转过身看到了他："特穆尔！回来！"特穆尔咧嘴一笑，毫不在意地挥挥手。那些东西迅速地飞来飞去，像做梦一样，他决心一定要接住一块。

"特穆尔！"古斯塔德大叫道。

一块砖头飞向特穆尔，他似乎什么也听不到。他被空中的东西迷住了，那些可以翱翔、猛扑、俯冲的东西，那些可以在空中灵活地滑翔、猛冲或作弧线飞行的东西，那些可以靠柔软的羽毛或轻薄的翅膀在空中灵巧掠过或飘来飘去的东西。特穆尔一如既往地被所有这些东西迷住了，他步履蹒跚地去抓那块砖头。他那拧巴的身体一如既往地让他失败了。

砖头击中了他的前额，古斯塔德听到了东西碎裂的声音。特穆尔无声无息地倒下了，他的身体优雅地折叠在一起。舞蹈结束了。

有那么片刻，古斯塔德僵在那里。然后，"特穆尔！"他吼叫着冲出大门。一块石头从他背上擦过，但他几乎没感觉到。他弯下腰将那具没了意识的身躯夹在胳膊下面，将特穆尔拖进了院子，他的祈祷帽掉到了地上。

"医生！快！"他向班吉巡官和女人们喊道，然后才想起，"佩玛思特医生！快，索拉博——在示威人群中！"索拉博跑出去时，听到父亲在后面喊："小心，但是！"

班吉巡官说："肯定需要救护车。"卡匹希亚小姐去打电话了。鲜血从特穆尔的前额喷涌而出。古斯塔德试图用他的大白手帕止住血流。宝贵的几分钟一分一秒地过去了，他绝望而愤怒地环顾四周。那个该死的医生到底在忙些什么？他和他那可恶的示威。手帕湿透了，班吉把自己的手帕给了他。透过手帕，古斯塔德可以感觉到骨头已经向内塌陷了。

索拉博带着佩玛思特医生回来了，他气喘吁吁，大汗淋漓，刚刚燃起的热情已经完全被浇灭了。他的热情生得太晚，也消逝得太早，溺毙在黑墙外汹涌的人性之海中。它还带走了其他一些东西：诙谐幽默和玩世不恭的职业外衣。剥去外衣，他的痛苦一览无遗。

他绝望地摇了摇头。"哦，天啊！这是什么意思？可怜的家伙，可怜的家伙！太可怕了！"他艰难地跪了下来。他从黑色的包里拿出一大团棉絮，让古斯塔德把棉絮摁在特穆尔前额上，然后给他打了一针。"失血太多，太多了。"他喃喃说道。看着他痛苦的样子，其他人都很不安。医生本该安抚病人，力挽狂澜，而不是像凡夫俗子一样为鲜血和苦痛所困扰。这是什么医生啊？

佩玛思特医生包扎额头的时候，特穆尔的眼睛睁开了。他用细小的声音说："古斯塔德，谢谢你，古斯塔德。"特穆尔的脸上闪过一丝微笑，然后他的眼睛闭上了。

医生继续包扎伤口。古斯塔德焦急地等待着，看看特穆尔的脸，又看看医生的脸，搜寻鼓励的信号。"我们已经叫了救护车。"他大声说道，打破了沉默。

"好，好。"佩玛思特医生失神地喃喃说道，然后完成了包扎。他摸了摸脉搏，然后急切地摸索着听诊器。"快，打开衣服！"在古斯塔德撕开特穆尔的衣服、让他露出胸膛时，第二针注射剂也已准备就绪。医生完成注射后，把注射器扔到一边，再次检查血压。

他取掉听诊器，将它扔进袋子里，缓缓摇了摇头，回答了古斯塔德想提出的问题。

"但医院呢？"

"已经没用了。"

古斯塔德转过身去，走到黑墙边。他望着外面的路，望着那些似乎已经疯了的人正在进行的恶斗。佩玛思特医生将他的东西放回包里，失魂落魄地试图挣扎着站起来，然后向索拉博伸出一只手，后者向后一用力，将他拉了起来。医生掸了掸裤子上的灰尘。"当然，我会开具死亡证明。"他把手放在古斯塔德的肩膀上说，"没有必要……"

"是的，是的，谢谢你。"古斯塔德身后，其他人已经开始为特穆尔安排后事了。他觉得难以忍受。他们就不能等一等吗？

卡匹希亚小姐说："也许我应该去让救护车别来了，应该给寂静塔打电话。"

班吉巡官的建议是让救护车来:"外面有很多伤员,会需要救护车的。"特穆尔怎么办呢?灵车来收尸还要大约一个小时。

"尸体就这样摆在大门口,这不好看。"卡匹希亚小姐说。两侧高层办公楼的人们从窗口向外张望。他们是被暴动吸引来的,现在有些人的注意力集中到了这个院子里。"我们得想想办法。"卡匹希亚小姐坚持说。但要把沉重的尸体抬上两层楼,送到特穆尔的公寓,这个想法让人望而生畏。更糟糕的是,他哥哥还不在城里。

"也许最好的办法就是把他移开一点。移到树荫下。"帕斯塔基亚太太说,"我可以拿块白布来盖着,直到灵车来。"

"好主意,"班吉说,"太阳很大。外面乱糟糟的,寂静塔那边可能还要很长时间才会到。"

那棵树只有五十码远,比爬两层楼更能让人接受。佩玛思特医生也点头表示同意。然后,班吉瞥了古斯塔德一眼,看他是否愿意帮忙。但那宽厚的背影没有任何表示,班吉也不愿意开口问。他转而看着拉巴迪先生:"好吧,老板,你愿意抬脚吗?"

拉巴迪先生发现自己突然变得如此重要,脸"唰"的一下红了。这一次,整栋楼的人都能看到他除了遛狗之外还做了什么。他将拴着"小酒窝"的狗链递给帕斯塔基亚太太。

巡官和拉巴迪先生慢慢地卷起袖子,紧张地准备执行任务。但还没等他们抬起尸体，古斯塔德就转过身来。他蹲在特穆尔身边。其他人交换了一下眼神：怎么办？

古斯塔德一声不吭，一只手从特穆尔的肩膀下穿过，另一只手从他的膝盖下伸过。他使出吃奶的力气站了起来，搂住了仍然温暖的身体。缠着绷带的头软绵绵地垂在他的前臂上，他歪着肘部将其支撑好。

"等等！老板，等等！"班吉巡官说，"他很重，我们帮你，别——"

古斯塔德没有理他，穿过院子，向特穆尔家的那个楼梯口走去，将他们都甩在身后。他们默默地看着，羞愧得不好意思跟上去。索拉博又敬又畏地望着父亲。

窗口的那些人看着古斯塔德毫不犹豫地从他们的眼皮底下走过，就好像现场只有他和特穆尔，就好像他抱着的这个成年男子的体重轻得像个孩童。尸体经过时，一些邻居把头蒙住，双手合十。

古斯塔德穿过院子，没有一丝跛脚，没有一点磕绊，他走过离大门最近的那个单元，走过院子里那棵唯一的树，走过他自己家门口，走过班吉巡官的兰德马斯特，一直走到尽头。走到楼梯口的时候，他停了一下，转过身看了一眼另一头的那群人，然后继续往前走。

在楼梯上，他双臂上的重量让他的双脚每一步都重重地落下。汗水从他的脸上肆意流下，溅在特穆尔被鲜血浸透的衬衫上。在楼梯口，他感觉到有人正通过窥视孔看着他。

特穆尔公寓的门是关着的。锁着？他还有钥匙。但邻居家的门开了；她慌忙跑出去，试着推了推特穆尔家的门，门没锁。她又跑回了自己家，她的勇气已经耗尽，宁愿从另一个方向观察。古斯塔德听到了她的窥视孔盖重新打开的声音。他侧身走进去，小心不让特穆尔的头磕在门框上。他把门在身后踢上，走进卧室。

特穆尔悬垂的双脚拂过褪色的薄纱门帘。铜环叮当作响。赤裸的娃娃横躺在床上。他把特穆尔放在床垫边上，腾出一只手将娃娃推到一边。为特穆尔扣上衬衫扣子、将他的双腿放平、将他的双臂叠在一起时，古斯塔德意识到温度正在慢慢离开特穆尔的身体。他解开他的鞋带，脱下鞋子，然后脱下袜子。两张折得很小的卢比纸钞掉了出来。他把它们放在枕头下面，然后给特穆尔盖上被单。

娃娃的衣服就放在椅子上，就像他在空袭的那个晚上看到的一样。他俯身拿起特穆尔身体内侧的娃娃，开始给它穿上婚纱。着色的石膏摸起来和特穆尔的身体一样冰冷。给娃娃穿戴好后，他把它塞进被单下面，放在特穆尔身边。他把椅子移到离床更近的地方，抬起一只手调整他的祈祷帽，但他的手指碰到的不是黑天鹅绒，而是头发。他这才想起来帽子在路上掉了。他环顾房间，寻找可以盖在头上的东西。除了特穆尔挂在床栏上的睡衣，什么也没有。要么用那个，要么就用他那块沾满血的手帕。他拿起睡衣上衣。

他将上衣盖在头上，坐了下来，右手放在特穆尔的头上。

他的手指感觉到特穆尔的头发硬硬的，血迹干涸的地方头发黏结在一起。他闭上眼睛，开始轻声祈祷。他念了五遍"如阿胡拉之意愿"和三遍"纯真至善"。他沾满血迹的手像树叶一样轻覆在特穆尔的头上。苍蝇在房间里嗡嗡作响，被气味所吸引，但它们并没有分散他的注意力。他闭着眼睛，开始了第二轮祈祷。泪水涌上了他紧闭的双眼。他的声音轻柔而坚定，他的手平稳而轻盈地放在特穆尔的头上，泪水顺着他的脸颊流下。他开始念诵第二遍，然后是第三遍。泪水止不住地流。

五遍"如阿胡拉之意愿"，三遍"纯真至善"。一遍又一遍。五遍、三遍，反复念诵，右手覆在特穆尔的头部。"如阿胡拉之意愿"和"纯真至善"，眼睛里咸咸的泪水。为特穆尔，也为他自己。也为丁肖基，为爸爸、妈妈，为祖父、祖母，他们都等了那么久……

他坐在那里，重复着"如阿胡拉之意愿"和"纯真至善"，不知道坐了多久。后来，他觉得房间里有人。他没有四处张望。他没有听到窗帘环叮当作响，褪色的橘色门帘静静地悬挂着，过滤着阳台上刺眼的阳光。他粗声问道："谁？"

没有人回答。他又问："谁？"

"爸爸……索拉博。"

古斯塔德转过身来。他看到儿子站在门口，两个人对视着。他仍然坐着，看着他的儿子，索拉博一动不动地等在门口，直到古斯塔德终于慢慢地站了起来。然后，他走上前去，用双臂抱住了儿子。

"是的,"古斯塔德说,用沾满鲜血的手指捋了捋索拉博的头发,"是的,"他说,"是的。"然后再次紧紧地拥抱了他。

4

警方封锁区附近,空气中仍然弥漫着一股恶臭,示威队伍装满下水道污泥和黏液的桶已经被打翻在地。马尔科姆语无伦次,颤抖着说不出话来。他的手像被折断的鸟翅膀一样颤抖着。"难以置信!疯了!该死,绝对疯了,我说,绝对是疯了!"

古斯塔德把手搭在他的肩膀上:"你想进来吗?喝喝茶什么的?"

"想想,那些恶心的东西直接砸在我脸上!一大团毛茸茸、臭烘烘的东西!想想!腐烂发臭的老鼠,就在我脸上!啊!呸!"马尔科姆抱着头,好像头要爆炸了一样,"要是我染上瘟疫什么的怎么办?"

他拒绝了古斯塔德让他洗漱的提议。"我当时立刻就打开了一个消防水龙头,也已经承诺会去圣母山点一支蜡烛。该死,有些袋狸还是活的。"他又打了个寒战,"我还得去看看医生。"

但首先,他必须等到有人来顶替那些受伤的工人。"浑蛋警察,慢吞吞的。我敢打赌,这是市政府的阴谋。这些骗子狼狈为奸。"

"我相信你。"古斯塔德说,"政府没有什么事做不出来。像我们这样的普通人对他们束手无策。"

工人们开始凿开石头之间的砂浆。马尔科姆匆匆赶来监督，大声指挥。"哦，老哥，加把劲！小心，加把劲！"工人们高声喊道："嗨哟嗨哟！嗨嗨哟！嗨哟嗨哟！嗨嗨哟！"一车砾石和沙子被卸下。嘎吱嘎吱的声音盖过了其他声音，传到了古斯塔德的耳朵里。嘎吱嘎吱、嘎吱嘎吱、嘎吱嘎吱，男人们拿着铁锹踩在砾石上。这声音让古斯塔德愣了一下。

很快，第一块巨大的黑色石块，也就是画有三相神的那块，被撬棍撬了下来，重重地摔在地上。扬起的尘土落定后，街头艺术家从绝望的恍惚中清醒过来。他站起身来，走到古斯塔德面前："非常感谢您热情地为我提供了这堵墙作画。现在我该走了。"

"走？去哪儿？你有什么计划吗？"

"去哪儿并不重要，先生。"滚落的三相神让他恢复了哲学家的超然，"在这个世界上，露天厕所可以变成寺庙和神殿，寺庙和神殿又可以变成尘土和废墟，在哪里又有什么关系呢？"他开始收拾他的东西，"先生，我有一个请求。我可以从您的树上折一些树枝吗？我希望牙齿的健康、保持和毁坏可以在我的掌控之中。"

"想拿多少就拿多少吧。"艺术家折下七根小树枝放进挎包，"祝你好运。"古斯塔德握着他的手说。

"运气是诸神吐出来的唾沫。"艺术家答道，他光着脚，步子轻快地从大门溜了出去。

古斯塔德注意到靠在柱子边的一大箱油画颜料和画笔。"等等,你还有东西忘了拿。"

街头艺术家转过身。他笑着摇摇头,倒退着走了一小段。"我已经带齐了旅途中需要的东西。"他拍拍挎包,"我的粉笔盒在这里面。"然后他弯腰在路边捡起一样东西,"我想这是您的。"他把它扔向大门。

"谢谢。"古斯塔德说着,接住了被人踩踏过的祈祷帽。黑天鹅绒的绒毛被踩坏了,沾满了泥巴,他没有再戴上它。

艺术家很快就从视线中消失了。此时已过正午,空气中弥漫着柴油烟的味道。一棵孤树的影子缩在一边。两个人正在用横切锯锯树干。

古斯塔德离开洒满阳光的大院,走进公寓。等眼睛适应了黑暗,他把祈祷帽在腿上拍了拍;干泥一片片剥落下来。他将帽子放在书桌上,搬来一把椅子,关上前门。

除了持续不断的碎石嘎吱声,道路上的大部分噪声都被隔绝在外。他站在椅子上,撕扯着遮在通风口上的纸。当第一张纸被撕掉时,一只受惊的飞蛾飞了出来,在房间里转圈。

Copyright © Rohinton Mistry, 1991
This edition arranged with Westwood Creative Artists Ltd.
through Andrew Nurnberg Associates International Limited
著作权合同登记号 图字：01-2024-2078

图书在版编目(CIP)数据

昼短夜长 /（加）罗因顿·米斯特里著；熊裕译. -- 北京：北京十月文艺出版社, 2025. 4. -- ISBN 978-7-5302-2433-5

Ⅰ. I711.45

中国国家版本馆CIP数据核字第20243YB942号

昼短夜长
ZHOU DUAN YE CHANG
[加]罗因顿·米斯特里 著
熊裕 译

出　　版	北京出版集团 北京十月文艺出版社
地　　址	北京北三环中路6号
邮　　编	100120
网　　址	www.bph.com.cn
发　　行	新经典发行有限公司 电话 010-68423599
经　　销	新华书店
印　　刷	北京盛通印刷股份有限公司
版　　次	2025年4月第1版
印　　次	2025年4月第1次印刷
开　　本	880毫米×1230毫米 1/32
印　　张	15.25
字　　数	304千字
书　　号	ISBN 978-7-5302-2433-5
定　　价	68.00元

如有印装质量问题，由本社负责调换
质量监督电话　010-58572393

版权所有，未经书面许可，不得转载、复制、翻印，违者必究。